grafit

Die niederländische Originalausgabe »Ingrid« erschien 2001 bei
Uitgeverij Luitingh-Sijthoff B. V., Amsterdam.
Copyright © 2001 Felix Thijssen und
Uitgeverij Luitingh-Sijthoff B. V., Amsterdam

Deutsche Erstausgabe
Copyright © 2003 by GRAFIT Verlag GmbH
Chemnitzer Str. 31, D-44139 Dortmund
Internet: http://www.grafit.de
E-Mail: info@grafit.de
Alle deutschsprachigen Rechte vorbehalten
Umschlagillustration: Peter Bucker
Druck und Bindearbeiten: Clausen & Bosse, Leck
ISBN 3-89425-524-2
1. 2. 3. 4. 5. / 2005 2004 2003

Felix Thijssen

Ingrid

Ein Fall für Max Winter

Kriminalroman

Aus dem Niederländischen von
Stefanie Schäfer

Der Autor

Felix Thijssen, geboren 1933 in Rijswijk/Niederlande, lebt mit seiner Frau seit 1985 in den französischen Cevennen in einem alten Templerschloss, wo er sechs Stunden täglich schreibt. Er ist Autor von ca. 60 Büchern, darunter Krimis, Western, Sciencefiction, und von Drehbüchern für Film und Fernsehen.

›Ingrid‹ ist der vierte Fall für den Privatdetektiv Max Winter. Die drei Vorgänger, ›Cleopatra‹ (1999 ausgezeichnet mit dem ›Gouden Strop‹ für den besten niederländischen Kriminalroman), ›Isabelle‹ und ›Tiffany‹ sind ebenfalls bei Grafit erschienen.

*Für Jan und Mary
und Buffi*

Danksagung

Ich danke Johan Elsen und Liesbeth van den Dam vom Jugendamt in Breda für ihre Informationen über Vormundschaft und Adoption;

Mark Wilmink in Amsterdam für seine Recherchen über die ethischen Grundsätze von Juristen;

Paula Heijmen in Culemborg für ihre Einblicke in die Kinderseele

und Piet Versteeght von der Beratungsstelle des Polizeidistrikts Tiel.

I

Wohlmeinende Freunde hatten mich vor der sterbenslangweiligen Eintönigkeit des Landlebens gewarnt, doch meine Umzugskisten waren noch nicht ausgepackt, als die Ruhe bereits von den Schreien einer Frau empfindlich gestört wurde, die direkt vor meiner Tür in jenem Fluss zu ertrinken drohte, den mir mein Makler als den schönsten der Niederlande angepriesen hatte.

Ich war gerade dabei zu beobachten, was der blühende Lavendel entlang des Gartenweges direkt unterhalb meiner Terrasse so alles anlockte: orangefarbene, braune und weiße Schmetterlinge, diverse Bienen, eine mir unbekannte Art nachtblauer Hummeln sowie ein rötliches, unwirkliches Geschöpf, das wie ein Kolibri in der Luft stand und mit einem haarfeinen Schnabel in den Blumen herumpickte. Eben wollte ich eine Liste der Dinge aufstellen, die hier schöner beziehungsweise weniger schön waren als in Amsterdam, als plötzlich alles, was summte, flatterte und nachdachte, durch das Geschrei aufgeschreckt wurde.

Ich rannte um das Haus herum und den Deich hinauf. Die Frau hing über der Wasseroberfläche, die Hände um einen dicken Weidenast geklammert, die Zehenspitzen auf dem Rand eines Bootes. Das Ganze wirkte wie eine Szene aus *Fix & Foxi,* nur dass die Frau zum Anbeißen aussah, was man von Tante Eusebia ja nicht gerade behaupten kann.

Der Deichabhang war glitschig und sumpfig, das Gras hoch und nass. Das Wasser quietschte mir schon in den Schuhen, bevor ich das Ufer erreichte. Die Frau schrie unaufhörlich, sie berührte mit dem Bauch das Wasser, der Ast knackte. Sie hatte einen strohblonden Pferdeschwanz, ein vor Aufregung gerötetes Gesicht und trug weiße Tennisshorts. Einer ihrer Wadenmuskeln wölbte sich wie ein zum Platzen gespannter Tennisball unter der braunen Haut ihres nackten Beines. Ihr Boot musste auf Grund gelaufen sein, und vermutlich hatte sie sich an dem Ast abstoßen wollen und nicht rechtzeitig losgelassen. Ich fragte mich, warum sie sich nicht einfach ins Wasser fallen ließ und ans Ufer schwamm.

»Ist ja schon gut!«, rief ich. »Die Rettung naht!«

Sie hörte auf zu schreien. Meine Schuhe sanken tief im schlammigen Grund des stillstehenden Wassers hinter der Reihe von Pfählen ein, die man am Fluss entlang in den Boden getrieben hatte, um eine Abtragung des Ufers zu verhindern. Ich stieg über die Pfähle, stand sofort bis zur Hüfte im Wasser, schob eine Hand unter ihren Bauch und versuchte mit der anderen, ihren Fuß über den Rand des Bootes zu heben. In dem Moment stieß sie einen Schmerzensschrei aus, ließ den Ast los und ging unter.

Ich war triefend nass, bis ich sie richtig zu fassen kriegte und sie über die Pfähle hieven und ans Ufer schleppen konnte. Ihr herrenloses Boot trieb bis zur Mitte des Flusses und verschwand dann auf eigene Faust in Richtung Brücke.

»Mein Bein«, stöhnte sie, als ich sie absetzte.

Ein Wadenkrampf. Fuß flach auf den Boden, und mit dem vollen Körpergewicht darauf stützen. Doch der Untergrund war zu weich. Ich legte ihren Arm um meine Schultern, und sie hinkte neben mir her zu der flachen kleinen Bucht an der Grenze zu meinem Grundstück, wo sich ein halbverrotteter Anlegesteg befand, inklusive des lecken Ruderbootes, das im Preis des Hauses inbegriffen war. »Belaste deinen Fuß«, sagte ich, als sie tropfend auf den ausgeblichenen Planken stand.

Ich ging auf die Knie und knetete und massierte die verkrampfte Wade. Ihrem Fuß und ihrem Knöchel fehlte nichts. Ihre Haut war glatt und gesund. Sie stützte sich mit einer Hand auf meinem Kopf ab, und ich zog die Spitze ihres Sportschuhs nach oben. »Besser?«

»Ja.« Sie zitterte.

Sie hielt meinen Arm mit beiden Händen umklammert, als sie den Abhang erklomm und auf der anderen Seite des Deichs über meine Hauseinfahrt wieder hinunterhinkte. Die Häuser hier hatten alle Eingangstüren, die direkt zum Deich hin lagen, doch kaum einer benutzte sie je. In der Regel ging man hinten herum, über die Terrasse und zur Glasschiebetür hinein.

»Jetzt müssen wir dich erst mal wieder trocken kriegen«, sagte ich und lotste sie vorbei an meinem Schreibtisch, den ich direkt hinter der Fensterfront aufgestellt hatte, in die zum Wohnzimmer umgebaute ehemalige Tenne hinein. Alle Zimmer meines Deichhauses lagen auf verschiedenen Ebenen, und mein Makler hatte den Charme dieser »abenteuerlichen Art zu wohnen« besonders hervorgehoben. Überhaupt hatte er sich ungeheuer viel Mühe gegeben, da er nicht nur mein Makler, sondern auch mein Vermieter gewesen war, der mich wegen inszenierter Verhaftungen, Hausdurchsuchungen und zunehmend zwielichtiger Besucher so schnell wie möglich aus der Wohnung über seinem schicken Amsterdamer Büro heraushaben wollte.

Die Frau streifte ihre Tennisschuhe ab. »Ich mache alles dreckig.«

»Da ist das Badezimmer. Soll ich irgendjemanden anrufen?«

»Lieber nicht.« Sie war begeistert von meinem Bad, einem großen, geschmackvoll gefliesten Raum, der wiederum auf einer anderen Ebene lag und mit Badewanne und Duschkabine, Toilette und zwei Waschbecken ausgestattet war.

»Ach, jetzt ein heißes Bad!«

»Kein Problem.« Ich spülte mir den Schlamm von den Händen, drehte die Hähne auf und legte saubere Handtücher auf einen Hocker neben die Wanne. Aus einer Flasche Badezusatz goss ich einen tüchtigen Schuss ins Wasser. Das Badezimmer begann nach Dampf und grünen Äpfeln zu duften.

Sie wies mit einem Nicken auf meine schmutzige Kleidung. »Und was ist mit dir?«

»Ich dusche dann nachher.«

»Du kannst ruhig gleich unter die Dusche. Ich gucke schon nicht hin.«

»Aber ich vielleicht«, musste ich wohl oder übel zugeben.

Ihr Gesicht war schlammverschmiert, aber sie hatte ein hübsches Lächeln – und irgendwie auch etwas Verwirrendes. »Bitte bleib doch hier. Um ein Haar wäre ich ertrunken«, sagte sie und löste das Band, mit dem ihr durchweichter Jerseypullover am Halsausschnitt verschnürt war.

»Ich weiß ja noch nicht mal, wie du heißt.«

»Ingrid.« Ihr Kopf verschwand im Pullover.

Der Name versetzte mir einen merkwürdigen kleinen Stich, obwohl diese Ingrid meiner vor Jahren verunglückten Ehefrau in keiner Weise ähnlich sah und nur per Zufall genauso hieß wie sie. Das hatte nichts mit Vorsehung zu tun und war auch kein karmisches Komplott. »Ich bin Max«, murmelte ich. »Max Winter.«

Sie hatte einen gesunden, braunen Körper mit festen, runden Brüsten in einem nassen, hellblauen BH. Keine Spur von Speckröllchen oder Falten. Ich schätzte sie auf Mitte dreißig. Sie war äußerst attraktiv, und ich konnte allmählich eine kalte Dusche gut gebrauchen, als sie ohne eine Spur von Verlegenheit ihre Tennisshorts auszog und mit einem schalkhaften Lächeln ihren BH aufhakte.

Ich verschwand in der Duschkabine, zerrte mir dort die nasse Kleidung vom Leib, schrubbte den Schlamm ab und spülte meine Haare aus, während meine Ertrinkende auf der anderen Seite der gekachelten Wand summend in ungefährlichen Gewässern trieb. Ich trocknete mich in der Duschkabine ab und knotete mir ein Badetuch um die Hüften, bevor ich herausstieg.

»Du weißt doch, was es für Konsequenzen hat, wenn man jemandem das Leben rettet?«, fragte Ingrid, als ich meine schmutzige Wäsche vom Fußboden aufhob. Lächelnd saß sie in der Wanne, und ein entzückendes Knie und pikante Brustrundungen ragten aus den Schaumbergen empor: ein Bild wie aus einem Fünfzigerjahrefilm mit Doris Day, in Technicolor.

»Natürlich«, scherzte ich leichthin. Ich wusste zwar nicht mehr so genau, was einem dann blühte, aber es reichte für gefährliche Gedanken. »Das Vergnügen war ganz meinerseits«, sagte ich daher nur. »Außerdem wärst du nicht ertrunken. Oder kannst du nicht schwimmen?«

»Es bedeutet, dass du fortan für mich verantwortlich bist«, sagte sie mit feierlichem Nachdruck, der nur zur Hälfte gespielt wirkte.

Ich lächelte verlegen. »Das gibt's doch nur im Märchen.«

»Das meinst du.« Sie lachte fröhlich und begann, mit Wasser und Schaum zu spritzen. Ich flüchtete aus dem Bad und machte mich auf die Suche nach etwas Trockenem zum Anziehen.

Zehn Minuten später kam sie zum Vorschein, gehüllt in meinen weinroten Bademantel und mit ihren ausgespülten und ausgewrungenen Kleidern in der Hand. »Und wie soll ich die jetzt trocken kriegen?«

Ich ging ihr voraus in die drei Stufen tiefer gelegene Küche, einer Luxusversion mit indigoblauen Bodenfliesen, blütenweißer Einrichtung und Aussicht auf meine Apfelbäume. Als ich mich bückte, um ihre Sachen in den Trockner zu stecken, legte sie eine Hand auf meinen Rücken, als drohe sie, das Gleichgewicht zu verlieren.

»Geht's?«, fragte ich.

»Ja. Du hast wirklich ein schönes Haus.« Sie hatte einen hübschen Mezzosopran. »Was ist hier drüber?«

»Das Schlafzimmer.«

»Darf ich mir das auch anschauen?«

»Was ist vorhin denn eigentlich passiert?«

Ingrid grinste. »Ich bin im Schilf stecken geblieben, habe mich an dem Ast festgehalten, und das Boot wollte ohne mich los. Es ist einfach alles schief gegangen.«

Sie sah verführerisch aus mit ihren nackten Füßen auf den blauen Fliesen. Sie hatte blaue Augen und hohe Wangenknochen, eine ganz leichte Stupsnase, strohblondes Haar, das noch feucht war, und ein intelligentes Gesicht. Sie mochte einem Geschlecht von Gehirnchirurgen oder Ethikprofessoren entstammen, aber ihr Mund hätte ebenso gut in eine Zahnpastareklame gepasst, mit diesem elfenbeinweißen Glänzen zwischen den vollen Lippen, die sie einladend einen Zentimeter weit geöffnet hielt. Die Signale, dass diese Lippen geküsst werden wollten, summten schon geraume Zeit durch den Äther, aber ich versuchte noch eine Weile lang so zu tun, als sei dies ein normaler Tag in einem normalen Leben, an dem Dorfbewohner durch einen unbedeutenden Vorfall miteinander Bekanntschaft gemacht hatten und gleich ein Gläschen Sherry trinken würden.

Ich zeigte ihr das kühle Gästezimmer auf der hoch gelegenen Nordseite, meinen Vorratsschrank und sogar das Kabuff mit dem Heizkessel, bis ich alle unschuldigen Alternativen erschöpft hatte und ihr die Holztreppe zum Schlafzimmer vorausging. Es war ein romantischer Raum unter dem Reetdach mit einer hübschen Holzverkleidung und dunklen Balken, Lamellentüren vor den Kleiderschränken und einem niedrigen Fenster nach Süden, doch ich hatte nicht den Eindruck, dass ihr Interesse weiter reichte als bis zu dem Bett aus hellem Holz.

»Bleib mal kurz stehen«, sagte sie und begann, mein Hemd aufzuknöpfen. Unwiderstehliche Duftwolken mit einem Aroma von grünem Apfel und warmer Haut stiegen aus dem Bademantel auf.

Der Morgen erhielt einen Hauch von Unwirklichkeit, der mich aus der Fassung brachte. Ich machte mir kaum Gedanken darüber, dass sie nichts von mir wusste und mir keine einzige persönliche Frage gestellt hatte. Ich hatte sie ja auch nichts gefragt. Sie hätte mit dem örtlichen Polizeichef oder dem Kapitän des Gelderländer Rugbyteams verheiratet sein können – falls es so etwas gab –, oder vielleicht Mutter von zwölf Kindern, obwohl mir Letzteres doch sehr unwahrscheinlich erschien, als sie mit einem fröhlichen »Willkommen auf dem Deich!« den Bademantel auf den Holzfußboden fallen ließ.

Ich hätte eigentlich Kisten auspacken und andere Dinge erledigen müssen, doch ich entschloss mich stattdessen zu einem Glas Whisky mit viel Eis auf meiner Terrasse über den Schmetterlingen und versuchte, wieder in die Realität zurückzufinden. Meine erste Bekanntschaft mit dem Landleben kam mir vor wie ein Ereignis aus einer anderen Zeit. Denn einer kürzlichen Umfrage unter Teenagern zufolge war es neuerdings »in«, mit siebzehn noch Jungfrau zu sein, und angeblich wollte der überwiegende Teil der jungen Europäer von One-Night-Stands und Sex ohne Unterschriften unter langfristigen Verträgen nichts mehr wissen. Möglicherweise hatte mich eine Laune des Schicksals in das letzte Bollwerk der zügellosen Sechzigerjahre verschlagen.

Ich wusste, dass sie Ingrid hieß, sonst nichts. Nach anderthalb Stunden, ein paar letzten Küssen und einem errötenden »Tschüs Max, vielen Dank und bis bald« war sie verschwunden. Die angenehme Portion Mittagssex erschien mir ein übertriebener Ausdruck ihrer Dankbarkeit beziehungsweise ihrer Erleichterung, weil ich sie aus dem einen Meter tiefen Wasser der Linge gerettet hatte. Vielleicht war sie reich und verwöhnt und auf der Suche nach Abenteuern, oder eine gelangweilte Nymphomanin. Ich hatte keinen Grund zur Klage, aber irgendwie störte es mich – in einer Art postkoitalem Tief –, dass sie nichts von sich selbst preisgegeben hatte, nur ihren köstlichen Körper, der eine Stunde lang aufregende Befriedigung geschenkt und genommen hatte.

Willkommen auf dem Deich?

Der exotische Kolibri war nirgendwo mehr zu entdecken. Stattdessen tauchte ein blonder Dreikäsehoch auf, in hellgrüner Hose und mit bunten Hosenträgern über einem rosafarbenen Hemd. Er hielt ein Butterbrot in der Hand und trippelte, ohne mich eines Blickes zu würdigen, zielstrebig über meine gepflasterte Einfahrt auf meinen Carport zu.

»Hallo?«, rief ich leise, um ihn nicht zu erschrecken.

Er wuselte am Kühlergrill meines BMW vorbei und blieb neben dem Carport stehen. Er neigte sein rundes Köpfchen zur Seite und zeigte mit dem Brot auf die Ställe, die der frühere Hausbesitzer an der Seitenwand aufgestellt hatte. »Essen«, sagte er.

Hinter der hohen Hecke aus Hainbuchen und anderem Gesträuch entlang der Einfahrt rief eine Frau: »Tommy? Tommy?«

»Ninchen?«, sagte der Kleine.

Ich ging von meiner Terrasse herunter auf ihn zu und fragte: »Bist du denn der Tommy?«

Der Dreikäsehoch schaute mich an und hielt drei Finger hoch. »Ich bin schon zwei.«

Er war ein typisch holländischer Lausbub, weißblond und mit seltsam weit auseinander stehenden, blauen Augen.

»Und, bist du denn der Tommy?«

Ich nahm an, dass er aus dem umgebauten Heuschober

kam, der auf der anderen Seite der Hecke stand und wahrscheinlich zu meinem Haus gehört hatte, als es noch ein Bauernhof gewesen war – ein quadratisches Gebäude mit einem spitzen Reetdach, Backsteinmauern, schwarz versiegelten Holzplanken und freundlichen kleinen Fenstern in weißen Rahmen. Die Bewohner hatte ich bisher noch nicht kennen gelernt.

»Mevrouw?«, rief ich in Richtung Hecke. »Ich glaube, Tommy ist hier.«

Ich hörte ein erleichtertes Seufzen.

»Sind sie weggelaufen?«, fragte der kleine Junge enttäuscht.

Ich hatte die platt getretene Lage Stroh und die Köttel in den Ecken der Käfige bisher noch gar nicht bemerkt. »Sind hier Kaninchen drin gewesen?«

»Tommy!« Eine zarte Frau in einem Bauwollsommerkleid und Sandalen kam meine Einfahrt hinunter. »Du darfst hier doch nicht einfach so reinlaufen.«

Tommy gab mir sein Butterbrot. »Für Herman«, sagte er. »Das ist das braune.«

Das braune Kaninchen, nahm ich an. Ich lächelte die Frau an. »Aber er stört mich doch gar nicht.«

»Er hat immer die Kaninchen gefüttert ...« Die Frau nahm Tommy auf den Arm. »Ich hab dir doch gesagt, dass sie weggezogen sind.« Mit ihren braunen Augen, dem kurz geschnittenen, kastanienbraunen Haar, den Sommersprossen auf der Nase und dem kleinen Mund mit bleichen Lippen erinnerte sie mich an eine Hirschkuh. »Entschuldigung«, sagte sie dann. »Ich bin Jennifer van Maurik. Wir wohnen nebenan.« Überflüssigerweise wies sie mit einem Nicken auf die Hecke.

»Max Winter.«

Umständlich reichte sie mir unter Tommy hindurch ihre Hand, die kräftig und hornhautbewehrt war. Sie musste jünger sein als Ingrid, doch sie wirkte älter und klüger, irgendwie erwachsener, als habe sie einiges mitgemacht und schon in jungen Jahren ihren Lebensunterhalt selbst verdienen müssen. »Haben Sie das Haus gekauft oder gemietet?«, fragte sie.

»Ich habe es gekauft.«

»Also haben Sie vor, hier wohnen zu bleiben?«

»Ich kann schlecht Voraussagen über den Rest meines zukünftigen Lebens treffen«, antwortete ich. »Obwohl ich wahrscheinlich nie Kaninchen halten werde.«

Einen Augenblick lang sprach aus ihren Augen ein gewisser Argwohn, als frage sie sich, was ich damit meinte. Dann lächelte sie, was ihr Gesicht gleich hübscher machte. »Sagen Sie Bescheid, wenn ich Ihnen irgendwie behilflich sein kann«, sagte sie. »Ingrid haben Sie ja schon kennen gelernt, wie ich gesehen habe.« Sie streichelte den blonden Hosenmatz, der sich ungeduldig an ihre Schulter lehnte. Sein Gewicht schien sie nicht zu stören. Sie war schmal, aber muskulös.

»Ich habe mich schon gefragt, ob ich der Einzige war, der das Geschrei gehört hat.«

»Ich war gerade beim Bügeln, und als ich gucken kam, hatten Sie sie schon ans Ufer gebracht. Da dachte ich mir, das geht schon in Ordnung, die brauchen mich nicht.«

Ich hörte keinen zweideutigen Unterton aus ihren Worten heraus, spürte aber, dass er da war und musste mir Mühe geben, nicht zu erröten. »Sie kennen sie also?«

»Sie können mich ruhig duzen. Ja, Ingrid passt oft auf Tommy auf. Sie selbst möchte keine Kinder haben, ist aber verrückt nach dem Kleinen, stimmt's, Mäuschen?«

Tommy zappelte ein wenig herum. »Ich will runter«, sagte er.

»Ja, ja, wir gehen gleich.« Jennifer nahm ihn auf ihre Hüfte. »Sie wohnt ein paar Häuser weiter, es ist also ziemlich praktisch. Ihr Mann ist Schriftsteller, das hat sie Ihnen sicher erzählt.«

Nein, hatte sie nicht. »Du wohnst aber auch hübsch hier«, sagte ich.

»Ja, aber mein Haus ist nur gemietet.« Für einen Augenblick wirkte ihr Lächeln gezwungen, als müsse sie einen bedrückenden Gedanken vertreiben. »Kommen Sie doch mal auf eine Tasse Kaffee rüber, dann können Sie es sich anschauen. Aber jetzt muss ich Tommy ins Bett bringen, er schläft mittags noch ein Stündchen. Tschüs, bis bald!« Jennifer nahm ihren Sohn fester auf den Arm und trug ihn den Deich hinauf. Dort setzte sie ihn ab, nahm ihn an der Hand und verschwand mit ihm hinter der Hecke.

Eine Stunde später klingelte das Telefon. Eine joviale Männerstimme: »Hallo, hier ist Peter Brack. Und, haben Sie sich schon ein bisschen eingewöhnt auf dem Deich?«

»So einigermaßen. Wie war noch Ihr Name?«

»Ach, sag doch ruhig Peter zu mir, dann sage ich Max, das würde sich heute Abend ja sowieso ergeben, zumindest falls du Lust hast zu kommen.«

»Kommen, wohin denn?«

»Zur Party. Sie hielt das für eine gute Idee, dann kannst du auch gleich die anderen Deichbewohner kennen lernen.«

Ein vages Gefühl der Unruhe beschlich mich. »Ich weiß nicht, ob ich das schaffe«, sagte ich. »Ich habe noch sehr viel zu tun.«

»Ein Grund mehr, sich mal loszueisen.«

»Ich weiß ja noch nicht einmal, wo Sie wohnen. Woher haben Sie meine Telefonnummer?«

Der Mann lachte. »Hat Ingrid dir das nicht erzählt? Wir wohnen nur fünf Häuser weiter, direkt vor der kleinen Schleuse, auf der Flussseite. Geh einfach dem Lärm nach. So gegen acht?«

»Mal sehen, was sich machen lässt«, sagte ich mit trockener Kehle.

Irgendwann musste ich ja doch dran glauben. Vielleicht war das auch so ein Punkt für meine imaginäre Liste: In einem Dorf kommt man um die Nachbarn nicht herum. Ob das zu den Nachteilen zählte, würde sich zeigen, spätestens wenn ich heute Abend mit blutiger Nase, verfolgt von einem gehörnten Ehemann, über den Deich flüchtete. Vielleicht sollte ich meine Beretta mitnehmen.

Die Bienen waren bereits zu Bett gegangen, als ich für die Gastgeberin einen Strauß Lavendel pflückte und zwei Rosen hinzufügte, in orangefarbenen Tönen, weil die roten mit ihrer knalligen Madonna-Lippenstiftfarbe für meinen Geschmack zu viel platte Symbolik ausstrahlten.

Ingrid sah sexy aus in ihrem blauen Kleid, zu dem mein Strauß wunderbar passte. Sie rief fröhlich »Max!« und küsste mich auf die Wange. »Ich liebe Lavendel. Peter, das ist unser neuer Nachbar.«

Peter Brack war ein kräftig gebauter, graublonder Michael-Douglas-Verschnitt mit einem eckigen Bürstenschnitt und einem sanften Lächeln. Er hatte bleiche Lippen und weiße, buschige, gerade Augenbrauen über wässrigen Augen, deren Farbe undefinierbar war. »Willkommen auf dem Deich«, sagte er mit einem Unterton, den ich mir womöglich einbildete.

Ich befreite meine Hand aus seinem Griff, der sich übertrieben energisch anfühlte, als wolle er beweisen, dass sich hinter seiner schüchternen Ausstrahlung Stärke verbarg. »Ich danke Ihnen.«

»Aber wir wollten uns doch duzen!«, sagte er bestimmt.

»Ach ja, richtig. Aus welchem Anlass gebt ihr eigentlich die Party?«

»Ingrid hat Geburtstag. Ich dachte, das wüsstest du.«

»Nein, sonst hätte ich natürlich ein Geschenk für sie mitgebracht.«

Ingrid strahlte, und es kam mir vor, als sende sie unablässig intime Botschaften aus.

»Aber du hast mir doch schon etwas geschenkt«, sagte sie. »Schließlich wäre ich ohne dich vielleicht gar nicht mehr da.«

Eine Frau in Moosgrün trat zu uns. »Übertreibst du nicht ein bisschen?«

»Aber nein. Max, das ist meine Schwester Sigrid.«

Ich ergriff ihre schlaffe Hand. Sigrid war derselbe blonde Typ wie ihre Schwester, nur ein paar Jahre älter. Während Ingrid ihr Abenteuer ausschmückte, musterte sie mich mit kühlen Blicken, etwa so, wie sie vielleicht eine zu Boden gestürzte Krähe auf einem verschneiten Bergplateau studiert hätte. »Max hat mich in letzter Sekunde rausgeholt, ich war von oben bis unten voller Schlamm und durfte seine Badewanne benutzen.«

»Ein netter Mann also«, sagte Sigrid unbeteiligt.

»Hast du dein Boot inzwischen wieder zurückbekommen?«, fragte ich Ingrid, um mich aus dem Sumpf der Zweideutigkeiten zu befreien.

»Peter hat es zwei Kilometer flussabwärts gefunden und nach Hause gebracht.«

»Auch ein netter Mann also.« Ich hatte immer mehr den Eindruck, dass Sigrid irgendetwas nicht passte.

»Sigrid klingt nach kühlen skandinavischen Fjorden«, bemerkte ich.

Sie lächelte schon lange nicht mehr. »Wir haben eine norwegische Großmutter.«

»Wohnst du auch auf dem Deich?«

»Nein.«

»Sie wohnt in Tiel.« Peter erwachte aus einer Art Betäubung. »Die Blumen brauchen dringend Wasser.« Er griff nach meinem Strauß, den Ingrid an die Brust gedrückt hielt. Sie ließ ihn mit einer nachgiebigen Geste los, und ihr Mann verschwand damit durch eine Seitentür.

Ingrid lächelte mir viel sagend zu und nahm mich am Arm. Ich fühlte die Augen ihrer Schwester auf mir ruhen, als das Geburtstagskind mich auf die mit Blumenkästen geschmückte Balustrade oberhalb des Wohnzimmers hinaufzog, die sich über die gesamte Breite des Hauses zu erstrecken schien.

»Hallo?«, rief Ingrid über die gedämpfte Musik hinweg, die offenbar von der Terrasse auf der Rückseite herkam. »Hört alle mal her! Das ist Max, unser neuer Nachbar. Näher kennen lernen müsst ihr ihn selbst.«

Ich grinste unbeholfen etwa einem Dutzend Gesichtern im Raum zu. Die Einzige, die ich wiedererkannte, war meine Nachbarin Jennifer, die in ihrem blauen Mohairpullover und einem knielangen Rock aus kupferfarbenem Samt zart und gleichzeitig sehnig wirkte. Sie lächelte mir zu und setzte ihr Gespräch mit Sigrid fort, die sich zu ihr gesellt hatte. Weitere Gäste hielten sich auf der Terrasse auf, zu der die Türen offen standen, oder saßen auf weißen Gartenstühlen um ein Partyzelt auf dem breiten Rasenstück herum, das sich bis zum Fluss erstreckte. Eine junge Frau in einer orangefarbenen Servierschürze hielt uns ein Tablett hin. Sie hatte sich tags zuvor am Schalter der örtlichen Bank als Anita vorgestellt. »Kleiner Nebenjob?«, fragte ich, als ich ein Glas Weißwein von ihrem Tablett nahm.

»Anita und ihr Verlobter sparen für ein Baby«, sagte Ingrid. Anita errötete und trug ihr Tablett ins Gewühl hinein.

Das Haus sah jünger aus als meines und war mindestens genauso groß. Es hatte sogar eine integrierte Garage für zwei Autos. Die Einrichtung war luxuriös: warmes, massives Holz, große Grünpflanzen und bequeme Möbel auf roten Terrakottafliesen. »Gefällt's dir?«, fragte Ingrid.

»Hübsch habt ihr's hier.«

»Aber dein Haus ist schöner.«

»Bestimmt bist auch schon mal bei meinen Vormietern gewesen.«

»Ein- oder zweimal, auf einer Party. Die Frau war eine blöde Ziege.« Ingrid kicherte leise. »Ach, das meinst du. Stimmt, ich hab nur so getan, als hätte ich es noch nicht gesehen. Aber wie soll man einen Mann sonst in Bewegung kriegen?« Sie schmiegte sich an mich. »Aber das Schlafzimmer kannte ich wirklich noch nicht.« Sie kniff mich in den Arm. »Von mir aus kannst du mich jeden Tag retten.«

Ich warf besorgte Blicke um mich, sah aber keine schockierten Gesichter.

»Ich hätte dich ertrinken lassen, wenn ich gewusst hätte, dass du verheiratet bist!«, sagte ich flüsternd.

»Ach was.«

»Stimmt.« Sie hatte natürlich Recht, auch was die Folgen anging. Sie waren unausweichlich gewesen.

Wieder kicherte Ingrid. »Ich habe dich ja auch nicht gefragt, ob du verheiratet bist.«

»Für solche Informationen sorgt doch bestimmt die Deichbuschtrommel.«

»Nein. Die meisten Leute hier sind importiert. Es geht niemanden etwas an.« Das klang wie eine Abmachung für die Zukunft. »Und, bist du verheiratet?«, fragte sie dann.

»Nein, ich bin ein ehrbarer Witwer.«

Ich las die nahe liegende Frage auf ihrem Gesicht, doch sie wischte sie beiseite, drängte mich ins Wohnzimmer und überließ mich meinem Schicksal. Ich fühlte mich, wie häufiger bei solchen Gelegenheiten, wie ein verirrter Marsbewohner, während ich Hände schüttelte, Namen hörte, die ich prompt wieder vergaß und meinen Anteil am Smalltalk lieferte. Draußen auf der Terrasse tanzten Paare zu einem quälend langsamen Beat und dem Gesang einer klagenden Frauenstimme. Vielleicht entsprach das dem derzeitigen Musikgeschmack, obwohl ich schon seit Jahren keinen vorherrschenden Stil mehr erkennen konnte, weder in der Musik noch in der Mode. Früher war das

Diktat der Mode. streng: Einfach alle trugen Petticoats, Miniröcke, Schlabberlook, gestickte Tiere auf den Brusttaschen oder was immer in dem entsprechenden Jahr auch vorgeschrieben sein mochte. Vielleicht bestand die heutige Mode darin, dass es keine Mode mehr gab. Wenn man so wollte, konnte man das als spirituellen Fortschritt betrachten, doch andererseits empfand ich zahlreiche Kreationen der Modeschöpfer, an denen ich im Fernsehen vorbeizappte, als Beleidigung für den weiblichen Körper und vieles in der modernen Musik lediglich als gehörzerfetzenden Lärm. Die Musik hier war vor allem deswegen eine Erleichterung, weil sie so leise war, dass man einander verstehen konnte.

Ich aß in Paprikasauce getunkte Blumenkohlstückchen, diskutierte meine Erkenntnisse über den Fortschritt mit einem importierten Soziologen und schlenderte mit meinem dritten, diesmal mit Whisky gefüllten Glas in der Hand umher. Irgendwann ließ ich mich aufseufzend neben Jennifer fallen, die ein wenig verloren auf dem Sofa saß.

»Endlich ein bekanntes Gesicht!«

»Magst du keine Leute um dich?« Ihre geröteten Wangen deuteten auf ein, zwei Gläser zu viel Cola-Rum hin.

»Nur nicht, wenn es zu viele sind. Musste dein Mann babysitten?«

Jennifer gab einen verächtlichen Laut von sich. »Ich habe keinen Mann. Tommy schläft oben, ich glaube, Ingrid ist gerade nach ihm gucken gegangen.«

»Alleine für ein Kind zu sorgen stelle ich mir nicht einfach vor. Arbeitest du auch noch?«

»Seit ich hierher gezogen bin, nicht mehr. Ich kriege Sozialhilfe, damit komme ich schon über die Runden.«

»Und was hast du vorher gemacht?«

Es war eine harmlose Frage, doch eine Wolke glitt über ihr Gesicht. »Ich habe im Autohandel gearbeitet.«

»Du bist also auch noch ziemlich neu auf dem Deich?«

»Tommy ist hier geboren, daran kannst du es dir ja ausrechnen, er ist zwei Jahre alt.«

»Mein kleiner Prinz.« Ingrid nahm auf der anderen Seite neben Jennifer auf dem Sofa Platz. »Ich habe ihm die Windel gewechselt. Er schläft tief und fest. Lass ihn heute Nacht ruhig hier, dann kannst du morgen ausschlafen.«

Jennifer griff nach ihrem Glas und schaute Ingrid spöttisch an. »Dabei könntest du ein bisschen Schlaf vermutlich besser gebrauchen als ich. Erst beinahe ertrunken, dann die Party …«

»Ich habe ihn gerne bei mir, das weißt du doch«, sagte Ingrid ein wenig tadelnd.

»Ja, natürlich«, antwortete Jennifer etwas sanfter. Sie wandte sich wieder mir zu. »Wenn Ingrid nicht wäre, könnte ich keinen Schritt tun, ohne Tommy mitzuschleppen. Dabei möchte sie noch nicht mal eigene Kinder haben.«

»Tommy ist eben etwas Besonderes.« Ingrid drückte Jennifers Hand. »Du weißt doch, wie verrückt ich nach ihm bin. Du sagst doch selbst immer …«

Jennifer lehnte sich zurück. »Was für ein Glück, dass er auch verrückt nach dir ist. Sonst hätte ich nie nach Aruba fahren können.«

»Nach Aruba?«, fragte ich, um mich ein wenig am Gespräch zu beteiligen.

Sie lachte kurz auf. »Zwei Wochen Auszeit, ohne irgendwelche anderen Sorgen, als mir die Indianer vom Leib zu halten. Ingrid hat solange auf Tommy aufgepasst. Sie sind im Vergnügungspark De Efteling und in Madurodam gewesen.«

»Ich habe mich so über deinen Brief gefreut«, sagte Ingrid. »Hast du ihn im Flugzeug geschrieben?«

Jennifer nickte. Die Erinnerung daran schien sie zu ernüchtern. »Ich habe wahnsinnige Flugangst«, bekannte sie. »Ich war so froh, dass Tommy bei dir war … Ich habe das wirklich ernst gemeint. Ich wüsste nicht, wo ich Tommy lieber aufgehoben sähe, falls mir einmal etwas passieren sollte.«

»Aber was soll dir denn hier passieren?«, fragte ich. »Sogar der Fluss ist zu friedlich, um darin zu ertrinken.«

Ingrid kicherte, doch Jennifer wirkte immer noch bedrückt. Vielleicht machte der Alkohol sie depressiv. »Man braucht nur einmal nicht aufzupassen, wenn man über die Straße geht«, murmelte sie. »Oder eine verirrte Kugel abzukriegen.«

»Jetzt hör doch auf, Jen«, sagte Ingrid. »Du wirst hundert Jahre alt werden, und das bestimmt nicht alleine. Der Sohn von Versteeg kann seine Augen nicht von dir abwenden und das zu Recht, denn du bist wirklich ein Schatz.« Sie schaute mich warnend an. »Du bist zu alt für sie, aber du wirst auch noch dahinter kommen, was für eine wunderbare Frau neben dir im Heuschober wohnt.«

Die ›wunderbare Frau‹ wirkte aufgemuntert, wie eine ausgetrocknete Pflanze, die endlich gegossen wird. »Tommy ist ihn heute Mittag schon ganz von sich aus besuchen gegangen.«

»Er kam aber mehr wegen der Kaninchen«, bemerkte ich.

»Hat dich Rob Versteeg denn endlich mal gefragt, ob du mit ihm ausgehen willst?«, neckte Ingrid sie. Jennifer errötete. »Ach, hör doch auf.«

Frauen, Kinder, Liebhaber. Ich stand auf. »Wie Jenny schon sagte: Heute ist ein denkwürdiger Tag gewesen …«

Ingrid sagte: »Du kannst doch jetzt noch nicht gehen, ich möchte gleich noch mit dir tanzen. Und das ist ja wohl das Mindeste, was eine Nachbarin an ihrem Geburtstag mit dem neuen Nachbarn machen sollte.«

Jennifer kicherte.

Ich flüchtete in den Rauch von Zigarren gemischt mit einem Hauch von Marihuana und Stimmen, die allmählich undeutlicher wurden. Draußen sorgten Lampions für jene Beleuchtung, die zu Treppenstufengestolper, Tritten in Hundescheiße und Gefummel auf der Tanzfläche führt. In einer Ecke des Raumes wachte Anita über ein Schlachtfeld von Flaschen, Gläsern und Schalen auf einem mit Wein befleckten Tischtuch. Ich piekte einen Zahnstocher in einen vergessenen Käsewürfel mit Ingwer, während sie Whisky in mein Glas goss und Eis aus einem Silbereimer hinzufügte.

Auf dem Käse herumkauend schlenderte ich hinüber zu einem massiven Sandsteinbogen neben der Bar. Dahinter führten gefliese Stufen hinauf zu einem höher gelegenen Anbau auf der Deichseite. Das musste die Domäne des Hausherrn sein. Ein massiver Holzschreibtisch mit einem Computer darauf, umgeben von einem Chaos aus Papieren und Stiften, auf Umschläge und Memozettel gekritzelten Geistesblitzen, einer Postablage, einem Taschenrechner und wahrhaftig einer Pfeife. Der Arbeitsplatz eines Autors, nur konnte ich nirgends Bücher mit dem Namen Peter Brack darauf entdecken. Auf den Regalen rund um den Schreibtisch standen vorwiegend Nachschlagewerke und Klassiker.

»Du hast dich ins Allerheiligste verirrt.«

Ich drehte mich um. »Bitte sei mir nicht böse.«

»War nur ein Witz. Ich habe kaum Geheimnisse, und Ingrid auch nicht, du kannst dich also ruhig im ganzen Haus umsehen.« Peter Brack lächelte gezwungen, und wieder war es mir ein Rätsel, was er damit sagen wollte. Durch das Grau, das in seinem blonden Haar allmählich überhand nahm, die dicken Ränder unter den Augen, sein Doppelkinn und die Hängebacken wirkte er ältlich und auch ziemlich abwesend, als halte er sich mit Prozac auf den Beinen.

»Schreibst du Romane?«, fragte ich.

»Was treibst denn du so?«

»Nachforschungen.«

»Aha, davon kann ich auch ein Lied singen. Ich war früher Journalist und arbeite derzeit an einem historischen Roman.« Peter setzte sich an seinen Schreibtisch. »Sagt dir der Name Witte van Hunsate etwas?«

»Ich war schon froh, wenn ich in Geschichte eine Vier hatte.«

Peter nahm ein löffelförmiges Instrument zur Hand und begann, damit in seiner Pfeife herumzuwühlen. »Selbst wenn du eine Eins gehabt hättest, hättest du noch nie von ihm gehört, das ist ja das Besondere an meinem Thema. Witte war ein illegitimer Sohn Floris des Fünften. Mein Buch handelt von seinem Leben, seinen Liebschaften und seinen Kriegstaten. Der Mann wurde bisher von sämtlichen Historikern ignoriert, als hätte es ihn nie gegeben. Ich versuche herauszufinden, was dahinter steckt. Ich bin mir sicher, dass es mehr als nur die Tatsache ist, dass er ein Bastard war. Der tapferste Spross derer von Orléans war schließlich auch einer.«

Er klopfte auf ein offensichtlich viel gelesenes Exemplar des Romans *Wald der Erwartung* von Hella S. Haasse, eines meiner Lieblingsbücher.

»Woher weißt du überhaupt, dass es deinen Bastard tatsächlich gegeben hat?«

»Aufgrund von Nachforschungen.« Peter löffelte halb verbrannten Tabak in einen Kristallaschenbecher. Über seine Ehe konnte ich nur Vermutungen anstellen, doch seine Besessenheit von seinem Romanhelden vermittelte mir den Eindruck, dass er sich verzweifelt in eine Fantasiewelt stürzte, um sich aus der Realität heraushalten zu können. »Hunsate ist natürlich der lateinische Name für Heusden«, sagte er dozierend. »In Heusden ist jedoch nichts über Witte zu finden; ich habe noch lange nicht alles zusammen. Vielleicht sollte ich dich mal engagieren.« Er lachte kurz auf. »Ich habe Hinweise darauf gefunden, dass er eine der faszinierendsten Personen seiner Zeit war, dass er an den Kreuzzügen und der Goldsporenschlacht teilgenommen hat. Doch erst danach wurde er ein echter Held, als er sich gegen Papst Clemens stellte, weil der die Templer verbannte. Danach kämpfte er gegen die Johanniter, die sich das Eigentum des Templerordens unter den Nagel rissen. An die Templer erinnerst du dich doch sicher noch?«

»Vage.« Er schien ganz schön viel über eine Person zu wissen, über die es keine Informationen gab. »Kannst du denn von einem historischen Roman leben, der noch nicht fertig ist?«

Sein enthusiastischer Gesichtsausdruck verschwand, als hätte ich ihm sein Spielzeug weggenommen. Er griff in das unterste Regalfach hinter seinem Schreibtisch und zog eine Hand voll dünner Hefte hervor, die er fast widerstrebend vor sich hinwarf. »Kitschromane für den Schreibwarenladen und den Supermarkt. Wenn nötig, kann ich jede Woche einen runterschreiben.«

Ich betrachtete die bunten Umschläge. *Liebe in der Brandung, Danielles Traum, Der schottische Geliebte, Sallys Erbe* und andere Werke einer gewissen Germaine Hastings. Ich grinste und sagte aufmunternd: »Barbara Cartland ist ziemlich reich damit geworden.«

»Sie ist ein Rolls-Royce im Vergleich zu den Produkten der Firma *Maßliebchen*.«

»*Maßliebchen*?«

»Die GmbH, die diese Meisterwerke vermarktet. Mein Herausgeber besitzt alle möglichen GmbHs, das hat was mit der Steuer zu tun, ich habe keine Ahnung davon. Wir haben gerade erst eine neue gegründet, wieder mit einem Blumennamen, sie heißt *Augentrost* und ich selbst bin der Direktor, gemeinsam mit einem Russen. Wir wollen auch Übersetzungen aus dem Russischen im Programm unterbringen.«

Ich hörte Schritte und schaute mich um. Ingrid blieb auf der obersten Stufe stehen und sagte provozierend: »Jetzt will ich Max aber wieder zurückhaben. Hast du ihm alles über deinen Ritter von Heusden erzählt?«

Ich warf einen verstohlenen Blick auf Peters Gesicht. Zu meiner Überraschung zeigte es keine Spur von Gereiztheit oder Verletztheit. Was ich sah, war Unterwürfigkeit und eine Art sehnsuchtsvoller Ergebenheit, wie ein Hund, der alles dafür tat, sein Frauchen nicht zu enttäuschen. Falls er kein ausgefuchster Schauspieler war, der mir einen Schuldkomplex ersparen wollte, war dies ein Mann, der seine Frau anbetete.

»Es ist ein faszinierendes Thema«, sagte ich heiser.

»Nicht für Ingrid.« Peters Gesicht wurde ausdrucksloser, als er sich mir zuwandte. »Außerdem hat sie ganz Recht. Schließlich ist es ihr Geburtstag.«

Ich folgte Ingrid durch das Wohnzimmer. Anita war nach Hause gegangen, Jennifer saß noch immer auf ihrem Sofa, allein. Als wir an ihr vorbeigingen, versperrte uns ein kräftig gebauter Mann mit tief liegenden Augen und fleischigen Lippen den Weg, der sich mir mit einem derben Handschlag als Bokhof vorstellte.

»Gehst du schon, Harm?«, fragte Ingrid.

»Nicht, bevor ich mit Jenny getanzt habe«, sagte er. »Jen?«

Ich erkannte Widerwillen auf Jennifers Gesicht, doch aus irgendeinem Grund schien sie ihm seinen Wunsch nicht abschlagen zu können. Sie stand auf, ignorierte Bokhof und ging gehorsam vor ihm her auf die Terrasse. Ihre Bewegungen wirkten ziemlich unsicher.

Die meisten Leute waren inzwischen ins Haus gegangen. Ein paar hatten ihre Gartenstühle zum Apfelbaum unten am Fluss gestellt und steckten dort die Köpfe zusammen, rauchten Joints und philosophierten. Ein Pärchen tanzte träge auf der Terrasse. Es war eine laue Sommernacht. Bokhof legte eine seiner Pranken auf Jennys Hüfte und blieb andächtig stehen, als warte er, bis sein Gehirn seine Gliedmaßen auf den Rhythmus der Musik programmiert hatte.

Ingrid schmiegte sich in meine Arme. Sie sagte nichts, zog mich aber mit den scheinbar unschuldigen Tanzschritten und Zufallsmanövern, an die ich mich aus meinen Teenagerjahren erinnerte, zum verlassenen Ende der Terrasse hinter den Glastüren. Die Musik schien dieselbe wie vorhin zu sein; eine klagende Stimme sang auf Italienisch zu einem trägen Beat.

Die Erinnerung an diesen Morgen glühte in meinem Körper. Sie hob ihr Gesicht, als wolle sie geküsst werden, und flüsterte: »Ich wünschte, wir könnten irgendwo anders hingehen.«

Sie rieb ihre Brüste an mir, schob ihr Knie zwischen meine Beine und blies ihren warmen Atem an meinen Hals.

Ich spähte über ihren Kopf hinweg hinüber zu der sicheren Barriere aus Backstein zwischen uns und den Partygästen drinnen und zur Terrasse, die sich über die ganze Breite des Hauses erstreckte. Das dritte Paar verschwand Hand in Hand in Richtung der Gruppe am Fluss. Bokhof stand mit dem Rücken zu uns am anderen Ende der Terrasse und bewegte sich kaum merklich; Jennifer blieb ganz hinter seinem Anzug in Übergröße verborgen.

Mich überfiel das überwältigende Gefühl, dass hier etwas unecht war, künstlich, dass hier einiges nicht stimmte. Vielleicht lag das einfach an der grotesken Unangemessenheit der Situation, die mir allmählich bewusst wurde. Ich war keine zwanzig mehr, und die Sechzigerjahre gehörten eher zur Erfahrungswelt meiner Eltern als zu meiner eigenen. Ich hielt Ingrid ein wenig auf Abstand, ich wollte sie nicht verletzen. Mein Gehirn arbeitete an Dialogen: Hör mal, lass uns Freunde bleiben, vielleicht sollten wir uns Komplikationen in dieser Richtung ersparen.

Ingrid schaute mich fragend an, und ich sagte: »Ich glaube …«

In diesem Moment wurde jegliche Romantik von einer schrillen Stimme mit überraschend starkem Amsterdamer Tonfall abrupt im Keim erstickt.

»Behalt deine verfluchten Drecksfinger bei dir, du Mistkerl!«

Ich sah, wie Bokhof rückwärts stolperte, als Jenny ihn wütend von sich wegschubste. Die Leute am Fluss drehten die Köpfe in unsere Richtung, und hinter den Fensterscheiben und in den offenen Türen erschienen neugierige Gesichter. Ich ließ Ingrid los und ging rasch auf den Tumult zu. Bokhof stand kochend vor Wut Jenny gegenüber und zischte: »Blöde Kuh!«

»Na, na!«, sagte ich.

Bokhof drehte sich um, die dunklen Augen voller Hass, und stieß hervor: »Die weiß einfach nicht, was gut für sie ist!«

Ich machte mich auf einen Angriff gefasst, als er wie ein gereizter Stier auf mich loszugehen schien, doch er stampfte an mir vorbei und verschwand hinter dem Haus. Jennifer stand zitternd unter den Lampions. Auf der Schulter waren die Knöpfe ihres Mohairpullovers abgerissen, dort, wo eine von Bokhofs Kohlenschaufeln gewaltsam versucht hatte, sich einen Weg unter den Pulli zu bahnen.

Ingrid legte den Arm um sie. »Dieser Bauerntölpel!«, sagte sie tröstend. »Mach dir nichts draus. Komm mit, ich helfe dir, dich wieder ein bisschen zurechtzumachen …«

Jennifer schüttelte den Kopf. »Ich gehe nach Hause«, sagte sie, und mit einem Blick auf Ingrid: »Es tut mir Leid.«

»Du kannst doch nichts dafür. Was ist, wenn der Mistkerl noch oben auf dem Deich steht?«

»Ich werde schon mit ihm fertig.«

Das bezweifelte ich. Jennifer war zwar stark, aber sie hatte zu viel getrunken. »Ich begleite dich. Ingrid hat Recht, und so langsam muss ich auch nach Hause.«

Ingrid wirkte enttäuscht, konnte mir aber schlecht in aller Öffentlichkeit widersprechen. Sie nahm Jennifer in den Arm. »Ich bringe Tommy morgen nicht zu früh. Möchtest du ihm noch Auf Wiedersehen sagen?«

Jennifer schüttelte den Kopf. »Ich gehe lieber außenrum.«

Ich küsste Ingrid sittsam auf die Wange. »Einen schönen Gruß an Peter, und vielen Dank für die nette Party.« Ich winkte zum Fenster hin und der Gruppe am Fluss zu, doch niemand beachtete uns. Das mangelnde Interesse hatte etwas Unnatürliches, als bestünde die allgemeine Vereinbarung, derartige Vorfälle unverzüglich zu vergessen, um am nächsten Tag normal miteinander umgehen zu können. Vielleicht war dies eine von Einheimischen und Zugezogenen gemeinsam entwickelte Taktik, um Nachbarschaftsfehden von vornherein aus dem Wege zu gehen.

Ich nahm Jennifer an der Hand, als wir denselben Weg wie Bokhof einschlugen und über den Kiesweg am Haus entlang und dann den Deich hinaufgingen. Irgendjemand hatte die Musik ausgeschaltet, und als wir das Haus hinter uns gelassen hatten, legte sich eine nächtliche Stille über den Deich. Fluss und Felder glänzten magisch unter dem schwachen Licht der Sterne und der Sichel des zunehmenden Mondes.

»Wer ist dieser Bokhof?«, fragte ich.

Jennifer zeigte auf einen dunklen Bauernhof zwischen niedrigen Obstplantagen auf der zum Land hin gelegenen Seite des Deiches. »Ein Obstbauer.«

»Ist er denn nicht verheiratet?«

»Doch!«, Jennifer gab einen verächtlichen Laut von sich. »Er hat eine Frau und zwei Söhne.« Sie hakte sich bei mir unter, und wir gingen weiter.

»Belästigt er dich öfter?«

»Ja.«

»Warum tanzt du dann mit ihm?«

Nach einer Pause antwortete sie: »Er ist mein Vermieter.«

»Aha.«

Nach einer Weile fing sie von selbst an zu erzählen. »Ich habe es ihm sofort angesehen, aber ich war schwanger und brauchte eine Wohnung. Der Heuschober war genau das, was ich suchte. Nach Tommys Geburt kam er immer öfter zu Besuch. Ich versuchte, nett zu ihm zu sein, bot ihm Kaffee oder ein Bier an. Eines Tages sagte er, er wolle die Hälfte der Miete in Naturalien haben, und zwar mit einem Unterton, als hieße es, entweder das, oder die Kündigung. Ich ... ich wusste nicht, was ich tun sollte.« Sie stockte und beichtete dann flüsternd: »Einmal habe ich ihm gegeben, was er wollte, und seitdem kann ich mich seiner kaum noch erwehren. Am liebsten würde ich morgen umziehen, aber wo soll ich denn hin?«

Sie klang verzweifelt, und ich drückte tröstend ihren Arm. »Vielleicht hättest du dich jemandem anvertrauen sollen ...«

»Ach ja, wem denn? Seiner Frau vielleicht? Die hätte mich wie eine Hure vom Deich gejagt. Schließlich bin ich eine ledige Mutter.«

Ein leichtes Opfer, ganz gewiss in diesem Dorf. »Weiß Ingrid davon?«

Sie zuckte mit den Schultern. »Wahrscheinlich vermutet sie es. Ich habe nie mit ihr darüber gesprochen.«

»Es gibt doch so etwas wie Mieterschutz. Du könntest dich einfach an die Polizei wenden.«

Jennifer blieb stehen und flüsterte: »Ich kann nicht zur Polizei gehen.«

»Warum nicht?«

Sie schüttelte den Kopf und murmelte: »Das ist alles meine eigene Schuld, es ist meine gerechte Strafe.«

Ich sah, dass wir ihre Einfahrt erreicht hatten. Das Reet auf ihrem Heuschober ragte stumpfgrau über den Sträuchern empor. »Strafe? Wofür?«

»Irgendwann muss man für alles bezahlen.«

Sie fing an zu weinen, und ich nahm sie in den Arm. Sie hatte ein paar Gläser zu viel getrunken, und in diesem Moment wirkte sie in meinen Augen wie ein Opfer der Reichen und Mächtigen in einem kitschigen Heimatroman. »Aber Jennifer, das ist doch Unsinn«, sagte ich beruhigend.

»Und warum muss ich das dann alles mitmachen?«, schluchzte sie.

Vielleicht glaubte sie an eine Art rächendes Schicksal. »Die Menschen fragen immer nach dem Warum, dabei gibt es das oft gar nicht«, sagte ich. »Jeder, der die Straße überquert, kann überfahren werden.« Ich hatte nicht den Eindruck, dass sie mir zuhörte, doch der Klang meiner Stimme schien sie zu beruhigen. »Es gibt keinen Buchhalter, der das Schicksal lenkt, weder im Guten noch im Bösen. Kein Mensch kann ernsthaft behaupten, die zahllosen Opfer eines Erdbebens hätten es allesamt verdient zu sterben.«

Ich merkte, wie sie sich entspannte. Sie brauchte nur eine tröstende Stimme, eine Schulter zum Ausweinen. Jennifer schlug sich nicht mit existenziellen Warumfragen herum, sondern mit konkreten Überlebensproblemen vom Kaliber Bokhof.

Sie klammerte sich an mich und sagte: »Du bist ein lieber Nachbar.«

Allmählich verursachten mir meine Nachbarinnen Beklemmungen. »Und du hast zu viel getrunken und musst ins Bett«, antwortete ich.

Sie erschauerte. »Vielleicht lauert er mir auf.«

»Hat er einen Schlüssel?«

»Natürlich hat er einen Schlüssel, schließlich ist er der Vermieter.«

Ich brachte sie die Einfahrt hinunter. Sie winkte mich hinten herum und gab mir den Haustürschlüssel. »Warte einen Moment«, sagte ich.

Ich schaltete das Licht ein und erkannte, dass ich mich in einem Vorratsraum neben der Küche befand, mit Waschmaschine, Tiefkühltruhe, Dreirad, Garderobe mit Regenmänteln und Stiefeln in den Größen von Mutter und Sohn. So weit alles in Ordnung. Ich öffnete die Tür zum eigentlichen Wohnbereich, fuhr über die Wand und fand einen Schalter. Zwei Korbschirmlampen erhellten einen Esstisch aus hellem Holz, um den Korbstühle standen. Ich sah eine geräumige, freundliche Wohnküche, mit einer Sitzecke vor einem Fernseher, gelb karierten Gardinen, einer Kochnische und kleinen Schränken unter einem auf schweren Balken ruhenden Halbgeschoss, Malbücher auf einem Regal unter dem Fenster, eine Spielzeugwerkstatt.

Jennifer kam hinter mir herein und warf bedeutungsvoll einen Blick nach oben. Ich ging die offene Treppe hinauf zu einem schmalen, geländerbewehrten Treppenpodest auf dem Halbgeschoss. Ich öffnete zwei Schlafzimmertüren und schaltete das Licht in beiden Räumen ein. In einem davon standen ein Kinderbettchen, Aufbewahrungskisten aus Korb und eine Kommode. Eine Tür führte zu einem Holzbalkon auf der Rückseite des Heuschobers, doch ich sah, dass sie fest verriegelt war. Daneben lag Jennifers Zimmer, mit Holzbett, Kleiderschränken, einem Waschbecken, Zeitschriften. Kein Bokhof.

Ich ging hinunter und beruhigte sie. »Der lässt sich bestimmt nicht mehr blicken. Schließ deine Tür ab und versuche, nicht an ihn zu denken. Gute Nacht, schlaf schön.«

Ich wartete, bis sie die Tür abgeschlossen hatte, und lief, bevor ich nach Hause ging, noch einmal um den Heuschober herum. Dabei hatte ich das seltsame Gefühl, beobachtet zu werden – wahrscheinlich eine Nachteule oder Jennifers personifizierte Paranoia. Alles war ruhig. Mein Hemd klebte mir an der Schulter, durchnässt von Jennifers Tränen.

2

»Was machst du gerade?«, fragte CyberNel am Telefon.

»Bücher auspacken. Meinen Computer anschließen. Herausfinden, wie diese gefährlichen supersonischen Glaskochplatten funktionieren, ohne dabei von einem Stromschlag getötet zu werden.«

»Damit willst du wohl sagen, dass du ein Ceranfeld hast«, sagte sie.

»Das wird's wohl sein.«

»Das wird dich wohl kaum umbringen. Ich meine, an was arbeitest du gerade?«

»Na, wie ich dir gesagt habe. Ich muss einen Container bestellen. Ich habe zwei Birnbäume, komme aber nicht dran, weil überall Bauschutt herumliegt.«

»Wieso Bauschutt?«

»Ach, ich nenne es einfach mal so. Stapelweise Dachpfannen, alle ordentlich in der Mitte durchgebrochen. Bestimmt hat ein Arbeiter pünktlich zum Feierabend den Greifer von seinem Kran drauffallen lassen.«

Man konnte CyberNel kein X für ein U vormachen. »Ich dachte, du hättest ein Reetdach?«

»Noch bin ich auf der Suche nach den logischen Zusammenhängen in diesem Dorf. Ich weiß ja auch nicht, was ich mit lauter viereckigen Betonplatten von einem halben Meter Durchmesser anfangen soll. Vielleicht könnte ich erdbebensichere Hundehütten daraus bauen.«

Sie kicherte. »Du scheinst dich ja einigermaßen zu amüsieren.«

»Stimmt. Und was ist mit dir?«

Sie schwieg einen Augenblick lang. »Ich brauche noch eine Weile.«

Die Versicherung hatte nach vielem Hin und Her eingesehen, dass der Bombenanschlag auf CyberNels Computerdachboden in Amsterdam weder eine Naturkatastrophe noch Eigenverschulden gewesen war. Sie hatte die Möglichkeit gehabt, die Wohnung darunter von einer Gruppe Filmproduzenten zu übernehmen, die sich eine luxuriösere Unterkunft gesucht und alles mitgenommen hatte außer einem weißen Flügel, der von dem Gehämmer der auf ein Casting wartenden Schauspieler so klapprig geworden war, dass er das Hinunterhieven in die Gasse nicht überlebt hätte.

»Warum lässt du die Handwerker nicht in Ruhe arbeiten und kommst für eine Weile zum Schuttwegräumen zu mir? Wenn du keine Lust hast zu kochen, können wir mein Privatruderboot leer pumpen und den Fluss hinunter zu einem piekfeinen Restaurant paddeln.«

»Ich muss Rechner und anderes Zubehör kaufen und alles wieder neu einrichten. Es dauert bestimmt noch ein Jahr, bis mein Geschäft wieder so läuft, wie es sollte. Ich habe schon Aufträge, Eddie und ich arbeiten an einem Projekt für eine Bank, ich glaube, die haben Mitleid mit mir. Aber ich komme bestimmt mal raus zum Rudern.«

»Du hättest mit mir hierher ziehen können …«

»Dafür ist es zu spät, Max. Ich kann Stangenbohnen nicht von Unkraut unterscheiden, und Tomaten halte ich für Kletter-Rote-Bete. Ich rufe nur an, um dir Bescheid zu sagen, dass ich wieder auf dem Posten bin. Mit den praktischen Sachen wie Abhören und so weiter musst du dich noch eine Weile gedulden, aber den Computer habe ich schon mit Programmen von Eddie wieder aufgerüstet, also stehe ich für die normalen Recherchen wieder zur Verfügung.«

»Ich habe im Moment nichts zu tun.«

»Dann wirst du ja wohl bald Sozialhilfe beantragen müssen.«

»Muss man dafür in den Niederlanden nicht erst sein

eigenes Haus aufessen? Und immerhin ist es ein großes Haus.«

»Du bist viel zu guter Dinge. Ich mache mir Sorgen. Kriegst du keine Aufträge mehr von Meulendijk?«

Ich hörte einen mütterlich tadelnden Unterton heraus. Bei den letzten Aufträgen hatte ich Exstaatsanwalt Meulendijk nichts als Ärger eingehandelt und ihn in Verlegenheit gebracht. Er hatte noch nicht einmal auf die Nachricht von meinem Umzug reagiert. »Solange er seinen Ausweis nicht zurückfordert, bin ich seinem Büro offiziell lose verbunden, aber ich habe das Gefühl, dass er von Freiberuflern im Allgemeinen und mir im Besonderen allmählich die Nase voll hat.«

»Soll ich eine Werbeanzeige für dich ins Netz stellen? *Vermögen verloren? Tochter verschwunden? Neffe ermordet? Rufen Sie Max Winter an. Diskretion garantiert.*«

Ich lachte leise. »Es macht mir nichts aus, eine Weile lang nach dem Motto von Meneer Micawber zu leben: Es wird sich schon was ergeben.«

»In einem *Dorf*?« Nel schnaufte heftig und verkündete: »Ich komme demnächst mal vorbei und mach dir Beine«, und legte brüsk den Hörer auf.

Peter Brack rief an, als ich gerade mit einem auf dem Ceranfeld gebratenen *Strammen Max* und einer Flasche Wein vom Supermarkt an meinem schicken weißen Küchentisch saß. Außerdem wartete im Wohnzimmer eine Flasche guter Cognac auf mich, den ich gleich beim Fernsehen genießen wollte.

Ich war mir nicht sicher, ob das so bleiben würde, doch nach einer Woche gefiel mir das Landleben allmählich ziemlich gut. Morgens drehte ich eine Runde auf einem gediegenen Herrenfahrrad, das ich gebraucht beim Fahrradhändler im Dorf erstanden hatte. Sogar das Einkaufen machte Spaß. Jeder hatte Zeit für einen kleinen Plausch.

Traktoren tuckerten friedlich vor Giftgaswolken her durch die Obstplantagen. Ein Mann von irgendeiner Agrarbehörde hatte mir eine Dose gelber Sprühfarbe vorbeigebracht und mich dazu ermächtigt, Weißdornbüsche für die Vernichtung zu kennzeichnen, falls sie Anzeichen der ansteckenden Ulmenkrankheit aufwiesen. Ich versuchte, den alten Weißdorn oben an meinem Deichabhang mit der Behauptung zu retten, er könne doch gar keine Ulmenkrankheit haben, da er doch ein Weißdorn sei. Daraufhin hielt er mir einen zehnminütigen Vortrag, aus dem ich der Bequemlichkeit halber schloss, dass in der Natur praktisch alles die Ulmenkrankheit bekommen konnte.

Brack klang ein wenig angetrunken. »Max, ich habe versucht, Ingrid zu erreichen, aber ich glaube, irgendetwas stimmt mit unserem Telefon nicht. Würdest du mir einen Gefallen tun und mal kurz bei ihr vorbeischauen? Von dir aus ist es am nächsten.«

Mir fiel ein, dass Jennifer noch näher wohnte und außerdem wegen ihres Kindes bei den beiden ein und aus ging. »Ich kenne mich nicht besonders mit Telefonen aus. Hat sie kein Handy?«

Brack lachte. Ich hörte Stimmen im Hintergrund und ein Klavier. »Ich habe das Handy dabei«, sagte er. »Und du brauchst auch nichts zu reparieren. Ich möchte nur, dass sie Bescheid weiß, dass ich heute Nacht in Amsterdam bleibe. Ich muss morgen Früh um zehn noch zu einem Termin, den ich nicht absagen kann, und ich habe überhaupt keine Lust, bei diesem Mistverkehr hin- und herzufahren.«

Der Mistverkehr, dafür hatte ich Verständnis. »Weiß sie, wo sie dich erreichen kann?«

»Ich wohne in meinem Stammhotel an der Amstel, aber heute Abend gehe ich mit meinem Herausgeber und ein paar Geschäftsfreunden in der Stadt essen, und es kann spät werden, bis ich wiederkomme.«

»Ich geh gleich mal kurz vorbei«, versprach ich.

»Ich bin dir unendlich dankbar. Du bekommst eines der ersten limitierten und signierten Exemplare vom *Witte van Hunsate*.« Die letzte Bemerkung klang, als wolle er damit seiner Umgebung imponieren.

»Schreib dein Meisterwerk doch erst mal«, murmelte ich, doch er hatte schon aufgelegt.

Ich aß den kalt gewordenen Rest meines *Strammen Max* und zog das Telefonbuch zu mir hin. In unserem Dorf gab es nur eine Familie Brack. Ich hörte das Freizeichen, aber niemand nahm ab. Vielleicht war Ingrid nicht zu Hause und ich würde mich mit einem unter der Tür durchgeschobenen Zettel aus der Affäre ziehen können. Ich hatte Ingrid seit der Party nicht mehr gesehen und verspürte, so feige es auch war, keine Lust auf weitere Treffen und Komplikationen. Manchmal war es ganz angenehm, wenn bestimmte Dinge einfach einschliefen, verschwanden und vergessen werden konnten.

Es wurde allmählich dunkel, als ich mich auf den Weg machte. In Jennifers Heuschober brannte Licht, und ich fragte mich, womit eine allein stehende junge Mutter ihre Abende ausfüllte, nachdem sie ihren kleinen Sohn mit einer Gute-Nacht-Geschichte ins Bett gesteckt hatte. Ich dachte daran, dass Peter wahrscheinlich deshalb mich und nicht Jenny angerufen hatte, weil er besser wusste als ich, dass sie Tommy nicht allein lassen konnte oder womöglich Gefahr liefe, diesem Grapscher von Bokhof auf dem Deich zu begegnen.

Unser Deichabschnitt bildete in Verbindung mit zwei schmalen Zufahrtsstraßen eine für den Durchgangsverkehr sinnlose Schlaufe neben dem Rijksweg. Außer dem Postauto und einigen wenigen Lieferwagen sah man hier kaum andere Fahrzeuge als die der Anwohner, und daher nahm ich an, dass auch der Wagen, der mir mit Abblendlicht entgegenkam, zu einem der Deichhäuser gehörte. Es war ein dickes, amerikanisches Modell, ein Pontiac. Ich hob die Hand und trat an den Straßenrand, um ihn vorbeizulassen, doch der Fahrer hielt neben mir an. Zigarrenrauch quoll in dicken Schwaden heraus, als der Mann im Fond sein Fenster hinuntersummen ließ. »Hallo?«, sagte er.

Ich beugte mich nach vorn, erkannte aber im Zigarrenrauch und dem dunklen Interieur wenig mehr als ein bartloses Gesicht, glattes schwarzes Haar und das Glänzen von Gold im Gebiss. »Ich suche eine Juffrouw Kramer«, sagte er. »Sie muss hier irgendwo wohnen.«

»Der Name sagt mir nichts«, antwortete ich. »Haben Sie keine genaue Adresse?«

»Es soll ein kleines Haus am Lingedeich sein.«

»Ach so. Dann sind Sie hier falsch. Das hier ist der Polderdeich. Der Lingedeich fängt hinter der Brücke an.« Ich zeigte in die entsprechende Richtung. »Fahren Sie einfach geradeaus weiter und überqueren Sie die Straße, die zur Brücke führt, dann kommen Sie automatisch wieder zurück zum Fluss.«

Der Mann murmelte etwas, das »Okay« aber auch »Fall doch tot um« hätte heißen können, und das Fenster summte wieder hoch. Der Pontiac mit seinen Dutzenden von flüsternden Zylindern verschwand in der Dämmerung.

Ingrid wirkte ziemlich gereizt, als sie die Tür mit einem ungeduldigen Ruck aufriss, doch ihr Gesichtsausdruck hellte sich auf, als sie mich erkannte. »Max!« Sie nahm mich an der Hand, zog mich hinein und schloss die Tür. »Weißt du was? Ich habe heute Nacht von dir geträumt.«

Ich schaute ihr in die verführerischen Augen. »Ich komme nur auf einen Sprung vorbei. Dein Telefon funktioniert scheinbar nicht.«

»Wie kommst du darauf?«

»Peter hat versucht, dich zu erreichen.«

Sie hob die Augenbrauen. »Hat er dich etwa angerufen?«

»Er geht noch mit seinem Herausgeber in Amsterdam essen und hat morgen früh gleich wieder einen Termin. Du kannst ihn später im Hotel erreichen.«

»Mist!«, rief sie laut. »Der hat vielleicht Nerven.« Sie drehte sich um und ging zur Küchentür.

»Ich kann nicht bleiben«, sagte ich.

Enttäuscht wandte sie sich um. »Hier verkocht gerade ein wunderbares Abendessen für zwei Personen.«

»Ich habe schon gegessen. Ich muss wirklich gehen, ich habe noch einen Haufen Arbeit.«

Sie zog einen Schmollmund. Wir wussten beide, dass es hier nicht um Abendessen oder Arbeit ging, aber ich konnte sie kaum noch anschauen, ohne dabei Peters sklavisch anbetende Augen zu sehen. Schließlich beendete sie unseren wortlosen Dialog, indem sie verstimmt mit den Achseln zuckte. »Dann schau doch bitte wenigstens mal nach dem Telefon.«

»Wo ist es denn?«

»Auf Peters Schreibtisch.« Sie öffnete die Tür, die zum Treppenpodest oberhalb des Wohnzimmers führte, und schaltete das Licht ein. »Du kennst ja den Weg.« Dann fügte sie hinzu: »Ich muss mal kurz nach oben«, und verschwand über die breite Holztreppe.

Ich durchquerte den luxuriösen Wohnraum und kam an dem offenen Kamin vorbei, an den ich nur ein brennendes Streichholz hätte halten müssen, um mir einen romantischen Abend zu machen. Doch ich dachte an den weisen Rat meines Vaters, der mich bereits vor einem Vierteljahrhundert vor Theater im eigenen Nest gewarnt hatte, worunter Affären an unserem Deich garantiert fielen.

Bei dem Telefon handelte es sich um ein solides Telecomgerät. Ich nahm den Hörer ab, doch die Leitung war tot. Ich folgte dem Kabel und sah, dass der Stecker herausgezogen war. Ich schloss das Telefon wieder an, unterdrückte meinen angeborenen Trieb, in den Papieren anderer Leute herumzuschnüffeln, und kehrte in den Eingangsflur zurück.

Ingrid kam mit einer Reisetasche hinunter.

»Der Stecker war herausgezogen.«

»Mist«, sagte Ingrid. »Das macht er oft, wenn ihn die Inspiration überkommt. Er hat heute Morgen gearbeitet.«

Ich nickte einfach nur und ging ihr voraus zur Tür. »Na dann, bis bald«, begann ich, aber sie folgte mir nach draußen, und als sie die Tür abschloss, kam mir schon der unangenehme Gedanke, in der Tasche seien womöglich Toilettensachen und Unterwäsche und sie habe vor, mir nach Hause zu folgen. Zu meiner Erleichterung ging sie zielstrebig hinüber zur Garage und zog eines der Rolltore hoch, hinter dem ein roter Honda stand.

»Ich nutze die Gelegenheit.« Sie wirkte ein bisschen nervös.

»Wo willst du denn hin?«

»Ich habe keine Lust, alleine zu Hause zu hocken, ich fahre zu Sigrid. In Tiel gibt es gemütliche Kneipen. Ich übernachte bei ihr. Wärst du so nett und würdest das Tor hinter mir zumachen?« Sie legte mir eine Hand auf die Schulter und gab mir einen Kuss. »Schwamm drüber.«

»Trink nur nicht zu viel.«

»Ach was.« Sie warf ihre Tasche hinten in den Honda hinein. »Ich muss morgen Früh um acht Uhr zu Hause sein, ich habe versprochen, auf Tommy aufzupassen. Jennifer hat um zehn Uhr irgendeine Verabredung in Amsterdam.«

Ingrid lächelte mir zu, stieg in den Honda und fuhr ihn aus der Garage heraus. Ich zog das Rolltor für sie zu und schaute ihr nach, als sie ziemlich schnell über den Deich davonfuhr.

Zwölf Stunden später hämmerte sie aufgeregt an mein Küchenfenster. »Max, Max! Komm schnell!«

Ich ließ die Zeitung auf den Frühstückstisch fallen und rannte quer durch das Haus zur Hintertür. »Was ist denn los?«

»Ich höre Tommy weinen, aber Jennifer macht nicht auf …« Schon lief Ingrid los, und ich folgte ihr um die Hecke herum zu Jennys Vordereingang. Ich hörte das Kind weinen; es schien von oben zu kommen. Ich schob Ingrid beiseite, probierte, ob sich die Tür öffnen ließ, und schaute durch die kleinen Scheiben hinein. »Hast du keinen Schlüssel?«

»Nein. Vielleicht …«

»Warte mal kurz.« Ich lief um den Heuschober herum. Ingrid folgte mir, als habe sie Angst, alleine zu bleiben. Jennifers kleiner Peugeot stand an seinem Platz unter dem Schutzdach. Eine Scheibe in der Hintertür war kaputt. Ich hielt Ingrid zurück, als sie die Hand nach dem Türknauf ausstreckte. »Nichts anfassen!«

Ich wickelte mir ein Taschentuch um die Hand, bevor ich durch das kaputte Fenster reichte. Ich fühlte keinen Schlüssel, nur einen runden, geriffelten Knopf, mit dem man von innen die Tür verriegeln konnte. Ich drehte ihn auf, zog meine Hand zurück und legte mein Taschentuch auf den Türknauf, bevor ich öffnete. Das Kind hörte nicht auf zu weinen. Mein Gefühl sagte mir, dass hier etwas ganz und gar nicht stimmte.

Ingrid stand mit vor Schreck geweiteten Augen neben mir. »Warte hier«, sagte ich.

Ich betrat den Abstellraum mit den Backsteinwänden und drückte die Tür hinter mir zu. Ich ging an der Tiefkühltruhe und der Waschmaschine vorbei und benutzte mein Taschentuch, um die Tür zum Wohnraum zu öffnen. Vielleicht hörte Tommy mich, denn das Weinen auf der oberen Etage hörte plötzlich auf. Jennifer lag auf den

Fliesen vor der Anrichte, den Kopf in einer Pfütze aus geronnenem Blut.

Ich hockte mich neben sie und befühlte ihren Hals. Ich konnte nichts mehr für sie tun, sie war tot. Jemand hatte ihr mit einem schweren Gegenstand auf den Hinterkopf geschlagen. Ihre kurzen Haare waren mit dem getrockneten Blut zu einer dunklen Matte verklebt. Bei ihren letzten Zuckungen hatte ihr Kopf einen verschmierten Halbkreis hinterlassen.

Es musste in der Nacht geschehen sein, doch es brannte kein Licht. Auf den Fliesen lagen dünne Glasscherben, und Jennifers Finger umklammerten den Kunststoffhandgriff einer Glaskaffeekanne. Die Metallklammer hing noch daran. Auf den Scherben glänzte eine Feuchtigkeit, die hellere Flecken auf dem Fußboden bildete – kein Kaffee, sondern Wasser. Außer der zerbrochenen Kaffeekanne gab es keine Spuren eines Kampfes, alles stand an seinem Platz.

Ich sah keine Mordwaffe. Ich ging hinauf ins Halbgeschoss. Wahrscheinlich hörte Tommy das Knarren der Treppe, denn er fing an zu rufen und an die Tür zu hämmern. »Mami! Mami!«

Die Tür war abgeschlossen, aber der Schlüssel steckte. Ich hielt das Taschentuch um die Finger gewickelt und drehte ihn um. Tommy trippelte rückwärts, als ich vorsichtig die Tür öffnete. Sein Gesicht war rot und nass. Er erschrak, als er mich anstatt seiner Mutter sah, und fing wieder an zu weinen. »Mami!«

»Nicht weinen, du kommst jetzt erst mal mit mir.« Ich steckte mein Taschentuch ein und nahm ihn auf den Arm. Er war nass und schmutzig und stank nach vollgeschissener Windel. Ich zog rasch eine kleine Decke aus seinem Bett und wickelte ihn darin ein, bevor ich ihn zur Balkontür trug. Offensichtlich wurde die Tür selten gebraucht, denn ich musste mit der Faust gegen die Knöpfe der schweren Riegel oben und unten schlagen, um sie bewegen zu können.

Draußen trat Ingrid unter dem Balkon hervor und starrte ängstlich nach oben, als ich mit Tommy auf dem Bretterboden erschien und ihn die Holztreppe hinuntertrug. »Was ist denn passiert?«

Ich drückte ihr Tommy in die ausgestreckten Arme. »Nimm ihn mit, er braucht eine saubere Windel.«

Tommy klammerte sich an ihr fest, und Ingrid presste sein blondes Köpfchen an sich. »Ist irgendwas mit Jen?«

»Später. Kannst du ihn tragen? Er muss erst hier weg.«

Sie starrte mich zwei Sekunden lang entsetzt an und rannte dann mit ihrer Last den Deich hinauf.

Ich unterdrückte meinen Impuls, den Tatort näher zu untersuchen, und eilte nach Hause, um die Polizei anzurufen.

In weniger als zehn Minuten waren die Beamten zur Stelle. Sie waren so vernünftig, kein unnötiges Aufsehen zu erregen und weder Sirenen noch Blaulicht einzuschalten. Sie kamen zu zweit: ein älterer Brigadier und ein jüngerer Kollege, der übernächtigt aussah, als raubten ihm finanzielle Sorgen oder seine Karriere den Schlaf. Vielleicht war er aber auch nur nervös, weil dies sein erster Mordfall war.

»Haben Sie uns angerufen?«, fragte der Brigadier.

»Ja. Mein Name ist Max Winter, ich wohne im Nachbarhaus …«

»Brigadier Stelling.« Er ignorierte meine ausgestreckte Hand. »Sie sind drin gewesen?«

Ich nickte. »Die Hintertür ist offen.«

»Okay, warten Sie hier einen Moment.« Der Brigadier zog ein paar Plastikhandschuhe aus einer Seitentasche seiner Uniform und winkte seinen Kollegen Jennifers Einfahrt hinunter. Der Brigadier verschwand hinter dem

Haus, während der Kollege die Einfahrt mit Flatterband absperrte, das er auf der einen Seite an einen Zweig in der Hecke und auf der anderen um den Stamm eines jungen Flieders band. Danach kam er wieder hinauf auf den Deich und zückte sein Notizbuch.

»Sie sagten, Ihr Name sei Winter? Wie schreibt man das?«

»Ganz normal, Winter. Max.«

»Sie wohnen direkt nebenan? Wer wohnt sonst noch bei Ihnen im Haus?«

»Ich lebe allein.«

»Und die Dame lebte auch allein? Wie hieß sie?«

»Jennifer van Maurik. Sie hinterlässt einen zweijährigen Sohn.«

»Waren Sie mit ihr befreundet?«

»Ich wohne hier erst seit knapp einer Woche. Ich habe Mevrouw van Maurik zweimal getroffen, einmal hier und einmal auf einer Party bei der Familie Brack, Nachbarn ein paar Häuser weiter. Mevrouw Brack hat mich vorhin gerufen, weil sie das Kind weinen hörte und niemand aufmachte.«

Der Brigadier kam zurück und sagte zu seinem Kollegen: »Ruf den Spa an. Er soll auch direkt den Arzt und die Spurensicherung vorbeischicken und den stellvertretenden Staatsanwalt in Tiel informieren.«

Der junge Beamte wurde nervös. »War es Mord?«

»Die Dame ist tot, und sie ist nicht unter natürlichen Umständen ums Leben gekommen.«

Der Kollege eilte zum Streifenwagen, zog die Tür hinter sich zu und fing an, ins Funkgerät zu sprechen. Brigadier Stelling bedeutete mir, ihm zu meiner eigenen Einfahrt zu folgen.

»Okay, Meneer Winter, Sie sind also drin gewesen?«

»Ja, ungefähr vor einer halben Stunde.«

»Haben Sie etwas angefasst?«

»Ja, aber ich habe dabei mein Taschentuch benutzt.«

Er hatte schiefergraue Augen, mit denen er mich argwöhnisch musterte. »Warum?«

»Ich bin ein ehemaliger Kollege.«

Der Brigadier verzog keine Miene. »Hatten Sie die Vermutung, dass etwas nicht in Ordnung war?«

»Ja, natürlich. Eine Nachbarin, die ein paar Häuser weiter wohnt, alarmierte mich, weil das Kind jämmerlich weinte und Jennifer ihr nicht aufmachte.«

»Ist das der Name der Toten?«

»Ja, Jennifer van Maurik. Ich sah, dass eine Scheibe in der Hintertür kaputt war, und bin hineingegangen. Sie war tot, wohl seit etwa acht Stunden. Ich habe nichts berührt, außer oben im Kinderzimmer. Sie hat einen kleinen, zweijährigen Jungen, er heißt Tommy. Ich wollte verhindern, dass er die Leiche sieht, und habe ihn deshalb über den Balkon und die hintere Treppe hinausgebracht. Die Nachbarin hat ihn mit zu sich nach Hause genommen. Anschließend habe ich Sie angerufen.«

»Wo waren Sie heute Nacht?«

»Zu Hause.« Ich zeigte mit dem Daumen über die Schulter.

»Haben Sie irgendetwas gehört oder gesehen?«

Ich schüttelte den Kopf. Vom Dorf her näherten sich Autos über den Deich. Der Brigadier hatte es auf einmal eilig. »Okay, Meneer Winter. Haben Sie heute noch etwas vor?«

»Nein. Wenn ich irgendwie behilflich sein kann …«

Der Brigadier warf mir einen kühlen Blick zu. »Es wäre nützlich, wenn Sie nach Hause gehen und dort bleiben würden, bis jemand von uns kommt, um Ihre Aussage zu Protokoll zu nehmen.« Er breitete die Arme aus und trat nach vorn, als wolle er den Weg für die beiden Fahrzeuge frei machen, die hintereinander am Straßenrand gegenüber des Heuschobers anhielten, doch seine Geste war in

48

erster Linie dazu gedacht, mich vom Deich weg und nach Hause zu dirigieren.

Aus dem ersten Wagen stieg ein Mann mit Arztkoffer, aus dem zweiten eine hochgewachsene Gestalt in Zivil, wie ich vermutete der Kriminalbrigadier dieses Amtsbezirks, der hier Seniorprojectagent oder kurz Spa genannt wurde. Der Rest der Sonderkommission würde wohl aus dem Bezirkspräsidium in Tiel kommen.

Es war eine andere Welt als in Amsterdam, und ich stand auf der falschen Seite des Absperrbandes. Das war ein komisches Gefühl, aber der Brigadier hatte natürlich Recht. Ich durfte mich nicht einmischen. Hier war ich nur ein Außenstehender, und obendrein, wie sie mich deutlich spüren ließen, ein Tatverdächtiger.

Ich blieb stehen, als ich Bokhof über den Deich auf die Szenerie zugehen sah. Ungeniert unterbrach er das Gespräch zwischen dem Spa und dem uniformierten Brigadier und fragte mit lauter Stimme: »Ist irgendwas mit Juffrouw van Maurik?«

Ich hörte den Brigadier gedämpft antworten und sah, wie Bokhof wütend wurde. »Was heißt hier nach Hause, ich bin hier zu Hause, der Heuschober gehört mir!« Er marschierte die Einfahrt hinunter auf das Absperrband zu und wollte sich darunter hindurchducken.

»Stehen bleiben!«, schnauzte der Brigadier.

Bokhof drehte sich um. »Auf meinem Grund und Boden bleibe ich stehen, wo ich will!« Der Brigadier ging ruhig auf ihn zu. »Wie war noch Ihr Name, sagten Sie?«

»Harm Bokhof. Ich wohne dahinten.« Mit einem wütenden Kopfnicken wies Bokhof zu seinem Hof hinüber.

»Schön, Meneer Bokhof. Wenn Sie auch nur einen Schritt hinter diese Absperrung machen, legen wir Ihnen Handschellen an und nehmen Sie mit aufs Präsidium.« Der Brigadier hob das Band hoch, bückte sich darunter hindurch und richtete sich auf der anderen Seite wieder auf. »Wir kommen gleich bei Ihnen vorbei, Meneer Bokhof, da können Sie ganz sicher sein.«

»Ich darf doch aber wohl erfahren, was passiert ist?«

»Später. Jetzt dürfen Sie erst mal nach Hause gehen.«

Einen Augenblick lang standen sie einander gegenüber, während der Spa die Einfahrt hinunter geschlendert kam. Schließlich drehte Bokhof sich um und stieg den Deich wieder hinauf. Ein Kleinbus der Spurensicherung traf ein, und zwei Männer und eine Frau eilten mit kleinen Koffern und Kameras bewaffnet zum Heuschober.

Bokhof trat frustriert beiseite und kam nach kurzem Zögern zu mir hinüber. »Weißt du, was passiert ist?«

Warum duzte er mich plötzlich? »Ihre Mieterin ist heute Nacht ermordet worden.«

»Was? O mein Gott!« Bokhof biss sich auf die Lippen, das Blut stieg ihm zu Kopfe und er wandte sein Gesicht ab in Richtung Fluss. Ich konnte nicht ausmachen, ob sein Erschrecken echt oder gespielt war. Menschen konnten aus den unterschiedlichsten Gründen schuldbewusst aussehen, selbst wenn sie vollkommen unschuldig waren. Vielleicht wirkte Bokhof deshalb schuldig, weil ihm natürlich sofort klar war, dass der Verdacht automatisch auf ihn fallen würde.

»Wer hat das getan? Oder weiß man das noch nicht?« Seine Stimme zitterte ein wenig und er geriet in Verwirrung. »Wer konnte denn nur auf die Idee kommen, diese gute Seele zu ermorden?«

»Das dürfen Sie nicht mich fragen.«

Bokhof holte tief Luft und wies mit einem Kopfnicken zum Heuschober hinüber. »Und was ist mit ihrem Kind? Ist das noch drin?«

»Tommy ist bei Mevrouw Brack.«

Sein Blick suchte in der Ferne Ingrids Haus. »Die wird ihn bestimmt behalten wollen. Kommen die später auch noch zu dir?«

»Die Polizei? Ich denke schon. Alle Nachbarn gehören zum Kreis der Verdächtigen. Der eine mehr, der andere weniger.«

Er verstand haargenau, was ich meinte. Seine Augen verengten sich, er brachte sein Gesicht unangenehm dicht vor meines und zischte: »Dann sollten die Nachbarn sich vielleicht untereinander ein bisschen helfen.«

»Hatten Sie eine bestimmte Art der Nachbarschaftshilfe im Auge?«, fragte ich nach einer kurzen Pause.

Bokhof zögerte keine Sekunde. »Die brauchen nicht unbedingt zu wissen, dass ich auf der Party ein bisschen Ärger mit ihr hatte. Oder dass du später knutschend mit ihr auf dem Deich gestanden hast und anschließend mit ihr reingegangen bist.«

Perplex starrte ich ihn an und dachte gleichzeitig, dass Jennifers Angst vor ihm also durchaus berechtigt gewesen war.

Bokhof hatte sich an jenem Abend tatsächlich in der Nähe verborgen gehalten, entweder um ihr die Abfuhr heimzuzahlen oder um sich doch noch an ihr zu vergreifen. Wahrscheinlich begriff er noch nicht einmal, dass er das hiermit implizit zugab und sich dadurch noch verdächtiger machte.

Mir wurde rechtzeitig klar, dass ich überhaupt keine Lust auf ein Streitgespräch mit Bokhof hatte. Ich zählte bis fünf und sagte: »Vielen Dank für das Angebot, aber Sie brauchen mich nicht zu schonen.« Ich grinste ihn an und ließ ihn stehen.

Ich saß gerade an meinem Schreibtisch, als ich den Kriminalbeamten in Zivil zusammen mit einem uniformierten Polizisten ums Haus kommen sah. Ich wartete, bis er an die Glasscheibe klopfte, bevor ich aufstand und die Schiebetür öffnete. Er stellte sich als Marcus Kemming von der Kripo Geldermalsen vor.

»Sie sind der Spa, nehme ich an? Brigadier oder Inspecteur?«

Er zog die Augenbrauen hoch. »Ach ja, mein Kollege hat mir erzählt, dass Sie ein ehemaliger Polizist sind. Ich bin Brigadier. Das hier ist der Kollege Kapman. Dürfen wir hereinkommen?«

Wir begrüßten uns mit einem flüchtigen Händedruck. Sie gingen hinauf in die Wohnzimmerebene, und ich lud sie mit einer Handbewegung ein, auf der Eckbank Platz zu nehmen, doch sie blieben stehen. Kemming war ein hagerer Mann, dessen gebeugte Schultern den Eindruck vermittelten, als sei er beim Wachsen in eine zu kurze Gussform gepresst worden. Sein grauer Haarschopf ließ auf eine Abneigung gegen Friseure schließen. Er hatte ein schmales Gesicht mit tief liegenden, stechenden Augen, die ihm etwas Fanatisches verliehen.

»Wenn Sie nichts dagegen haben, nimmt der Kollege Kapman jetzt erst einmal Ihre Fingerabdrücke, dann kann er schon wieder gehen«, sagte Kemming. Mit einem Blick auf meine gerunzelte Stirn fügte er hinzu: »Wir brauchen sie nur zum Vergleich. Sie haben meinem Kollegen gegenüber zwar ausgesagt, Sie hätten nichts angefasst, aber wir möchten das trotzdem gerne überprüfen, nur zur Sicherheit.«

»Sie könnten meine Fingerabdrücke auch aus der Datenbank in Amsterdam abrufen«, sagte ich.

Kemming nickte. »Schon, aber wir nehmen sie Ihnen lieber selbst ab, wenn Sie nichts dagegen haben.«

Ich lachte. »Und vergleichen sie dann mit denen aus Amsterdam.«

Unbewegt erwiderte er meinen Blick. »Oder wo immer Sie auch bei der Polizei gewesen sein mögen.«

Er hatte natürlich Recht, schließlich konnte ich alles Mögliche behaupten. Ich winkte den Streifenbeamten mit mir in die Küche. Dort öffnete er sein Köfferchen und nahm wenig routiniert meine Fingerabdrücke ab, erst mit einem Stempelkissen, dann einer Glasplatte und schließlich einem weißen Stück Pappe.

»Trinkt Ihr Chef Kaffee?«, fragte ich, während ich versuchte, die Tinte von meinen Fingern abzuwischen.

Der Beamte klappte sein Köfferchen zu und sagte: »Das müssen Sie ihn schon selbst fragen.« Dann verschwand er mit einem kurzen Nicken aus der Küche.

Besonders entgegenkommend waren sie nicht. Wahrscheinlich befürchteten sie, dass ich so ein Besserwisser aus der Großstadt war, ebenso wie wir in Amsterdam schon im Vorfeld auf der Hut vor sturen Hinterwäldlern vom Land gewesen wären. Natürlich waren das alles nur dumme Vorurteile, schließlich hatten wir dieselben Polizeischulen besucht und verrichteten dieselbe Arbeit. Bevor ich ins Wohnzimmer zurückkehrte, füllte ich Wasser und Kaffeepulver in die Kaffeemaschine. Kemming war dabei, mein Sammelsurium an Romanen und Nachschlagewerken zu betrachten, die ich mehr oder weniger systematisch in meine alten Metallbücherschränke einsortiert hatte. »Seit wann wohnen Sie hier?«, fragte er, als er mich auf dem Fliesenboden näherkommen hörte.

»Seit knapp zwei Wochen.«

»Leben Sie allein?«

Ich nickte.

»Wo waren Sie heute Nacht?«

Ich wies mit dem Daumen nach oben. »Im Bett.«

»Auch allein?«

»Ja.«

»Wie gut kannten Sie Ihre Nachbarin?«

Mir lag die makabere Bemerkung auf der Zunge, dass sie vielleicht noch leben würde, wenn ich sie so gut gekannt hätte, wie die Polizei hoffte, behielt sie aber für mich, als ich durch das Fenster einen luxuriösen Leichenwagen vor dem Heuschober anhalten sah. »Ich habe sie nur flüchtig gekannt.« Mit einem Nicken wies ich hinüber zum Fenster. »Wo wird sie hingebracht?«

»Ins Kühlhaus des Bestatters in Geldermalsen«, sagte Kemming, ohne sich zum Fenster umzudrehen. »Und von da aus, wenn's geht noch heute, zur Obduktion nach Rijswijk.«

Er verschränkte die Arme und schaute mich weiterhin schweigend an. Seine tief liegenden, rötlichen Augen hatten etwas Beunruhigendes.

»Was genau haben Sie bei der Polizei in Amsterdam gemacht, Meneer Winter?«

»Ich war bei der Kripo, genau wie Sie. Mit Morden hatten wir wahrscheinlich öfter zu tun als Sie hier. Mein Vorname ist übrigens Max.«

In der Regel bin ich eher reserviert und nenne andere nicht gleich beim Vornamen oder biete ihnen das Du an, aber Mark Kemming konnte höchstens ein paar Jahre älter sein als ich und wir waren Kollegen, oder jedenfalls ehemalige. Doch er ging nicht darauf ein. »Damit sollten wir vielleicht noch ein bisschen warten.«

Ich reagierte nicht. Er wirkte ein wenig gekränkt, als habe ich ihn mit meinem kollegialen Annäherungsversuch bestechen wollen. »Vielleicht geht es in Amsterdam ein bisschen gemütlicher zu«, bemerkte ich. »Dort würden wir uns zusammensetzen, eine Tasse Kaffee trinken und schauen, ob wir uns gegenseitig helfen könnten. Der Kaffee ist fertig, Sie riechen es vielleicht schon.«

Er verzog keine Miene. »Der Unterschied ist eben, dass Sie hier fremd sind und außerdem ein, äh, Zeuge in einem Mordfall.«

Sein Zögern entging mir nicht. »Sie wollten wohl sagen, ein, äh, Verdächtiger?«

Er ging noch mehr auf Abstand. Offensichtlich besaß er überhaupt keinen Humor. »Ich weiß nicht, wie man das in Amsterdam handhabt, aber sobald einer unserer

Mitarbeiter einen etwas zu freundschaftlichen Umgang mit Ihnen pflegte, würden wir jemanden auf ihn ansetzen und ihm keinen Zugang mehr zu vertraulichen Informationen über den Fall gewähren.«

Durch das Seitenfenster nahm ich Bewegungen am Ende der Hecke wahr. Jennifer verließ ihr Zuhause, auf einer Bahre, unter einem moosgrünen Laken. Zwei Männer schoben sie in den Leichenwagen, und ich schaute schweigend zu, wie sie die Heckklappe schlossen, einstiegen und wegfuhren.

Es fühlte sich wie ein Abschied an. Jennifer wohnte hier nicht mehr und sie hinterließ eine Art Leere. Ich versuchte, meiner Gereiztheit Herr zu werden. Kemming konnte ja auch nichts dafür. »Sie könnten sich eine Menge Spekulationen ersparen, wenn Sie meine früheren Kollegen in Amsterdam anrufen oder meine Akte anfordern würden«, sagte ich dennoch.

»Hat Ihre Nachbarin in letzter Zeit Besuch gehabt, oder haben Sie Unbekannte bei Ihr gesehen?«

»Nein.«

»Ist Ihnen etwas anderes Ungewöhnliches aufgefallen?«

Ich dachte an Bokhof, hielt aber den Mund und schüttelte den Kopf. »Ich wohne hier noch nicht lange genug, um beurteilen zu können, was ungewöhnlich ist oder nicht.«

Ingrid erschien auf dem Deich, als wolle sie meine Behauptung Lügen strafen. Der Brigadier bemerkte meinen Gesichtsausdruck und drehte sich um, aber sie war schon am Fenster zur Einfahrt hin vorbei. »Einen Augenblick«, sagte ich und eilte zur Terrassentür.

Ingrid hatte ein rosiges Gesicht und war ein bisschen außer Atem. Sie hatte eine große Einkaufstasche aus Bast dabei. »Ich suche Brigadier Kemming, der Streifenpolizist hat behauptet, er wäre hier.«

Ich ließ sie herein. »Wie geht es Tommy?«

»Noch weiß er von nichts.« Ingrid biss sich auf die Lippen, holte tief Luft und ging hinauf ins Wohnzimmer, wo Kemming noch immer nicht des Herumstehens müde geworden war. Ich stellte ihr den Brigadier vor und erklärte ihr das ein oder andere.

»Ist schon jemand bei Ihnen gewesen?«, fragte Kemming.

»Nein, aber ich brauche ein paar Anziehsachen und andere Dinge für Tommy, und der Beamte nebenan sagte, ich müsse Sie vorher fragen.«

Kemming nickte. »Ich glaube nicht, dass das ein Problem ist, ich muss nur kurz nachschauen, ob die Spurensicherung schon abgeschlossen ist.«

»Ansonsten könnte sie ja hintenherum reingehen, über den Balkon auf der Rückseite«, schlug ich hilfsbereit vor.

Ingrid fuhr sich mit der freien Hand durchs Haar. Sie wirkte nervös. »Ich habe noch eine Frage«, begann sie.

»Ich komme sowieso später noch bei Ihnen vorbei«, sagte Kemming. »Hat es bis dahin Zeit?«

Sie schüttelte den Kopf. »Es geht um Tommy.« Mit einer Handbewegung auf mich deutend fuhr sie zögernd fort: »Max ... Meneer Winter weiß, dass ich immer auf ihn aufpasse und dass Jennifer gerne wollte, dass ich für ihn sorge ... Ist es in Ordnung, wenn er bei mir bleibt?«

»Ich bin froh, dass er zumindest vorläufig untergebracht ist«, sagte Kemming. »Wissen Sie, wer der Vater ist?«

»Nein, keine Ahnung.« Ingrid schüttelte ihr blondes Haar. »Ich habe Jennifer zwar hin und wieder danach gefragt, aber sie wollte nie darüber sprechen. Vielleicht wusste sie es selbst nicht. Soweit ich weiß, hat sie auch keine Verwandten. Mein Mann und ich lieben Tommy, ich bin es gewöhnt, für ihn zu sorgen, er könnte es nirgendwo besser haben, nicht wahr?« Ich erkannte, dass Kemmings betontes »vorläufig« ihr Sorgen bereitete, und ihre Augen bettelten mich um eine Bestätigung ihrer Worte an.

»Allerdings«, sagte ich zustimmend.

Ingrid lächelte dankbar.

Kemming zuckte mit den Schultern. »Ich sehe da kein Problem, solange nichts über eventuelle Verwandte bekannt ist. Ich informiere das Jugendamt; die werden Kontakt mit Ihnen aufnehmen, und mit denen müssen Sie dann das Weitere besprechen. Lassen Sie uns erst einmal die Sachen für den Kleinen holen gehen, ich begleite Sie.«

Er ließ Ingrid vorausgehen und folgte ihr.

»Kommen Sie danach noch einmal zu mir?«, fragte ich.

Der Brigadier blickte sich an der Tür noch einmal um und schüttelte den Kopf. »Ich glaube, wir sind vorläufig fertig, aber wenn Ihnen noch etwas Nützliches einfällt, wüssten wir natürlich gerne Bescheid.«

Seine Haltung war und blieb kühl, fast feindselig, von Anfang an bis jetzt. Und sehr amtlich, trotz seiner ungekämmten Landstreichermähne. Gewiss kein Mann, der mit plötzlichen Eingebungen spielte oder gewagte Theorien entwickelte.

3

Ingrid rief noch am selben Nachmittag an. »Peter ist jetzt zu Hause. Wir würden gerne mit dir reden, hättest du einen Moment Zeit für uns?«

»Das klingt ja nach einem Problem«, antwortete ich, nur halb im Scherz. »Ist es euch lieber, wenn ich zu euch komme, oder hast du einen Babysitter für Tommy?«

»Er schläft, und die Putzfrau ist noch da. Wir kommen bei dir vorbei.«

Es schien mir die passende Tageszeit für Tee, und eine Schachtel Pralinen hatte ich auch noch, alles hübsch passend. Ich fühlte mich sehr intensiv als Junggeselle, wie meistens, wenn ich Vorbereitungen für Besuch traf. Ich war ein allein lebender Deichbewohner mit einer ermordeten Nachbarin.

Es tat mir Leid um Jennifer. Ich wusste nicht, wie ich mein leeres, trauriges Gefühl des Verlusts anders beschreiben sollte. Ich war ihr nur zweimal begegnet, aber diese beiden Male hatten mir genügt, um sie als nette Nachbarin einzuschätzen, unschuldig und ein wenig undurchschaubar. Außerdem hatte sie diesen blonden Dreikäsehoch, und sie hatte sich mir anvertraut.

Wahrscheinlich war ich gerade im Bett gewesen, als jemand ihr in nur fünfzig Metern Luftlinie Entfernung, bloß durch ein bisschen Grünzeug und ein paar Mauern von mir getrennt, den Schädel eingeschlagen hatte. Sie war noch angezogen gewesen, vielleicht hatte sie sich noch eine späte Sendung im Fernsehen angeschaut. Die Autopsie würde zeigen, ob ich mich irrte, aber nach meiner ersten Einschätzung, basierend auf ihrem äußerlichen Zustand, dem Blut und dem Stadium der Leichenstarre, war sie seit ungefähr acht Stunden tot gewesen. Damit wäre sie gegen Mitternacht gestorben, was eigentlich ziemlich spät war, um noch Kaffee zu kochen, es sei denn, dieser war für einen unerwarteten Besucher bestimmt gewesen. Das wies darauf hin, dass sie ihren Mörder gekannt und freiwillig hereingelassen hatte, was allerdings im Widerspruch zu der eingeschlagenen Scheibe in der Hintertür stand. Eine merkwürdige Ungereimtheit. Am merkwürdigsten empfand ich jedoch, dass ich direkt nebenan wohnte und es trotzdem nicht mein Fall war.

Peter sah geistesabwesend und müde aus, als sei er bis zum frühen Morgen im Amsterdamer Nachtleben versackt. Ingrid wirkte nervös und angespannt.

»Da komme ich nichts ahnend nach Hause ...« Peter schüttelte den Kopf. »Das war vielleicht ein Schock.«

Ich ließ sie am weißen Tisch in der Küche Platz nehmen und setzte Tee auf. »Hat die Polizei schon mit dir geredet?«, fragte ich Peter.

»Nein, nur mit Ingrid, bevor ich nach Hause gekommen bin. Ich kann denen ja sowieso kaum weiterhelfen, schließlich war ich in Amsterdam. Aber es ist wirklich furchtbar, Jenny war so eine nette Frau, sie hatte nichts Böses an sich. Wer ist bloß zu so was fähig? Und aus welchem Grund?«

Ich nickte. Tja. Peter tastete nach dem Kopf seiner Pfeife, die aus der Brusttasche seines Cordsakkos herausschaute. »Darf ich?«

»Nur zu. Ingrid, nimm dir eine Praline.«

Ingrid schüttelte den Kopf. Sie packte den Stier bei den Hörnern. »Wir würden gerne deine Meinung zu einer bestimmten Sache hören, die Peter und ich uns überlegt haben. Es geht um Tommy.«

»Ich weiß nicht, ob euch meine Meinung weiterhelfen kann.«

»Aber natürlich.« Sie schaute mich ein wenig flehend an, wie ein Kind, das ein übergroßes Geschenk auf seinen

Wunschzettel geschrieben hat und sich nicht traut, ihn herzuzeigen. »Ich wollte eigentlich nicht unbedingt Kinder haben, aber Tommy …«

Ich begann zu vermuten, dass ihre geröteten Wangen und ihr nervöses Verhalten etwas mit hoffnungsvollen Zukunftsaussichten zu tun hatten.

»Tommy ist eine Ausnahme?«

»Ich weiß nicht, wie das genau vor sich geht, was alles möglich ist oder nicht, aber ich bin mir sicher, dass es Jennifer Recht wäre …« Ingrid biss sich auf die Lippen, als würde ihr plötzlich klar, dass sie über das Erbe zu verhandeln begann, noch bevor die Leiche ganz kalt war.

»Du meinst, dass du ihn adoptieren möchtest?«, fragte ich, um ihr aus der Verlegenheit zu helfen.

»Nicht nur ich, wir beide möchten das.«

Ich schaute Peter an. Die Ellenbogen auf dem Tisch abgestützt, schwieg er, nickte zustimmend und nuckelte an der Pfeife in seinen verschränkten Händen. »Ich verstehe nur nicht so recht, was ich damit zu tun habe«, sagte ich. »Ich glaube, ihr solltet euch darüber besser mit dem Jugendamt unterhalten.«

Ingrid brauste auf. »Du weißt doch genauso gut wie wir, was Jennifer gewollt hätte.« Sie klang aggressiv und verzweifelt, als hätte ich die Macht, über ihr Schicksal zu entscheiden. »Du hast doch gehört, was sie auf meinem Geburtstag gesagt hat.«

Natürlich erinnerte ich mich an das Gespräch, genauso, wie ich mich an die merkwürdige Aura der Schicksalhaftigkeit und Unausweichlichkeit erinnerte, die Jennifer umgeben hatte, als habe sie mit etwas Schlimmem gerechnet. »Es spielt keine große Rolle, ob ich bei irgendetwas dabei war oder nicht«, sagte ich zurückhaltend. »Bestimmt hat Jennifer Angehörige, und ihr Sohn hat einen Vater, der vielleicht auch etwas dazu sagen möchte, wenn er ausfindig gemacht worden ist.«

Ingrid ließ enttäuscht die Schultern sinken, doch Peter nickte zustimmend und hob die Hand. »Genau deswegen sind wir hier.«

»Ich kann dir nicht folgen.«

»Du bist doch Privatdetektiv, oder?«, fragte Ingrid ein wenig schnippisch.

Ich runzelte die Stirn. »Woher weißt du das?«

»Wir bezahlen dich für die Zeit, die du investierst, schließlich verdienst du damit deine Brötchen«, sagte Peter, bevor seine Frau antworten konnte. »Nachforschungen, nicht war?« Er lachte.

Ich versuchte, ihn ein bisschen zu bremsen. »Die Polizei kann Tommys Vater schneller aufspüren als ich. Wahrscheinlich meldet sich der Mann von selbst, wenn er in der Zeitung liest, was passiert ist.«

»Oder auch nicht«, warf Ingrid ein. »Vielleicht hält er sich lieber raus, vielleicht kann er kein Kind gebrauchen, zum Beispiel, wenn er verheiratet ist und selbst eine Familie hat. Vielleicht ist er froh, wenn er ihn los ist.«

Ich schaute sie verwundert an. »Ja, das kann alles sein. Hat Jennifer nie etwas über Tommys Vater erzählt?«

Ingrid zögerte. »Nur, dass er nicht gerade ein Idiot war.«

»Aha. Dann wird er schon auftauchen. Oder die Polizei findet ihn. Oder das Jugendamt.«

»Aber wir müssen auch herausfinden, ob sie Angehörige hatte«, sagte Ingrid. »Die Polizei hat noch niemanden aufgespürt.«

»Woher weiß du das?«

»Ich habe den Brigadier gefragt. Sie konnten noch niemanden ermitteln. Oder sie wollen es nicht sagen.«

Peter klopfte mit seiner Pfeife auf den Aschenbecher und stand auf. »Du weißt, wie du vorgehen musst, und als ehemaliger Polizist kannst du besser mit der Polizei umgehen als wir. Sag einfach, was du für deine Arbeit bekommst, okay? Oder hast du zu viel zu tun?«

»Nein, daran liegt es nicht, ich frage mich nur …«

Ingrid erhob sich. »Ich muss los, die Putzfrau geht gleich nach Hause.« Ihr Selbstvertrauen kehrte zurück und sie lächelte mich verführerisch an. Ich dachte daran, wie sie schon einmal hier in der Küche gestanden hatte, nur mit meinem Bademantel bekleidet, damals, als alles noch spontan schien und an unbekümmerte Sechzigerjahre-Unschuld erinnerte. Irgendetwas hatte sich verändert, ich wusste nicht genau, was es war, nur, dass es noch an etwas anderem lag als an dem Ehemann, den sie aus dem Hut gezaubert hatte und der jetzt neben ihr stand. »Max, bitte lass uns nicht im Stich«, bat sie.

Ich versprach es, ohne rechte Überzeugung.

Ich begleitete sie hinaus auf die Terrasse. Es war ein herrlicher Nachmittag, die Sonne schien. Die Junihitze flirrte über den Obstplantagen und in den hohen Pappeln.

Ich wollte gerade hineingehen, als ich hastige Schritte über die Pflastersteine der Einfahrt zurückkommen hörte. Peter. Er blieb vor der Terrasse stehen, einen halben Meter unterhalb von mir. Er hielt die Pfeife noch in der Hand und hatte Flecken im Gesicht. »Max …«

»Hallo, Peter. Hast du was vergessen?«

Er schüttelte den Kopf. »Nein, wollte dir nur noch kurz sagen, so unter Männern …« Seine Nasenflügel bebten. Ich begriff, worauf er hinaus wollte, und ich genierte mich für ihn, ein Gefühl, das mich öfter überkommt, wenn Leute sich in der Öffentlichkeit lächerlich machen.

»Ingrid muss selber wissen, was sie tut«, brachte er schließlich hervor. »Sie kann machen, was sie will, ich habe kein Problem damit.« Er biss die Zähne zusammen, und seine Stimme klang gezwungen, als er fortfuhr: »Allerdings solltest du vielleicht ein bisschen daran denken, wenn sie dich bittet, ihr dabei zu helfen, dieses Kind zu adoptieren.«

Ich schaute ihn erstaunt an. Erpressung war wirklich das Letzte, womit ich gerechnet hatte.

Seine Hände zitterten, als er seine Pfeife wieder in die Brusttasche steckte. Sein immer röter werdendes Gesicht ließ ahnen, dass er durchaus zu hitzigen Wutanfällen im Stande war. »Das ist mein voller Ernst«, fügte er in einem Ton hinzu, der zwar kameradschaftlich klingen sollte, dafür aber eine Oktave zu hoch war. »Du hast ja keine Ahnung, wie wichtig das für sie ist. Ich wollte nur, dass du es weißt.«

»Peter, das ist doch absolut ...« Doch ich konnte meinen Satz nicht zu Ende bringen, denn er verschwand bereits hastig um die Hausecke, plötzlich taub geworden und mit feiger, schlaffer Hand einen Abschiedsgruß winkend. Ich war sauer, marschierte hinter ihm her und rief: »Peter!«

Er blieb erst stehen, als ich seinen Namen noch einmal rief, diesmal lauter. Rasch kehrte er zurück, besorgte Blicke auf die Hecke werfend, hinter der sich zahlreiche Polizisten befanden, die sich sicher für nachbarlichen Streit am und um den Tatort herum interessieren würden. »Nicht so laut«, sagte er gedämpft. »Du brauchst doch nicht so zu schreien!«

Ich riss mich zusammen. »Ich hätte euch gerne geholfen, aber Erpressung ist ein rotes Tuch für mich!«

Peter schüttelte den Kopf. »Was für ein böses Wort ...«

»War es Ingrids Idee, dass du noch einmal zurückkommen solltest, um mir so einen Mist aufzutischen?«

Er verlor die Beherrschung. »Natürlich nicht, und es ist auch absolut nicht meine Absicht ...«

»Hör bloß auf! Du kannst froh sein, dass ich nicht so empfindlich bin, aber wenn ich jetzt überhaupt noch einen Finger krumm mache, dann für Ingrid und nicht für dich!« Ich dachte an Bokhof. »Ganz im Sinne der Nachbarschaftshilfe. Du weißt schon. Ich hätte es sogar umsonst getan, aber jetzt kannst du Gift drauf nehmen, dass ich dir jeden gefahrenen Kilometer in Rechnung stelle!«

Er war so vernünftig, keine weiteren dummen Bemerkungen zu machen. Er nickte und machte sich auf den Weg.

In Jennifers Heuschober herrschte ein ständiges Kommen und Gehen, und am späten Nachmittag stand die Polizei auch wieder vor meiner Tür. Diesmal wurde der Spa von einer energisch aussehenden, aschblonden Dame begleitet, die ein gerade geschnittenes, ziemlich unweibliche Kostüm in Marineblau trug. Sie stellte sich ziemlich mürrisch als Bea Rekké von der Kripo Tiel vor und ignorierte meine ausgestreckte Hand.

Ich führte sie in die Küche und sagte: »Ich wollte Sie gerade anrufen.«

»Weshalb?«, fragte die Dame. Kemming setzte sich auf einen Stuhl mir gegenüber, doch die Rekké blieb stehen.

»Um nachzufragen, ob schon etwas über die Angehörigen von Jennifer van Maurik bekannt ist.«

Ausdruckslos erwiderten sie meinen Blick. »Warum?«, fragte Kemming.

Ich lächelte freundlich. »Weil das Ehepaar, das sich ihres Sohnes angenommen hat, mich darum gebeten hat. Es gehört zu meinem Beruf, den Aufenthaltsort von Leuten zu ermitteln.«

»Sie sind Privatdetektiv, nicht wahr?«, fragte Bea Rekké eine Spur herablassend.

Ich nickte und schaute Marcus Kemming an. »Haben Sie Mevrouw Brack erzählt, dass ich früher bei der Polizei war?«

Kemming schüttelte den Kopf. »Warum sollte ich?«

»Ich habe mich nur gefragt, woher sie das wusste, das ist alles. Ich hänge das nicht gerade …«

Bea Rekké unterbrach mich mit der ältesten Polizeiphrase der Welt. »Haben Sie etwas dagegen, wenn wir hier die Fragen stellen?«

Ich spürte, wie mein Lächeln gefror. Ich wartete einen Augenblick und sagte dann mit einer freundlichen Geste: »Es täte mir nur Leid, wenn ich Ihren Ermittlungen in irgendeiner Art und Weise in die Quere käme. Wie soll ich Sie ansprechen, mit Rechercheur, Inspecteur, Hoofdcommissaris?«

Sie verzog keine Miene. Sie begann vor dem Fenster auf und ab zu gehen, wodurch sie immer wieder kurz aus meinem Blickfeld verschwand, was ich als störend empfand. »Sie arbeiten für den Amsterdamer Staatsanwalt Meulendijk?«

»Exstaatsanwalt. Ja, ab und zu, für sein Ermittlungsbüro.«

»Warum sind Sie hierher gezogen?«

Ihre Stimme war unangenehm, unnötig aggressiv. Sie versuchte, mich in die Defensive zu drängen und zu provozieren. Die Technik durchschaute ich, aber nicht die Absicht, die dahinter steckte. Bei mir gab es nichts zu holen. »Warum hätte ich das nicht tun sollen?«

»Weigern Sie sich, meine Frage zu beantworten?«

Ich blickte mit gerunzelter Stirn Kemming an. »Nein, aber ich weiß nicht, was mein Umzug mit Ihren Ermittlungen zu tun hat.«

Kemming schaute seine Partnerin an. Offenbar hatten sie vereinbart, dass Bea Rekké allein die Unterredung führen sollte, was von der üblichen *good-cop-bad-cop*-Taktik abwich. Ich kriegte nur den fiesen. Kemming legte sein Notizbuch auf den Küchentisch und begann, sich Aufzeichnungen zu machen – mehr durfte er offenbar nicht tun. Vielleicht glaubte man, er wäre schon auf mich hereingefallen und hatte Bea angewiesen, jegliche weitere Verbrüderung im Keim zu ersticken. Kafkaesk.

»Sie müssen es schon uns überlassen, was für unsere

Ermittlungen wichtig ist und was nicht«, sagte die Rekké und fragte rundheraus: »Welche Beziehung hatten Sie zu Jennifer van Maurik?«

So langsam hatte ich genug von diesem Weib, aber ich wusste jetzt, worauf sie hinaus wollte. Ich hielt mich zurück und schenkte ihr mein freundlichstes Lächeln. »Glauben Sie etwa, dass die arme Jennifer der Grund dafür war, warum ich hierher gezogen bin?«

»Ist eine einfache Antwort zu schwierig für Sie?«

Mein freundliches Lächeln verursachte mir schon Kiefermuskelkrämpfe. »Ich wollte einfach gerne hierher zu Ihnen aufs Land, wo es so schön ruhig ist.«

Sie ließ sich nicht aus dem Konzept bringen. »In welcher Beziehung standen Sie zu Jennifer van Maurik?«

»Jennifer war meine Nachbarin, ich bin ihr zweimal begegnet. Beim dritten Mal lag sie tot auf dem Küchenfußboden.«

»Und Sie haben nichts angefasst?«

Ich runzelte die Stirn. »Jetzt hören Sie mir mal gut zu. Ich habe solche Ermittlungen vermutlich öfter durchgeführt als Sie, also verschonen Sie mich mit Ihren Verhörtechniken. Worum geht es hier eigentlich?«

Unter dem Haarflaum auf ihren Wangen stieg eine leichte Röte auf. »Worum es geht, ist, dass Sie laut Ihrer eigenen Aussage Jennifer van Maurik nur einmal hier auf Ihrer Einfahrt getroffen haben und einmal auf einer Party bei den Bracks, dass Sie nichts mit ihr hatten und auch nichts angefasst haben, als Sie sie tot aufgefunden haben. Ist das richtig?«

»Ja.«

Ich kriegte wohl langsam Alzheimer, denn mein Fehler wurde mir erst klar, als sie ihren Trumpf fast hörbar auf den Tisch knallte: »Wie kommt es dann, dass das Haus von Jennifer van Maurik von oben bis unten voll mit Ihren Fingerabdrücken ist?«

Mist. »Tja, das ist mir wohl entfallen«, sagte ich ein wenig lahm. »Ich habe sie letzte Woche nach der Party bei den Bracks nach Hause gebracht.«

»Das ist Ihnen entfallen?«, wiederholte sie. »Und das passiert einem früheren Kripobeamten?«

Ich nickte demütig. »Nicht schlecht übrigens, schnelle Arbeit«, sagte ich, in dem vergeblichen Versuch, dem nächsten Problem auszuweichen. »Fast ein bisschen zu schnell, oder haben Sie meine Fingerabdrücke doch aus dem Amsterdamer Computersystem abgerufen?«

Bea ließ sich nicht ablenken. »Warum haben Sie sie nach Hause gebracht?«

»Warum nicht? Wir wohnten Haus an Haus.«

»Aber warum sind Sie mit hineingegangen? Nur um etwas zu trinken? So einen plumpen Verführungstrick können Sie mir jetzt nicht verkaufen. Schließlich kamen Sie gerade von einer Party ein paar Häuser weiter. Oder waren da die Getränke ausgegangen?«

Starr erwiderte ich ihren Blick. »Was meinen Sie mit ›ein Verführungstrick‹?«

»Beantworten Sie meine Frage!«

»Ich bin mit ihr ins Haus gegangen«, sagte ich. »Ist das ein Problem?«

Sie zuckte nicht mit der Wimper. »Für mich nicht. Aber für Sie vielleicht, wenn sich das als unwahr erweist. Möchten Sie einen Anwalt benachrichtigen?«

Allmählich fing ich an, sie zu bewundern. Sie war gut. Sie roch, dass ich versuchte, etwas zu verschweigen. Sie hämmerte einfach auf jedem morschen Stamm herum, um zu sehen, welches Ungeziefer daraus hervorkroch. »Was soll hier unwahr sein?«, fragte ich.

»Dieses kurze Mithineingehen«, antwortete sie. »Wenn das stimmen würde, was hätten wir dann gefunden? Einen Fingerabdruck auf einer Stuhllehne, auf einem Tisch, auf der Nachbarin vielleicht, aber na gut, das können wir nicht mehr überprüfen. Und dann wieder ab nach Hause, stimmt's?«

»Stimmt, das hätte man ungefähr erwarten können«, sagte ich in einem Anflug von Bockigkeit.

»Pech für Sie, denn wir haben Ihre Fingerabdrücke nicht nur in der Küche, im Abstellraum und auf der Treppe gefunden, sondern auch in den Schlafzimmern, vor allem in dem der Dame des Hauses.«

Ich hätte gelacht, wenn ich nicht so wütend gewesen wäre. Meine eigenen Worte klangen in meinen Ohren lächerlich: »Sie wollte, dass ich ihr Haus nach Eindringlingen untersuchte.«

Bea warf mir einen mitleidigen Blick zu. »Eindringlinge? Hier bei uns, auf dem Land?«

»Ich konnte es auch kaum glauben«, sagte ich.

»Der Richter wird ebenfalls so seine Mühe damit haben, vermute ich.«

Bea blickte hinüber zu dem schweigenden Spa und begann mit einer Zusammenfassung, wie es auch mein Partner Bart Simons und ich in Amsterdam zu tun pflegten. »Kaum zwei Wochen nachdem Sie hierher gezogen sind, wird Ihre Nachbarin ermordet. Sie haben kein Alibi und geben nur widersprüchliche Aussagen zu Protokoll, voller Ausflüchte und mit Anfällen von Gedächtnisverlust. Meiner Meinung nach würde ein Staatsanwalt zu dem Schluss kommen, dass Sie ein anderes Verhältnis zu Jennifer van Maurik hatten, als Sie behaupten, und dass Sie nicht ausschließlich wegen der Ruhe auf dem Land hierher gezogen sind!«

Ich konnte mir kaum vorstellen, dass Ingrid den Vorfall mit Bokhof auf der Party unerwähnt gelassen hatte. Aber vielleicht wusste sie gar nicht, in welchem Maße Bokhof seine Mieterin belästigt hatte. Jennifer hatte behauptet, sie habe nie mit Ingrid darüber geredet. Vielleicht hatte Ingrid davor zurückgeschreckt, einen Mordverdacht auf ihren Nachbarn zu lenken. Ich dagegen verspürte kaum das Bedürfnis, Bokhof zu schützen, vor allem nach seinem lächerlichen Versuch, mir den Mund zu stopfen. In Amsterdam hatten wir in der Regel zuerst das Offensichtliche ausgeschlossen und uns erst danach mit dem Obskuren und Rätselhaften befasst. Bokhof war nun einmal der Verdächtigste von uns allen, aber ihn zu diesem Zeitpunkt ins Spiel zu bringen, hätte wie ein Ablenkungsmanöver ausgesehen.

»Es ist mir etwas peinlich«, sagte ich und wandte mich dabei an Marcus Kemming. »Schließlich wohne ich erst seit kurzem hier …«

Doch Bea Rekké ließ sich nicht übergehen und fragte gehässig: »Aha, die Liebe auf den ersten Blick ist wohl ins Gegenteil umgeschlagen?«

Mit einem Ruck drehte ich mich zu ihr. »Könnten Sie mich vielleicht mal zwei Minuten lang ausreden lassen?«

Ihre Augen blitzten, doch sie verschränkte mit verkniffenen Lippen die Arme vor der Brust.

Ich wartete einige Augenblicke lang und fuhr dann fort: »Wie gesagt, ich wohne erst seit kurzem hier und habe die meisten Nachbarn bisher nur einmal getroffen, nämlich auf dieser Party. Nun äußere ich nicht gerne Vermutungen über Leute, die ich nicht kenne, und außerdem sind das nicht meine Ermittlungen.« Ich warf der Rekké einen flüchtigen Blick zu und schaute Kemming an. »Hat Ingrid Brack etwas über Harm Bokhof erzählt, den Vermieter des Heuschobers?«

»Nein.«

Die Polizei würde ohnehin von anderen Partygästen von dem Vorfall erfahren. »Auf der Party wurde Jennifer von Bokhof belästigt. Bokhof stürmte wutschnaubend davon, und ich habe Jennifer anschließend nach Hause gebracht. Sie hatte Angst, dass der Mann ihr in ihrem Haus auflauern würde. Als Vermieter hat er einen Schlüssel. Um sie zu beruhigen, bin ich zuerst hineingegangen. Ich habe die Lichter eingeschaltet und, während Jennifer unten wartete, auch die Schlafzimmer kontrolliert. Daher stammen meine Fingerabdrücke.«

»Sehr ritterlich«, giftete Rekké enttäuscht.

»Es ist mir egal, wie Sie das finden«, antwortete ich. »Mich als Verdächtigen zu behandeln, ist wirklich ein Witz, und es wird vollends lächerlich, wenn Sie sich zu lange damit aufhalten und kostbare Zeit verschwenden. Nach Ablauf von vierundzwanzig Stunden wird das Aufspüren des Täters eine wirklich mühselige und unangenehme Angelegenheit, das wissen Sie genauso gut wie ich.«

Kemming steckte sein Notizbuch weg und sagte zur Rekké: »Ich glaube, wir sind hier fertig.«

Bea Rekké schaute mich an und sagte: »Sie bleiben so lange auf unserer Liste, wie wir es für nötig halten.«

»Wie Sie wollen«, antwortete ich langmütig. »Ich hoffe, und zwar vor allem für Sie, dass Sie hierüber irgendwann einmal lachen können.«

Wieder liefen ihre Wangen unter dem leichten Flaum rot an. Sie konnte froh sein, dass sie blond war und nicht rabenschwarz wie eine italienische Matrone, sonst hätte sie ihren Damenbart mit schmerzhaften Foltermethoden bekämpfen müssen. Wenn man jemanden nicht leiden kann, macht man sich gern über solche Dinge lustig. Es war kindisch und noch nicht einmal gerechtfertigt, denn sie war wahrhaftig nicht hässlich. Unter dem Kostüm verbarg sich eine gute Figur und sie hatte schöne Beine. Ein weicherer Lippenstiftton und ein oder zwei freundliche Gedanken hätten ihr Gesicht nicht nur hübsch, sondern sogar sympathisch machen können.

An der Tür drehte sie sich noch einmal um. »Vielleicht vergeht Ihnen das Lachen, wenn wir zurückkommen, weil Ihre Aussage wieder von vorne bis hinten nicht stimmt.«

Sie war wirklich der Typ, der immer das letzte Wort haben musste, aber ich hätte mich in den Hintern gebissen, wenn ich ihr das gegönnt hätte. Ich hielt ihnen die Tür auf, und als sie hinter Kemming hinausging, sagte ich mit meinem allerliebsten Lächeln: »Wenn Sie wiederkommen, ziehen Sie doch ein hübsches Kleid an und bringen Sie ein wenig Gebäck mit oder eine Flasche Champagner, sonst lasse ich Sie nämlich ohne richterlichen Beschluss gar nicht erst hinein.«

Jetzt wurde sie vor Wut richtig knallrot, aber ich schloss die Tür und grinste sie durch die Scheibe hindurch an.

Am nächsten Morgen stand Ingrid wieder vor meiner Tür, diesmal zu einer christlicheren Uhrzeit, nämlich um zehn. Sie sah frisch und blühend aus. Sie trug ein moosgrünes Sommerkleid, hatte das Haar auf dem Rücken zu einem Pferdeschwanz gebunden und kaum Make-up aufgelegt, als wolle sie bei der Bewerbung als zukünftige Mutter einen seriösen und kerngesunden Eindruck machen.

Ich bat sie, auf der Terrasse Platz zu nehmen, holte die Kaffeekanne und erkundigte mich nach Tommy.

»Peter passt auf ihn auf. Ich wollte ihn mitnehmen, dachte dann aber, er würde vielleicht Fragen stellen, wenn er den Heuschober sieht …«

»Die Fragen werden schon noch kommen.«

Ingrid nickte und trank mit ernstem Gesicht von ihrem Kaffee. »Einem kleinen Kind in Tommys Alter kann man zwar erklären, dass seine Mutter weg oder sogar tot ist, aber es begreift das Endgültige der Situation noch nicht. Er wird immer glauben, gleich geht die Tür auf, und Mama kommt rein.«

»Woher weißt du das?«

»Aus einem Buch über Kinderpsychologie.«

»Hast du das von gestern auf heute gelesen?«

Ingrid errötete, als sei es ihr peinlich, bei intellektuellem Getue ertappt zu werden. »In dem Buch steht, womit man rechnen muss. Die Kinder erleben einen Rückschritt in ihrer Entwicklung, man nennt das Regression. Ältere Kinder machen dann wieder ins Bett und so. Ich möchte das eben gerne wissen, um darauf reagieren zu können.« Sie lächelte vor sich hin. »Es wird noch eine Zeit lang dauern, bis er Mama zu mir sagt.«

»Ich würde das nicht erzwingen«, sagte ich. »Was hast du ihm gesagt?«

»Noch nichts.« Sie zögerte kurz. »Ich denke, dass es einen guten Eindruck machen wird, wenn ich die Mitarbeiter des Jugendamts frage, wie ich es ihm am besten beibringen soll.«

Ich runzelte die Stirn. »Einen guten Eindruck?«

»Ich kann mir natürlich auch etwas ausdenken, dass seine Mutter im Himmel ist oder so.« Ihre Augen nahmen einen flehentlichen Ausdruck an. »Max, vor dir brauche ich mich doch nicht zu verstellen. Ich möchte Tommy adoptieren, und ich will alles tun, um die Chancen zu erhöhen, dass man mich akzeptiert.«

»Dich und Peter meinst du?«

»Ja, natürlich. Peter tut Tommy auch sehr gut.« Sie schaute mir in die Augen und errötete wieder: »Es wäre ein Segen für unsere Ehe. So, wie es jetzt ist …« Sie wandte verlegen das Gesicht ab und flüsterte: »Ich langweile mich zu Tode.«

»Ich glaube nicht, dass das Jugendamt begeistert sein wird, wenn du sagst, dass Tommy dazu dienen soll, dir die Langeweile zu vertreiben.«

»Ach, das weiß ich doch, und so ist es doch auch gar nicht!«, erwiderte sie heftig. »Schon vom allerersten Tag an war ich Tommys zweite Mutter. Ich habe Jennifer zur Geburt ins Krankenhaus gebracht, ich war dabei, als er geboren wurde, ich habe ihn als Baby versorgt, ich betrachte ihn schon so lange als … na ja, auch als meinen Sohn. Jennifer wäre damit einverstanden.«

Ich lächelte sie an. »Ich gönne es dir von Herzen, aber wie ich schon sagte: Ich kann da nur wenig für dich tun.«

»Du kannst eine ganze Menge tun, deshalb bin ich hier. Ich bekomme Besuch von einer Mitarbeiterin des Jugendamts. Sie werden sich sowieso bei den Nachbarn über uns erkundigen, aber ich möchte dich gern ausdrücklich als Zeugen angeben, wenn es dir recht ist.«

Ich zögerte. Ich war noch immer verärgert wegen Peters unbeholfenem Erpressungsversuch, aber vielleicht wusste Ingrid nichts davon, und es wäre ungerecht gewesen, sie darunter leiden zu lassen. »Wenn du meinst, dass das hilft …«

Sie zog einen Umschlag aus der Rocktasche. »Worum es geht, ist, dass du mein wichtigster unabhängiger Zeuge bist, der bestätigen kann, dass Jennifer ihren Sohn am liebsten in meiner Obhut wissen wollte. Du hast daneben gesessen, als sie das sagte. Wir haben uns über den Brief unterhalten, den sie mir im Flugzeug nach Aruba geschrieben hat.« Sie wedelte mit dem Umschlag. »Lies ihn ruhig.«

Ich wehrte mit einer Geste ab. »Meine Zeugenaussage ist nicht rechtskräftig ohne einen zweiten Zeugen. Du warst zwar auch dabei, aber deine Aussage würde nicht gelten, weil du die profitierende Partei wärst. Der Brief kann dir vielleicht helfen, aber ich würde ihn nur dann anführen, wenn es wirklich nötig ist. Du machst viel zu viel Druck und lässt alles so konstruiert aussehen.«

Ich sah, wie sie erschrak. Sie hatte ein neues Ziel in ihrem Leben gefunden und eine Heidenangst, irgendeinen taktischen Fehler zu begehen. »Meinst du wirklich?«

»Die Behörden reagieren höchstens gereizt und misstrauisch, wenn du sie mit Beweisen und Argumenten nur so bombardierst. Ich würde ihnen zwar erzählen, was Jennifer gesagt hat, und dass ihr euch über den Brief unterhalten habt. Wenn du ihnen anschließend den Brief zu lesen gibst, ist das mehr als genug.«

Ingrid lehnte sich zu mir hinüber. »Da siehst du, dass ich dich brauche. Ich habe keine Ahnung, wie ich die Sache am besten in Angriff nehmen soll.« Sie legte ihre Hand auf meine, die auf dem Terrassentisch lag. »Bist du auch nicht böse auf mich?«

»Warum sollte ich?«

»Na ja, wegen …« Sie machte ein viel sagende Geste.

»Weil du nicht mehr aus dem Wasser gerettet zu werden brauchst?«

Sie machte ein verwirrtes, unglückliches Gesicht, wie ein Schulmädchen, das mit seinem Freund Schluss macht, weil sie jemand besseres gefunden hat, sich aber gleichzeitig darüber ärgert, dass er kaum um sie trauert. »Du weißt schon, was ich meine.«

»Jetzt mach dir mal keine Sorgen. Aber auch nicht zu viele Illusionen. Tommy hat einen Vater, und wir wissen nicht, ob Jennifer in Kontakt mit ihm stand. Vielleicht existieren sogar Vereinbarungen für Notfälle …«

Sie nickte heftig. »Deswegen ist es mir so wichtig, dass du ihn für uns ausfindig machst. Wenn dieser Mann nicht gefunden werden will, entdeckt die Polizei ihn nie, aber du vielleicht schon. Bitte, Max!«

Ich zuckte mit den Schultern. »Ich weiß nicht, ob das nötig ist. Wenn er Tommy jemals anerkannt hat, ist er irgendwo als sein Vater registriert und taucht von selbst auf. Wenn das Kind ein Ausrutscher war und er nichts von ihm wissen will, bleibt er unerkannt und macht euch keine Schwierigkeiten. Er ist nicht dazu verpflichtet, Tommy als seinen Sohn anzuerkennen.«

Ingrid biss sich auf die Lippen und schüttelte den Kopf. Ich sah, wie sie grübelte und sich Sorgen machte. Ihre innere Anspannung war förmlich greifbar. »Und was ist, wenn dieser Mann es sich später einmal anders überlegt? Das liest man doch immer wieder in der Zeitung, dass die leiblichen Eltern ihre Kinder von den Adoptiveltern zurückfordern? Kannst du dir diesen Albtraum vorstellen? Tommy ist mein Sohn, er geht auf die Grundschule, und plötzlich steht ein Fremder vor der Tür, der behauptet, sein Vater zu sein und sagt, dass er seinen Sohn zurückhaben will. Ich hätte keinen Tag Ruhe.«

Ich konnte sie durchaus verstehen. Sie hatte jetzt schon Albträume wegen irgendwelcher Komplikationen, die irgendwann einmal auftauchen konnten. »Ich werde es versuchen«, versprach ich.

Ich hörte das Postauto und die Klappe meines Briefkastens und begleitete Ingrid den Deich hinauf, um meine Post zu holen. Die meisten Deichbewohner besaßen Standard-Stehbriefkästen von der niederländischen Post, und meiner befand sich genau neben Jennifers am Ende der Hecke.

»Meinst du, bei der Post wissen die schon Bescheid?«, fragte Ingrid, und noch bevor ich etwas erwidern konnte, öffnete sie die Klappe von Jennifers Briefkasten und holte neben derselben grünen Postwurfsendung, wie ich sie in der Hand hielt, einen Umschlag heraus. Sie drehte ihn um und sagte: »Kramer. Kenne ich nicht.«

Ich nahm ihr den Umschlag aus der Hand. Die Adresse war mit der Hand geschrieben, der Absender auf die Rückseite gedruckt. J. Kramer aus Amstelveen.

Ingrid schaute mich an. »Mach ihn ruhig auf.«

»Das ist doch wohl eher Sache der Polizei.«

Ingrid warf die Reklamesendung wieder zurück in Jennifers Briefkasten. »Der Polizei? Ich nehme an, Jennifer wäre es egal, ob die Polizei oder du oder ich ihn lesen. Gib ihn mir, dann mache ich es eben.«

Kramer. Hätte der Absender anders geheißen, wäre es

mir nicht in den Sinn gekommen, aber jetzt zwängte ich meinen kleinen Finger unter die Umschlagklappe und dachte an die Genugtuung, die meine Fingerabdrücke Bea Rekké verschaffen würden. Ich versuchte, den Umschlag vorsichtig an der Klebkante aufzuziehen, aber der Leim war gut und Risse blieben nicht aus. Im Umschlag steckte ein zusammengefaltetes Din-A-4-Blatt mit ein paar kräftigen Zeilen in derselben Handschrift wie die Adresse auf der Vorderseite.

»Jen, ist dein Telefon kaputt? Ist das eine neue Form der Unabhängigkeit, oder muss ich mir Sorgen um dich machen? Ich habe keine Zeit mehr, deshalb nur ein paar Zeilen, um dir zu sagen, dass es mir gut geht und ich dich nicht vergessen habe. Ich bin eben praktisch nie zu Hause, und das macht die Sache nicht gerade einfach, aber ich halte die Augen für dich offen und ziehe Erkundigungen ein. Okay? Mehr kann ich nicht tun. Halt die Ohren steif, mit der Zeit wird schon alles in Ordnung kommen. Jeroen.«

Ich gab Ingrid den kurzen Brief. »Vielleicht ist das der Vater.«

Ich achtete auf ihren Gesichtsausdruck, während sie las. Ich sah kein Zeichen des Wiedererkennens. Fragend hob sie den Blick. »Dieser Mann hat versprochen, irgendetwas für sie zu tun, aber was?«

»Keine Ahnung«, antwortete ich. »Außer, dass rein gar nichts in Ordnung gekommen ist.«

Mit ernstem Gesicht schaute Ingrid hinüber zum Heuschober. »Meinst du, dass das irgendetwas mit dem Mord zu tun hat?«

Ein Mann in einem Pontiac mit Chauffeur hatte eine Juffrouw Kramer gesucht. Der Vater des Kindes? Ihr Exmann? War van Maurik Jennifers Mädchenname und hatte sie ihn wieder angenommen, um sich vor ihrem Ex zu verstecken? Eine neue Form der Unabhängigkeit? Doch der Mann im Pontiac konnte nicht Jeroen Kramer gewesen sein, denn der kannte Jennifers Adresse und offenbar auch ihre Telefonnummer. »Was meinst du?«

Sie presste die Lippen zusammen. »Ich meine, sie sollten Bokhof mal auf den Zahn fühlen.«

Ich zuckte mit den Achseln und steckte den Brief zurück in den Umschlag.

»Du willst ihn doch nicht etwa wieder in den Briefkasten legen?«, fragte Ingrid.

Ich steckte den Umschlag in die Tasche. »Nein. Erstmal werde ich mir diesen Jeroen anschauen. War Jennifer früher mal verheiratet?«

Ingrid dachte nach. »Merkwürdig«, sagte sie nach einer Weile. »Ich habe mir nie Gedanken darüber gemacht. Erst jetzt wird mir klar, dass ich eigentlich nichts über Jennifers Vergangenheit weiß.«

4

Amstelveen war kein Ort, der einen fröhlich stimmte, jedenfalls nicht, wenn man ungeduldig auf der verlassenen Außengalerie im dritten Stock eines Betonmietshauses herumstand und wartete. Ich hatte die Telefonnummer von Jeroen Kramer im Telefonbuch gefunden und versucht, ihn auf diesem Wege zu erreichen. Nachdem ich dreimal an seiner Wohnungstür geschellt hatte, war klar, dass deswegen niemand ans Telefon ging, weil keiner zu Hause war. Vielleicht hätte ich mir die Fahrt hierher ersparen können, aber Kramer war mein einziger Anhaltspunkt.

Das Namensschild *J. Kramer* machte mich auch nicht schlauer. Die meisten Fenster an der Galerie waren durch Gardinen oder Rolläden vor neugierigen Blicken geschützt; vor dem von Kramer hing eine Jalousie. Ich presste mein Gesicht an die Scheibe und erkannte durch den schmalen Spalt an der Seite ein Stückchen von einer Schranktür und einer Anrichte. Die Küche.

Ich ging zur Wohnung nebenan und schellte. *J. Steffens.* Es dauerte lange, bis jemand an die Tür kam. Ich hörte ein Auto und lehnte mich über das Geländer. Mich überkam das beklemmende Gefühl, dass die Polizei mir dicht auf den Fersen war, doch es war nur ein Lieferwagen. Zwei Männer begannen mit dem Ausladen einer Waschmaschine.

Ein Zigarrenraucher in einem Pontiac war am Abend vor dem Mord auf der Suche nach einer Juffrouw Kramer gewesen. Ich hatte keinen Zusammenhang mit Jennifer van Maurik gesehen, bis die Post diesen Brief gebracht hatte. Zweimal der Name Kramer, einmal kurz vor und einmal kurz nach ihrem Tod – so viel Zufall brachte meine Nackenhaare zum Kribbeln.

Was Juffrouw Kramer betraf, konnte ich wenig mehr tun, als das Einwohnermeldeamt anzurufen. Kramer war ein häufig vorkommender Name, doch weder am Polderdeich noch am Lingedeich oder irgendeinem anderen Deich in den angrenzenden Dörfern war jemand mit diesem Namen registriert.

Von dem anderen Kramer gab es jedoch eine Adresse. Er hätte Jennifers Exmann sein können, war aber auf jeden Fall die einzige Verbindung zu etwaigen anderen Angehörigen. Die Tatsache, dass ich mich an seine Spuren heftete, ohne die Polizei über seinen Brief zu informieren, lief auf die Unterschlagung von Beweismaterial beziehungsweise die Behinderung polizeilicher Ermittlungen hinaus. Das schwache Argument, dass man mich engagiert hatte, um Jennifers Familie ausfindig zu machen, wäre nur eine magere Entschuldigung gewesen.

»Ja, bitte?«

Ich drehte mich um. Ein Mann um die dreißig, unrasiert und mit staubigen Haaren. Ich bemühte mich um ein freundliches Lächeln. »Guten Tag. Meneer Steffens? Mein Name ist Max Winter, ich bin auf der Suche nach ihrem Nachbarn, es tut mir Leid, wenn ich Sie störe …«

»Macht nichts, ich musste sowieso aufstehen.« Der Mann hielt die Hand vor den Mund und gähnte. »Ich arbeite im Krankenhaus und habe Nachtdienst. Was wollen Sie denn von Jeroen?«

»Ich muss ihn sprechen.«

»In welcher Angelegenheit?«

Ich schaute ihn erstaunt an, anstatt zu antworten.

Der Mann lachte. »Wissen Sie, er würde mir auch keine Schuldner oder Gerichtsvollzieher auf den Hals hetzen.«

Die bessere Art der Nachbarschaftshilfe. »Sie sind also gute Freunde?«

»Zumindest sind wir gute Nachbarn.«

Ich nickte. »Meine Nachbarin ist gestern verstorben.

Sie hat allein gelebt, und ich bin auf der Suche nach ihren Angehörigen. Der einzige Anhaltspunkt ist ein Brief von Jeroen Kramer; er könnte zum Beispiel ihr Exmann sein.«

»Ich wusste gar nicht, dass Jeroen mal verheiratet war. Wie hieß die Dame?«

»Jennifer van Maurik.«

Steffens schüttelte den Kopf. »Der Name sagt mir nichts. Jeroens Freundin heißt Mirjam.« Er war nicht unfreundlich, musterte mich aber mit einem Blick, der womöglich weniger verschlafen war als es schien.

»Falls sie eine Verwandte von ihm war oder eine Freundin, möchte Jeroen sicher wissen, was passiert ist«, sagte ich. »Kann ich ihn irgendwo erreichen?«

Er schaute auf seine Armbanduhr. »Wenn ich richtig liege, muss er am späten Nachmittag los. Warten Sie einen Moment …«

Innerhalb von zwei Minuten war er wieder zurück. »Seine Maschine startet um Viertel nach sechs, aber er kommt in einer halben Stunde in den Wijde Blik und hält nach Ihnen Ausschau.«

»Wie sieht er aus?«

»Er trägt bestimmt seine Uniform. Jeroen ist Flugbegleiter bei der KLM, so ein Typ mit blonden Locken und jungenhaftem Aussehen, der in sämtlichen weiblichen Passagieren Mutterinstinkte weckt. Er erwartet Sie an der Bar.«

Ich dankte ihm lachend. In knapp zwanzig Minuten war ich am Flughafen Schiphol und fand ohne größere Probleme einen Parkplatz unter dem Ankunftsterminal in der Nähe der Aufzüge.

Ich erkannte Jeroen Kramer mühelos an seiner Uniform und den blonden Locken. Außerdem war er der Einzige, der sich nicht für die startenden und landenden Flugzeuge interessierte und mit dem Rücken zum Flugplatzpanorama saß. Steffens hatte mit seiner Bemerkung über sein

80

jungenhaftes Äußeres Recht gehabt. Manche Männer behalten auch im Erwachsenenalter dieses rundlich-blühende und etwas naive Aussehen eines Vierzehnjährigen. Ich konnte mir die Reaktionen der weiblichen Passagiere vorstellen.

Kramer war höchstens dreißig, wirkte aber jünger und vor allem sympathisch und arglos. Er wäre wunderbar für die Rolle des klassischen Opfers in einem Film mit Jack Nicholson als Gebrauchtwagenhändler geeignet gewesen. Vor ihm stand eine Limonade. Das stellte mich vor ein altes Problem. Zu Tageszeiten, an denen es noch zu früh für Alkohol ist, weiß ich nie, was ich bestellen soll. Wirklich durstig bin ich selten, und Limonade kann man meiner Meinung nach nur trinken, wenn man Durst hat, und selbst dann ist mir Wasser genauso recht. Infolgedessen trinke ich zu viel Kaffee, wodurch auch der mir zuwider wird. Wir hatten uns gerade begrüßt, als auch schon eine Kellnerin mit Tablett zu uns trat.

»Ist etwas mit Jennifer passiert?«, fragte Kramer, als ich mich auf den Barhocker neben ihn gesetzt hatte.

Ich zögerte. »Hat Ihr Nachbar es Ihnen nicht erzählt?«

Er schüttelte den Kopf. »Er hat nur gesagt, Sie seien Jennys Nachbar und machten keinen dubiosen Eindruck.«

Der Kaffee kam. Ich wartete, bis das Mädchen weg war. »Jennifer ist tot.«

Sein Gesicht, das er mir zugewandt hatte, wurde regelrecht grau; ein merkwürdiger Kontrast zu seiner Jungenhaftigkeit. Seine Augen konnte ich nicht gut erkennen. Wir saßen weit hinten im Restaurant, in dieser trostlosen Kühle, die der Sommer in solchen Gebäuden manchmal verursacht. Das Dunkel rund um die Bar wurde durch das grelle Sonnenlicht noch verstärkt, das durch die Fenster gegenüber hineinfiel, vor denen Leute an kleinen Tischen saßen. Draußen auf der Terrasse saßen weitere Gäste. Kinder kreischten. Ein Düsentriebwerk begann zu dröhnen.

»Tot? Das kann doch nicht wahr sein!«

»Sie wurde ermordet.«

»Ermordet?« Jetzt erkannte ich Schmerz in seinem Gesicht und etwas wie Schuldbewusstsein. Er wandte sich ab. »Hat es dieser Mann getan?«

»Welcher Mann?«

Er schüttelte den Kopf, zog ein Taschentuch heraus und putzte sich die Nase. Dann knüllte er das Taschentuch zu einer Kugel zusammen und drückte es erst an das eine, dann an das andere Auge.

»Aus Ihrem Brief ging hervor, dass sie Sie wegen irgendeines Problems um Hilfe gebeten hatte«, sagte ich.

»Woher wissen Sie, was in meinem Brief stand?« Er schaute mich über das Taschentuch hinweg an und ich erkannte, was sein Nachbar gemeint hatte – sein naives Aussehen trog.

Ich seufzte. »Ich bin erst vor kurzem in das Haus nebenan eingezogen und habe Jennifer nur zweimal getroffen. Eine andere Nachbarin sollte auf Jennifers Sohn Tommy aufpassen, weil sie nach Amsterdam musste. Sie hat mich gerufen, als auf ihr Schellen hin niemand aufmachte. Ich fand Jennifer tot in ihrer Küche. Ich habe die Polizei verständigt. Niemand wusste etwas über sie, und man hat mich damit beauftragt, ihre Angehörigen ausfindig zu machen. Ich fand Ihren Brief in Jennifers Briefkasten und war so frei, ihn zu öffnen. Vielleicht hätte ich das der Polizei überlassen sollen, aber dann säße hier jetzt ein Polizist und würde Sie fragen, ob Sie der Vater von Tommy sind.«

Verwirrt erwiderte er meinen Blick. »Der Vater von Tommy?«

»Sind Sie ihr Exmann oder ein früherer Freund?«

Seine Bestürzung legte sich, als er begriff, dass ich die Zusammenhänge nicht kennen konnte. »Ich bin ihr Bruder«, erklärte er.

Aha. Jetzt wurde mir klar, warum er mir irgendwie bekannt vorkam. Jennifer hatte ein schmaleres Gesicht gehabt, das härter oder zumindest nüchterner gewirkt hatte, und sie war braunhaarig und nicht blond gewesen, aber jetzt erkannte ich etwas von ihr in Jeroens Augen wieder und in der männlichen Version desselben zu kleinen Mundes.

»Hat sie noch andere Verwandte?«

Jeroen schüttelte den Kopf. »Jennifer ... Was soll ich denn jetzt machen?« Niedergeschlagen schaute er auf seine Armbanduhr.

»Wenn Sie ihr einziger Verwandter sind, wird es die Polizei gerne sehen, wenn Sie bald mir ihr Kontakt aufnehmen.«

»Reicht es, wenn ich anrufe?«

Ich ließ mir etwas Zeit mit der Antwort. Vielleicht dachte er: tot ist tot. Aber ganz so unsensibel erschien er mir nicht. Eher verwirrt. »Sie muss offiziell identifiziert werden«, sagte ich. »Und Sie sind der Einzige, der das übernehmen kann, wenn sie keine anderen Angehörigen hat.« Ich zog mein winziges Notizbuch und einen Kugelschreiber aus der Tasche. »Sie können mir schon einmal ihre persönlichen Daten nennen, ihr Geburtsdatum und ihren Geburtsort ... War van Maurik der Name ihres Exmannes?«

»Ihres Exmannes?« Er sah höchst erstaunt aus. »Jennifer war nie verheiratet.«

»Warum hieß sie dann van Maurik?«

Er fing an, sich ein wenig von seinem ersten Schrecken zu erholen. »Irgendwann hat sie sich dazu entschlossen, ihren Namen zu ändern. Damals, als sie nach Rumpt zog.«

»Sich dazu entschlossen? Wie meinen Sie das? Steht dieser Name auch in ihren Papieren? Ich glaube nicht, dass das so ohne Weiteres möglich ist.«

»Ich hatte kaum Kontakt zu ihr, und das ist schon seit langem so. Sie hat mir mitgeteilt, dass sie von nun an Jennifer van Maurik hieße und mich gebeten, das zu akzeptieren. Ich weiß aber nicht, warum.« Er zögerte und fügte mit einem Blick über die Schulter hinzu: »Die Polizei wird das natürlich sowieso noch herausfinden … Jenny ist früher einmal mit dem Gesetz in Konflikt geraten, vielleicht hatte es etwas damit zu tun.«

Jennifer Kramer. Juffrouw Kramer, ein Häuschen am Lingedeich. Die beiden Deiche wurden ständig verwechselt, und es war so gut wie sicher, dass der Mann im Pontiac auf der Suche nach meiner Nachbarin gewesen war. Hatte er sie doch noch gefunden, ungefähr um Mitternacht?

»Wissen Sie, wer Tommys Vater ist?«

»Nein, ich habe keine blasse Ahnung«, antwortete er mit einem bedauernden und zugleich reumütigen Gesichtsausdruck. »Wie ich schon sagte, ich habe nur wenig Kontakt …«

Eine Frau rief: »Roen, bist du soweit?«

Ich sah, wie sich der Ausdruck in Kramers Augen veränderte und drehte mich um. Eine gut aussehende Stewardess kam vom anderen Ende der Bar auf uns zu. Sie hatte ein schmales Gesicht, rabenschwarzes Haar, und ihr geschwungener Schmollmund verhieß gefügige Unschuld und eine gewisse Naivität – vor Jahrzehnten hatte ihr Bildnis an der Wand meiner Junggesellenwohnung gehangen: der Akt des nackten Mädchens von Louis David.

»Mirjam …«

»Alle warten schon auf dich.« Die Stewardess blieb neben uns stehen und lächelte mich abwartend an.

Jeroen sagte mit einer matten Handbewegung: »Das ist Mirjam Senner, meine Freundin.«

Ich gab ihr die Hand. »Max Winter.«

Mirjam blickte von mir zu Jeroen. »Ist irgendwas?«

»Meine Schwester ist tot.«

Ihr Gesichtsausdruck wurde ernst. »Jennifer? Ach ...«

»Ich kann nicht mit nach Rio, ich muss ...« Jeroen schaute mich an. »Wohin muss ich mich wenden?«

Mirjam sagte: »Wenn jemand für dich einspringen muss, solltest du dich aber beeilen!«

»Am besten an die Polizeidienststelle Geldermalsen. Fragen Sie nach Brigadier Kemming«, sagte ich gleichzeitig.

Ich sah, wie Mirjam erschrak. »Zur Polizei?«

»Jennifer ist ermordet worden«, erklärte Jeroen.

»O mein Gott.« Mirjam schaute Jeroen erschrocken an. »Hat sie nicht einen kleinen Sohn?«

»Tommy ist bei Nachbarn untergebracht«, sagte ich. »Dort kann er eine Weile bleiben, bis seine Verwandten eine Entscheidung getroffen haben.«

Sie nahm eine abwehrende Haltung ein. »Jeroen ist sein einziger Verwandter. Soll er den Kleinen vielleicht großziehen?«

Jeroen beruhigte sie. »Jetzt lass uns doch erst mal ...«

»Ich glaube, ich bleibe auch hier«, sagte Mirjam. »Das alles ist nicht leicht für dich, und ich möchte verhindern, dass du etwas versprichst, was wir nicht halten können.«

Sie war weniger unschuldig und garantiert nicht so gefügig wie die *Nudo di Giovannetta.* Wieder einmal trog der Augenschein. »Die Nachbarn würden ihn sehr gerne adoptieren«, sagte ich.

Sie atmete auf. »Ist das eine langwierige Angelegenheit?«

»Du fliegst einfach mit wie geplant«, sagte Jeroen, plötzlich entschlussfreudig. »Ich komme schon allein zurecht.« Er legte Mirjam den Arm um die Schulter und wandte sich an mich. »Vielen Dank, dass Sie mich aufgesucht und es mir gesagt haben. Ich melde mich noch heute in Geldermalsen.«

»Ich hätte da noch einige Fragen.«

»Ich muss mich jetzt wirklich abmelden, sonst findet die Fluggesellschaft nicht rechtzeitig Ersatz für mich. Ich sehe Sie dann draußen in Rumpt, ich muss doch bestimmt auch ihre Sachen ... und die Beerdigung ...«

»Sie finden mich im Nachbarhaus«, sagte ich.

Brigadier Marcus Kemming fand mich vor ihm. Er kam auf meine Terrasse hinauf und klopfte an die Glasscheibe, als ich CyberNel gerade am Telefon bat, herauszufinden, ob Jennifer Kramer irgendwo registriert oder vielleicht vorbestraft war.

Ich gab ihr rasch Jennifers Geburtsdaten durch und sagte nur: »Ich muss auflegen.« Ich winkte Kemming zu, der seinen mageren Vogelkopf dicht der Scheibe näherte, um hineinschauen zu können. Er sah mich und griff nach dem Türknauf. Er war allein.

CyberNel protestierte: »Aber ich brauche noch weitere Angaben!«

»Ich kann aber schlecht über das Reinhacken in Polizeicomputer reden, wenn die Polizei gerade zur Tür reinkommt«, flüsterte ich. »Tag, Brigadier, treten Sie näher!«

CyberNel kicherte und legte auf.

Kemming trat zögernd ein. »Der Bruder von Juffrouw van Maurik hat sich bei uns gemeldet, auf Ihr Anraten hin, wie es scheint.«

»Das ging ja schnell. Kaffee, Tee, oder ein Glas Sherry? Jetzt ist die richtige Zeit für einen Aperitif, oder sind Sie noch im Dienst?«

Seine stechenden Augen wanderten unsicher hin und her. »Nein, ich habe jetzt frei und ich dachte, ich fahre nochmal kurz bei Ihnen vorbei. Wir essen meistens so gegen sieben.« Er schaute auf die Uhr. Offenbar fühlte er sich nicht besonders wohl in seiner Haut. »Ich bin kein Sherrytrinker, für mich lieber ein Pils, wenn Sie eins im Haus haben.«

»In Ordnung. Lassen Sie uns raus auf die Terrasse gehen, es ist zu schade, bei diesem Wetter drinnen zu sitzen. Ich komme sofort.« Ich bedeutete ihm, schon hinauszugehen und verschwand in der Küche, um für ihn ein Pils und für mich einen kleinen Scotch mit viel Eis zu holen.

Die Sonne stand tief über den Obstplantagen. Mein Garten, etwa vierzig Meter tief, wurde von einem romantischen Wassergraben begrenzt, an dem auf der einen Seite dichtes Schilf, gelbe Iris und knorzige Weiden wuchsen und auf der anderen hohe, vom Wind gebeugte Pappeln. Jenseits des Grabens erstreckten sich weit und breit Obstplantagen, niedrige Apfel- und Birnbäume, hier und dort zum Schutz gegen den Wind von hohen Erlenhecken durchzogen. Kemming ließ in einem Liegestuhl sitzend den Blick darüber schweifen. »Ein schönes Fleckchen«, sagte er bedächtig, und dann: »Ich habe mit Bart Simons von der Amsterdamer Kripo telefoniert.«

Ich grinste. »Bart Simons war mein Partner, bis ich vor vier Jahren ausgestiegen bin.«

Kemming nickte. Ich wusste nicht, worauf er hinauswollte und wartete einfach ab. »Er hat Sie in den höchsten Tönen gelobt.«

»Ach, ein guter Ruf besagt wenig, außer, dass man Glück hatte und alles positiv verlaufen ist. Hart arbeiten und unseren Verstand gebrauchen tun wir doch alle. Bei den spektakulären Erfolgen spielt einem meist der Zufall in die Hände, aber das Ergebnis steht dann hinterher in der Akte.«

Kemming sagte, ohne mich anzuschauen und ein wenig undeutlich: »Ich muss mich für die Kollegin Rekké entschuldigen.«

Ich lachte. »Ich hätte mich genauso verhalten wie sie.«
Sein Gesicht blieb ernst. »Ich nicht.«
Ich trank einen Schluck Whisky und betrachtete ihn

fasziniert, weil sein Ton verriet, dass er meinte, was er sagte. Ich begann zu vermuten, dass er ein durch und durch integerer Mann war, tief gläubig und nicht besonders humorvoll. Er kleidete sich wie ein Dorfschullehrer: sandfarbene Sommerhose, moosgrünes Sakko und sorgfältig geputzte, braune Schnürschuhe. Sogar seine grauen Haare waren jetzt ordentlich gekämmt, als sei die Frisur vom letzten Mal ein Versehen oder die Folge eines plötzlichen Minitornados auf dem Polderdeich gewesen. Kemming sah aufrecht aus, unbestechlich, ein Mann, der seine Arbeit mit sturer Genauigkeit erledigte, nach Vorschrift, ohne Experimente und ohne zu fluchen. Sonntags zum Gottesdienst in die reformierte Kirche. Durch und durch vertrauenswürdig.

»Sie haben ihren Bruder ja schnell gefunden«, sagte er nach einer kurzen Stille.

Ich hatte vergessen, Jennifers Bruder ans Herz zu legen, den Brief nicht zu erwähnen, aber vielleicht hatte Jeroen es von sich aus nicht getan. Kemming wäre gewiss weniger freundlich gewesen, wenn er gewusst hätte, dass ich anderer Leute Post öffnete. Und die Rekké würde mich wegen des Öffnens und Unterschlagens der Post eines Mordopfers in eine Zelle stecken. »Auf Bitten von Mevrouw Brack«, erklärte ich, um der Wie-kamen-Sie-auf-den-Bruder-Frage von vornherein auszuweichen. »Die Bracks möchten den Sohn gerne adoptieren, brauchen aber dafür das Einverständnis der Familie. Wie Sie wissen, verdiene ich seit meinem Abschied von der Polizei meinen Lebensunterhalt als Privatdetektiv.«

Er nickte langsam. »Ich nehme an, dass es die auch geben muss. Jedenfalls war uns damit gedient. Ich dachte, ich berichte Ihnen mal kurz den Stand der Dinge.«

»Bei den Ermittlungen, meinen Sie?«, fragte ich hoffnungsvoll.

»Nun ja, zumindest das, was morgen auch die Presse

erfährt«, sagte er, als wolle er von vornherein den Verdacht ausräumen, dass er aus dem Nähkästchen plaudern oder sich sonstwie ungebührlich betragen würde. »Fangen wir mit der Autopsie an. Wir haben keine Mordwaffe gefunden, aber das Loch im Schädel könnte von der runden Seite am Kopfende eines mittelschweren Brecheisens verursacht worden sein. Der Tod ist um Mitternacht eingetreten; den genauen Zeitpunkt kennen wir noch nicht.«

»Haben Sie verdächtige Fingerabdrücke gefunden? Neben meinen, natürlich?« Ich grinste ermunternd.

Na so was, er erwiderte mein Lächeln. »Nein, nur die von Leuten, die dort auch sonst ein und aus gingen, die vom Ehepaar Brack, von Hausbesitzer Bokhof … Wir haben auch unbekannte Abdrücke gefunden, aber Mevrouw Brack wusste zu berichten, dass der junge Versteeg bei Ihrer Nachbarin zum Kaffeetrinken war. Ich meine Rob Versteeg, dessen Vater die Autowerkstatt kurz hinter der Brücke betreibt. Und sie stammten in der Tat von ihm.«

»Aber Rob wird nicht verdächtigt?«

»Nein.« Er schaute mich mit einem Anflug von Schalkhaftigkeit an. »Erstens ist er ein unbescholtener junger Mann aus dem Dorf, und zweitens hat er ein wasserdichtes Alibi.«

Ich erwiderte sein Lächeln.

»Gut«, fuhr Kemming fort. »Nun ja, das ist ungefähr das, was der Presse bekannt gegeben wird, außer der Geschichte mit Rob Versteeg, die tut ja nichts zur Sache.«

»Das finde ich auch«, stimmte ich zu, um ihn am Reden zu halten, doch er trank schweigend von seinem Pils. »Wird der Name Kramer auch bekannt gegeben?«, fragte ich, als die Stille anhielt.

»Nein, jedenfalls noch nicht.« Wieder blickte Kemming eine Weile lang schweigend geradeaus. »Angesichts der Tatsache, dass wir bei den Ermittlungen mit der Polizei in

Amsterdam zusammenarbeiten werden ...« Er drehte seinen Vogelkopf in meine Richtung. »Werden Sie sich weiterhin mit diesem Fall beschäftigen?«

»Ich weiß nicht, worauf Sie hinauswollen«, sagte ich.

»Tja, ich muss eben vorsichtig sein«, antwortete er zurückhaltend. »Ich möchte keine Schwierigkeiten mit dem Rest des Ermittlungsteams bekommen. Wie werden noch einigen Hinweisen nachgehen und ein oder zwei Leute aus der Nachbarschaft etwas gründlicher vernehmen ...«

Bokhof wahrscheinlich. »Seid ihr nebenan fertig?«

»Ja. Der Bruder hat schon den Schlüssel bekommen, er wird sich um die Hinterlassenschaft und die Beerdigung kümmern. Sie wird am Samstag stattfinden, aber Jeroen Kramer hat uns gebeten, so wenig wie möglich an die Öffentlichkeit zu bringen, weil er die Presse und das Fernsehen nicht gerne dabei haben möchte.«

Ich nickte. »Um noch einmal auf Ihre Frage zurückzukommen: Ich habe den Auftrag erhalten, Jennifers Angehörige ausfindig zu machen. Der Bruder ist ihr einziger Verwandter, aber vielleicht werde ich mich auch noch auf die Suche nach Tommys Vater begeben.«

Wieder zögerte er eine Weile. »Mit Ihren Kontakten in Amsterdam werden Sie es ja sowieso bald erfahren«, begann er, als wolle er einen gewagten Entschluss rechtfertigen. »Natürlich haben wir uns gefragt, warum die Ermordete einen anderen Namen angenommen hatte. Wir haben ihren richtigen Namen gründlich überprüft, und unsere Nachforschungen haben uns nach Amsterdam geführt. Jennifer Kramer hatte ein Vorstrafenregister. Vor fünf Jahren hat sie wegen Autodiebstahls eine kurze Gefängnisstrafe abgesessen. Danach verwischt sich ihre Spur. Ihre Akte ist an das ZKA weitergeleitet worden, und es wird ziemlich schwierig sein, sich dort einen Einblick in die Unterlagen zu verschaffen.«

»Das ZKA?« Ich war ratlos. Was wollte das Zentrale

Kriminalamt, die überregionale kriminalpolizeiliche Informationsbehörde, von einer kleinen Autodiebin?

Kemming seufzte. »Es ist denkbar, dass wir letztendlich in Amsterdam nach dem Täter fahnden müssen, und dann werden vielleicht ich und ein Teamkollege mit Ermittlern von der Amsterdamer Kripo zusammenarbeiten müssen. Wir beraten bereits darüber, auch mit dem Staatsanwalt.«

»Ich wünsche Ihnen viel Spaß in unserer Hauptstadt«, sagte ich höflich, während ich überlegte, ob er mir all diese Informationen vielleicht deswegen zukommen ließ, weil er demnächst jemanden aus Amsterdam brauchte und ich so ein Jemand war. Doch er ließ sich nichts dergleichen anmerken, als er den Rest seines Bieres ins Glas goss, es austrank und von seinem Stuhl aufstand. »Nun«, sagte er. »Es war nett, sich einen Augenblick mit Ihnen zu unterhalten.«

»Kommen Sie ruhig wieder«, sagte ich. »Und wenn ich irgendwie behilflich sein kann ...«

»Gut.« Kemming blieb stehen, die Hände in den Taschen seines Sakkos und die Schultern ein wenig nach vorn gebeugt, wie ein Cro-Magnon-Mensch damals vor Erfindung der Heimtrainer. »Ich wüsste im Moment allerdings nicht, wie.«

Ich lächelte. »Vielleicht kann ich Ihnen ein gutes Hotel empfehlen.«

Er lächelte sparsam zurück. »Meine Frau hat sicher schon das Essen fertig. Danke für das Bier. Ich wünsche Ihnen noch einen schönen Abend.« Er ging die Terrassentreppe hinunter und hob die knochige Hand zum Gruß, bevor er um die Hausecke verschwand.

Vielleicht war mir sein Verhalten deshalb ein solches Rätsel, weil auf dem Land einfach andere Sitten herrschten als in der Stadt. Hier gingen Kriminalbeamte um sechs Uhr nach Hause, wo ihre Frauen das Essen auf dem

Tisch hatten. Max Winter dagegen schnitt eine Tomate klein, briet sich ein Steak und aß es in seiner Küche, mit einem Glas Wein dazu und vielleicht der Zeitung. Das war es doch, was er wollte, gemütlich ganz für sich allein auf dem platten Land.

Gegen Mitternacht trat ich noch einmal hinaus auf die kühle Terrasse, um eine Zigarette zu rauchen. Absolute Stille wie in den Schweizer Bergen oder am abschmelzenden Nordpol herrscht in den Niederlanden höchstens einmal auf abgelegenen Heidefeldern während des Gedenkens an die Toten des Zweiten Weltkriegs, doch an der Linge war diese Nacht still genug, um ein leises Poltern in Jennifers Heuschober auf der anderen Seite der Hecke zu hören.

Ich trat meine Zigarette aus, ging im Dunkeln den Deich hinauf und blieb bei den Briefkästen stehen. In der Wohnküche brannte kein Licht, das hätte ich bestimmt gesehen. Ich hörte nichts mehr. Vielleicht hatte ich mich geirrt.

Die Pflastersteine waren trocken, und meine Schuhe machten kein Geräusch, als ich am Heuschober entlangging. Die einzigen Fenster, die nicht vom Deich aus einsehbar waren, waren die des Abstellraums, des Badezimmers im Erdgeschoss und der Schlafzimmer oben, doch auch auf der Rückseite sah ich nirgendwo Licht.

Ich schaltete meine Taschenlampe ein und beugte mich zur Hintertür. Die Siegel waren entfernt worden. Die eingeschlagene Scheibe hatte man noch nicht erneuert, aber irgendjemand hatte ein Stück Pappe eingesetzt, möglicherweise um zu verhindern, dass Katzen hineinkamen. Ich drückte leicht gegen die Pappe. Die unteren Klebestreifen waren lose, und ich konnte ohne weiteres mit der Hand hindurchfassen. Die Tatsache, dass die Pappe von innen angeklebt war, ließ irgendwo in einer

Windung meines Gehirns eine Glocke läuten, doch leider zu flüchtig, als dass daraus eine Idee oder eine Erinnerung entstanden wäre.

Ich drehte den Verriegelungsknopf auf und öffnete vorsichtig die Tür. Der schwache Lichtstrahl meiner Taschenlampe erleuchtete den Abstellraum, in dem nichts verändert schien. Ich öffnete die Tür zur Wohnküche, schaltete meine Lampe aus, blieb erneut stehen und lauschte.

Da war nichts, nur die beklemmende Stille, die durch das Gedenken an die Toten entsteht. Nach einer Minute schaltete ich das Licht ein. Nichts Besonderes zu sehen, außer einem dunkleren Fleck auf den Fliesen vor der Anrichte, wo jemand den Versuch unternommen hatte, die Blutlache wegzuputzen. Jemand von der Polizei? Wer sonst?

Ich stand inmitten von Jennifers Gedanken und Erinnerungen. Ich hätte gern ein Stündchen hier herumgestöbert oder einfach nur dagesessen. Ich bin zwar nicht übertrieben übersinnlich veranlagt, habe aber dennoch die Erfahrung gemacht, dass es zu erhellenden Eingebungen kommen kann, wenn man einfach eine Weile still am Tatort sitzen bleibt und den Raum und die Atmosphäre auf sich wirken lässt. Aber dies war nicht der richtige Zeitpunkt, denn jeder Passant hätte das Licht sehen und Alarm schlagen können. Selbst wenn ich die bäuerlich-bunten Gardinen sorgfältig zuzog, würde genügend Licht hindurchscheinen.

Ich war jedoch nicht der Einzige, dem das klar war. Eine Kälte hing in der Luft, die nichts mit der Temperatur zu tun hatte. Und ich fühlte noch etwas, etwas Feindliches. Mit der Hand auf dem Geländer stieg ich die Treppe hinauf. Als ich fast oben war, ging das Licht aus.

In dem Sekundenbruchteil, bevor ich reagieren konnte, schoss mir als erster Gedanke durch den Kopf, dass irgendjemand unten die Lampen ausgeschaltet haben musste, und beinahe zu gleicher Zeit, dass ich diesen Jemand unmöglich übersehen haben konnte. Erst dann kam ich auf die Idee mit dem Hotelschalter, und ich presste mich blitzschnell an die Wand, noch bevor ich das leise Rauschen hörte. Der Knüppel, oder was immer es auch war, sauste knapp an meiner Schulter vorbei, und mein Angreifer, der seine ganze Kraft in den Schlag gelegt hatte, verlor die Balance, als er nur Luft traf. Es war stockdunkel, aber ich hörte den Knüppel klappernd aus seinen Händen auf die Treppe fallen und spürte, wie er von der Stufe fiel und nach dem Geländer fasste. Mit beiden Händen griff ich in seine Kleidung und warf den Mann mithilfe seines eigenen Schwungs hinunter.

Es gab einen Mordslärm, und dann war es still. Mit meiner Taschenlampe leuchtete ich nach unten. Ich sah kein Gesicht, nur einen massigen Körper und viel weißes, haariges Fleisch, das nur zum Teil von der Hose und der Jacke eines rot-grün gestreiften Pyjamas bedeckt wurde. Ich kriegte einen ziemlichen Schrecken, als mir einfiel, dass ich vielleicht Jennifers Bruder die Treppe runtergeworfen hatte, bis ich daran dachte, das Jennys Bruder blond war. Dieser Mann war dunkelhaarig.

Ich hatte keine Ahnung, wie es um ihn bestellt war, aber es erschien mir zu riskant, auf der Suche nach dem Lichtschalter über ihn hinwegzusteigen. Ich ging die letzten Stufen hoch, schaltete meine Lampe ein und fand den Schalter auf dem Treppenpodest. Ein Blick nach unten genügte, um zu erkennen, dass es sich bei dem stöhnenden Koloss um Bokhof handelte.

Was machte Bokhof hier, und das auch noch im Schlafanzug?

Die Tür von Jennifers Schlafzimmer war angelehnt. Ich drückte sie weiter auf und schaltete das Licht ein. Das Bett war zerwühlt, jemand hatte darin geschlafen – fast meinte man noch, die Kuhle erkennen zu können, die Bokhof mit seinem Gewicht hinterlassen hatte. Sein Regenmantel hing über einem Stuhl, und davor standen zwei schwere Schuhe, über die graue Wollsocken drapiert waren.

Der Anblick machte mich wütend. Ich betrachtete mich zwar nicht als Jennifers persönlichen Beschützer, aber die Vorstellung von Bokhof im Bett meiner soeben ermordeten Nachbarin rief eine Flut ekliger, nekrophiler Assoziationen in mir wach. Meine Hände zitterten, als ich die Tür hinter mir zuzog.

Bokhof schüttelte stöhnend den Kopf und versuchte aufzustehen, als ich die Treppe hinunterkam. Ich hatte nicht übel Lust, in seine rot-grünen Pyjamastreifen und sein weißes Fleisch zu treten, aber ich stieg über ihn hinweg, drehte mich um, packte ihn an den nackten Füßen und schleifte ihn hinüber auf die Fliesen. Er lag auf dem Rücken. Sein verrutschter und verdrehter Schlafanzug stand halb offen – ein obszöner Anblick. Er brummte mühsam: »He, hilf mir mal!« Er hatte einen blauen Fleck auf der Stirn, wo er auf den Rand einer Stufe geknallt sein musste, und ich sah Blut auf seinem linken Handrücken. Es wäre ein Wunder gewesen, wenn er sich nichts gebrochen hatte, aber andererseits waren seine Knochen in eine dicke Fettschicht verpackt.

Ich behielt die Hände auf dem Rücken und fuhr ihn an: »Was machst du hier?«

Bokhof warf mir einen finsteren Blick zu. »Das geht dich einen Dreck an!« Er stützte sich auf seine Riesenhände und setzte sich auf. »Erzähl mir lieber, was du hier zu suchen hast!«

Mir ging völlig zusammenhanglos durch den Kopf, dass Bokhof wahrscheinlich einfach durch die Vordertür hereingekommen war, schließlich hatte er einen Schlüssel. »Ich habe Geräusche gehört, und da wollte ich nach dem Rechten sehen. Und was ich sehe, finde ich zum Kotzen!«

»Na, dann hau doch wieder ab!« Er wälzte sich auf die Seite und zog die Knie an, um aufstehen zu können.

»Nicht, bevor ich weiß, was du in Jennifers Bett getrieben hast. Zwei Tage, nachdem du ihr den Schädel eingeschlagen hast. Sogar den Kollegen von der Sitte würde schlecht werden, und die sind schon einiges gewöhnt.« Ich war mir nicht sicher, ob ich seine Antwort überhaupt hören wollte.

»Die Sitte? Jetzt spiel dich bloß nicht so auf.« Bokhof grinste höhnisch. »Das hier ist mein Heuschober.« Stöhnend zog er ein Bein an und griff nach dem Ende des Geländers, um sich hochzuziehen. »Ich kann hier machen, was ich will.«

»Nicht, solange jemand anders die Miete bezahlt«, entgegnete ich. »Nicht in den Sachen anderer Leute. Nicht in Jennifers Bett, du Hornochse. Und mach den verdammten Schlafanzug zu!«

Er stand vor mir wie ein Bulle, die Schultern nach vorn gebeugt, der Schlafanzug hing ihm locker und vorne offen unter dem Bauch.

Er hätte mich mühelos fertig machen können, außerdem war ich unbewaffnet, doch er blieb stehen, wo er war, zurrte an der Kordel seiner Schlafanzughose und sagte: »Du hast ja keine Ahnung!«

»Aber eins weiß ich ganz genau: Es wäre besser für dich, wenn du für die Nacht auf Mittwoch, den vierzehnten Juni, ein hieb- und stichfestes Alibi hättest.«

Er starrte mich an, mit Augen wie dunkle Kohlen und obszönen Lippen in seinem unrasierten Gesicht. »Du willst wohl unbedingt zusammengeschlagen werden.«

Kopfschüttelnd sagte ich: »Okay, dann erklär deine sexuellen Probleme eben der Polizei«, und machte mich auf den Weg zum Abstellraum.

»Winter!«

Irgendetwas in seiner Stimme veranlasste mich, stehen

zu bleiben. »Was ist denn? Noch ein bisschen Nachbarschaftshilfe gefällig?«

Er ließ sich nicht provozieren. »Du solltest wissen, dass es nicht das ist, wonach es aussieht.« Wie er so dastand, hatte er auf einmal etwas Jämmerliches an sich, als käme hinter dem Fleisch gewordenen Bulldozer ein kleiner Schuljunge zum Vorschein, der seine kleinen Sünden und unkeuschen Gedanken so schnell wie möglich beim Kaplan beichten wollte, um wieder draußen spielen zu können. Obwohl ich feindselige Nachbarn eigentlich nicht gebrauchen konnte, gelang es mir nicht, meine Wut zu zügeln: »Du konntest einfach deine Pfoten nicht von ihr lassen, und selbst jetzt noch …« Ich schwieg, mir fiel einfach nichts mehr dazu ein.

Bokhof schüttelte den Kopf, in einem Anfall von Instantbekehrung, deren Ursache mir schleierhaft war. Er wankte zum Esstisch und stützte sich darauf ab. »Ich wollte hier übernachten, mehr nicht. Sollte ich mich vielleicht ins Kinderbettchen legen? Im Übrigen ist das mein Bett, und das hier ist auch mein Tisch. Das meiste, was hier steht, ist von mir.«

Diese Erklärung fand ich recht skurril. »Mehr hast du nicht zu deiner Entschuldigung zu sagen?«

Ergeben nickte er mit dem Kopf. »Ich hatte Krach mit meiner Frau.«

Hastig einen Regenmantel über den Schlafanzug geworfen und aus dem Haus gerannt. »Wegen Jennifer?«

»Das geht dich nichts an.«

»Hattest du Dienstagnacht auch Krach mit deiner Frau?«

Er starrte mich an, die Röte stieg ihm ins Gesicht. »Jennifer konnte natürlich den Mund nicht halten.«

»Ich bin ein guter Zuhörer.«

Er seufzte und nickte an die fünf Mal. »Na gut«, sagte er. »Das kannst du mir ruhig ankreiden. Ich hab's tatsächlich versucht. Aber ich habe sie nicht ermordet. Ich ermorde keine Frau, nur weil sie mal Nein sagt.«

Einen Augenblick lang wirkte unser Gespräch wie eine höfliche Unterhaltung zwischen zwei einigermaßen vernünftigen Erwachsenen.

»Aber du musst doch zugeben, dass du dich verdächtig gemacht hast«, sagte ich ruhig. »Nach dem Krach auf Ingrids Geburtstag.«

»Ich war betrunken.«

Ich lachte freudlos. »Vielleicht warst du Dienstagnacht auch betrunken?«

»Vielleicht«, gab er zu. »Aber nicht hier.«

»Hat die Polizei mir dir gesprochen?«

»Mit dir etwa nicht?«

»Was hast du ihnen gesagt, wo du dich in dieser Nacht aufgehalten hättest?«

»Bei meiner Frau im Bett.«

»Und das hat sie bestätigt?«

»Ja.«

Die Art und Weise, wie er das sagte, brachte mich auf eine Idee. »Habt ihr deswegen Krach gehabt?«

»Ein bisschen.« Bokhof schüttelte den Kopf. »Ich bin jeden Dienstagabend mit einem Freund unterwegs, aber ich will nicht, dass die Polizei ihn auch noch belästigt.«

Das klang irgendwie verdruckst und unvollständig. »Wer ist denn dieser Freund?«

Er fragte sich anscheinend nicht, mit welchem Recht ich ihn verhörte. »Sjef Dirksen, aus Acquoy.«

»Verbringt ihr eure Dienstagabende bei ihm zu Hause?«

»Nein. Wir gehen Billard spielen oder so.«

»Hatte deine Frau vielleicht keine Lust, die Polizei anzulügen, weil sie sowieso schon sauer wegen der Geschichte mit deiner Mieterin war?«

Bokhof drehte sich mit einem Ruck zu mir um. Ich schaute ihm in die wütend funkelnden Augen, und es war mir klar, dass ich aufpassen musste, weil dieser Kerl jederzeit explodieren konnte. Wieder zerrte er an seinem Pyjama herum. »Ich habe Jennifer niemals belästigt, jedenfalls nicht gegen ihren Willen.«

Ich ließ diese ziemlich paradoxe Aussage auf sich beruhen. »Das ist deine Sache, damit musst du selbst fertig werden, aber wenn du für die Polizei nicht der Tatverdächtige Nummer eins sein willst, würde ich mich an deiner Stelle vom Heuschober fern halten, bis dir Jennifers Bruder den Schlüssel zurückgibt.«

Sein Erstaunen wirkte echt. »Meinst du wirklich?«

»Da bin ich mir sicher. Außerdem machen die einen Lustmord daraus, wenn sie dahinter kommen, dass du in ihr Bett steigst, wenn du Krach mit deiner Frau hattest. Auch für mich überschreitet das jegliche Grenzen des Anstands.«

Bokhof schaute mir nach wie eine Eule und rührte sich nicht, als ich durch den Abstellraum hinausging. Ich zog die Hintertür hinter mir zu, blieb aber nach dem ersten Schritt abrupt wieder stehen.

Ich wurde wohl langsam senil.

Mit meiner Taschenlampe ging ich in die Hocke und leuchtete über die Gartenwegplatten. Am Mittwochmorgen hatte ich hier das Knirschen kleiner Glasstücke unter meinen Schuhen gehört. Tatsächlich sah ich im Lichtstrahl ein Glitzern: winzige Glassplitter, die in den Fugen zwischen den Gehwegplatten stecken geblieben waren, mit denen ein schmales Stück hinter dem Heuschober gepflastert war.

Noch einmal steckte ich meine Hand durch die Pappe, fasste nach dem Verriegelungsknopf, stieß die Tür auf und schaltete das Licht im Abstellraum ein. Ich hörte über mir ein Knarren, wahrscheinlich zog Bokhof gerade seine Schuhe an. Die nackte Birne unter dem weißen Lampenschirm warf ein Lichtrechteck auf die Platten draußen. Die Tür ging nach links innen auf, und an der Unterseite war ein Luftzugschutz angebracht, ein weißes Plastikband mit einem Bürstenstreifen. Die Glasscherben links im Abstellraum konnten von dem Streifen oder von einem Fuß zu dieser Seite hin gefegt worden sein. Aber es gab nichts, womit die Splitter nach draußen hätten gekehrt werden können.

Ich musste davon ausgehen, dass die Spurensicherung die Splitter ebenfalls bemerkt und dieselben Schlüsse daraus gezogen hatte. Die Scheibe war von innen kaputtgeschlagen worden, und anschließend hatte der Mörder das Glas hastig hinein und um die Tür herum gefegt, entweder mit seinem Fuß oder mit einem Besen. Er hatte es natürlich eilig gehabt, und es war dunkel gewesen. Ein paar kleine Splitter hatte er übersehen.

Das erschien auf den ersten Blick ziemlich dumm. Warum nicht erst nach draußen gehen, Tür zu und dann die Scheibe einschlagen? Solche Warum-so-und-nicht-so-Fragen, die immer logische Beweggründe voraussetzten, führten oft in eine Sackgasse, denn in der Regel handelte der Täter überhastet und in Panik. Oft war die naheliegendste Erklärung ganz einfach die, dass er nicht logisch denken konnte.

Einen Menschen zu töten, ist nicht einfach, es ist eine einschneidende und erschreckende Erfahrung. Wie einschneidend, begreift der Mörder vielleicht erst, wenn sein Opfer vor ihm niedersinkt und sein röchelnder und zuckender Todeskampf beginnt. Die Wirklichkeit ist nicht wie in den Fernsehserien, in denen Menschen wie anonyme Kegel umfallen oder durch die Luft geschleudert werden.

Der Täter war ein Bekannter gewesen, darauf hatte der Kaffee bereits hingedeutet. Jennifer hatte ihn ohne Zögern hineingelassen.

Außer, dass ich fünfzehn Millionen Menschen dadurch

ausschloss, nutzte mir das Wissen, dass es ein Bekannter war, wenig. Jennifer hätte hundert Bekannte haben können. Wo waren die alle?

Der Mörder musste ein Amateur gewesen sein, sonst hätte er einen kühlen Kopf behalten. Die Sache wirkte wie eine spontane Eingebung, auf dem Weg nach draußen, an der Hintertür: Es sollte aussehen wie ein Einbruch. Vielleicht hatte er einen Gegenstand aus dem Abstellraum benutzt, einen Holzschuh, einen Hammer. Oder noch einfacher: Die Mordwaffe war ein Brecheisen gewesen, das der Mörder bereits in der Hand hielt und das jetzt wahrscheinlich irgendwo auf dem Grund der Linge lag. Doch während er die Scheibe einschlug, wurde ihm klar, dass es von außen nach innen hätte geschehen müssen. Den Kaffee vergaß er ganz. Die Handschuhe dagegen nicht? Das Ganze war das reinste Chaos aus Willkür und Dummheiten. Es roch förmlich nach Bokhof, aber Jennifer hätte Bokhof garantiert nicht hereingelassen, um zwölf Uhr nachts. Oder doch?

5

Es war ein winziger Friedhof; ich musste schon mindestens zehn Mal daran vorbeigeradelt sein, ohne ihn zu bemerken. Er lag gleich hinter der Brücke, direkt an der Straße, vollständig verborgen hinter einer alten Mauer, dichten Sträuchern und ein paar Zypressen. Es standen höchstens zwanzig Grabsteine darauf, verwahrlost, eingesunken und so verwittert, dass die Inschriften unleserlich geworden waren. Der Friedhof machte den Eindruck, als sei hier in den letzten hundert Jahren niemand mehr begraben worden, und vielleicht legte man Jennifer deshalb zwischen diese vergessenen Damen und Herren, weil sie mit niemandem verwandt war und man auch sie am liebsten vergessen wollte.

Nur wenige Leute waren gekommen. Die Zeremonie war trist und nüchtern und dauerte kaum eine Viertelstunde. Obwohl die Sonne schien, war es auf dem Friedhof kalt. Es war eine unangenehme Schattenkälte, die nicht nur von der tatsächlichen Außentemperatur herrührte.

Irgendjemand las den üblichen Bibeltext. Ingrid hatte Tommy auf dem Arm und starrte mit einem eigenartigen Gesichtsausdruck hinüber zum Maisfeld diesseits des Flusses. Deine Mutter ist im Himmel, ich bin jetzt deine Mutter.

Peter war nicht da. Sehr merkwürdig. Bokhof auch nicht, entweder, weil er nicht Bescheid wusste, oder weil er wieder Krach mit seiner Frau hatte. Der Spa begrüßte mich mit einem dezenten Kopfnicken und hielt sich ansonsten höflich abseits, gekleidet in einen feinen dunklen Nadelstreifenanzug mit grauem Hemd und einer Krawatte in einem dunkleren Grauton. Es gab keinen Leichenzug, nur den Leichenwagen, alle Gäste kamen unabhängig voneinander, und ich hatte nicht den Eindruck, dass im Anschluss an die Feierlichkeit irgendetwas organisiert worden war.

Vier Träger hatten den Sarg auf Balken über das Grab gestellt, und wir standen schweigend darum herum, im toten Schlagschatten der Zypressen, bis sie schließlich Schlingen um den Sarg legten, die Balken entfernten und Jennifer hinuntersinken ließen. Jennifer war ermordet worden, sie lag unter der Erde, sie war fort, und sie hinterließ nichts außer einem Sohn.

Ihr Bruder warf einen Strauß Blumen auf den Sarg und nahm schweigend die Kondolenzwünsche in Empfang. Sein Gesicht drückte Schuldbewusstsein aus, und dieses Gefühl schien echt zu sein. Jeder fühlt sich schuldig, wenn es irgendwann zu spät ist. Auch ich fühlte mich schuldig; vielleicht ein normales Gefühl, wenn man Nachbarn gewesen war.

Am eisernen Tor standen wir noch kurz beisammen. »Gib dem Mann die Hand«, sagte Ingrid zu Tommy. »Das ist dein Onkel Jeroen.«

Jeroen ergriff Tommys Händchen mit der ungeschickten Vorsicht kinderloser Erwachsener. »Ich glaube nicht, dass er mich noch kennt, ich habe ihn zuletzt gesehen, als er vier oder fünf Monate alt war.«

Ingrid nickte dem aufbrechenden Spa zu und wandte sich mit einem Lächeln an mich. »Jeroen ist glücklicherweise mit der Adoption einverstanden«, berichtete sie flüsternd. »Außerdem hat sich herausgestellt, dass er nicht die geringsten Verpflichtungen hat, er braucht einfach nur dem Antrag stattzugeben.«

»Schön«, murmelte ich.

Ingrid war nicht zu bremsen. »Die Polizei sagt, ich müsse mich bei der Zentrale für Pflegefamilien melden, aber ich will mehr sein als nur seine Pflegemutter, nicht wahr, Tommy?« Sie streichelte Tommys blonde Locken. Das Kind starrte mit seinen seltsam unwirklichen Augen über ihre Schulter hinweg auf den mit schwarzen Gardinen und Silberverzierungen geschmückten Leichenwagen, der vor Ingrids rotem Honda am Straßenrand stand. Der Bibelleser wartete auf dem Fahrersitz auf die Totengräber.

»Das Jugendamt hat einer VPS zugestimmt«, sagte Ingrid, und fügte mit einem Blick auf meinen Gesichtsausdruck hinzu: »Einer vorläufigen Pflegschaft.«

Jeroen folgte dem Blick seines Neffen. Wieder sprach diese Mischung aus Schuld und Reue aus seinem Gesicht, und ich sagte: »Vielleicht sollten wir lieber später darüber sprechen.«

»Ich habe keine Ahnung, wie das bei so einer Adoption funktioniert«, sagte Jeroen gezwungen zu Ingrid. »Was ist zum Beispiel mit seinen Blutsverwandten?« Sein gezwungenes Lächeln verlieh ihm wieder dieses Verletzliche, Jungenhafte. »Wird ein Onkel mitadoptiert?«

»Das weiß ich nicht.« Ingrid war zu sehr mit ihren eigenen Ambitionen beschäftigt, um Jeroens Unbehagen zu bemerken. Drängend schaute sie mich an und sagte mit hörbarer Ungeduld: »Gut, wir können uns gerne später unterhalten, aber nach einer VPS müssen die Untersuchungen des Jugendamtes innerhalb eines Monats abgeschlossen sein.« Mit einem viel sagenden Nicken wies sie auf Tommys Kopf und formte mit den Lippen das Wort »Vater«.

»Ich tue mein Bestes«, sagte ich beruhigend. Jeroen und ich begleiteten sie zu ihrem roten Honda. Sie packte Tommy in einen Kindersitz, der bombensicher und funkelnagelneu aussah. »Du bist für die Mutterschaft ja schon gut gerüstet«, bemerkte ich.

Ingrid ignorierte die Ironie in meinen Worten und winkte Jeroen zu. »Sehen wir uns noch?« Jeroen nickte, und wir schauten zu, wie sie einstieg und losfuhr. »Ich glaube, sie wird gut zu dem Jungen sein«, sagte er dann.

»Wahrscheinlich.«

Er hörte mein Zögern heraus. »Meinst du nicht?«

Ich weiß nicht, wo meine Bedenken herrührten. Vielleicht lag es an Ingrids Sprunghaftigkeit. Von der stürmischen Nymphomanin zum Kühlschrank. Doch jedes Kind konnte sehen, dass sie Jennifers kleinen Sohn beinahe abgöttisch liebte. »Wenn du Tommy nicht selbst zu dir nehmen kannst ...«

»Mirjam würde sich bedanken.« Er errötete: »Nein, ich sollte es nicht auf Mirjam schieben«, gab er mit einer Aufrichtigkeit zu, die die Nähe des Todes manchmal bewirken kann. »Ich selbst will es auch nicht. Mein Leben gefällt mir genau so, wie es ist. Ich müsste meinen Beruf aufgeben oder Mirjam heiraten, und dann müsste sie aufhören zu arbeiten ... Nein, das ist nichts für mich.«

»Das muss dir nicht unangenehm sein. Es ist dein Leben. Bei Ingrid wird es ihm an nichts fehlen, und es ist auf jeden Fall besser, als wenn er in ein Waisenhaus käme.«

Er nickte, nicht hundertprozentig überzeugt. »Ich muss noch zu Jennys Haus, um nachzusehen, was dort an Möbeln steht. Ingrid sagt, das meiste gehöre dem Hausbesitzer. Bist du zu Fuß hier?«

Ich fuhr mit ihm in seinem neuen Toyota Picnic, der genau zu dem Klischee eines Strandpicknicks veranstaltenden KLM-Stewards passte. »Ich bin noch nicht in ihrem Haus gewesen«, sagte er. »Ich habe nur diese Ingrid besucht, um nachzuschauen, ob mit Tommy alles in Ordnung ist. Ich denke, ich werde der Adoption durch die beiden zustimmen. Ansonsten brauche ich nichts zu tun.«

»Hast du Peter kennen gelernt?«

»Ja. Ein netter Mann.« Wieder schaute er mich mit einem fragenden Gesichtsausdruck an, als verspüre er das

Bedürfnis nach Zustimmung oder Beruhigung. Er wirkte unsicher, was seine Verantwortlichkeiten betraf, oder vielleicht war es auch die Stimme seines Gewissens. »Ich habe mich nie um Jenny gekümmert«, bekannte er. »Meine Schwester ging ihren eigenen Weg. Wann habe ich sie zuletzt gesehen?«

»Als Tommy fünf Monate alt war«, half ich ihm.

»Stimmt, na ja ... manchmal habe ich sie angerufen, und letzten Herbst habe ich ihr ein Ticket nach Aruba besorgt, damit sie mal rauskam. Aber ansonsten?«

Er schüttelte den Kopf. »Angeblich rücken Kinder näher zusammen, wenn sie ihre Eltern verlieren, jedenfalls hört man das immer. Aber bei uns war das nicht so. Ist das seltsam, oder falsch? Oder unnatürlich?«

»Ich würde nicht soviel auf Weisheiten aus Boulevardzeitschriften geben. Wann sind deine Eltern gestorben?«

»Meine Mutter vor zehn Jahren, an Krebs. Mein Vater ist nicht tot, er ist nach Südamerika gegangen, als Jenny zwanzig wurde. Zu ihrem einundzwanzigsten Geburtstag schickte er ihr eine Postkarte, auf der stand, dass er in den Anden lebe, zusammen mit einer Indianerin. Seitdem haben wir nie wieder etwas von ihm gehört. Ich habe noch nicht einmal eine Adresse von ihm, um ihm mitzuteilen, dass seine Tochter tot ist.«

Wir fuhren an meinem Haus vorbei und bogen in Jennifers Einfahrt ein. Er warf einen Blick auf die schwarzen Holzbalken und die kleinen Fenster des Heuschobers und fragte unsicher: »Hättest du noch einen Augenblick Zeit?«

Es fiel ihm offenbar schwer, allein hineinzugehen, und so folgte ich ihm, als er die Vordertür aufschloss. Ich konnte sein Unbehagen verstehen; das Haus eines frisch Verstorbenen zu betreten hatte etwas von Grabschändung an sich.

Jennifers Heuschober fühlte sich kühl und leer an, und

die Luft war irgendwie abgestanden. Ich öffnete ein Fenster, um etwas Sommerwärme hineinzulassen, und setzte mich auf einen Stuhl an den hellen Holzesstisch. Jeroen stand eine Zeit lang herum und blickte sich unentschlossen um. Dann fing er an, Schubladen und Schranktüren zu öffnen und wieder zu schließen.

Ich räusperte mich und fragte: »Auf Schiphol hast du mit dem Satz reagiert: ›Hat dieser Mann es getan?‹, oder so ähnlich. Welchen Mann meintest du?«

Jeroen setzte sich auf den lederbezogenen Drehhocker vor einem antiken Sekretär, der zwischen zwei Fenstern an der Außenwand stand. Es war ein Damenschreibtisch aus Rosenholz mit ausklappbarer Schreibunterlage und zahllosen kleinen Fächern und Schubladen. Über der Schreibunterlage befand sich ein kleiner Holzvorsprung, der eine Lampe zum Leuchten brachte, wenn man daran zog. Es schien das einzig wertvolle Möbelstück in Jennys Haus zu sein. Die Polizei hatte den Inhalt natürlich durchsucht und ihn mehr oder weniger willkürlich wieder in die Fächer zurückgelegt.

»Welcher Mann?«, fragte Jeroen, einen Moment geistesabwesend. »Ach, das meinst du. Jenny hatte Probleme mit ihrem Vermieter.« Er griff nach Jennifers Handtasche, die auf der offenen Schreibtischklappe stand, schaute hinein und gab sie mir. Es waren ein paar Make-up-Utensilien darin, ein Portmonee und eine dünne Brieftasche mit einem Führerschein und ihrer EC-Karte.

»Hat sie dich deswegen um Hilfe gebeten?«

Er machte ein bedrücktes Gesicht. »Ja, sie bat mich, ihr dabei zu helfen, eine andere Wohnung zu finden, zur Not eine Mietwohnung in Amstelveen ... Vielleicht würde sie noch leben, wenn ich mich sofort darum gekümmert hätte!«

»Hast du das der Polizei erzählt?«

Er biss sich auf die Lippen und schüttelte den Kopf.

»Ich weiß absolut nichts über diese Sache und kann nicht einfach so jemanden beschuldigen …«

»Der Vermieter ist ein unangenehmer Typ, aber ich glaube nicht, dass er deine Schwester ermordet hat«, behauptete ich, mehr, um sein Gewissen zu beruhigen, denn aus heiliger Überzeugung. »Ich weiß nicht, ob irgendjemand sich darüber Gedanken gemacht hat, dass sie an diesem Mittwochmorgen eine Verabredung in Amsterdam hatte, wie jedenfalls Ingrid behauptet, die ja auf Tommy aufpassen sollte. Was für ein Termin könnte das gewesen sein?«

Jeroen zuckte mit den Schultern. »Keine Ahnung.«

Der Führerschein war vor drei Jahren ausgestellt worden, mit ihrem Foto, auf den Namen Jennifer van Maurik. Er sah echt aus, zumindest konnte ich keine Spur einer Fälschung daran entdecken. Ich steckte ihn zurück in die Brieftasche, als mir einfiel, dass Jennifer letztes Jahr auf den Antillen gewesen war. »Wo ist denn ihr Pass?«

Jeroen runzelte die Stirn. Er drehte sich wieder zu dem Sekretär um und begann, vier offene Fächer zu leeren, rechts von einem größeren Mittelfach, in dem ich nur einen Becher mit Stiften, ein Kindermalbuch von Tommy und eine Schachtel mit Wachsmalkreiden und Buntstiften entdeckte. Aus den vier schmaleren Fächern kamen ein Stapel Briefumschläge, eine große Wäscheklammer mit Kontoauszügen und einige Metallhalter mit Papieren zum Vorschein, die aussahen wie Rechnungen, manche noch in ihren Umschlägen. Jeroen blätterte die Kontoauszüge durch und sagte: »Viel zu erben gibt es nicht, sie hatte ein paar Tausend auf der Bank …«

Geld hatte ich sowieso nicht als Motiv in Betracht gezogen. »Hatte sie keine Aktien oder ein Sparbuch?«, fragte ich nichtsdestotrotz.

»Nein, leider nicht. Ich meine, es tut mir Leid für sie, denn ansonsten hätte sie sich ein eigenes Haus kaufen können …« Er seufzte. »Ich werde die Bank beauftragen, ihr Guthaben auf ein Sparbuch für Tommy zu überweisen. Bis er zwanzig wird, sind eine Menge Euros daraus geworden.« Er legte die Briefhalter beiseite, ohne sich den Inhalt näher anzuschauen. Als die Fächer leer waren, fasste er zu meiner Verwunderung in das Kreuz zwischen ihnen und zog es heraus, sodass ein größeres Fach entstand.

Ich schaute ihm über die Schulter. Er zeigte auf ein winziges Häkchen, das mich an den Verschluss eines Malkastens erinnerte. Es war geschickt hinter dem Trennwandkreuz verborgen gewesen war. Darunter erkannte ich nun den Kupferstreifen eines millimeterdünnen Klavierscharniers.

»Der Sekretär gehörte meiner Mutter, und schon als Kinder wussten wir, dass das ihr Geheimversteck war.« Jeroen schob mit dem Daumen das Häkchen aus einer unsichtbaren Öse und zog die Stiltür auf. Dahinter verbarg sich ein brauner, verschlissener Umschlag. Jeroen nahm ihn heraus. Er blickte von dem Umschlag zu mir. »Das hier hat die Polizei nicht gefunden.«

Ich lehnte mich in meinem Stuhl zurück und ging so auf einen Diskretionsabstand von einem Meter.

Jeroen öffnete den Umschlag. Heraus kam ein Pass, in dem ein paar gefaltete Blätter steckten. Er nahm die Blätter heraus, warf einen Blick in den Pass und gab ihn mir.

Es war Jennys eigener Pass, vor fünf Jahren ausgestellt auf den Namen Jennifer Kramer. Vielleicht war er für sie der letzte Nachweis ihrer ehemaligen Existenz gewesen, aber vielleicht hatte ein Pass auf ihren anderen Namen auch einfach ihre Möglichkeiten überstiegen. Auf jeden Fall hatte sie dieses Exemplar für ihren Arubaurlaub benutzt.

Ich fand keine Stempel, was auch nicht zu erwarten gewesen war. Wenn man mit Stempeln Eindruck schinden wollte, musste man die Grenzbeamten förmlich darum anbetteln, außer man reiste in Länder, für die man ein Visum brauchte. Davon gab es in dem Pass nur eines, das am 12. Januar vor vier Jahren ausgestellt worden war. Was hatte Jennifer Kramer vor vier Jahren mitten im eisigen Winter in Moskau gemacht?

»Keine Ahnung«, antwortete Jeroen, als ich ihn danach fragte. »Lass mal sehen.« Ich zeigte ihm den Pass, aufgeschlagen auf der entsprechenden Seite, und er starrte ihn verständnislos an. »Wahrscheinlich ist sie mit Aeroflot geflogen, sonst hätte sie mich doch vorher gefragt ...« Er schüttelte den Kopf. »Vielleicht ist sie mit jemandem zusammen unterwegs gewesen«, spekulierte ich.

Jeroen reichte mir kommentarlos ein Blatt Papier, das zusammengefaltet im Pass gesteckt hatte. Es war ein kurzer Brief in unleserlicher Handschrift, typisch etwa für einen Arzt, der zu viele Rezepte ausstellte und zu wenige Liebesbriefe schrieb. Kein Briefkopf, kein Datum, nur folgende Zeilen:

Liebe Jen,
die Gegenvormundschaft existiert seit dem 1. Januar 1998 nicht mehr, du kommst also, was das betrifft, zu spät und ich kann dir leider nicht mehr helfen. Juristisch gesehen war diese Regelung sowieso fast bedeutungslos, falls es dir darum ging.
Ich will gerne versuchen, dir zu helfen, wenn es jemals wirklich nötig sein sollte, aber du weißt, dass ich andere Interessen habe. Warum können wir einander nicht als Freunde in Erinnerung behalten und es dabei belassen?
Th.

»Meinst du, das ist der Vater des Jungen?«, fragte Jeroen.

Ich schaute den Brief an. Wenn er von einem Vater stammte, dann von einem, der in Ruhe gelassen werden wollte. »Wann wurde Tommy geboren?«

Er wusste es nicht genau. »Auf jeden Fall nach Inkrafttreten des neuen Gesetzes.«

»Sie hat ihn gebeten, Gegenvormund zu werden. Soweit ich mich erinnere, hatte das in der Tat nicht viel zu bedeuten, aber es war die Rolle, die dem leiblichen Vater zufiel, selbst wenn er das Kind nicht offiziell anerkannte. Vielleicht hoffte sie auf eine Art Anerkennung über diesen Umweg.«

»Nicht gerade ein netter Brief«, bemerkte Jeroen.

»Stimmt.« Ich versuchte, mir Jennifer vorzustellen, wie sie vor drei Jahren gewesen sein musste, eine Straßenratte in Amsterdam, Autodiebstahl, Gefängnis, das ZKA, über dessen Rolle ich so meine Vermutungen hatte, und schließlich schwanger. »Warum hat sie das Kind behalten?«

»Vielleicht war anfangs noch alles in Butter.« Jeroen schwieg und machte wieder ein schuldbewusstes Gesicht, und mir wurde klar, dass er noch nicht einmal gewusst hatte, dass seine Schwester schwanger war, geschweige denn, dass er sich darum gekümmert oder ihr geholfen hätte. Meines Bruders Hüter. »Was willst du jetzt machen?«, fragte er nach einer Weile.

»Den Vater suchen. Darf ich den Brief so lange behalten?«

»Natürlich.« Er runzelte die Stirn. »Sollte man die Polizei nicht darüber informieren?«

»Ich würde damit warten, bis wir wissen, wer dieser Th. ist und worin seine anderen Interessen bestehen. Man kann viel unnötigen Schaden anrichten, wenn man wie ein wilder Stier auf so was losgeht. Überlass mir bitte auch ihren Pass für eine Weile.« Jeroen schaute mich unsicher an, und ich sagte: »Jennifer war eine nette junge Frau. Ich habe kein Interesse daran, ihren Ruf zu schädigen oder Dinge aus ihrer Vergangenheit ans Licht zu zerren, die nichts mit ihrem Tod zu tun haben.«

Er nickte, froh, dass ich ihm die Entscheidung abnahm. »Ich weiß nicht, was ich hier noch soll«, sagte er. »Die paar Möbel und ihre Kleidung kann meinetwegen die Heilsarmee abholen. Nur dieser Sekretär – meinst du, Ingrid will ihn für Tommy aufbewahren?«

Ich sagte nichts, war aber überzeugt davon, dass Ingrid Tommy ganz rein, nackt und neugeboren wollte, ohne Erinnerungen an seine Vergangenheit – weder Kleidungsstücke noch einen alten Sekretär, und auch keinen Onkel, der ihn daran erinnern konnte, dass seine Mutter eigentlich Jennifer Kramer geheißen hatte.

6

»Du hast schon etwas von einem Landei an dir«, sagte CyberNel, als ich sie ein Stück von mir weghielt.

Ich freute mich, sie zu sehen – daran würde sich niemals etwas ändern. Mir wurde klar, dass ich sie vermisst hatte. »Meinst du den Mistgeruch?«

Sie stellte sich auf die Zehenspitzen und schnupperte an meinem Hals. »Du riechst eigentlich ganz gut, vielleicht liegt es auch nur an deinen Augen.«

Ich hatte Lust, eine Weile lang in der warmen Fröhlichkeit CyberNels zu ertrinken, die in einer kleinen, aber gesunden Größe achtunddreißig wohnte, Sommersprossen um die Nase und grüne Funkelaugen hatte und noch immer dieselbe savannenblonde Schrubberfrisur trug.

Dennoch hatte sie sich irgendwie verändert. Sie hatte etwas Vorsichtiges an sich, das früher nicht da war. Die Verwüstung ihrer Dachwohnung hatte mehr Schaden in ihr hinterlassen als die gesamte, vor vier Jahren gescheiterte Ehe mit einem ungehobelten Kerl von einem Verkehrspolizisten. Die Dachwohnung war ihr Lebenswerk gewesen, der Gatte nur ein Passant.

»Vielleicht sind es auch deine Augen«, sagte ich. »Vielleicht sehen sie mich anders.«

»Ich bin nicht in ein Dorf gezogen.«

»Stimmt.« Ich schaute mich in ihrer neuen Wohnung um. »Sieht ja aus wie in einem Gerichtsvollzieherbüro«, sagte ich neckend. »Sind die Sekretärinnen in der Mittagspause?«

Sie trat mir gegen den Knöchel und zeigte mir alles. Sie hatte für den größten Raum Schränke, Konsolen und eine Werkbank schreinern lassen, und schon standen überall Computer und ähnliche Geräte herum. Außer dem weißen Flügel war alles neu, der ganze Laden roch nach Elektronik, Kugelblitzen und frisch ausgepackten Büromöbeln.

»Ein Mensch muss wachsen.« Der Gedanke heiterte Nel auf. »Ich habe sogar ein Gästezimmer, und ein Wohnzimmer mit Blick auf das Herz von Amsterdam. Bleibst du über Nacht?«

»Über Nacht?«

»Du hast doch keine andere Übernachtungsmöglichkeit in Amsterdam, oder?«

»Nein, natürlich nicht.«

Ich hatte nicht daran gedacht, dass meine Partnerin Nel Polizeierfahrung hatte, einen gesunden Menschenverstand und mehr Grips, als mir manchmal lieb war.

»Wie steht es mit deinem Liebesleben?«, fragte ich, während sie im Wohnzimmer Kaffee kochte. Vom Fenster aus blickte man auf enge Straßen und Gässchen, zwischen denen ein chaotisches Durcheinander von Zäunen, Abfall, Taubenschlägen, Kabinentaxen und allen erdenklichen Formen menschlichen Wirkens herrschte. Die Einrichtung des Raums bestand aus einer Mischung von Antiquitäten und Nouveau-Heilsarmee-Stil, da CyberNel ihr ganzes Geld für Elektronik ausgab.

Nel drückte auf den Knopf der Kaffeemaschine und drehte sich um. »Hat deine Frage etwas mit dem Gästezimmer zu tun?«

»Nein.« Natürlich hatte sie etwas damit zu tun. Meine vernünftige und die gesamte Menschheit liebende Hälfte wünschte sich, dass Nel endlich einen guten, festen und treuen Freund fand. Die weniger noble Hälfte war sich da manchmal nicht so sicher.

»Ich habe eine Website für einen Architekten entworfen, einen älteren Mann, mit ihm bin ich im Concertgebouw gewesen.«

»Wow. Musik?«

»Schließlich habe ich ja jetzt auch einen Flügel.« Sie lachte. »Damiaan meint allerdings, er passe besser in ein Bordell.«

»Hat er darauf gespielt? Der ältere Architekt, meine ich, oder spielt er nicht Klavier?«

Nel schien ein wenig gekränkt. »Damiaan und ich sind Freunde, okay? Ich treffe mich ab und zu mit ihm, mehr nicht.«

»Okay«, sagte ich, »jetzt sei nicht gleich sauer. Aber er kam aufs Tapet, als ich dich auf dein Liebesleben ansprach.«

»Mein Privatleben ist das, was das Wort schon besagt.« CyberNel ging gereizt hinüber zur Kaffeemaschine. Sie nahm ein Glas, stellte es mit einem Knall wieder zurück und wandte sich wieder mir zu: »Max, du gehst mir auf die Nerven. Ich habe im Augenblick niemanden und ich will auch keinen. Mir steht der Sinn einfach nicht danach. Im Moment kümmere ich mich ausschließlich um das Ganze hier. Und dabei bleibt's auch erst mal. Ich hätte nicht gedacht, dass es dir mal verdächtig vorkommen würde, wenn eine Frau von sechsunddreißig Jahren alleine lebt.«

Ich lachte. »Allein lebende Frauen von sechsunddreißig Jahren sind meine Lieblingsverdächtigen!«

Wir erschraken, als es an der Tür klingelte. CyberNel schaute auf die Wanduhr. »Mist, da ist er ja schon.«

»Damiaan?«

Sie warf mir einen mordlüsternen Blick zu. »Brigadier Guus Palmer, Leitstelle: Führungs- und Lagedienst, er betreut Informanten. Ich wollte es dir sagen …« Sie ging an die Tür. »Schenk schon mal Kaffee ein.«

Die aschblonde, marmorbleiche Gestalt, die Nel hereinließ, sah aus, als könne sie eine Woche lang in einem Hauseingang stehen, ohne von ihren eigenen Informanten, geschweige denn der Nachbarschaft bemerkt zu werden. Palmer reichte mir flüchtig die Hand. Als er sich in einen von Nels gebrechlichen Lehnstühlen setzte, verschmolz sein unauffälliger grauer Anzug mit der Farbe des Bezugs. Man musste schon genau hinschauen, um zu sehen, dass er eine Brille trug – dünne Gläser in einem unauffälligen Drahtgestell. Sein konturloses Äußeres kam ihm in seinem Beruf natürlich entgegen, und wahrscheinlich pflegte er es sogar sorgfältig. Ich schätzte ihn auf Anfang vierzig.

»Sogar einige Kollegen von meiner früheren Dienststelle reden nicht mehr mit mir«, bemerkte ich, als er mich eine Zeit lang ausdruckslos angestarrt hatte.

Palmer hatte eine helle, etwas nasale Stimme. »Auf jeden Fall habe ich vorher kurz mit deinem Expartner Bart Simons telefoniert.«

»Ich wollte dir das gerade erklären«, sagte CyberNel. »Ich habe nämlich herausgefunden, dass Jennifer Kramers Akte beim ZKA gelandet war und kam auf dieselbe Idee wie du. Deswegen habe ich Bart angerufen. Er kennt die Leute, die die Informanten betreuen.«

Guus Palmer wandte sein beilförmiges Gesicht von mir zu Nel und sagte: »Vielleicht weiß er nicht, wie das heutzutage funktioniert.«

Ich zuckte mit den Schultern. »Ich habe mir jedenfalls gedacht, dass Jennifer Kramer für euch als Informantin gearbeitet hat, aber sie war doch nur eine kleine Autodiebin? Hast du sie betreut?«

»Ja, zusammen mit Ferdie Muller. Sie arbeitete für eine Organisation, die mit der russischen Mafia kooperierte. Jedes Jahr verschwinden Autos im Wert von Hunderttausenden in den Osten, und diese Gruppe war ganz allein verantwortlich für ungefähr die Hälfte davon. Jennifer hat die niederländischen Bosse hinter Gitter gebracht.«

»Wussten die das?«

»Das würde mich sehr wundern.«

Die russische Mafia. Ein Ausflug nach Moskau, als Kurierin oder als Gesellschafterin einer der Bosse? »Und danach ist sie untergetaucht?«

»Ja, vor drei Jahren. Sie war schwanger.« Palmer schüttelte den Kopf. »Sie war ein nettes Mädchen. Ferdie und ich sind unheimlich sauer darüber, dass jemand sie umgebracht hat. Wir wussten nicht, wo sie sich aufhielt, aber du wohnst doch direkt im Nachbarhaus. Hast du denn nichts bemerkt oder gehört? Du hast doch mit ihr geredet. Gab es denn gar nichts, wovon du im Nachhinein sagen würdest: Aha, das hat sie natürlich so gemeint, oder gab es vielleicht Anzeichen, dass sie vor irgendetwas oder irgendjemandem Angst hatte?«

Jennifer hatte Angst gehabt, und sie war von einer dunklen Ahnung erfüllt gewesen, der Furcht vor etwas Tödlichem wie einer verirrten Kugel. Ich hatte an Bokhof gedacht, aber vielleicht wollte sie nur wegziehen, weil sie Gefahr witterte, die aus ihrer Vergangenheit stammte. Zur Polizei konnte sie nicht gehen.

»Du denkst angestrengt nach«, sagte CyberNel.

»Könnte es ein Leck bei der Polizei gegeben haben?«, fragte ich Palmer.

Er warf mir einen kurzen, verächtlichen Blick zu, typisch für Polizeibeamte, wenn sie zum Beispiel an hohe Tiere oder Bürokratie denken. »Gibt es Anhaltspunkte dafür, dass Jenny das dachte?«

»Sie hat ihren Bruder gebeten, eine neue Wohnung für sie zu suchen, weil sie dort weg wollte«, sagte ich.

Palmer schwieg für eine Weile. Er rührte sich nicht. Weder fummelte er an seiner Brille herum noch schlug er die Beine übereinander. Seine Körpersprache beschränkte sich darauf, ein paar Mal den Kopf zu schütteln, zu nicken und ab und zu missbilligend oder ablehnend zu gucken. »Informanten treten vor Gericht nicht auf. Wenn alles richtig läuft, weiß niemand, wer sie sind, und ihre Informationen werden lediglich dazu benötigt, die Ermittlungen der Sonderkommissionen in die richtige Richtung zu leiten«, sagte er schließlich. »Wir selbst ermitteln nicht, wir verhaften niemanden, wir halten nur Kontakt zu unseren Informanten.«

»Aber der Name des Informanten ist der jeweiligen Sonderkommission doch bekannt. Was ist, wenn er irgendjemandem in der Hitze der Verhaftungen entschlüpft?« Ich sah, dass er allmählich wütend wurde. »Jeder Ermittler ist in erster Linie dafür verantwortlich, seine Informanten zu beschützen. Zwar hat jeder Leitstellenmitarbeiter so seine eigenen Methoden, aber über dieses Prinzip sind wir uns alle einig.«

Er riss sich zusammen und sagte mit nun wieder gleichmütigem Gesicht: »Natürlich wurde sie registriert. Ihr Name steht sowohl in einer Liste unserer Leitstelle als auch in einer beim ZKA.« Er unterbrach sich kurz und fuhr mit einem bewegten Unterton fort: »Ich kann nie wissen, welche Information wirklich hundertprozentig wasserdicht ist, okay? Ich weiß nur, dass Jennifer nicht aufgeflogen ist, solange wir sie betreut haben.«

»Warum war es dann nötig, dass sie einen anderen Namen annahm?«

Palmer schüttelte wieder den Kopf. »Davon wussten wir gar nichts. Sie hatte ihn nicht von uns, sie muss ihn selbst irgendwo gekauft haben.«

Das erstaunte mich. In den Niederlanden gibt es zwar keine Schutzprogramme wie in den USA, aber dennoch hilft man gefährdeten Zeugen dabei, eine andere Identität anzunehmen oder in ein anderes Land zu emigrieren. Ich war davon überzeugt gewesen, dass Jennifer zu dieser Kategorie gehört hatte.

»Wie habt ihr sie geködert?«, fragte CyberNel.

»Die meisten Informanten kommen auf Tipps der Sokos zu uns, nachdem sie geschnappt worden sind. Jenny arbeitete selbstständig, hatte aber einen festen Abnehmer. Sie wusste nicht, dass dieser Mann zu einer Organisation gehörte. Sie lieferte ihre Autos auf einem Parkplatz in Diemen ab.«

»War sie gut?«, fragte CyberNel.

»Sehr gut. Man trifft nur wenige Frauen in diesem Fach, und sicherlich keine innerhalb der organisierten Gruppen, aber Jenny konnte jedes Fahrzeug im Laufe einer Minute knacken und fahrbereit machen. Sie wurde mit den meisten Alarmsystemen spielend fertig.«

»Aber sie wurde geschnappt«, bemerkte ich.

Palmers Blick schweifte ab. »Ja, das erste Mal auf frischer Tat und durch puren Zufall. Sie wanderte für ein paar Wochen in den Knast, und danach behielten wir sie natürlich im Auge. Ein Jahr später hatten wir sie dann richtig an der Angel, und sie musste mit einer hohen Strafe rechnen. Aber sie hatte einen geschickten Rechtsanwalt, Niessen, einer von diesen Yuppies, auch noch ihr gratis Pflichtverteidiger. Es gelang ihm, uns einen Verfahrensfehler nachzuweisen, du weißt ja, wie das läuft.«

Dabei konnte es sich um alles Mögliche handeln, fehlende Beweise, ein schlampiges Protokoll, und in jedem Fall frustrierte es die Ermittler gewaltig. »Aber irgendwie habt ihr sie doch an den Kanthaken gekriegt.«

»Ja, weil die Kripo dahinter kam, an wen sie lieferte. Sie glaubte, sie würde quasi freiberuflich für eine kleine Organisation von drei oder vier Mann arbeiten, du kennst das ja: der Dieb, der Beschaffer der falschen Papiere, der Mann, der einen Schrotthandel oder eine Werkstatt betreibt, und der Monteur, der das gestohlene Auto mit der Fahrzeugnummer eines verschrotteten Autos gleichen Typs versieht. Doch wie sich herausstellte, lieferte Jennifer an Richard Schauker, alias der Dicke, und das war ein großer Fisch, da er mit den Russen zusammenarbeitete.

Deshalb haben sie Jenny wieder geschnappt und ihr mit Hölle und Verdammnis gedroht. Und uns hinzugezogen.«

»Die Leitstelle«, sagte ich.

»Ich erzähle dir das nur, weil sie tot ist, sonst würde ich nie mit aktiven Kollegen darüber reden, geschweige denn mit Leuten, die nichts mehr mit der Polizei zu tun haben.« Palmer betrachtete das Stadtchaos, das sich dem Blick aus Nels Wohnzimmerfenster bot. »Aber wenn es dazu beitragen kann, ihren Mörder zu finden ... Es endete jedenfalls so, dass Jennifer sich von unseren schönen Augen und unseren Sicherheits- und Schutzversprechungen überzeugen ließ. ›Ach was, Mädchen, da kann doch gar nichts schief gehen!‹« Wieder wandte er den Blick ab. Es war, als würden die Schuldgefühle aus seiner Seele aufsteigen und um seine Augen herum sichtbar werden. »Sie war gut etabliert, man vertraute ihr rückhaltlos«, sagte er. »Sie wurde in die Organisation aufgenommen, und das war wirklich das reinste Wunder, schließlich war sie eine Frau. Wie ich schon sagte: Frauen sind unüblich in dieser Branche. Aber Jenny wurde zu einer Art Maskottchen, sie hat den Boss sogar nach Moskau begleitet, um den Russen eine Demonstration ihres Könnens zu bieten. Doch dann wurde sie schwanger und wollte aussteigen.«

»Weißt du, wer der Vater ist?«

Palmer schüttelte den Kopf. »Jenny hat nie über ihr Privatleben geredet. Sie wollte das Kind behalten und aussteigen, das war alles. Deshalb mussten wir die Sache beschleunigen, und auch die Soko und die Kriminaltechniker mussten mit dem Abhören und der Verfolgung Druck machen. Aber dank Jennifer hatten wir uns bereits ein Bild von der gesamten Organisation machen können. Sie war wirklich Gold wert.«

»Habt ihr ihr viel bezahlt?«

»Ach, was heißt viel. Sie war nur ein knappes Jahr als

Informantin aktiv, sie hat vielleicht fünfzigtausend Gulden dabei verdient. Den Russen konnten wir nichts anhängen, an die kommt man nur schwer ran, es sei denn, man ertappt sie hier auf frischer Tat, aber die gesamte niederländische Führungsspitze kam hinter Gitter, und das war ein schöner Erfolg. Der Boss, seine rechte Hand, der Buchhalter und die meisten der Jungs für die Drecksarbeit.«

»Geriet Jennifer dadurch in Gefahr?«

»Ein Informant kann nur dann gefahrlos aus einer Organisation verschwinden, wenn diese auch verschwindet oder auffliegt.« Palmer dachte nach. Das tat er wahrscheinlich nicht zum ersten Mal seit dem Mord an Jennifer. Der Tod eines Informanten lastet jedem Betreuer auf der Seele und verursacht in ihm Schuldgefühle, die er nicht einfach wegdiskutieren kann. »Man kann keine Organisation ausschließlich aufgrund der Aussagen eines Informanten hochnehmen, daran wirst du dich sicher noch erinnern«, sagte er nach einer Weile. »Also kommen die Kriminaltechniker zum Einsatz, die Mitglieder werden überwacht und abgehört und dergleichen mehr. Da die Ermittler damit aber nicht schnell genug vorankamen, mussten sie Jennifer als anonyme Zeugin vernehmen. Das war ihr einziges Risiko.«

Er verschwieg irgendetwas. CyberNel merkte es auch. »Dieses Risiko kann aber schon ausreichen«, sagte sie. »Die Rechtsanwälte von solchem Gesindel versuchen meistens, dahinter zu kommen, von wem die Aussagen stammen, und selbst wenn sie nur Codenamen kennen, können sie und ihre Mandanten sich manchmal denken, wer dahinter steckt.«

»Die Mandanten haben sowieso ihre Vermutungen«, sagte ich. »Und die Mandanten sitzen nicht ewig hinter Gittern.«

»Der Dicke bleibt vorerst noch für eine Weile aus dem

Verkehr gezogen.« Palmer richtete seinen bebrillten Blick auf mich, und etwas besorgt bekannte er: »Einer der anderen Drahtzieher wurde allerdings vor einem Monat aus dem Gefängnis entlassen. Aber es gibt wirklich absolut keinen Grund zu der Annahme, dass er weiß, wer ihn verpfiffen hat. Das hat also nichts zu sagen.«

Einen Moment lang sagte niemand etwas. Dann fragte ich: »Wer ist es?«

»Harry de Kroot.«

»Harry die Rübe?«

»Er kommt aus Rotterdam.«

»Da sagt man zu roten Beten *kroot*, rote Rüben«, erklärte Nel.

Niemand war nach Lachen zumute. Palmer starrte auf seine Knie und sagte: »Harry betrieb die Werkstätten, drei Stück, in der Provinz, wie üblich, vorne alles sauber und hinten drin die illegalen Geschäfte. Harry war eine Art Vorarbeiter der Mechaniker, die für die neuen Fahrzeugidentifikationsnummern sorgten, aber wir vermuten, dass er auch für die Kuriere und die Transporte verantwortlich war. Er ist gefährlich.«

»Und?«

»Was, und? Man hat seine Fingerabdrücke nicht bei Jenny gefunden.«

»Aber meine zum Beispiel. Das hat also nichts zu bedeuten«, warf ich ein.

Palmer nickte. »Ich weiß. Leider haben wir keine Ahnung, wo sich Harry herumtreibt. Ein Team von zwei Leuten wurde auf ihn angesetzt, zusammen mit diesem Brigadier aus Geldermalsen. Ich glaube, im Moment hoffen sie vor allem auf einen Tipp aus dem Milieu.«

»Jenny kannte Harry«, gab ich zu bedenken. »Würde sie ihn hereinlassen und Kaffee für ihn kochen?« Ich ließ diesen unsinnigen Gedanken sofort fallen, als ich sah, wie sowohl Palmer als auch CyberNel heftig die Köpfe schüttelten. Aber warum hätte sie sich unter einem anderen Namen auf dem Land verstecken sollen, wenn nicht deshalb, weil sie sich Richard Schauker und seine Leute vom Leib halten wollte? Ich dachte an den Zigarrenraucher im Pontiac, hielt aber den Mund.

7

Die Sonne beschien die Keizersgracht. Der Sommer hatte gerade erst Einzug gehalten, und die Bäume waren noch nicht welk, verstaubt und verräuchert. Die frühsommerliche Atmosphäre weckte fast schon Heimweh nach Amsterdam in mir, bis ich die ersten Radkrallen an falsch parkenden Autos sah, mit den dazugehörigen Ausrufezeichen auf dem Seitenfenster, damit der ahnungslose Provinzler oder – vorzugsweise – Ausländer sein Auto nicht versehentlich zu Schrott fuhr. Dazu legten die Ordnungshüter einen kleinen Stadtplan, der das Opfer zu einem schmuddeligen Büro in einer Gasse am Leidseplein führte, wo ein Beamter schon alle Ausreden in sämtlichen erdenklichen Sprachen gehört hatte und den Tag damit verbrachte, ein kleines Knöllchen-Vermögen nach dem anderen zu kassieren.

Die gediegene Rechtsanwaltskanzlei war in einem stattlichen Grachtenhaus untergebracht. Schmiedeeiserne Geländer säumten die massive Eingangstreppe, und neben der Tür hing ein schweres Kupfernamensschild, das entweder neu oder sehr gut poliert war.

Auffällig war, dass die Firma nur einen Namen trug: *Rechtsanwaltskanzlei Louis Vredeling,* in dominanter Kursivschrift. Unser Yuppie-Pflichtverteidiger musste inzwischen Karriere gemacht haben, da sein Name, wenn auch als letzter, in den beiden bescheidenen Zeilen erschien, in denen unter dem Schild die Namen der sechs Partner angegeben wurden.

Die blonde Empfangsdame ließ ihre Finger über eine Tastatur wandern, noch bevor ich ausgeredet hatte. »Sie haben keinen Termin? Meneer Niessen ist im Hause, aber ich weiß nicht ob ...«

Eine alte Dame, die schick genug aussah, um sich sowohl sämtliche Partner als auch das Gebäude leisten zu können, wurde von einem jungen Mann unter viel Rücksichtnahme zur Tür eskortiert. Ihre Schritte wurden von dem leisen Ticken ihres Stocks auf dem Marmorfußboden begleitet. Die Empfangsdame hielt die Hand über ein hauchdünnes Freisprechmikrofon vor ihrem Mund. »Können Sie mir sagen, worum es sich handelt?«

»Natürlich kann ich das«, antwortete ich. »Sonst wäre ich nicht hier. Sagen Sie ihm, es ginge um eine Mandantin von ihm, Jennifer Kramer.«

Ihr Gesichtsausdruck wurde abweisender. »Sind Sie von der Polizei?«

Ihre Reaktion erstaunte mich. »Hat Meneer Niessen schon mit der Polizei gesprochen?«

Die Empfangsdame lauschte einer Stimme in ihrem Ohr. Schließlich schob sie das Mikrofon aus dem Gesicht und sagte mit einem Plastiklächeln: »Meneer Niessen sitzt im zweiten Stock, das Büro seiner Sekretärin befindet sich direkt gegenüber des Aufzugs.«

Der gepolsterte Lift kletterte in gesetztem Tempo nach oben. Ich schaute in den Spiegel, fuhr mit der Hand durchs Haar und studierte die Falten um meine Augen. In dem von der polierten Holzverkleidung reflektierten Altherren-Licht wirkten sie eher schick und interessant als einfach nur alt und verlebt.

Ich schritt über einen dicken bordeauxroten Teppich hinüber zu Topfpalmen, die unter kleinen Spots die offene Schiebetür vor einer breiten Nische flankierten. Die Sekretärin wirkte knochig und anämisch genug, um sich in ihrer Freizeit ein hübsches Zubrot als Mannequin oder Fotomodell verdienen zu können.

»Meneer Winter«, sagte sie förmlich und stand auf, um mich zu einer Tür zu bringen. »Meneer Niessen ist bereit, Ihnen Ihre Fragen zu beantworten.«

»Sehr schön«, murmelte ich und erhaschte im Vorbeigehen einen Hauch ihres Narzissenparfüms, als ich das bescheidene, aber stilvoll eingerichtete Büro ihres Chefs betrat.

Niessen war ein blonder, junger Mann mit einem sorgfältig gestutzten Schnurrbart und einem müden Gesicht; auf mich machte er den Eindruck eines jungen Strebers, der jede Stunde, die er berechnete, auch wirklich gearbeitet hatte. »Thomas Niessen.« Er begrüßte mich mit einem flüchtigen Händedruck und wollte meinen Ausweis sehen, als ich erklärte, ich sei Privatdetektiv.

»Am Schild an der Tür sieht man gleich, dass hier nur einer der Chef ist«, sagte ich, als wir uns an seinem Schreibtisch gegenüber saßen.

Niessen antwortete mit einem freudlosen Lächeln. »Dies hier ist eine alte Familienkanzlei, aber weil Vredeling der letzte Spross ist, können sich die Partner seit dreißig Jahren einkaufen. Er behält die Mehrheit, es ist und bleibt seine Firma.«

»Sind Sie der jüngste Partner?«

»Ja, seit kurzem. Was kann ich für Sie tun?«

»Sie waren der Rechtsanwalt von Jennifer van Maurik.«

»Richtig.«

Das war ein Test gewesen, und er war drauf reingefallen. »Ich meine natürlich Jennifer Kramer«, sagte ich.

Er errötete. »Ach ja, natürlich.«

»Sie kannten sie also auch als Jennifer van Maurik, wohnhaft in Rumpt?«

»Nach einem Verhör ist mir kaum zumute«, erwiderte er. »Die Polizei war bereits bei mir.«

»Was wollte die Polizei von Ihnen?«

»Was die Polizei immer will. Den Täter finden. Und was wollen Sie?«

»Ich war Jennifers Nachbar und arbeite für das Ehepaar, dass Jennifers kleinen Sohn adoptieren will.«

Sein Blick wurde unruhig, und jetzt fielen mir mit einem Mal seine eigenartigen Augen auf. »Ich bezweifle, dass ich Ihnen helfen kann«, sagte er abweisend.

»Sie waren also ihr Rechtsanwalt. Als gratis Pflichtverteidiger, richtig?«

Sein Lächeln war gekünstelt, und prompt flüchtete er sich ins Dickicht des Strafgesetzbuchs. »Das gibt es heute nicht mehr. Seit der Einführung des neuen Rechtsbeistandgesetzes muss jeder Mandant einen Pflichtbetrag je nach Einkommen beziehungsweise Vermögen entrichten. Die Rechtsanwaltskammer weist dem Mandanten einen Rechtsbeistand zu. Natürlich steht das Honorar, das man für eine solche Aufgabe erhält, in keinerlei Verhältnis zu den üblichen Tarifen.«

Ich blickte ihn an. Das war nicht das erste Mal, dass mir jemand einen Vortag hielt, um einem bestimmten Thema auszuweichen. »Hat Jennifer Sie auch um Hilfe gebeten, als sie zum zweiten Mal verhaftet wurde?«

Niessen betastete seinen Schnurrbart. »Das war nicht nötig.« Er zögerte einen Augenblick. »Eigentlich unterliege ich der Schweigepflicht, aber ich nehme an, dass sie unter diesen besonderen Umständen aufgehoben ist. Das Verfahren wurde eingestellt, weil Jennifer einen Deal mit der Kripo eingegangen ist. Sie wurde Informantin, und im Gegenzug sah man von einer Strafverfolgung ab, etwas in der Art.«

Ich hörte kaum, was er sagte, weil mich seine blauen Augen immer stärker faszinierten. Sie standen weit auseinander und fokussierten nicht ganz richtig, als schauten sie gleichzeitig nach links und rechts anstatt geradeaus. Es verlieh ihm etwas Unirdisches, und plötzlich begriff ich, warum mich Niessen ohne Termin empfing, Jennifers Decknamen kannte und die ganze Zeit um den heißen Brei herumschlich.

»Ich hatte an Theo gedacht«, sagte ich. »Aber jetzt sehe

ich, dass Thomas mit Th viel logischer ist. Das hat Jennifer bestimmt auch gedacht.«

Niessen runzelte geistesabwesend die Stirn. »Ach?«

»Ja.« Ich holte den Brief aus Jennys Geheimfach aus meiner Brieftasche und gab ihn ihm. »Es ist mir nicht sofort aufgefallen, obwohl der Junge Tommy heißt, soweit ich weiß ohne Th, weil ein normaler Mensch nun einmal nicht automatisch davon ausgeht, dass ein Rechtsanwalt seine Mandantin verführt, schwängert und sie anschließend im Regen stehen lässt.«

Er fiel nicht Ohnmacht, aber es hätte nicht viel gefehlt. Er stieß einen tiefen Seufzer aus, sein Gesicht wurde aschfahl und er krallte sich an seinem Schreibtisch fest, als suche er einen Halt oder wolle versuchen, einen Fluchttunnel nach China zu graben.

Es wurde an die Tür geklopft. »Hallo, Thom!« Eine Dame mit altmodischer Korkenzieherlockenfrisur steckte zuerst den Kopf herein und betrat dann das Büro. »Ist was nicht in Ordnung?«

Niessen vollbrachte ein kleines Wunder an Selbstbeherrschung. Er legte die Hände an die Stirn, warf mir durch die Finger einen flehentlichen Blick zu und sagte: »Tut mir Leid, ich musste nur kurz über etwas nachdenken.«

Sie runzelte ihre hohe Stirn. Die Korkenzieherlocken umrahmten ein schmales, relativ kühles Gesicht mit blasser Haut, einem Anflug von Sommersprossen und klassischer Ausstrahlung. Sie war Anfang dreißig, groß, hielt sich kerzengerade und besaß einen wohlgeformten Körper, der in einem maßgeschneiderten Designerkostüm aus geranienrotem Sommerstoff steckte.

»Er arbeitet zu hart«, bemerkte ich.

Sie ignorierte mich und durchquerte den Raum. Niessen hatte seinen Brief an Jennifer noch vor sich liegen und konnte ihn nicht verbergen, ohne dass es aufgefallen wäre. Deshalb stand er auf, ging ihr entgegen und küsste sie auf die Wange. Er tat es rasch und geschmeidig, und sein Verhalten wirkte ganz natürlich, doch ich sah, dass seine Hand auf ihrer Schulter ein wenig zitterte. »War Tilly nicht da?«

»Meinst du etwa, ich soll mich von deiner Sekretärin anmelden lassen?« Es sollte wie ein Witz klingen, doch ihre Stimme hatte einen scharfen Unterton. Dann veränderte sich ihr Tonfall, als würde ihr plötzlich bewusst, dass sie nicht alleine waren. »Ich wollte nur wissen, ob du an das Geschenk für Rupke gedacht hast, das Geschäft schließt um sechs Uhr.«

Niessen antwortete mit einer Handbewegung. »Ist schon erledigt. Das hier ist Meneer Winter ...«

Ich gab ihr die Hand und sagte wie nebenbei: »Ich belästige ihn mit Geistern aus seiner Vergangenheit.«

»Louise Vredeling.« Sie schaute Niessen fragend an, während ihr Name in meinem Gehirn eine Runde Schlittschuh lief. Die Tochter des Chefs?

»Es geht um eine frühere Mandantin«, erklärte Niessen.

Ihre Augen wurden kühler. »Meine Güte, doch nicht etwa schon wieder diese ermordete junge Frau, wegen der die Kripo bereits hier war? Diese kleine Autodiebin?« Sie schaute mich an, jetzt argwöhnisch, als frage sie sich, was ich mit »Geistern« gemeint hatte. »Wurde der Täter schon gefasst? Oder sind Sie nicht von der Polizei?«

»Nein, Mevrouw«, antwortete ich höflich und unterdrückte dabei den Reiz, Niessen noch mehr in Bedrängnis zu bringen. »Ich benötige nur ein paar Informationen.«

Unauffällig manövrierte sich Niessen zwischen Louise und mich und begann, sie aus seinem Büro hinauszudrängen. »Ich komme dich um sieben Uhr abholen, ist das früh genug?«

Sie ging, und eine Weile lang blieb es still. Dann fragte ich ironisch: »Vredeling ist also doch nicht der letzte Spross? Oder zählen Töchter nicht mit?«

Niessen blieb schweigend an der Tür stehen. Vielleicht brauchte er Zeit, um sich von seinem Schrecken zu erholen, oder um sich eine geeignete Methode auszudenken, mich umzubringen.

Ich drehte meinen Stuhl zu ihm hin. »Ich glaube, ich kann mir das Problem in etwa vorstellen. Ich bin mit dem Gesetz und dem Kodex für Rechtsanwälte nicht so vertraut, aber steht in Artikel 46 nicht in etwa, dass ›jegliches Handeln, das sich für einen verantwortungsbewussten Rechtsanwalt nicht ziemt‹ mit einem Disziplinarverfahren geahndet wird? Oder reicht es heutzutage, vor dem Disziplinargericht ehrliche Reue zu zeigen, wenn man eine Mandantin vernascht hat?«

Seine Freundlichkeit mir gegenüber hatte sich so ziemlich erschöpft. Er kam auf mich zu und sagte: »Ich kann hier nicht reden.«

Das konnte ich verstehen. Wir verabredeten uns in einem Lokal um die Ecke.

Manche Gaststätten wecken in mir einen nur schwer zu unterdrückenden Appetit auf Frikadellen, eine Portion Käse, Cocktailhäppchen oder, in Utrecht, auf eine berühmte und ungeniert nach Pappe schmeckende Leberwurst. Was Metzger und Hausfrauen am Mittwoch, dem offiziellen Hackfleischtag, so auf den Tisch bringen, steht, wenn man Hunger hat oder zu viel getrunken, in keinem Vergleich zu Kneipenfrikadellen, die der Chef persönlich auf der Basis rudimentärer Kochkenntnisse aus Zwieback, altem Brot, willkürlichen Fleischsorten, Gewürzen, Essiggurkenstückchen, Muskatnuss und Resten vom Küchenfußboden fabriziert hat. Ich hatte zwar nichts getrunken, aber mächtigen Hunger, weil ich direkt nachdem CyberNel mir die Daten von Jennifers Yuppierechtsanwalt besorgt hatte, zu ihm hingegangen war, anstatt erst mit Nel einen Hamburger zu essen. Auch der

Appetit auf Fastfood kann mich urplötzlich überfallen, häufig in Verbindung mit nostalgischen Erinnerungen an bestimmte Phasen meiner Vergangenheit.

Ich saß an einem Tisch hinten im Lokal und machte mich gerade an meine zweite Frikadelle. Die erste ist immer die leckerste, danach lässt der Genuss oft etwas nach.

Ich trank ein Pils, was ich ebenfalls selten tue, und wischte meine Finger an den restlichen Fetzen einer Papierserviette ab. Ich konnte mir vorstellen, dass ich trotz meines Begrüßungslächelns einen schmierigen Eindruck machte und hatte Verständnis für den Ausdruck der Aversion in Niessens Gesicht. Er setzte sich mir gegenüber auf die äußerste Stuhlkante, als sei ihm jetzt schon klar, dass er sehr schnell wieder den Wunsch haben würde zu gehen.

»Nehmen Sie doch eine Frikadelle«, schlug ich vor.

Seine Lippen waren zu einem Strich zusammengekniffen und sein Schnurrbart tanzte pikiert mit, als er fragte: »Wie viel willst du haben?«

Einen Moment lang war ich perplex. Es lag also nicht an der Frikadelle. »Wie viel was?«, fragte ich gespielt naiv.

Gereizt wandte er den Blick ab. »Was solltest du sonst von mir wollen?«

»Bist du von ganz alleine darauf gekommen?« Wenn dieser junge Rotzlöffel mich duzte, konnte ich das schon lange, fand ich.

Er zuckte aufsässig mit den Schultern. Natürlich hatte er in der vergangenen halben Stunde nicht untätig herumgesessen. Ich hatte mich der Einfachheit halber mit dem Ausweis des Ermittlungsbüros von Meulendijk legitimiert, der unter Umständen das Wort Erpressung hatte fallen lassen, falls er ihm von meinem früheren Umgang mit höheren Justizbeamten erzählt hatte. »Ich arbeite nur noch selten für Meulendijk, aber ich könnte mir vorstellen, dass er mich verdächtigt ...« Mir wurde bewusst, dass ich mich verteidigte, und ich schwieg verärgert.

Der Wirt unterbrach unserer Unterhaltung. Er war ein kleiner Mann mit Glatze und einer weißen Schürze. »Was darf's denn sein?«, fragte er Niessen. »Auf der Straße können Sie sich ohne alles unterhalten, bei uns bestellt man ein Pils dazu, einen kleinen Cognac, eine Portion hiervon oder davon.«

»Ich kann die Frikadellen empfehlen«, sagte ich.

Niessen ignorierte mich, bestellte Kaffee und sagte, sobald der Wirt wieder weg war: »Wir sollten dieses Gespräch nicht länger hinauszögern als unbedingt nötig.«

Ich schaute ihn an und hatte eine Eingebung: »Jennifer hat dich erpresst!«

Er antwortete nicht, aber sein Pokerface war nicht besonders gelungen, gewiss nicht für einen Rechtsanwalt. Ich lachte leise. »Und jetzt glaubst du, ich würde die Milchkuh an ihrer Stelle weitermelken?«

»Du weißt doch alles?«, sagte er wütend. »Dass sie schwanger wurde, dass sie sie habe sitzen lassen? Das ist doch ihre Version der Geschichte. Und du warst ihr Nachbar. Oder wie kommst du sonst an den Brief?«

Ich schüttelte den Kopf. »Jennifer war eine nette Frau und die Diskretion in Person. Ich kann mit dir den Fußboden aufwischen, wenn du mich beleidigst, aber sie kann sich nicht mehr wehren.«

Er schnaubte voller Verachtung. »Aber wie sonst solltest du auf die Idee gekommen sein, dass ich der Vater bin?«

Ich schob die Reste meiner Kneipenfrikadelle beiseite und benutzte mein Taschentuch, um mir die Senfspuren von den Fingern zu wischen. »Dafür brauchte ich deinen Sohn nur einmal kurz auf meinem Gartenweg zu sehen.«

Niessen zog die Stirn in Falten. Der Wirt brachte seinen Kaffee und trollte sich enttäuscht, als ich weitere

Frikadellen dankend ablehnte. »Willst du damit sagen, dass mir das Kind ähnlich sieht?«, fragte Niessen schließlich.

»Wie Dolly ihrem Ausgangstier. Es ist das reinste Wunder, dass es dem Brigadier aus Geldermalsen nicht aufgefallen ist. Der war doch hier, oder? Andererseits sucht er ja nicht den Vater, sondern den Mörder, obwohl das womöglich keinen Unterschied macht.«

Ich beobachtete ihn genau. Meine letzten Worte schienen ihn nicht zu treffen, vielleicht begriff er gar nicht, was ich sagen wollte. Nach einer Weile stieß er einen Seufzer aus. »Meine Nerven. Ich werde allmählich paranoid. Erst war die Kripo bei mir, dann das hier. Gerade erst bin ich jüngster Teilhaber geworden ...«

»Und mit der Tochter des Chefs verlobt«, unterbrach ich ihn.

Er seufzte. »Aber ganz sicher nicht, weil sie die Tochter des Chefs ist.«

Ich misstraue jeder Erklärung, in der »ganz sicher nicht« oder »ganz ehrlich« vorkommen. »Aber es ist hilfreich?«

Die galaktischen ET-Augen, mit denen auch sein Sohn geschlagen war, schienen zu beiden Seiten an meinen Schläfen entlangzuwandern. »Ich bin ehrgeizig, ich will Karriere machen, ich will zu gegebener Zeit Vredelings Nachfolger als Kanzleichef werden, gut genug bin ich. Spricht vielleicht irgendetwas dagegen?«

»Besser, als von der Sozialhilfe zu leben.« Er reagierte sichtlich gereizt darauf, dass ich mich über ihn lustig machte, und deshalb sagte ich: »Nana, wenn du nicht mal einen kleinen Witz vertragen kannst, wird das nie was mit uns beiden.«

»Für mich gibt es da nicht viel zu lachen.«

»Das stimmt. All deine schönen Pläne gehen den Bach runter, wenn man dir Handschellen anlegt und dich wegen Mordverdachts verhaftet.« Ich glaube, ich versuchte unbewusst, ihm seine Unverschämtheiten heimzuzahlen, und diesmal verstand er, worauf ich hinauswollte. Entsetzt schaute er rechts und links an mir vorbei. »Könnte es denn so weit kommen?«

»Wenn ich es schaffe, herauszufinden, dass du der Vater bist und Jennifer dich erpresst hat, schafft die Polizei es auch. Du hast ein äußerst plausibles Motiv, das wird niemandem entgehen. Hast du sie umgebracht?«

»Nein.« Er tat sein Bestes, mir geradewegs in die Augen zu schauen. »Ich könnte gar niemanden umbringen, schon gar nicht die Mutter meines Kindes.«

Er wäre nicht der erste Mörder gewesen, der überzeugend klang. »Hast du ein Alibi für Dienstag, den 13. Juni?«

Er seufzte wieder. »Das ist das Problem.«

»Warum? Wie Godfried Bomans schon gesagt hat: Man hat es oder man hat es nicht.«

»Ich habe eins«, sagte er. »Aber ich kann es nicht anführen. Wenn ich darauf zurückgreifen muss, kann ich meine Karriere vergessen.«

»Das musst du mir erklären.«

Niessen zögerte. Wir hatten mit gegenseitigen Beleidigungen begonnen, aber jetzt wurde die Atmosphäre entspannter, wie es häufiger vorkommt, wenn zwei Leute miteinander im Clinch gelegen haben. »Ich möchte dich engagieren«, sagte er.

Ich starrte ihn an. »Warum?«

»Meulendijk hatte Probleme mit deinem eigensinnigen Charakter, nicht aber mit deiner Arbeit als Detektiv.«

»Nett von ihm, aber das meinte ich nicht.«

»Weiß ich.«

Ich lachte. »Du versuchst, ein Vertrauensverhältnis zu mir aufzubauen, damit ich gegenüber der Polizei den Mund nicht mehr aufmachen kann.«

»Das auch«, gab er zu, »aber das ist nicht der Hauptgrund. Ich gehe ganz andere Risiken ein, jeden Tag, solange der Mörder frei herumläuft. Ich kann nicht darüber reden, es sei denn, du nimmst meinen Auftrag an, im Mordfall an meiner früheren Mandantin zu ermitteln.«

Ich ließ die Umschreibung unkommentiert. »Aber damit beschäftigt sich bereits die Polizei, und sie verfolgt diverse Spuren.«

»Ich bin Strafverteidiger und verstehe ein wenig von eurem Beruf. Ist ein Mordfall nicht innerhalb von vierundzwanzig Stunden aufgeklärt, wird es schwierig. Nach vier Tagen ist die Spur kalt. Für mich zählt jeder Tag.«

Stühle schabten über den Boden. Drei Männer setzten sich an den Tisch neben uns, mit Pilsgläsern, die sie vom Tresen mitgebracht hatten. Das Lokal begann sich zu füllen.

Ich schaute Niessen an und verstand in etwa, worin sein Problem bestand. »Ich muss auch an meine Berufsehre denken«, sagte ich. »Bei zwei Klienten in demselben Fall könnte es entgegengesetzte Interessen geben.«

»Es sei denn, es geht um völlig verschiedene Aufträge«, entgegnete Niessen. »Für den einen sollst du den Vater finden, für den anderen den Täter, der Unterschied könnte nicht größer sein.«

»Außer wenn der Vater der Täter ist.«

»Ich dachte, über dieses Stadium seien wir hinaus«, sagte er mürrisch.

Ich schaute ihn verwundert an und sagte: »Vielleicht solltest du einen anderen Detektiv engagieren.«

Er erwiderte meinen Blick mit seinen seltsamen Augen. »Okay«, sagte er. »Mach, was du für richtig hältst.«

Ich nickte amüsiert. »Wie dem auch sei: Der Auftrag für Kunde Nummer eins ist erledigt. Den Vater habe ich gefunden.«

»Dieses Ehepaar …«, begann Niessen. »Sag lieber erst Ja oder Nein.«

Ich dachte nach. Ich wollte den Fall gern haben. Meine Nachbarin war ermordet worden, und das ging mir zu

Herzen. Ich hätte mich auch ohne Bezahlung weiterhin damit beschäftigt, aber mit Bezahlung war natürlich besser, und wenn ich mir dadurch nur eine Gardinenpredigt von CyberNel ersparte.

Niessen sah meinen Gesichtsausdruck und tastete nach seiner Brieftasche. »Hast du einen Standardvertrag? Oder genügen eine Anzahlung und eine Quittung?«

Es klappte anscheinend immer noch nicht richtig mit uns. »Mein Wort allein reicht schon«, erwiderte ich pikiert.

»Ja, natürlich.« Es klang, als täte es ihm Leid, aber er zog trotzdem mit einer entschuldigenden Geste seine Brieftasche heraus, entnahm ein Scheckheft und schrieb einen Scheck über tausend Euro aus. »So habe ich aber ein besseres Gefühl«, sagte er als Erklärung.

Ich zuckte mit den Schultern und steckte den Scheck ein. »Dann erklär mir jetzt mal, wo dein Problem liegt.«

»Wie bitte?« Einen Moment lang war er verwirrt. »Ach so, du meinst meine Beziehung zu Jennifer. Ich habe keine Angst vor einem Disziplinarverfahren, wir sind hier nicht in Amerika und auch nicht mehr im Mittelalter. Wenn ich vor Gericht mein Bedauern darüber äußere, erteilt man mir höchstens einen Verweis. Ich habe sie ja nicht vergewaltigt oder so, es war eine von zwei Erwachsenen erwünschte Beziehung. Natürlich weiß ich, dass sie von mir abhängig war und das Ganze wie Machtmissbrauch aussieht …«

»Wofür man dir garantiert eins aufs Dach gibt.«

»Ja, aber ich schwöre dir, ich habe meine Position nicht ausgenutzt!«

Er schwieg plötzlich, als er sich der Stille am Nachbartisch bewusst wurde. Die drei Männer saßen mit den Gläsern in der Hand da und taten, als hörten sie überhaupt nicht zu.

Ich beugte mich hinüber zu Niessen. »Worin liegt dann das Problem?«

»Die Sache darf nicht publik werden!«, flüsterte er.
»Louise weiß nichts von Jennifer. Ihr werde ich die Geschichte eines Tages schon noch beichten, aber der alte Vredeling ist ein tief religiöser, konservativer Tugendbold, und wenn der etwas von Sex mit einer Mandantin und einem unehelichen Kind erfährt, stehe ich morgen auf der Straße!«

»Sieh an. Noch ein Mordmotiv. Hat dich Jennifer damit erpresst?«

Er sah sich ängstlich um. Die Männer neben uns hatten ihr Gespräch wieder aufgenommen, und der Lärmpegel in der Kneipe stieg. Es war nach fünf Uhr, die Büros machten Feierabend, und die Leute tranken noch einen, bevor sie nach Hause gingen. Am Tisch hinter uns saß eine bunte Gesellschaft, die unter viel Gekicher und Geschrei ein anstehendes Jubiläum organisierte. »Vielleicht sollten wir das woanders besprechen«, sagte Niessen. »Ich bin zum Abendessen verabredet, aber ich könnte um halb elf heute Abend. Ist das zu spät? Ich möchte das wirklich gerne hinter mich bringen.«

Von meinem Handy aus rief ich CyberNel an. Sie war damit einverstanden, dass ich ihre Wohnung als Amsterdamer Außenstelle meines Büros betrachtete.

Ich parkte den BMW auf einem freien Platz am Ende der Gasse und nahm meine Pistole aus dem Handschuhfach.

»Meinst du, du brauchst sie?«, fragte CyberNel.

»Ich habe eine Narbe als Beweis dafür, dass der Kerl unberechenbar ist. Der dreht durch, wenn er mich sieht. Deshalb nimmst du am besten meine Beretta mit, dann kannst du ihn damit einschüchtern.«

Ich wollte Nel die Pistole geben, doch sie kramte in ihrer Handtasche auf der Rückbank herum. Metall glänzte im matten Licht der Straßenlaternen.

Ich runzelte die Stirn, als ich die kleine Pistole sah. Soweit ich wusste, hatte Nel keine Waffe mehr angefasst, seit sie den Dienst bei der Polizei quittiert hatte. Vielleicht hatte sie ihre Meinung geändert, nachdem man sie krankenhausreif geschlagen hatte und sie bei ihrer Heimkehr feststellen musste, dass nach einer Explosion nichts mehr von ihrem Dachgeschoss übrig geblieben war. Ich sagte nichts.

»Das ist eine konfiszierte Jennings 22, ich habe sie von einem befreundeten Brigadier«, behauptete Nel. »Klein, aber fein.«

Die Jennings war so ungefähr die wirkungsloseste Handfeuerwaffe, die es auf dem amerikanischen Markt gab. Sie wurde auch »Bauchpistole« genannt, weil sie höchstens dann effektiv war, wenn man direkt vor seinem Zielobjekt stand. »Hat der befreundete Brigadier dir denn auch einen Waffenschein dazu besorgt?«

Nel verbarg die Waffe unter ihrer schwarzen Jeansjacke. »Ist noch in Arbeit.« Sie schlüpfte aus dem Auto und verschwand wie eine Katze in der dunklen Gasse. Ich schloss den BMW mit der Fernbedienung ab und machte mich auf den Weg zu Haus Nummer 18. Die Memory Lane war eine zwielichtige Straße weit hinter dem Leidseplein, vollgeparkt mit Autos. Es war einige Jahre her, da hatte ich diese Tür eingetreten, und Bart Simons stand anstelle von CyberNel in der Hintergasse. Wer weiß, vielleicht beging ich denselben Fehler noch einmal und würde wie damals eine Kugel in die Magengegend kriegen, die hinter einem Riesenberg Kokain hervor auf mich abgefeuert wurde. Damals waren schlampige Ermittlungen, fehlende Rückendeckung und vor allem meine an Todesverachtung grenzende Gleichgültigkeit daran schuld gewesen.

Vergangenheit.

Diesmal waren die Recherchen gründlicher gewesen, hoffte ich. Nel hatte entdeckt, das Gürbüz wieder auf freiem Fuß war, sich aber bedeckt hielt. Damals hatte man ihn zu einer schweren Strafe verknackt, und zwar nicht nur wegen des Koksberges in seinem Haus, sondern vor allem wegen der Schüsse auf einen Polizisten, der mit einem Haftbefehl für ein Vergehen hineingestürmt war, das gar nichts mit Drogen zu tun hatte, nämlich Menschenschmuggel.

Diesmal trat ich die Tür nicht ein, sondern schellte ganz einfach. Vom oberen Fenster aus konnte mich Gürbüz nicht sehen – einer der Nachteile, wenn man im ersten Stock über einem Eingangsportal wohnt. Ich hörte ein Klicken und stieß die Tür auf. Der obere Flur war nur schwach erleuchtet, aber ich erkannte ihn sofort, oben an der Treppe, die Hand am Kordelzug, mit dem sich die Tür öffnen ließ. Als ich begann, die Stufen hinaufzusteigen, richtete er eine Lampe auf mich. Er fluchte und warf einen Stuhl nach mir.

Ich sprang an die Wand, um dem Stuhl auszuweichen, der schmerzhaft an meinen erhobenen Händen und Handgelenken entlangschrammte und mit viel Getöse unten an der Treppe in Stücke krachte. Ich schrie: »Gürbüz, verdammt nochmal, jetzt mach doch mal halblang!«, doch seine Schritte dröhnten schon über den Holzfußboden des Hausflurs, und irgendwo knallte eine Tür.

Ich rannte die Treppe hinauf und den Flur entlang, durch eine enge Küche mit einer halb verglasten Tür hindurch, die zu einem kleinen, mit Gerümpel vollgestellten Balkon führte. Ich hörte Lärm, wobei ich nicht feststellen konnte, ob er von der unsichtbaren Rückseite des Gartenschuppens oder aus der schmalen Gasse kam. Irgendjemand stieß einen Schmerzensschrei aus, und direkt unter mir wurde eine Außenlampe eingeschaltet. Ein Mann kam aus seiner Hintertür heraus, schwenkte einen Knüppel und brüllte: »Will hier vielleicht jemand eine Tracht Prügel?«

Ich wartete einen Moment, bevor ich über das Balkongeländer kletterte. Ich fühlte mich wie schon hundert Mal zuvor, in einem früheren Leben oder einer anderen Dimension, in die ich nicht mehr hineingehörte. »Polizei!«, rief ich. »Und Sie gehen wieder rein, okay?«

Der Knüppelschwenker hob mit einem Ruck den Kopf. Er ging nicht rein. Ich sah den hin- und herzuckenden Lichtkegel von Nels Lampe in der Gasse und rief: »Alles in Ordnung, Brigadier?«

»Jawoll, Inspecteur!«, rief Nel zurück, als spiele sie eine Rolle in einem drittklassigen Krimi.

Ich schwang mich über das Geländer, sprang auf das Dach des Schuppens und kletterte hinunter auf den kleinen Hof. Der Nachbar von unten ließ seinen Knüppel schlagbereit auf der Schulter seines weißen Hemdes ruhen. Er gehörte zu der Sorte von Cholerikern, die hin und wieder eine Kneipe auseinander nehmen. Ich verschwendete eine halbe Minute darauf, ihn mit ein paar Polizeiphrasen zu beruhigen. »Stecken Sie den verdammten Türken ruhig in den Knast«, sagte er und schloss die Pforte zur Gasse für mich auf.

Gürbüz lag mit den Händen auf dem Rücken gefesselt auf dem Pflaster. CyberNel winkte mit ihrer Kinderpistole. Gürbüz war ein muskulöser Mann um die Vierzig, mit olivfarbenem Gesicht, in der Mitte zusammengewachsenen Augenbrauen, einer Boxernase und dem Verstand eines Boxers, der einen Kampf zu viel hinter sich hat. Durch das faule Leben im Gefängnis hatte er sich an die fünfzehn Kilo Übergewicht angefuttert. Er gehörte zur zweiten Einwanderergeneration und sprach besser Niederländisch als Türkisch.

CyberNel hielt ihre Lampe auf den Holzzaun gerichtet, um niemanden zu blenden. Im Widerschein konnte ich Gürbüz' Gesicht nicht deutlich erkennen, aber ich roch seine Angst.

Ich stieß ihn mit der Schuhspitze an. »Was soll der Blödsinn?«

»Du kannst mich mal?« Es klang wie eine Frage.

»Muss ich wie ein junger Streifenpolizist durch Häuser rennen und von Balkonen springen, nur um dich in die Finger zu kriegen?«

Er hörte mir gar nicht zu. Seine Stimme klang eine halbe Oktave zu hoch. »Mann, tu schon, was du tun musst, und fertig.«

Ich hatte damit gerechnet, dass er abhauen würde, aber mich als eine Art Terminator zu betrachten, erschien mir übertrieben. Ich schaute Nel an, die auch nicht besonders viel sah. »Gürbüz glaubt, ich wolle ihn umbringen.«

»Was denn sonst?«, ächzte der Türke.

Er versuchte förmlich, zwischen die Pflastersteine zu kriechen, als ich mich über ihn beugte. »Steh auf.«

Nel half, den Mann hochzuziehen, obwohl der sich heftig wehrte. »Lass mich gehen, Mann, ich habe dir von Anfang an gesagt, dass es ein Unfall war, ich hab mich zu Tode erschrocken, das war alles. Ich habe noch nie in meinem Leben auf jemanden geschossen.«

Ich zog sein Gesicht dicht vor meines und sagte: »Ich will mich gar nicht rächen, du Penner, ich will mich nur mit dir unterhalten!«

Gürbüz schaute in der Dunkelheit von mir zu Cyber-Nel. »Warum hast du dann nicht einfach geklingelt?«

»Habe ich doch«, sagte ich.

Er verdrehte die Augen und seufzte. »Scheißbullen.«

Ich drückte gegen die Pforte, doch der Hafenarbeiter hatte sie wieder verriegelt. Womöglich stand er aber noch dahinter, um seine rassistischen Vorurteile bestätigt zu sehen. Wir nahmen Gürbüz zwischen uns und brachten ihn aus der Gasse heraus zu meinem Auto. Er benahm sich wie ein Lamm, das man zur Schlachtbank führt. Er schwitzte unaufhörlich. Ich wusste, was ihm durch den

Kopf spukte: Ich konnte ja behaupten, was ich wollte, aber für ihn sah es so aus, dass ich ruhig abgewartet hatte, bis er wieder auf freiem Fuß war, um ihn für die Kugel bluten zu lassen, die meiner Karriere bei der Polizei ein Ende bereitet hatte. Natürlich würde ich das nicht in der erstbesten Gasse tun und das auch noch unter Zeugen; eine Autofahrt an einen verlassenen Ort war die klassische Lösung, an die er automatisch dachte.

Wir verfrachteten Gürbüz auf den Rücksitz. Ich setzte mich neben ihn, Nel schloss die Tür und hielt draußen Wache.

»Komm her, ich mach dich los«, sagte ich.

Er hielt die Handgelenke in meine Richtung, und ich schloss ihm im Dunkeln tastend die Handschellen auf. Er rieb seine Gelenke und schielte auf den Rücken Cyber-Nels, die das Fenster abschirmte. »Und jetzt?«, fragte er unsicher.

»Du hast deine Strafe abgesessen, und ich bin so friedfertig wie der heilige Franziskus. Du sollst mir nur einen Gefallen tun.«

Das Gesicht zum Fenster gewandt, runzelte er die Stirn. Mohammed sagte ihm wahrscheinlich mehr als der italienische Vogelfreund, doch er wusste, worauf ich hinauswollte. »Ich verpfeife niemanden bei der Polizei.«

»Ich bin nicht mehr bei der Polizei.«

Er presste seinen Rücken an die Tür, um mich besser betrachten zu können. »Was machst du dann mit Handschellen und einem Brigadier?«

»Das geht dich einen Dreck an. Du schuldest mir einen Gefallen, und den fordere ich jetzt ein. Wenn nicht, verpasse ich dir eine Kugel, sodass du mindestens ein halbes Jahr im Krankenhaus liegst. Ich finde dich überall.«

Leute wie Gürbüz waren es gewöhnt, zunächst zu verhandeln, bevor man die Katze aus dem Sack ließ. Er sagte nichts, wie es sich gehörte.

»Du hast für den dicken Schauker gearbeitet, stimmt's?«

»Der sitzt in Bijlmermeer im Knast.«

»Hast du dort mit ihm gesprochen?«

Gürbüz schüttelte den Kopf. »Ich hab nichts mit dem zu tun.«

»Der Mann, den ich suche, heißt Harry die Rübe.«

»Kenn ich nicht.«

Ich schwieg. Etwas unter der Motorhaube kühlte ab, mit leisem Ticken, wie eine Zeitbombe. Draußen war es dunkel. Ganz Amsterdam saß auf dem Leidseplein, und hier kam nur ein einziges Auto vorbei, das seine Geschwindigkeit kurz verringerte, als die Scheinwerfer über CyberNel hinwegglitten.

Ich folgte dem Auto mit den Blicken und sagte: »Ich habe nicht viel Zeit, um halb elf muss ich noch zu einem anderen Termin. Du warst in der Autobranche und hast für Richard Schauker gearbeitet, und du warst da, als er in den Knast gewandert ist. Du hast also auch mit Harry zusammengearbeitet, und auch den hast du in den Bijlmerknast reinkommen und wieder rausgehen sehen, ungefähr zur selben Zeit wie du. Ich erzähle dir das nur, weil ich ein sehr geduldiger Mensch bin, aber du solltest mir besser keinen Mist vorlügen, zum Beispiel, dass du Harry nicht kennst. Ich behaupte ja nicht, dass ihr zusammen in einer Zelle gesessen habt oder euch gegenseitig in den Hintern gekrochen seid, aber ich wette, du hast schon Kontakt mit ihm aufgenommen, seit er wieder draußen ist, denn du musst doch sicher wieder arbeiten. Oder wolltest du wieder ins Drogengeschäft einsteigen und denselben Fehler nochmal machen?«

Verächtlich blickte Gürbüz beiseite. »Ich werde mich hüten.«

»Und ich suche Harry.«

»Was willst du von Harry?«

»Ich sag's dir: mit ihm reden, ein paar Informationen.

Ein freundliches Gespräch. Ich tue ihm nichts, ich bin bei der Polizei ausgestiegen und kann ihn nicht verhaften, und wenn er mit einer abgedankten Concorde den Palast auf dem Dam in Schutt und Asche legt, geschweige denn wegen so einer Kleinigkeit wie einem Mord.«

Meine geistreichen Worte beeindruckten ihn nicht. »Ich weiß nicht, wo Harry ist.«

Wieder schwieg ich. Diese Art von unheilvoller Stille verstand Gürbüz. In Filmen erhält in solchen Pausen der Handlanger einen Wink, stellt sich hinter den Stuhl des Opfers, zieht in aller Ruhe eine Schlinge hervor und testet sie kurz.

»Ich weiß es wirklich nicht.«

»Dann würde ich es an deiner Stelle schnell herausfinden«, sagte ich geduldig. »Sonst muss ich dich im Auge behalten.« Ich warf ihm einen schrägen Blick zu.

Einfache Handelsbedingungen verstand Gürbüz ganz genau. Er würde sie erfüllen, ohne zu versuchen, mich zu täuschen. Er machte einen bedrückten Eindruck, als säße er wieder in derselben Falle wie damals im Gerichtssaal neben seinem Rechtsanwalt, als ich, frisch aus dem Krankenhaus, den Richtern erklärte, dass er auf mich geschossen und dafür mindestens die Todesstrafe verdient hatte.

»Ich gebe dir eine Telefonnummer. Sobald du etwas weißt, rufst du an. Kannst du dir das merken?«

Gürbüz sagte nichts, nickte aber.

8

Niessen stand in der Gasse und drückte ununterbrochen auf CyberNels Klingel. Schon von weitem sah man ihm an, dass dies kein Ort war, an dem ein Yuppieanwalt sich wohl fühlte. CyberNels Gasse war, abgesehen von dem ein oder anderen abgezockten Touristen, so sicher wie eine Reformierte Kirche, aber es war und blieb eine dunkle Gasse.

Niessen brach vor Erleichterung fast in Tränen aus, als er uns herbeispazieren sah. »Ich stehe hier schon seit einer Viertelstunde, ich bin schon in Schweiß gebadet! Du lieber Himmel, ist das dein Büro?«

Ich stellte ihn CyberNel vor, die ein beleidigtes Gesicht machte. »Das hier ist eine der schicksten Gassen von Amsterdam«, sagte ich. »Nel hat ihr Atelier in den früheren Büros von Filmproduzenten. Zar Peter der Große hat jahrelang nebenan residiert, und ein paar Meter weiter findest du den erotischsten Frisörsalon der Stadt.«

Nel lächelte glücklicherweise wieder, und wir stiegen die Treppe hinauf. Ihre Ikearezeption mit angegliedertem Arbeitsplatz schien Niessen milder zu stimmen, weil überall hochwertige und sichtlich teure elektronische Geräte herumstanden. Das Wohnzimmer war natürlich etwas anderes. Er war bemüht, die Gastgeberin nicht zu beleidigen, und zögerte nicht übertrieben lange, bevor er in ihrem Sessel aus dem Auktionshaus für Zwangsversteigerungen Platz nahm.

Nel setzte Kaffee auf, und ich schenkte uns währenddessen einen Drink ein und erzählte Niessen, warum sie CyberNel genannt wurde und dass sie meine Partnerin war, für die dieselben Diskretionsauflagen galten wie für mich.

»Was wirst du diesem Ehepaar berichten?«, fragte Niessen, als wir zum Wesentlichen kamen.

»Das geht dich gar nichts an«, antwortete ich. »Aber sie werden froh sein, dass du nichts gegen die Adoption einzuwenden hast. Viele Formalitäten wirst du nicht erledigen müssen.«

»Ich muss gar nichts«, sagte Niessen. »Es gibt keine gesetzliche Grundlage dafür, mich als leiblichen Vater zur Verantwortung zu ziehen.«

Ich warf ihm einen kurzen Blick zu und dachte an den kleinen blonden Dreikäsehoch auf meinem Gartenweg. »Unter Umständen wird das Jugendamt an dich herantreten.«

»Unsinn, ich habe keinerlei Verpflichtungen«, wiederholte er gereizt. »Wenn die vom Jugendamt demnächst auch noch bei mir aufkreuzen ...« Er schaute bedrückt auf CyberNels dunkles Fenster, als sähe er die Abgesandten des Amtes schon hereinkommen.

»Wussten Sie, dass Jennifer schwanger war?«, fragte CyberNel.

Er schaute sie an. »Sag ruhig du zu mir, ich heiße Thom.«

»Ich überleg's mir«, antwortete Nel lakonisch. »Aber zuerst müssen wir wissen, was genau passiert ist.«

Niessen blickte sie weiterhin an und zuckte mit den Schultern. »Die Rechtsanwaltskammer hat mich Jennifer Kramer als Rechtsbeistand zugewiesen. Sie behauptete, mittellos zu sein. Das war schwer zu überprüfen, na ja, ich habe ja schon erklärt, wie das mit der kostenlosen Verteidigung aussieht. Ihr wurde Autodiebstahl vorgeworfen. Ich hatte gerade erst bei Vredeling angefangen und seine Tochter bis dahin noch nicht einmal kennen gelernt. Ich habe Jennifer nicht angerührt, so lange das Verfahren lief, aber von Anfang an fühlten wir uns zueinander hingezogen. Ein Jahr lang habe ich sie regelmäßig in ihrer kleinen Mietwohnung besucht. Wir hielten unser Verhältnis geheim, weil ich glaubte, es würde keinen besonders guten Eindruck machen.«

»Es sei denn, Sie hätten sie geheiratet, aber inzwischen hatten Sie Louise Vredeling kennen gelernt, richtig?«, fragte Nel freundlich.

Niessen ließ sich von ihrem ironischen Seitenhieb nicht beirren. »Jenny wollte außerdem unbedingt, dass ich sie weiterhin als Rechtsanwalt vertrat, aber das war wirklich zu heikel. Schließlich bot die Kripo ihr diesen Deal an, und danach sahen wir uns gleich viel seltener.« Er machte eine Handbewegung und machte ein Gesicht, als habe er gerade eine wichtige Lebensweisheit entdeckt. »Ich glaube, letztendlich waren wir doch zu verschieden. Wie das mit Beziehungen eben so ist. Aber dann wurde sie schwanger. Ich wusste nichts davon, bis sie mit einem Fünfmonatsbauch bei Vredeling auftauchte. Louise und ihr Vater waren Gott sei Dank nicht da. Es war natürlich viel zu spät, um die Schwangerschaft noch abbrechen zu können. Außerdem wollte sie das Kind behalten.«

»Und dich heiraten?«, unterstellte ich.

»Nein, das kam gar nicht in Frage«, sagte Niessen trotzig. »Sie wollte um jeden Preis dieses Kind behalten, es war nicht meine Entscheidung. Sie wollte untertauchen, und ich habe ihr zu einer neuen Identität verholfen.«

Ich blickte überrascht auf. »Wow!«

Er machte ein schuldbewusstes Gesicht und murmelte etwas von einem Mandanten, der solche Dinge regeln konnte. »Sie bekam zwar keinen Pass, aber der Rest war nicht so furchtbar schwierig. Nachdem die Papiere in Ordnung waren, zog sie aufs Land.«

»Hast du deinen kleinen Sohn dort jemals besucht?«

»Nein. Ich habe ihn nie gesehen. Jennifer kam ein paar Mal nach Amsterdam, als alles noch gut lief, doch nachdem ich ihr mitgeteilt hatte, dass ich nicht der Gegenvormund des Jungen werden konnte, habe ich sie nur noch am Telefon gesprochen. Die Sache wurde ziemlich unangenehm; sie verlangte, dass ich eine Vaterschaftserklärung unterzeichnete, ansonsten würde sie mich dazu zwingen.«

»Sie hat dich also erpresst?«

»Sie wusste über meine Situation Bescheid und dass ich mich mit Louise Vredeling verloben wollte.«

»Was hätte sie tun können?«

»Jennifer war die Einzige, die zum Vorsteher der Anwaltskammer hätte gehen können, um eine Klage wegen mangelnder Unterstützung meinerseits einzureichen. Obwohl ich nicht weiß, ob ihr das viel genützt hätte. Sie hätte auch zu einem normalen Gericht gehen und Alimente für das Kind einklagen können. Aber vor allem hätte sie sich an einen Journalisten wenden und Gerüchte über mich in Umlauf bringen können. Davon hätte man in der Kanzlei garantiert Wind bekommen, und das hätte für mich das Ende bedeutet. Deshalb habe ich ihr hin und wieder Geld zukommen lassen.«

»Ist das Jugendamt schon bei Ihnen gewesen?« CyberNel war noch nicht soweit, ihn zu duzen. Ich hatte gesehen, wie ihr Gesichtsausdruck frostig wurde, als Niessen über »das Kind« sprach, als sei Tommy eine Lesebrille, die er bei einer Sammelaktion für Afrika abgegeben hatte.

Niessen war erneut verwirrt, sonst hätte er bedacht, dass das Jugendamt noch gar nichts von ihm wissen konnte.

»Ist denn schon ein Verfahren im Gange?«, fragte er. »Und dieses Ehepaar – was sind das für Leute?«

Ich zögerte, ohne einen triftigen Grund. »Tommy wird es an nichts fehlen.«

»Ach Gott, der Kleine.« Niessen machte ein trauriges Gesicht. Mir war schleierhaft, wo dieser plötzliche Anfall von Sentimentalität herkam. »Ich glaube, Jenny war eine gute Mutter.«

Nel sagte: »Heben Sie sich die Melodramatik für Ihre Beichte bei Ihrer Verlobten auf. Wie viel haben Sie Ihr gezahlt?«

Niessen schaute beleidigt drein. »So um die vierzigtausend Gulden, über die letzten zwei Jahre verteilt. Für das Kind.«

Ich versuchte, ihm in die Augen zu schauen. »Und sie wollte noch mehr?«

Er nickte, widerwillig. »Sie wollte, dass ich ihr helfe, ein anderes Haus zu suchen, am liebsten irgendwo an der Vecht. Das war mir natürlich nicht so ohne weiteres möglich, und da fing sie an, mir Vorwürfe zu machen und mich zu bedrohen. Die Geschichte wurde äußerst unangenehm.«

»Sie brauchte Hilfe«, sagte CyberNel streng.

Er schaute lieber mich an. »Ich dachte, sie würde bestimmt bald in der Firma aufkreuzen, um mir in aller Öffentlichkeit eine Szene zu machen und mich bloßzustellen.«

»Am Mittwoch nach dem Mord zum Beispiel?«

Die Bemerkung erschreckte ihn. »Wieso?«

»Jennifer hatte an diesem Mittwoch eine Verabredung in Amsterdam, deshalb kam die Nachbarin vorbei, um auf Tommy aufzupassen.«

»Ich … Davon weiß ich wirklich nichts.« Er druckste ein wenig herum. An dem Mord war er vielleicht unschuldig, aber irgendetwas anderes bereitete ihm Probleme. Sein Gewissen vielleicht.

»Sie hatten die besten Motive für den Mord an Jennifer«, sagte CyberNel mitleidlos. »Die anderen Kandidaten könnten es aus Rache oder Leidenschaft getan haben, aber für Sie wurde die Sache mit Jennifer zu einer Bedrohung für Ihre gesamte Existenz.«

»Max«, sagte er mit einem verzweifelten Blick zu mir. »Ich habe sie nicht ermordet. Würde ich dich dann etwa engagieren und dir all diese Dinge erzählen?«

Ich antwortete mit einem ruhigen Nicken. »Es wäre nicht das erste Mal, dass jemand so etwas zum Schein tut. Wo warst du in der Nacht zum Mittwoch, den 14. Juni?«

»Zu Hause bei Vredeling. Wir haben mit einem kleinen Abendessen meine Partnerschaft gefeiert und in diesem Rahmen auch Louises und meine Verlobung angekündigt. Gegen Mitternacht sind wir in ihre Wohnung gegangen, und ich habe bei ihr übernachtet.«

Ich schaute ihn nachdenklich an. »Ich kann mir vorstellen, dass dir die Vorstellung, dein zukünftiger Schwiegervater und deine Verlobte müssten als Zeugen dein Alibi bestätigen, Alpträume bereitet.«

Seine Stimme klang plötzlich heiser. »Ich würde mich mit dem Teufel verbünden, um das zu verhindern.«

»Danke«, sagte ich.

Am nächsten Morgen kam Ingrid, um mir Tommy zu zeigen.

»Und, was hast du für einen Eindruck?«, fragte sie, nachdem sie mich fest umarmt und auf den Mund geküsst hatte.

Ich grinste Tommy an. Ingrid sah wieder sehr tugendhaft aus in ihrem beigefarbenen Kostüm, zu dem sie eine Seidenbluse und einen Schal um den Hals trug, sodass man ihre Formen darunter nur erraten konnte. »Wovon?«

»Von Tommy«, sagte sie, als sei das selbstverständlich. »Peter versteht nichts von Kindern, aber du bist doch selbst Vater?«

»Stimmt, ich habe einen Sohn«, gab ich zu. »Woher weißt du das?«

»Du hast es mir erzählt.« Einen Moment lang wirkte sie verunsichert. »Er lebt im Ausland, oder?«

Ich sprach selten über Jeremy und konnte mir nicht vorstellen, dass ich ihn Ingrid gegenüber erwähnt hatte. »Er wohnt in Neuseeland und besitzt dort eine kleine Spielzeugfabrik. Ich habe ihn seit Jahren nicht gesehen, und ich habe wirklich keine Ahnung von Kindern«, sagte ich ausweichend. »Worum geht es?«

»Ob ich Tommy so vorzeigen kann.«

Tommy schlug seine ET-Augen zu mir auf. Sein Blick war unsicher. In seinem nagelneuen Kleinkindanzug, den geputzten Schuhen und mit den gekämmten Haaren sah er frisch gewaschen und ziemlich unglücklich aus. Fußball spielen oder mal rasch über die Straße laufen konnte er damit bestimmt nicht. Ich wollte schon fragen, ob sie wieder zu einer Beerdigung müssten, konnte mich aber noch rechtzeitig bremsen. »Für welchen festlichen Anlass hast du ihn denn so herausgeputzt?«

»Heute Nachmittag kommt eine Dame vom Jugendamt bei uns vorbei.«

Ich vermutete, dass Ingrid völlig falsche Vorstellungen vom Jugendamt hatte, wie so viele Leute, die immer nur Gruselgeschichten von der jeweiligen Verliererpartei zu hören bekommen, wenn es Streitigkeiten wegen des Sorgerechts gibt. »Wegen der Adoption?«

»Ja. Nachdem ich die vorläufige Pflegschaft für ihn übernommen habe, müssen die Untersuchungen innerhalb eines Monats abgeschlossen sein. Es geht um die Frage, ob ich gesund und als Mutter geeignet bin. Warum ich ihn adoptieren will, und ob die Lebensumstände stimmen, all diese Dinge eben.« Ingrid legte eine Hand auf Tommys Köpfchen und lächelte ihn aufmunternd an.

Tommy konnte unserem Gespräch wahrscheinlich nur teilweise folgen, aber trotzdem widerstrebte es mir, vor seinen Ohren über seine Adoption oder womöglich über seinen Vater zu reden. Ich hatte weder Kaninchen noch Spielzeug. Normalerweise bin ich dagegen, dass Kinder tagsüber fernsehen, vor allem, wenn die Sonne scheint, aber im Moment viel mir nichts Besseres ein. »Bestimmt gibt es Zeichentrickfilme im Kinderprogramm«, sagte ich. »Ingrid und ich müssen uns einen Augenblick unterhalten, okay?«

Tommy lächelte mich unsicher an und ließ sich mit seiner kleinen Faust in meiner Hand mitführen. Er reagierte scheu und zurückhaltend, was ja ganz logisch war nach dem Schock durch den Verlust seiner Mutter und all den Veränderungen, die sein kleines Leben durcheinanderbrachten. Ich setzte ihn aufs Sofa. Draußen auf der Terrasse, mit ein paar Zweigen, Kieseln und ganz gewöhnlichen Spatzenfedern wäre er vielleicht genauso zufrieden gewesen. Tommy war ein goldiger Junge, gut erzogen und keine Spur hinterhältig oder berechnend. Er war ein kleines Wunder der Natur. Jennifer mochte eine Kriminelle gewesen sein und hatte vielleicht diesen Dämlack von Niessen erpresst, aber jemand, der ein so herzergreifend liebes Söhnchen zurückließ, konnte nicht durch und durch schlecht gewesen sein. Ihr Haus war ein warmer und freundlicher Ort, ihr ganzes Leben mit Tommy war unkompliziert, warm und freundlich gewesen. Ich konnte mir noch immer nicht vorstellen, welchen Grund jemand dafür gehabt haben konnte, diesem Leben mit einem Brecheisen ein Ende zu setzen.

Ingrid hatte Kaffee nach draußen gebracht und eingeschenkt. Sie gab sich die größte Mühe und machte ein verdattertes, ja verletztes Gesicht, als ich ihr erklärte, dass sie mit Tommys schicken Kleidern und seinen geschniegelten Haaren wirklich zu dick auftrug. »Diese Leute wollen viel lieber einen gesunden Jungen sehen, der im Garten spielt und sich dabei die Hände schmutzig machen darf.«

Ich beobachtete die Krähen in den hohen Pappeln, um die plötzlich in mir aufsteigende Wut über den Mord an

Jennifer zu verbergen. Mir war nicht klar, was Ingrid und Jennifer miteinander verbunden hatte. Vielleicht beruhte ihr Verhältnis lediglich auf gegenseitigem Interesse: Jennifer brauchte manchmal einen Babysitter und Ingrid genoss es, Tommy um sich zu haben.

Ingrid konnte es ja auch nicht ändern. Es war schon allerhand, dass sie den Jungen adoptieren wollte und er nicht in ein Heim oder zu fremden Pflegeeltern musste. »Warum ziehst du ihm nicht einfach ein Spielhöschen an?«, schlug ich etwas milder gestimmt vor. »Das sind Leute wie du und ich, du musst nichts erzwingen.« Ich lehnte mich zu ihr hinüber und tätschelte ihre Hand. »Das Einzige, was die wollen, ist, dass Tommy es dort gut hat, wo er hinkommt. Sie brauchen nur zu sehen, dass das Kind so gesund ist wie ein Fisch im Wasser und dass du ihn heiß und innig liebst. Es gibt überhaupt keinen Grund für ein negatives gerichtliches Gutachten. Vor allem deshalb nicht, weil Jennifers Bruder sich einverstanden erklärt hat, und auch der Vater des Kindes.«

Ingrid hob überrascht den Blick. »Hast du seinen Vater gefunden?«

»Ja. Er ist Rechtsanwalt. Er kennt sich mit der juristischen Lage aus. Er braucht gar nicht in Erscheinung zu treten, da er das Kind sowieso nie anerkannt hat.«

»Bist du sicher, dass er der Vater ist?«

»Kein Zweifel möglich.«

Sie seufzte erleichtert. »Gott sei Dank.«

»Warum?«

»Na ja, ein Rechtsanwalt …« Sie besaß genügend Taktgefühl, um ein klein wenig in Verlegenheit zu geraten.

»Willst du damit sagen, dass er sicher vernünftiges Erbmaterial geliefert hat?«, fragte ich spöttisch.

»Ich bin froh, dass er keinen Anspruch auf Tommy erhebt.«

Ich studierte ihr Gesicht und fragte mich unwillkürlich,

ob ein Kind wirklich besser bei einer Nachbarin als bei seinem leiblichen Vater aufgehoben war. Ich verstand nicht, warum sie sich wegen Tommys Adoption so viele Sorgen machte, es war doch klar, dass ihr niemand Steine in den Weg legen würde. »Er bastelt an seiner Karriere und ist mit der Tochter seines Chefs verlobt, dabei kann er kein illegitimes Kind gebrauchen. Er findet es völlig in Ordnung, dass du Tommy adoptierst.«

»Wie heißt er?«

Ich zögerte. »Er will unter allen Umständen vermeiden, dass sein Name publik wird. Ich glaube allerdings, dass Tommy seinen Namen herausfinden kann, wenn er später einmal wissen möchte, wer sein richtiger Vater ist. Das Gericht kann festlegen, dass du und Peter ihn nicht daran hindern dürft, wenn er jemals die Neigung dazu verspürt. Es kann sogar sein, dass du eine Erklärung unterzeichnen musst.«

Sie machte ein unwilliges Gesicht. »Ist das wirklich nötig?«

»Kinder haben ein Recht darauf, zu wissen, wer ihre leiblichen Eltern sind. Tommy ist kein Findling. Seine Mutter ist tot, aber er hat einen Vater. Hierbei geht es um Tommy, nicht um dich.« Um meine Kritik an ihrem Egoismus etwas abzumildern, machte ich einen Witz daraus: »Wenn du für den Rest deines Lebens geheimhalten willst, dass Tommy nicht dein eigener Sohn ist, musst du sowieso nach Alaska ziehen, und selbst dann wird es immer jemanden geben, der ihm irgendwann eine E-Mail schickt.«

Ingrid brütete eine Weile vor sich hin, aber dann hellte sich ihr Gesichtsausdruck auf, als sei ihr etwas Erleichterndes wie: kommt Zeit, kommt Rat, durch den Kopf geschossen. »Ich würde ihm den Namen schon sagen, falls er je danach fragt.«

»Dann ist, was dich angeht, der Fall ja praktisch gelöst.«

»Stimmt.« Sie zögerte, ein wenig geniert. »Trotzdem hoffe ich, dass du bei der Dame vom Jugendamt ein gutes Wort für mich einlegst, falls sie …«

»Kein Problem.«

Ingrid trank einen Schluck von ihrem kalt gewordenen Kaffee. »Mach sobald wie möglich deine Rechnung für uns fertig.«

»Das hat keine Eile.«

»Doch, du hast deine Aufgabe erledigt, und ich möchte die Sache aus der Welt haben. Bestimmt hast du noch etwas anderes zu tun.« Sie stand auf.

»Stimmt, habe ich. Ich suche den Mörder.«

Ingrid erstarrte plötzlich. »Wie bitte? Und die Polizei?«

»Ich komme schon niemandem in die Quere.«

Sie wirkte ein wenig irritiert. »Und wer hat dich damit beauftragt?«

»Mein Klient könnte in Schwierigkeiten geraten, wenn der Mörder nicht rasch gefunden wird«, antwortete ich ausweichend.

»Und, hast du schon eine Idee?« Sie runzelte die Stirn und fügte rasch hinzu: »Jeroen hat gesagt, dass die Polizei glaubt, es habe etwas mit ihrer Vergangenheit zu tun. Die Mafia vielleicht?«

»Weißt du etwas über ihre Vergangenheit?«

»Nein.« Sie wandte den Blick ab. »Aber wenn Jenny diese Kerle hinter Gitter gebracht hat, wollten die sich vielleicht rächen.« Sie spitzte die Lippen. »Meiner Meinung nach solltest du in dieser Richtung suchen.«

»Oder vielleicht doch im näheren Umkreis?«

Ingrid schüttelte den Kopf, als verstehe sie mich nicht. »Bokhof?«

Ich zuckte mit den Schultern. »Bokhof zieht keinen Nutzen aus Jennifers Tod.«

»Vielleicht hat er es aus Wut getan oder im Affekt, als er sie belästigte und sie schreien wollte?« Sie schaute weg und schüttelte den Kopf. »Ich glaube, dass du in Amsterdam suchen musst.«

Ich hörte, wie drüben ein schweres Fahrzeug anhielt, und dann drangen Geräusche und Stimmen hinter der Hecke hervor. Kurz darauf erschienen Männer in Overalls am Ufer des Wassergrabens, sowohl hinter dem Heuschober als auch hinter meinem Haus. Einige trugen kanariengelbe, wasserdichte Hosen bis an die Hüften und begannen, zwischen den Iris und dem Schilf mit Schlepphaken alte Fahrradräder und mit Schlamm gefüllte Öldosen aus dem Graben zu fischen.

Ingrid schaute ihnen mit großen Augen zu. »Was machen die Leute da?«

»Ich glaube, sie sind auf der Suche nach der Mordwaffe.«

Sie erbleichte. »Oh, mein Gott. Hoffentlich sind sie weg, wenn dieses Weib vom Jugendamt kommt.«

Das Weib vom Jugendamt war offenbar mit den örtlichen Gewohnheiten vertraut, denn sie ging ohne zu zögern um das Haus herum und klopfte an die gläserne Hintertür. Die Leute von der Spurensicherung im Graben waren bereits vor Stunden abgezogen und hatten Schlamm und Müll am Ufer des Wassergrabens zurückgelassen.

»Anniek van Wessel vom Jugendamt in Arnheim«, sagte sie mit kräftiger Stimme und begrüßte mich mit einem energischen Händedruck. Sie machte einen sportlichen Eindruck, hatte einen ausgeprägten Unterkiefer, Sommersprossen, aufmerksame hellbraune Augen und trug eine schlichte Brille.

»Meneer Winter«, sagte sie, nachdem ich sie zu einer Tasse Tee in meiner Küche überredet hatte. »Ich möchte vorausschicken, dass es bei uns nicht üblich ist, mit Nachbarn zu reden oder Zeugen hinzuzuziehen, die keine Experten auf unserem Gebiet sind.«

Ich war mit dem Tee beschäftigt und sah, wie sie sich

umschaute, mit Augen, die es gewohnt waren, zu beobachten. Keine Plätzchen, dachte sie sicher, ein Junggeselle, ein etwas trauriger Mann allein in einem zu großen Haus, es sieht einigermaßen sauber aus, vielleicht, weil er erst seit kurzer Zeit hier wohnt und noch keine Zeit hatte, die Unordnung zu verbreiten, die hier sicher bald herrschen wird.

»Ich helfe gerne«, sagte ich. »Experte oder nicht.«

Sie schaute mich auf meine ironische Bemerkung hin an. »Ein ehemaliger Kripobeamter«, sagte sie. »Das nützt schon etwas. Mevrouw Brack möchte gern, dass wir uns mit Ihnen unterhalten, weil Sie gewisse Dinge bestätigen können ...«

»Habe ich richtig verstanden, dass es mit der Untersuchung eilt?«

Sie setzte sich an meinen weißen Tisch. Ihre Bewegungen waren energisch und effizient. »Ja, das muss sein, weil dem Ehepaar bereits vorläufig die Pflegschaft für das Kind zuerkannt wurde. Mevrouw Brack hat sich glücklicherweise ausgezeichnet vorbereitet, sie hatte das erforderliche Gesundheitszeugnis bereits eingeholt und konnte den Bruder der Verstorbenen dazu bewegen, uns in Arnheim aufzusuchen.«

»Der Bruder braucht einer Adoption doch gar nicht zuzustimmen?«

Sie rührte Zucker in ihren Tee und nickte. »Stimmt. Wir würden ihn als einziges verbliebenes Familienmitglied natürlich immer anhören, aber er hat keinerlei Verpflichtungen, ebensowenig wie der leibliche Vater. Mevrouw Brack erzählte, dass Sie ihn für sie ausfindig gemacht haben, weil sie Angst hatte, dass er sein Kind vielleicht später zurückfordern könnte?«

»Ja, aber die Gefahr ist gleich Null«, antwortete ich. »Dieser Meneer lebt sein eigenes Leben, Karriere, eine Verlobte.« Sie zog eine Augenbraue hoch, und ich sah, wie sie in Gedanken egoistische Männer und ähnliche Klischees heraufbeschwor. Ich verspürte das Bedürfnis, meinen Klienten zu verteidigen. »Es war Jennifers Entscheidung, das Kind zu behalten«, sagte ich. »Der Mann wusste noch nicht einmal, dass sie schwanger war. Sie hat ihn vor vollendete Tatsachen gestellt, aber trotzdem hat er sie finanziell unterstützt und dafür gesorgt, dass sie hierher ziehen konnte.«

Sie nickte und lächelte breit. »Aha, ein Heiliger.«

»Er ist kein Heiliger, entspricht aber auch nicht gewissen feministischen Vorurteilen.«

»Ich habe nichts gesagt«, bemerkte sie spöttisch.

»Ich habe aber gesehen, dass du das gedacht hast.«

Sie nahm ihre Brille ab. »Stimmt«, gab sie zu. Ihre Augen funkelten, und plötzlich sah sie attraktiv aus. »Gegen solche bösen Gedanken kann man sich manchmal einfach nicht wehren, jedenfalls in meinem Beruf.«

Ich erwiderte ihr Grinsen. Wir tauschten den Tee gegen einen kleinen Aperitif, und danach fiel das Reden leichter. »Unsere Untersuchungen sind fast abgeschlossen«, sagte sie, nachdem wir ein wenig geplaudert hatten. »Wir brauchen keine Beweise, auch nicht diesen Brief, den ihr die Mutter des Kindes geschrieben hat. Das Ehepaar ist gesund, die Lebensumstände sind okay, und die beiden sind offensichtlich ganz vernarrt in Tommy, besonders sie …«

»Ingrid.«

»Ja. Wenn ein Kind plötzlich Waise wird und nicht bei Verwandten unterkommt, fragt der Richter nur danach, was für das Kind am besten ist. Beziehungsweise was besser ist, eine Pflegefamilie, ein Waisenhaus, oder die Adoption durch ein Ehepaar, das das Kind lieb hat, schon seit Jahren daran gewöhnt ist, es zu versorgen et cetera.«

Ich hob mein Glas. »Also, Untersuchung abgeschlossen?«

Sie trank nicht mit, sondern fuhr mit den Fingerspitzen über den weißen Kunststoff meines Küchentischs.

»Nicht abgeschlossen?«, fragte ich.

Sie zuckte mit den Schultern. »Ich weiß nicht so recht. Sowas darf man eigentlich gar nicht fragen, schon gar nicht einen Nachbarn.« Sie zögerte erneut und schüttelte den Kopf. »Ich kann dieses Ehepaar einfach noch nicht richtig einschätzen, das ist alles.«

»Und jetzt willst du wissen, was ein altgedienter Kripobeamter darüber denkt?«

Mit einem seitlichen Nicken gab sie es zu.

»Ich bin weder ein Gutachter noch ein Psychiater«, sagte ich leichthin. »Ich kenne die beiden auch kaum. Auf den ersten Blick würde ich sagen, dass er sie anbetet, und sie die Hosen anhat.« Ich schwieg, weil ich plötzlich an Ingrid dachte, in meinem roten Bademantel, hier in dieser Küche. Warum? Die Frau, die jetzt hier saß, schaute mich forschend an, und beinahe wäre ich errötet.

»Mehr nicht?«, fragte sie.

»Tommy wird es sehr gut haben«, sagte ich.

»Ich höre ein vages Zögern.«

Sie hatte Recht, auch was dieses Vage betraf, denn ich wusste nicht, wo mein Zögern herrührte. »Ich habe den Eindruck, dass Ingrid besessen von dieser Adoption ist«, sagte ich. »Vielleicht ist das normal, das müsstest du besser wissen als ich. Es wird sich schon legen, wenn ihr mit eurer Untersuchung fertig seid und der Richter sein Urteil gefällt hat. Wie lange wird das noch dauern?«

»Das kann schnell gehen«, sagte sie. »Wir sind praktisch fertig. Wenn es bei Gericht nicht zu viele Verzögerungen gibt …« Sie war mit ihren Gedanken nicht bei dem Verfahren. »Vielleicht liegt es daran«, sagte sie und nickte. »Diese Besessenheit. Und eine Art Angst?«

»Angst?«, fragte ich.

»Das plötzlich etwas dazwischen kommen könnte?«

Ich zuckte mit den Schultern. »Aber dazu besteht doch gar kein Grund.«

»Nein. Alles sieht gut aus. Der Richter hält sich normalerweise an unsere Empfehlung, und die wird positiv ausfallen.«

»Diesen Schluss muss Ingrid doch auch selbst ziehen können«, sagte ich. »Sie weiß, was verlangt wird, und dass sie alle Voraussetzungen erfüllt. Warum sollte sie sich also Sorgen machen?«

Wieder zuckte sie mit den Schultern, dachte nach und sagte dann: »Sie ist so nervös wie eine Schwimmerin, die weiß, dass ihr Schiff noch kurz vor dem Ziel sinken kann.«

Ich lehnte mich begeistert zu ihr hinüber, schenkte ihr nach und sagte: »Ich kann Frauen einfach nicht widerstehen, die ihre Metaphern verhauen.«

9

Allein heißt nun mal allein. Nachts in einem Haus allein zu sein, das man kaum kennt, ist ein wenig ungemütlich, sogar für einen erfahrenen Expolizisten. Irgendwelche Gegenstände machen komische Geräusche und knarren verdächtig, obwohl sie einfach nur abkühlen, wenn nachts die Temperatur sinkt. Es spielt sich im Kopf ab. Hand in Hand mit einem geliebten Menschen hat das Dunkel nichts Furcht erregendes, aber wer mutterseelenallein durch die Nacht wandert, wird garantiert nervös vor sich hin pfeifen.

Da hörte ich das Geräusch wieder. Leises Rascheln, als würde sich eine in Segeltuch gehüllte Katze an der Backsteinaußenwand scheuern. Die Fensterläden standen offen, waren aber mit Haken befestigt. Es war absolut windstill; ich hörte kein Blätterrauschen oder Ästeknacken durch das Fenster, das einen Spalt offen stand. Dann hörte ich gar nichts mehr, weder drinnen noch draußen. Es war nur noch dunkel. Eine mondlose Nacht.

Ich schaltete die Leselampe ein, um auf den Wecker zu schauen. Halb zwei. Da ich nach eins tief und fest schlafe, war das der ungünstigste Moment, geweckt zu werden. Kein normaler Mensch wird nach so kurzer Schlafenszeit von selbst wach.

Ich schaltete das Licht aus und blieb still auf dem Rücken liegen, um mein elendes Katergefühl zu überwinden und zu horchen. Die Stille fühlte sich nicht gut an. Ich schwang meine Füße aus dem Bett und tastete im Dunkeln nach meinen Pantoffeln.

Ich ließ meine Pistole in ihrem Versteck oben in meinem Kleiderschrank. Ich bin hier auf dem Land, dachte ich. Wenn irgendeine Rotznase meinen Computer klauen will, kann ich den ja wohl noch mit bloßen Händen aus meinem Haus rausschmeißen. Ich öffnete geräuschlos die Tür und schlich im Dunkeln die verschiedenen Ebenen abenteuerlichen Wohnens hinunter. Sechs Stufen, nochmal drei Stufen und dann der kurze Flur zum Wohnzimmer.

Ich blieb auf den letzten, gefliesten Stufen stehen. Ich hörte nichts. Ich tastete nach dem Lichtschalter. Doch irgendjemand kam mir zuvor, an einem anderen Schalter, und das Licht ging plötzlich an. In Bruchteilen von Sekunden, halb geblendet, sah ich einen Mann mit der Hand auf dem Schalter neben der hinteren Glastür stehen. Ich nahm auch den Knüppel bewusst wahr, ich spürte ihn, hörte das Sausen oder das Rascheln von Kleidung, aber ich war noch zu verschlafen, um angemessen reagieren zu können. Ein anderer Mann musste direkt neben mir gestanden haben.

Der Schlag traf hart meinen Schädel, und ich fiel nach vorn. Der Name Gürbüz schoss mir durch den Kopf, doch ich war schon bewusstlos, bevor ich unten an der Treppe aufschlug.

Ich dachte, ich sei tot. Es war stockdunkel, ich spürte nichts. Das konnte nur der Tod sein. Dunkel und sonst nichts. Kein Himmel, geschweige denn Tunnel, an dessen Ende winkende Verwandte auf saftigen, überirdisch grünen Wiesen warteten.

Dann überwältigte der Schmerz meinen Kopf und meinen ganzen Körper, Krämpfe in meinen Gliedmaßen, brennende Muskeln. Kurz darauf begann der Tod nach Seilereien, Eisenwarengeschäften und Tankstellen zu riechen. Ich versuchte, den Kopf zu bewegen, um den Schmerz in meinem Nacken zu lindern. Meine linke Hand lag eingeklemmt unter meiner Hüfte, die andere spürte ich nicht, oder der Schmerz darin verblasste zu einem Nichts im Vergleich zu dem Krampf in meinen

Knien, die in einer Art lächerlicher Fötushaltung bis fast an mein Kinn angezogen waren. Ich hörte Brummen und Zischen. Meine freie Hand berührte Metall. Ich lag in einer Metallkiste. Die Geräusche waren nicht in meinem Kopf, sondern stammten von Reifen auf Asphalt und dem Brummen eines Motors.

Mein Gehirn begann, an einer Überlebensstrategie zu arbeiten, in kleinen Schritten. Ich war nicht gefesselt, ich war einfach hinten in einen Kofferraum gepfropft worden, und wir waren unterwegs. Ich zog meine eingeklemmte Hand unter mir hervor; sie scheuerte an rauer Teppichverkleidung entlang. Ich wurstelte die andere Hand hoch an meinen Kopf und betastete meinen Schädel. Keine Knochensplitter, allerdings dumpfer Schmerz und klebriges Blut in meinen Haaren. Ich friemelte beide Hände nach unten und rieb mir über die schmerzenden Knie. Ich trug meinen Schlafanzug. Meine Füße spürte ich nicht, aber ich machte kleine Bewegungen, und meine Waden begannen zu kribbeln, als das Blut sich seinen Weg zurück in die abgeschnürten Körperteile bahnte.

Die Luft war stickig und feucht, aber es drang genügend Sauerstoff hinein, um nicht zu ersticken. Ich tastete über die Innenseite des Kofferraumdeckels, folgte den Metallrippen und fühlte die Verdickung des Schlosses dicht über dem Rand der Kofferraumunterkante. Das Schloss war ein Rechteck aus kleinen Metallfächern und runden Formen, einem Knubbel und der Verbindungsfuge zwischen Kofferraum und Deckel, hermetisch verschlossen.

Ich hatte irgendwann mal Yoga gemacht und versuchte, mich mithilfe von Atemübungen zu entspannen.

Viel nutzte es nicht.

Ich sank verkrampft und steif in mich zusammen, als sie mich rausholten. Es war düster, und der Ort hätte überall sein können. Eine Art offener Platz, dunkler Backstein, einige hohl klingende Stufen, der Lichtkreis einer Taschenlampe auf einer Tür. Zwei Männer versuchten, mich auf die Füße zu stellen, und schleppten mich, als das nicht allzu gut funktionierte, einfach zwischen sich mit. Ich hörte das Geräusch kleiner Räder auf Schienen, vielleicht von einem Tor, das geschlossen wurde. Die Lichter der Autoscheinwerfer verschwanden. Sie trugen mich durch einen kurzen Gang und brachten mich irgendwo hinein. Sie ließen mich fallen. Die Tür ging zu.

Mein Pyjama war feucht und fühlte sich schmutzig an. Er stank nach Öl. Ich wusste nicht, wo die Feuchtigkeit herkam; ich hatte nicht in die Hose gemacht und es war eine trockene Sommernacht. Kondensflüssigkeit vielleicht, durch das Atmen im Kofferraum. Einer meiner Pantoffeln war an meinem Fuß stecken geblieben. Es fiel mir schwer, nachzudenken. Ich spürte einen filzartigen Teppichboden. Mühsam setzte ich mich auf eine Pobacke und stützte mich mit einer Hand ab. Davon wurde mir schwindelig und ich sank wieder zurück. Es war dunkel. Ich erkannte nur düstere Umrisse. Hier war es besser als im Kofferraum, die Luft war frischer. Ich wurde ohnmächtig oder schlief ein.

Ich wusste nicht, wo ich war.

Die Kopfschmerzen dröhnten noch in meinem Schädel. Ich sah ein graues Feld aus Teppichboden und ein Doppelbett, ordentlich bezogen und gemacht, mit blütenweißer Bettwäsche und frischen Kissen auf einer dünnen Sommerdecke. Ich verstand nicht sofort, warum ich auf dem Fußboden lag und nicht in dem Bett. Ich blickte an eine cremefarbene Decke, von indirekter Beleuchtung ringsum erhellt, und sah einen Durchgang zu einem gefliesten Bad. Offensichtlich war das hier ein Hotelzimmer. Ich bewegte meinen Kopf und hörte die Stimme einer Frau.

»Endlich sind Sie wach. Wie heißen Sie?«

Ich blinzelte mit den Augen und richtete mich zum Sitzen auf. Ich stöhnte leise und war inzwischen wach genug, um festzustellen, dass meine Schlafanzughose verdreht saß, aber jedenfalls meine edlen Teile bedeckte. Ich starrte eine Frau in einem niedrigen Sessel an. Sie schien um die dreißig zu sein, trug eine Art himmelblauen Pyjama und hatte ein ovales, nicht unattraktives Gesicht. Ihr dunkelblondes, gepflegtes Haar wurde von einem Kamm zusammengehalten, unter dem sich glänzende Locken hervorkringelten.

»Haben Sie Kopfschmerzen?«, fragte sie. »Wie heißen Sie?«

»Was soll dieser Unsinn?«, fragte ich.

»Ich bin Cassie«, sagte sie versöhnlich. »Ich habe Sie erst mal auf dem Boden liegen gelassen, ich dachte, Sie möchten vielleicht zuerst duschen und dann frühstücken. Mögen Sie Ihr Ei weich gekocht?«

»Einer von uns beiden hat ein weich gekochtes Gehirn«, erwiderte ich. »Und ich bin es nicht. Wenn ihr noch nicht mal meinen Namen wisst, dann tut mir einen Gefallen und entführt beim nächsten Mal meinen Nachbarn.«

»Ich bin nur dazu da, für Sie zu sorgen.« Geschmeidig stand Cassie aus ihrem Stuhl auf, streckte die Hand nach meinem Kopf aus und tastete um die Beule herum. »Tut das weh?«

»Ja.«

»Wie viele Finger sehen Sie?«

Meine Schätzung, dass sie mir drei Finger vor die Nase hielt, stellte sie sichtlich zufrieden. »Höchstens eine leichte Gehirnerschütterung. Ich habe Aspirin. Können Sie aufstehen? Wie heißen Sie?«

Sie zog mich hoch und ich merkte, dass sie kräftige Arme hatte. Sie mochte alle Tricks in Karate und Kung-Fu kennen, aber vorläufig war ich nicht in der Lage, das

165

zu testen. Ich schaute mich um und sah, dass dieses Hotelzimmer keine Fenster besaß. Mir brummte der Schädel. Ich wollte nichts lieber als eine Dusche.

Ich verlor meinen zweiten Pantoffel und sah, dass Cassie ihn aufhob. Ich blieb in der Öffnung zum Badezimmer stehen. Es gab eine Duschkabine, ein Waschbecken, eine Toilette – das Einzige, was fehlte, war Privatsphäre. Ich hielt meine Hose vorne zusammen und drehte mich um. »Mein Name ist Max. Und duschen kann ich durchaus allein.«

»Ich tue alles, was du willst. Darf ich du sagen?«

»Willst du ihn vielleicht festhalten, wenn ich pinkle?«, fragte ich gereizt.

Sie lächelte, und ich drehte mich um. Du kannst mich mal, dachte ich, pinkelte, ließ meinen Schlafanzug auf den gefliesten Fußboden gleiten und stieg in die Dusche. Fast sofort kam warmes Wasser: der Boiler musste ganz in der Nähe sein, praktisch auf der anderen Seite der Wand. Vielleicht befanden wir uns im Keller, doch ich konnte mich an keine Treppe nach unten erinnern.

Seife war vorhanden. Das Wasser linderte den Schmerz in meinen Gliedmaßen, es war eine Wohltat. Vorsichtig hielt ich den Kopf unter den Wasserstrahl und blieb minutenlang so stehen. Cassie hatte Recht: erst eine Dusche, dann ein Frühstück.

Mein Pyjama war verschwunden und ich entdeckte keine Spur von Cassie, als ich mit einem Handtuch um die Hüfte aus der Dusche kam. Ich suchte nach irgendetwas zum Anziehen, doch es gab nichts. Eine weiße Plastikkonsole mit Handtüchern im Badezimmer, ein eingebauter, nicht besonders tiefer Schrank mit zwei leeren, lackierten Brettern. Ein kleiner, quadratischer Tisch, zwei Stühle mit geraden Lehnen, ein niedriger Sessel, das Bett, das ganze auf Filzteppichboden.

Ich hielt meine Hand unter ein Gitter an der Decke

und fühlte einen frischen Luftzug. Die Tür war glatt, fast fugenlos; falls es ein Schloss gab, befand es sich an der Außenseite. Auf dieser Seite gab es nur einen runden Knopf, der sich nicht drehen ließ.

Ich stand neben der Tür, als sie aufging. Ich sah Cassie und eine Person hinter ihr. Jetzt, dachte ich, sofort, die glauben, du wärst noch schachmatt. Man soll nie damit warten. Ich dachte all diese Dinge nicht bewusst, es war wie ein Reflex. Am Anfang hat man die besten Chancen, sagt die Statistik.

Ich packte die Tür und riss sie zu mir hin. Doch niemand war so dumm, sich daran festzuhalten und hineinzutaumeln. Ich fühlte Cassies Hand auf meiner Schulter. Ein Mann mit Karnevalsmaske trat in die Tür, legte das dicke Ende eines Baseballschlägers, an das sich mein Schädel noch erinnerte, auf meine Brust und stieß mich kräftig nach hinten. Ich stolperte gegen Cassie, fasste sie mit beiden Händen um den Hals und schwenkte sie grob herum, so dass sie zwischen mir und dem Kerl mit dem Baseballschläger stand.

»Lass den Schläger fallen und geh zurück«, schrie ich. »Sonst muss sie dran glauben!«

Ich hörte, wie der Mann hinter der Maske ein höhnisches und absolut gleichgültiges Geräusch ausstieß, und dann schlug er einfach die Tür vor meiner Nase zu.

Cassie lehnte schlaff an mir, ohne sich zu wehren. Sie mochte die Kampfgriffe der Ninja beherrschen, doch sie klopfte mir nur zweimal mit dem Finger auf die Hand, wie ein Sparringpartner, der sich geschlagen gibt. Ich ließ ihren Hals los. Meine Demonstration hatte wenig Sinn, solange sich hier niemand um das Opfer beziehungsweise die Geisel scherte.

Cassie rieb sich über den Hals, räusperte sich und sagte mit fast wieder normaler Stimme: »Ich bin denen egal. Für dich ist es nur langweiliger ohne mich.«

»Es tut mir Leid«, sagte ich.

»Schon vergessen.« Sie bückte sich, um die Basttasche aufzuheben, die sie bei meiner Würgeattacke hatte fallen lassen. Sie holte ein Paar Pantoffeln heraus und dazu einen Schlafanzug in demselben dünnen Stoff wie ihrer, allerdings in leuchtendem Orange.

Ich hielt die Jacke hoch. »Nicht wirklich meine Farbe.«

Cassie ging zur Wand neben der Tür und drückte auf einen Knopf, der mir nicht aufgefallen war. Eine kleine Luke ging einen Spalt auf. Cassie öffnete sie ganz, reichte hinein und trug ein Tablett zum Tisch. Ich ging rasch zu der Luke hinüber und blickte in eine etwa einen halben Meter tiefe Durchreiche, deren andere Seite mit einer Klappe aus rostfreiem Stahl verschlossen war.

»Dein Tee wird kalt«, sagte Cassie, schob mich sanft zur Seite und schloss die Luke.

Ich unterdrückte meine Wut. »Warum bin ich hier?«

»Das weiß ich nicht«, antwortete Cassie.

»Pantoffeln in allen Größen? Ist das ein Entführungsbetrieb?«

»Die Gäste erzählen mir wenig beziehungsweise gar nichts.«

»Und der Chef?«

»Manchmal bekommen sie andere Kleidung.«

Ich ging ins Bad, um meinen neuen Pyjama anzuziehen. Cassie schenkte Tee ein, als ich zurückkam. Es waren zwei Tassen vorhanden, der Rest des Frühstücks schien nur für eine Person bestimmt zu sein. Die Tassen sahen aus wie aus Porzellan, waren aber aus Plastik, ebenso wie der Becher für den Orangensaft. Die Sandwiches waren fertig zubereitet, diagonal durchgeschnitten und mit Schinken und Käse belegt. Ich brauchte kein Messer zu benutzen, nur zu essen. »Ist bei dir Kost und Logis nicht inklusive?«

»Ich habe schon gegessen.«

»Machst du diese Art von Arbeit öfter?«

»Man verdient gut dabei.«

Ich biss in ein Sandwich mit Käse. Ich merkte, dass ich Hunger hatte. Alles war sorgfältig angerichtet, mit Gurkenscheibchen, Tomate, ein wenig Gartenkresse. »Und wer bezahlt dich?«

»Ich weiß nicht, wie er heißt.«

Das war natürlich gelogen, aber es hatte wenig Sinn, die Atmosphäre durch Streitereien und Unter-Druck-setzen zu verderben. Ich aß und fragte mich dabei, ob der Koch die Mahlzeiten womöglich mit Schlafmitteln versetzte, um die Gäste ruhig zu halten, wie in Heimen für alte Männer, die dazu neigen, auf den Fluren die Schwestern zu belästigen. Aber ich war hungrig, und Schlaf würde mir gut tun, solange es nicht der ewige war. »Wie sieht dein Chef aus?«

Cassie schüttelte den Kopf. »Ich bin deine Gastgeberin, das ist alles.«

»Wie bist du an diesen Job gekommen?«

Sie zögerte einen Augenblick. »Über einen Escortservice.«

Keine Ninja, sondern ein Callgirl, das gleichzeitig als Serviererin fungierte. »Und was machst du morgen?«

»Morgen?«

Ich antwortete mit einer vagen Geste. »Ist die Zukunft ein zu schwieriger Begriff für Callgirls?«

Sie zog vor Verwirrung die Nase kraus. Sie hatte eine hübsche Nase. »Meinst du hiernach?«

»Wartest du darauf, dass der Mann deines Lebens auftaucht, oder verdienst du genug, um dir demnächst ein Haus mit Swimmingpool an der Riviera kaufen zu können? Arbeitest du ausschließlich in diesem Hotel?«

»Du versuchst, mich auszuhorchen«, stellte sie fest.

Ich seufzte. »Wie lange soll das hier noch dauern?«

»Die sorgen dafür, dass du die meiste Zeit schläfst.«

»Und du?«

»Ich habe es nicht eilig, ich werde pro Tag bezahlt.«

Wieder zauberte Cassie ein Lächeln auf ihr Gesicht, und es wirkte fröhlicher als ein reines Berufslächeln. Wahrscheinlich glaubte sie, dass es mit der körperlichen Gewalt jetzt vorbei sei und sie ungestört ihre Aufgabe in Angriff nehmen konnte, bei der sie mit wenig Arbeit viel Geld verdiente.

So schnell würde ich hier also nicht rauskommen. Ich hatte genügend Zeit, um darüber nachzugrübeln, wer mich entführt hatte und warum. Ich dachte an Gürbüz und an Harry die Rübe, der in erster Linie infrage zu kommen schien. Mir war nur schleierhaft, warum mich Harry in einer Luxusumgebung, wenn auch ohne Farbfernsehen im Zimmer, festsetzen sollte, anstatt mich irgendwo zwischen den Betonfundamenten für die neue Zugstrecke durch die Betuwe abzuladen. Ich konnte mir kaum vorstellen, dass Gürbüz ein gutes Wort für mich eingelegt hatte. Diese Art der Haft wies darauf hin, dass mich jemand nicht für so gefährlich hielt, dass ich gleich umgebracht werden musste, aber immerhin für gefährlich genug, um mich für eine gewisse Zeit aus dem Verkehr zu ziehen.

Drei Stunden nach dem Mittagessen servierte man mir ein leichtes, aber gesundes Abendessen mit Perlhuhnfilet, Reis und pfannengerührtem Gemüse, dazu eine Plastikkaraffe mit wohl schmeckendem Rotwein. Diesmal hatte man auch Cassie beim Essen eingeplant.

Die Zeit zieht sich dahin, wenn man in einem Hotelzimmer eingesperrt sitzt, selbst wenn einem ein attraktives Callgirl Gesellschaft leistet. Ich fuhr noch eine Weile fort, Cassie auszuhorchen, wurde dadurch jedoch kein bisschen schlauer. Sie behauptete, sie werde hin und wieder engagiert, um Gästen als Gesellschafterin zu dienen, die selten etwas sagten und niemals Fragen stellten. Ich war bisher der Einzige, der das tat. Sie ließ sich auch zu der Bemerkung hinreißen, dass ich der Erste war, für den das Personal Masken trug, was sie einigermaßen amüsierte. Andere Informationen über meine Bewacher oder den Ort, an dem wir uns befanden, gab sie nicht preis, doch nach und nach gewann ich die Überzeugung, dass normale Gäste sich hier freiwillig aufhielten und ich der Einzige war, der hier gefangen gehalten wurde.

In diesem Fall war meine Unterkunft vermutlich nicht als Gefängnis konzipiert. Eine Übergangsunterkunft? Ein Versteck?

Nachdem das Gespräch versandet und das schmutzige Geschirr durch die Luke abgeholt worden war, blieb Cassie stundenlang einladend auf einer Hälfte des Doppelbettes liegen, wohl für den Fall, dass ich von Langeweile übermannt würde. Doch ich dachte nicht so sehr an Sex als vielmehr an Methoden, wie ich hier ohne Schaden zu nehmen hinauskommen konnte. Als Cassie eingeschlafen war, durchsuchte ich mein Gefängnis.

Es gab nichts, das ich für eine Flucht oder als Waffe hätte gebrauchen können, so dumm waren die nicht. Ein Plastikbecher auf der Ablage über dem Waschbecken, Handtücher, die man hätte aneinander knoten können, um sich aus einem Fenster abzuseilen, wenn es eines gegeben hätte, ein Stück Seife, eine Rolle Toilettenpapier: viel mehr war im Bad nicht zu holen. Im Zimmer selbst gab es noch weniger, nicht einmal Kleiderbügel.

Ich legte mich auf meine Betthälfte und spähte durch die Wimpern hindurch zu Cassie hinüber, die anziehend aussah in ihrem blauen Pyjama, dessen Jacke zur Hälfte offen stand, um zu demonstrieren, dass sie nur wenig darunter trug. Der Effekt wurde jedoch ein wenig durch ihren Mund verdorben, der, weil sie auf dem Rücken lag, halb aufgegangen war. Mir war natürlich klar, dass sie mehr war als nur eine Gesellschafterin; sie behielt mich auch im Auge und machte es zum Beispiel schwierig, mit dem Graben eines Tunnel anzufangen

Als ich meine Augen wieder aufschlug, war sie weg. Kein Mädchen für Tag und Nacht.

Es hätte ebensogut Mitternacht wie der nächste Tag sein können. Am Licht hatte sich nichts verändert; immer noch strahlte ein indirekter, hellgelber Schein hinter Leisten an der Decke hervor. Vielleicht hatte mich der Sauerstoffmangel geweckt, ich konnte mit geschlossenen Fenstern nie richtig schlafen, geschweige denn ganz ohne Fenster. Ich ging ins Badezimmer, pulte mit zwei Fingern Stückchen der Papphülse aus der Toilettenpapierrolle und steckte sie in den Mund.

Jetzt wo Cassie nicht mehr da war, konnte ich auch das Bett durchsuchen. Ich fand nichts. Es gab hier nichts zu finden, und raus kam man nur durch die Tür oder die Klappe in der Wand. Die Tür würden sie nicht für mich öffnen. Ich ging hinüber zur Wand und drückte auf den Knopf neben der Luke zur Durchreiche.

Die Stimme kam, genau wie das Licht, unter den Leisten an der Decke hervor. »Ja?«

›Fragen kostet nichts‹ ist einer meiner Lieblingssprüche. »Einen Whisky, bitte«, sagte ich. »Mit Eis.«

Roomservice war offenbar inbegriffen. Ich stand neben der Luke, als ich das Klicken hörte und die kleine Tür einen Spalt aufsprang. Ich zog sie weiter auf, nahm die klebrige Klorollenpappkugel aus dem Mund und drückte sie, während ich mit der linken Hand das Whiskyglas aus Plastik aus dem Schacht nahm, mit der rechten Hand in die Öffnung vor dem Federverschluss in der Seitenwand.

Ich drückte die Luke mit dem Ellenbogen achtlos zu, drehte mich um und probierte einen Schluck von dem Drink. Ich hörte kein Klicken; vielleicht klappte es und die Pappe verhinderte, dass die Lippe des Schlosses in der Öffnung einrastete.

Ich lehnte mich ans Kopfende des Bettes und trank meinen Whisky. Ich hatte nirgendwo eine Kamera gesehen. Das musste natürlich nichts heißen, aber Kameras wären tatsächlich überflüssig, wenn es sich um ein Übergangsquartier handelte, in dem die Gäste sich normalerweise freiwillig aufhielten.

Ich wusste nicht, wie spät es war und wie lange ich würde warten müssen. Wenn es acht Uhr abends war, saßen sie alle vor dem Fernseher und guckten die Nachrichten. War es zwei Uhr nachts, lagen sie vielleicht alle im Bett, bis auf den einen Nachtwächter vom Dienst.

Ich schob meine Fingernägel hinter den Rand der Luke und zog die Tür auf. Es gab kein Geräusch, aber trotzdem wartete ich einen Augenblick.

Nichts geschah. Die Luke befand sich in Brusthöhe, und ich schob einen Stuhl davor, um hineinzukomen. Ich arbeitete mich mit den Schultern nach vorn, bis mein Kopf das Metall auf der anderen Seite berührte. Es war eine Klappe, genau wie auf der Zimmerseite, allerdings ohne Schloss. Sie öffnete sich einen Spalt, als ich dagegen drückte. Mir wurde immer klarer, dass sämtliche Maßnahmen, wie etwa das Fehlen von Fenstern, nicht dazu gedacht waren, die Gäste einzusperren, sondern um zu verhindern, dass man sie von draußen bemerkte.

Ich hörte ein leises Rauschen und sah flackerndes Licht, als ich die Klappe weiter öffnete. Genau gegenüber von mir stand ein Fernseher, dessen Lautstärke fast auf Null gestellt war. Ich schaute hinunter und entdeckte in einem Sessel direkt unter mir einen Mann, der verschlafen den Blick zur sich öffnenden Luke hob und allmählich wach wurde.

Mir wurde ein wenig schwindelig, vielleicht aufgrund meiner Position, und ich wurstelte mich so schnell wie möglich wie ein Aal nach vorn und ließ mich mit ausgestreckten Händen auf den Mann fallen. Er stieß einen Schrei aus und versuchte, mich von sich abzuschütteln, aber ich begrub ihn unter meinem Körper. Bevor er anfangen konnte zu schreien, bekam ich seinen Hals zu fassen, und wir taumelten alle beide aus seinem Sessel nach vorn.

Ich hielt ihn fest, konnte eine Hand befreien und versetzte ihm einen Faustschlag an die Schläfe. Der Mann erschlaffte, und ich blieb erschöpft auf ihm liegen.

Ich schüttelte den Kopf, um mein Schwindelgefühl loszuwerden, richtete mich auf und kniete mich neben meinen Bewacher. Der Mann war Mitte fünfzig, hatte ein bleiches, schmales Gesicht und trug einen verknitterten, grauen Anzug. Er sah nicht aus wie ein Gangster. Er hatte weder eine Waffe noch eine Brieftasche bei sich. Vielleicht war die irgendwo in einer Jacke. Während ich mich umschaute, merkte ich, wie der Schwindel stärker wurde, warum, verstand ich nicht. Mein Bewacher begann zu stöhnen und den Kopf zu bewegen.

Irgendwas war in dem Whisky gewesen, begriff ich. Sie sorgen dafür, dass man die meiste Zeit schläft. Es wirkte viel zu schnell, ich schwankte. Es war ein Gefühl, als sei ich durch extremen Schlafmangel völlig ausgebrannt. Mein Körper schrie nach Schlaf.

Ich hatte keine Zeit, nach Waffen zu suchen oder Informationen zu sammeln. Ich musste hier weg, bevor es mich umhaute.

Ich sah eine Tür und ging hin. Ich torkelte durch einen Raum, dessen Wände und Fußboden um mich herum Wellen schlugen. Ich spürte kühlere Luft, trat einen Schritt nach vorn ins Leere und fiel nach unten.

Bevor ich wusste, wie mir geschah, zwitscherten Vögel in meinen Ohren, blendete mich Tageslicht und jemand fing an zu rufen, von weit her und aus der Nähe zugleich: »He! Hallo! Was machen Sie denn hier? Wer sind Sie?«

Ich versuchte, etwas zu sagen, aber meine Zunge war geschwollen und meine Kehle ausgetrocknet.

»Ein Betrunkener«, sagte ein Mann.

»Im Schlafanzug?« Das war eine Frau.

Ich öffnete die Augen, sah ein Schild mit der Aufschrift EINGANG BÜROS und dann zwei Beine in Nylonstrümpfen, die mir die Sicht versperrten.

»Hallo? Können Sie mich verstehen?« Sie hatte eine beruhigende Altstimme und hübsche Waden unter einem dunklen Rock, der an die Uniform einer Stewardess erinnerte.

Ich blinzelte mit den Augen. Die Sonne stand tief hinter ihr und verlieh ihr die Aureole eines Engels. Röchelnd brachte ich ein paar Geräusche hervor und nannte meinen Namen.

»Winter?«, verstand sie.

»Dann wäre er aber in seinem Schlafanzug erfroren«, sagte der Mann in dem Versuch, witzig zu sein.

Der Engel hockte sich neben mich. Sie hatte ein apfelförmiges Gesicht, umrahmt von einem Kranz roter Locken, doch sie wirkte unsicher, als versuche sie herauszufinden, ob ich ein Betrunkener in einem verschmierten, aber leuchtenden Karnevalsorange war, der sich vollgekotzt hatte, oder ein unschuldiges Opfer von Amnesie, Verbrechen oder Wahnsinn.

Sie roch kein Erbrochenes, höchstens getrocknetes Blut. Eigentlich hätte kein Blut mehr dasein dürfen, doch ich fühlte mich, als wäre ich erneut in einem Kofferraum unterwegs gewesen und danach gegen Metallpfähle geprallt und in Stacheldraht geraten, um den Rekord im Hindernisrennen zu brechen. Ich hatte einen Geschmack nach totem Iltis im Mund und wagte es kaum, die Lippen zu öffnen, aus Angst, den Engel zu vertreiben.

»Wo bin ich?«

Sie berührte meinen Kopf. »Im Industriegebiet«, sagte sie, in der provinziellen Annahme, ihre Stadt sei die einzige auf der ganzen Welt und der Name eine überflüssige Information. Ihre Locken wippten zur Seite. »Rik, hilf mir mal, wir bringen ihn rein.«

»Da wird sich der Chef aber freuen«, sagte der Mann. »Ruf doch einfach einen Krankenwagen.« Es klang wie: Sowas fasse ich doch nicht an!

»Mir geht's schon wieder besser«, murmelte ich. »Wenn ich nur ...«

Mein roter Engel wurde wütend. »Der Chef kann mich mal! Jetzt stell dich nicht so an, Rik! Gerard!« Ihre Beine streckten sich. Ich bewegte den Kopf. Das Sonnenlicht war zu grell. Aber ich würde es wohl überleben. Ich hatte mir nichts gebrochen, es war nur mein Kopf. Das kam vom Whisky.

Die Männer halfen mir auf, wobei der Neuankömmling sich weniger Sorgen um Schmutz oder Blut machte als Rik, der mich so weit wie möglich von sich weg hielt. Zum EINGANG BÜROS, durch einen Flur und in die Toilettenräume.

Der Schwindel ebbte allmählich ab. Ich hielt mich an einem Waschbecken fest. Gerard drehte einen Hahn auf, Rik brachte mir einen Hocker. Ich ließ mich vorsichtig darauf sinken, beugte mich über das Waschbecken und hielt eine Hand unter das Wasser. Es war kalt. Ich spritzte mein Gesicht ab. Gerard hielt eine Hand auf meine Schulter gelegt. Die Beule auf meinem Kopf brannte unter dem kalten Wasser. Rik reichte mir Papierhandtücher aus einem Automaten, und Gerard verschwand. Ich fing an vor Kälte zu zittern.

Im Spiegel sah ich einen jungen Mann mit roten Wangen hereinkommen, der einen Erste-Hilfe-Kasten bei sich trug. »Was ist denn passiert?«

»Was Falsches gegessen oder getrunken«, sagte ich.

Gerard dachte, ich wollte ihn auf den Arm nehmen. »Du bist doch nicht im Schlafanzug hier gelandet, weil du was Falsches gegessen oder getrunken hast.«

Ich nahm ihm ein Handtuch aus der Hand und schaute ihn beschwichtigend an. »Ich weiß es wirklich nicht. Ich kann mich an nichts mehr erinnern. Wo sind wir hier?« Ich tupfte mein Gesicht ab. Das Papier weichte auf und zerriss.

Gerard schaute mich weiterhin ungläubig an. »In Maarssenbroek.«

Maarssenbroek, an der Autobahn nach Amsterdam? »Was für eine Firma ist das?«

Der Mann mit den roten Wangen gab mir ein paar Aspirin zu schlucken. »Das hier ist die Firma Softy. Wie der Name schon sagt, entwickeln wir Software.«

Jemand klopfte an die Tür, und der Engel schaute herein. »Darf ich reinkommen?« Sie hatte einen alten Regenmantel bei sich. »Schuhe konnten wir leider nicht auftreiben. Geht es Ihnen besser?« Sie lächelte fröhlich. »Hallo, ich bin Irma Verelst.«

»Es ist nichts Ernstes«, erklärte der Erste-Hilfe-Mann.

»Ich bin Max Winter. Aus Rumpt.«

»Und wie bist du hierher geraten?«

»Ich habe einen Schlag auf den Kopf gekriegt, und danach kann ich mich an nichts mehr erinnern.«

Unter den roten Locken legte sich ihre Stirn in Falten. »Sollen wir die Polizei rufen?«

Ich schüttelte den Kopf.

»Rumpt?« Gerard half mir in den Regenmantel, unter dem meine nackten Füße hervorschauten. »Wo liegt das?«

»In der Nähe von Geldermalsen.«

»Soll dich jemand nach Hause bringen?«, fragte Irma.

»Ich glaube nicht, dass der Chef damit einverstanden wäre«, sagte Gerard. »Rik ist schon bei ihm, glaube ich.«

Sie lachten leise. »Sollen wir jemandem Bescheid sagen, der dich holen kommt?«

»Ja, aber ich kann auch selbst anrufen.«

Ich konnte ohne Hilfe gehen, stützte mich aber dabei mit einer Hand auf der Schulter des Erste-Hilfe-Mannes ab. Eine scharfe Stimme rief: »Ist hier jemand?«, und Irma eilte uns voraus. Wir kamen in eine nüchtern eingerichtete Rezeption, wo Irma einem mageren jungen Mann im grauen Anzug die Sachlage erklärte.

Er warf mir einen verärgerten Blick zu und schnauzte Irma an: »Konnte der nicht woanders hin? Ich musste schon zwei Telefongespräche annehmen!«

»Tut mir Leid«, sagte Irma.

Ich sah, wie Rik die Szene aus einer Bürotür heraus heimlich beobachtete. Er war bestimmt zehn Jahre älter als sein Chef, aber die neuen Unternehmen werden nun einmal von Teenagern geleitet. Der Rest der Welt im Übrigen auch, in zunehmendem Maße. Aber man gewöhnt sich an alles.

»Er wird gleich abgeholt«, bemerkte Gerard.

Ich zog am Gürtel des Regenmantels. »Es tut mir Leid, wenn ich Ihnen Unannehmlichkeiten bereitet habe«, setzte ich höflich an. »Mein Name ist Max Winter …«

Der junge Mann drehte sich ohne ein Wort um und verschwand durch die Tür, die Rik kriecherisch für ihn aufhielt.

»Ekelpaket«, murmelte Gerard.

Irma winkte uns in eine Sitzecke in der Nähe ihres Büros. Sie war offenbar die Telefonistin und Empfangsdame. »Er ist noch sehr jung, deshalb macht er so einen Wind«, sagte sie weise. »Alles Unsicherheit. Kaffee?«

»Wie bist du ausgerechnet hier gelandet?«, fragte Gerard.

Ich antwortete mit einer Geste der Unwissenheit. Wenn mein Traum, im Kofferraum eines Autos gelegen zu haben, kein Traum gewesen war, musste das Gästehaus, aus dem ich geflüchtet war, hier ganz in der Nähe sein. Ich hätte bestimmt keinen Kilometer laufen können. Irma brachte mir ein Telefon. Ich rief CyberNel an. Da die Mitarbeiter der Firma Softy keine Anstalten machten, sich zurückzuziehen, beließ ich es bei Gedächtnisverlust und las die Adresse vor, die Irma mir hilfsbereit hinhielt.

Dann gab es für mich Kaffee und ein Käsebrötchen. Es war eine freundliche Firma, was bei dem Namen Softy ja auch zu erwarten war. Der Einzige, der alles verdarb, war der jugendliche Chef, der mit einem Ruck den Kopf zur Tür hinausstreckte und rief: »Wird hier heute nochmal gearbeitet, oder was? Der Auftrag für Tielemann muss noch vor zwölf Uhr raus!«

»Aye aye Sir!«, rief Gerard. Und auf Deutsch: »Zu Befehl!« Er stand auf und winkte dem Erste-Hilfe-Mann zu. »Zu Befehl versteht er nicht, aber das mit dem Auftrag stimmt tatsächlich, verdammt. Viel Glück, wir sehen uns bestimmt nicht mehr.«

Sie baten mich, sitzen zu bleiben, während sie sich mit Handschlag von mir verabschiedeten. Nachdem sie weg waren, blieb ich wie ein heruntergekommenes schwarzes Schaf der Familie in der Sitzecke zurück, lauschte Irmas angenehmer Telefonstimme und schaute an einer Topfpalme vorbei ihre Beine an, die mir weniger Kopfschmerzen bereiteten als die Boulevardzeitschriften auf dem kleinen Tisch. Hin und wieder fasste sie mit der Hand nach unten und zog einen Strumpf glatt oder rieb sich über die Wade, als jucke es sie da ein bisschen.

Ich wurde wach, weil mein Unterbewusstsein in der guten Akustik der Rezeption die Stimme CyberNels erkannte. Die Altstimme von Irma, und dann bog CyberNel um die Palme.

»Ein Bild des Jammers«, sagte sie zur Begrüßung. »Hast du die Farbe selbst ausgesucht?«

CyberNel hatte gerade erst einen gebrauchten Polo erstanden, in dessen Laderaum gleich hinter den Vordersitzen Ersatzteile und anderer Krempel lagen. Bevor wir auf die Autobahn fuhren, drehte sie ein paar Runden durch das Industriegebiet. Ich saß tief in den Sitz gerutscht in meinem geliehenen Regenmantel neben ihr und betrachtete die großen und kleinen Gebäude diverser Betriebe und Büros, ohne dass mir eines davon irgendwie bekannt vorkam. Gittertore auf Schienen gab es viele, ebenso wie Backsteinmauern. An viel mehr konnte ich mich nicht erinnern.

Ohne besonderen Grund erregte ein Kurierdienst meine Aufmerksamkeit, und ich bat Nel, gegenüber anzuhalten, damit wir uns die Sache näher anschauen konnten. Lieferwagen und größere Lkws standen davor. Erst nach einer Minute begriff ich, dass mein Körper sich besser erinnerte als mein Gehirn: Ich war halb bewusstlos einen Meter nach unten gefallen, und auf der Rückseite dieses Backsteingebäudes befand sich eine etwa einen Meter hohe Laderampe.

Ich notierte mir den Namen der Firma. Er besagte natürlich wenig. Wahrscheinlich gab es hier an die zwanzig Firmen mit Laderampen, Rolltoren auf Schienen und Backsteinwänden. Hatte ich das Tor aufgemacht? Oder hatte es offen gestanden, weil gerade ein später Lkw angekommen war?

10

»Ich kann nichts dafür, Harry!«, brachte Gürbüz flehentlich hervor.

Zwei der vier Leibwächter hielten ihn an Schultern und Armen fest, während mir ein dritter eine Pistole zwischen die Rippen bohrte. Der vierte sprach in ein Handy. Es war offensichtlich, dass Harry spontanen Besuch nicht leiden konnte.

Harry war leicht an seinem roten Haar zu erkennen, das ihm den Spitznamen »die Rübe« eingebracht hatte. Da es kerngesund aussah, konnte es noch zwanzig Jahre dauern, bis sich das Rot in ein weniger auffälliges Grau verwandelt haben würde. Auch der Rest von Harry wirkte gesund, allerdings war er sehr klein. Er hatte als Bodyguards Männer mittlerer Größe ausgewählt, wirkte aber im Vergleich zu den durchschnittlichen Niederländern, dem größten Volk der Welt, wie ein Zwerg. Er hatte eine große Habichtsnase, und seine Augen blickten wie die eines Jungen, der zu lange auf dem Schulhof gepiesackt worden ist und aus Rache beschlossen hat, Napoleon zu werden und die Welt zu erobern. Er trug einen Morgenmantel aus scharlachroter Seide und schaute verstört von Gürbüz zu den Leibwächtern. »Wer hat dem Mann die Nase blutig geschlagen?«

Keiner der Bodyguards machte den Mund auf. Der mit dem Handy ließ den Apparat rasch sinken. Alle machten betretene Gesichter. Vielleicht schoss Harry dann und wann einen von ihnen über den Haufen, um sie auf Kurs zu halten. Ich sagte: »Ich musste den guten Gürbüz ein wenig dazu ermuntern, mich hierher zu bringen.«

Die Napoleon-Augen versuchten, Löcher in meine zu brennen. Seine schmalen Lippen fielen mir auf. Harry hatte einen unangenehmen Mund. »Und warum wolltest du unbedingt zu mir?«

»Ich möchte ein paar Erkundigungen einziehen und dachte bei mir: Man wird ja wohl mal klingeln und einfach fragen dürfen, ohne gleich eine Pistole zwischen die Rippen zu kriegen.«

»Du kommst mir irgendwie bekannt vor«, sagte Harry. »Ich weiß nur nicht, woher. Bist du ein Bulle?«

»Nein.«

»Nein, nein«, redete Gürbüz dazwischen. »Ich würde doch nie ...«

Harry hob die Hand, und Gürbüz hielt den Mund. Harry hatte den Vorteil, dass er acht Stufen über uns stand, auf dem Absatz einer breiten Treppe mit dicken roten Läufern und Kupfergeländer. Wir befanden uns in einem Luxusnachtclub. Weiche, mit Wollstoff bezogene Hocker standen vor der breiten Bar, auf der die Damen nackt zwischen den Gläsern hindurchstolzieren konnten, es gab gemütliche Séparées für Intimitäten bei überteuertem Champagner und kleine Podien für die Shows. Ich nahm an, dass die Nutten noch schliefen und das übrige Personal beim Mittagessen saß. Harry wohnte laut Gürbüz vorübergehend über dem Club. »Warum sollte ich mit dir reden?«

»Weil ich ansonsten immer wiederkommen werde«, sagte ich. »Der Schlag auf den Schädel und die Fahrt im Kofferraum gingen ja gerade noch, aber der leuchtende Schlafanzug war einfach zu viel des Guten.«

Harry runzelte die Stirn. »Was faselst du denn da?«

»Von deinem Gästehaus in Maarssenbroek.«

Das Stirnrunzeln blieb. »Du bist, äh ...« Harry schnippte mit den Fingern, als suche er nach einem Fremdwort, und schaute den Leibwächter an, der seine Pistole gegen mich presste.

»Krank im Kopf«, fiel einer der Leibwächter ein.

182

»Max Winter«, sagte Gürbüz gleichzeitig.

»Privatdetektiv?«, fragte Harry.

»Diesmal habe ich Bescheid gesagt, wo ich bin«, sagte ich. »Wenn ich innerhalb von einer Stunde nichts von mir hören lasse, kriegst du ein Einsatzkommando auf den Hals.«

Harry erwiderte unbeeindruckt meinen Blick. »Kann mir doch egal sein.«

»Es geht um Jennifer Kramer«, sagte ich.

Ich sah einen Funken in seinen Augen, der kurz aufblitzte und dann wieder erlosch.

»Die ist tot.«

»Sie wurde ermordet«, präzisierte ich.

»Ich hab's in der Zeitung gelesen.«

»Ich bin auf der Suche nach ihrem Mörder.«

Harry schwieg einen Augenblick lang, während er die Anspielung verarbeitete. »Du reißt den Mund ganz schön weit auf«, sagte er dann.

»Scheiße, Harry, davon hatte ich keine Ahnung«, fing Gürbüz wieder an.

»Dabei muss ich natürlich auch gewisse Verdachtsmomente überprüfen beziehungsweise ausräumen«, sagte ich verwegen.

»Ausräumen.« Harry nickte. »Darüber können wir reden. Aber glaubst du wirklich, dass es mein Stil ist, einer Frau mit einem Brecheisen den Schädel einzuschlagen?«

»Vielleicht ist es der Stil deiner Leute«, meinte ich.

»Soll ich ihn in den Keller bringen?« Der zweite Bodyguard ließ seine Hand auf meine Schulter sinken.

»Bring ihn rauf und schick Gürbüz nach Hause.«

»Harry, ich schwöre dir …«, begann Gürbüz erneut.

»Verpiss dich!«, schnauzte Harry und ging die Treppe hinauf.

Ein vager Geruch nach Alkohol und Tänzerinnenschweiß trieb mich nach oben. Unten wurde Gürbüz weggebracht. Die beiden anderen Bodyguards steckten ihre Pistolen in die Schulterholster und folgten mir die Treppe hinauf und durch einen langen, mit rotem Teppich ausgelegten Flur an numerierten Türen vorbei.

Hinter der letzten Tür mit dem Schild *Privat* befand sich ein geräumiges, nicht allzu protziges Direktionsbüro mit Eichenmöbeln, Fenstern, von denen aus man auf den IJ blickte, und Reproduktionen von Van Gogh an der Wand. »Kein Toulouse Lautrec?«, fragte ich.

»Wer ist das denn?«

»Er hat Huren gemalt und über einem Bordell gewohnt.«

Harry kniff die Augen zu Schlitzen zusammen und versuchte herauszufinden, ob ich ihn beleidigte.

»Hemingway übrigens auch«, fügte ich daher hastig hinzu.

Von Hemingway hatte er schon mal etwas gehört. Er ging um den Schreibtisch herum. Ich vermutete, dass sich dahinter eine erhöhte Plattform befand, denn er stieg Stufen hinauf, bevor er sich setzte und mir bedeutete, in einem Sessel Platz zu nehmen. Ein Bodyguard war draußen auf dem Flur geblieben, der andere zog eine offen stehende Tür zu einem angrenzenden Raum zu und blieb abwartend davor stehen.

Harry öffnete eine kleine Kiste auf seinem Schreibtisch. »Du wolltest über Jenny reden«, sagte er. »Ich höre.«

»Sie hat für dich gearbeitet beziehungsweise für Schauker. Sie war meine Nachbarin.«

Harry hob die Hand. »Timmy, geh solange die Hühner füttern.«

Der Leibwächter nickte und verließ das Büro.

Harry nutzte die Pause, um sich eine Zigarre in den Mund zu stecken. Die Zigarre brachte mich darauf, wo ich ihn schon einmal gesehen hatte. »Du bist über den Deich gefahren, in einem Pontiac.«

»Ach ja?«

»Du hast gefragt, wo eine gewisse Juffrouw Kramer wohnt.«

»Ach so. Dieser Deich.«

»Ich kannte meine Nachbarin aber nur als Jennifer van Maurik, deshalb habe ich dich in die Pampa geschickt. Hast du sie trotzdem gefunden?«

Harry legte ruhig seine Zigarre hin und schaute mich an.

»Die Polizei weiß inzwischen auch, dass sie Jennifer Kramer hieß. Sie werden sich bestimmt dafür interessieren, wer am Vorabend ihres Todes in einem Pontiac über den Deich gefahren ist. Musste ich deshalb aus dem Verkehr gezogen werden?«

»Meine Geduld ist langsam zu Ende.«

Ich verlor meine auch allmählich. »Dann eben im Telegrammstil: Typen im Haus, Beule auf meinem Kopf, Fahrt im Kofferraum zu einem Hotelzimmer mit Gesellschaftsdame, aber ohne Zimmerschlüssel in Maarssenbroek. Kurierdienst *Calluna*?«

Wieder schaute er mich so merkwürdig an, und plötzlich war ich mir sicher, dass ich an der falschen Adresse war. Er sagte: »Ich habe Jennifer sehr gern gehabt. Leute, die mich verdächtigen, etwas mit ihrem Tod zu tun zu haben, habe ich nicht gern. Wenn ich dich aus dem Verkehr hätte ziehen wollen, würdest du nicht hier sitzen. Scheiße!« Harry ballte die Fäuste, und ich erkannte zu meiner Verwunderung, dass er ungeschickt wegschaute, offenbar um Gefühle der Trauer und Reue zu verbergen.

»Darf ich dir ein paar Fragen stellen?«, fragte ich nach einer kurzen Stille.

»Wenn du den Mörder von Jenny schnappst, lasse ich ihn von vier Autos in Stücke reißen«, sagte Harry.

»Und ich hätte nichts dagegen, eins dieser Autos zu fahren«, entgegnete ich.

Harry schaute mich eine Weile lang an und sagte dann: »Du könntest für mich arbeiten, dann darfst du fragen, was du willst und verdienst auch noch dabei.«

»Ich habe schon einen Klienten.«

»Ich zahle das Doppelte. Plus Leibwächter.«

»Vielleicht wirst du nicht mehr so begeistert sein, wenn du hörst, warum ich dachte, dass der Mörder aus deiner Umgebung oder aus der von Richard Schauker kommen könnte.«

»Schauker sitzt im Knast, den kannst du vergessen.«

»Aber du warst gerade erst rausgekommen.«

Harry nickte. »Ich habe oft an sie gedacht. Jemand hat mir erzählt, dass sie ein Kind hatte und aufs Land gezogen war, irgendwo am Lingedeich. Ich wollte sie besuchen und sie fragen, ob sie wieder für mich arbeiten wollte. Aber ich habe sie nicht gefunden, auch nicht an diesem Abend. Ein paar Tage später hörte ich, dass sie in derselben Nacht ermordet wurde.«

Wieder schwieg er für einen Augenblick. Er schob den Unterkiefer nach vorn und sog die Unterlippe nach innen. Dann fragte er: »Warum hätte der Mörder aus unseren Kreisen kommen sollen?«

»Jennifer hat euch bei der Polizei verpfiffen.«

Harry lief rot an. Er richtete sich hinter seinem Schreibtisch auf. Ich erschrak zu Tode, als er eine Pistole aus der Schublade hervorzog und schrie: »Tim! Rik!«

Die Tür flog auf, und die beiden Bodyguards stürmten mit gezogenen Pistolen herein.

Harry legte seine Pistole weg. »Gießt ihn in Beton und schmeißt ihn in den IJ!«

Wohl zu viele amerikanische Mafiafilme gesehen, dachte ich und hob die Hände in Schulterhöhe. »Gib mir ein Telefon, dann kannst du's direkt von dem zuständigen Polizeibeamten hören, der sie betreut hat.«

Die Leibwächter packten mich an den Schulter und

zerrten mich hoch. Ich schrie: »Sie ist tot, Harry, es spielt doch gar keine Rolle mehr! Aber trotzdem werden sie hinter dir her sein, die kriegen das sowieso raus, dass du auf dem Lingedeich warst, auch wenn du mich in Beton oder Zement gießt!«

Der kleine Harry hatte einen hohen Tenor, der auf Sopranhöhe kletterte, als er einen herzhaften Frustrationsfluch herausschrie. Beinahe wären die Scheiben zerplatzt. Die Leibwächter erstarrten. Dann holte Harry Luft und ließ sich zurück in seinen Stuhl fallen. Die Leibwächter ließen mich los.

Ich schaute Harry an, der seine Leute wegschickte. Jedes Kind konnte erkennen, dass meine Drohungen ihn kalt ließen. Er hatte einfach eine Schwäche für Jenny. Ich fragte mich, welche Beziehung sie zueinander gehabt hatten; als Paar konnte man sie sich nur schwer vorstellen. Ich war mir sicher, dass Jennifers Verrat eine absolute Überraschung für ihn war.

»Sie hatten sie in der Zange«, sagte ich. »Sie konnte nicht anders.«

Er saß wieder auf seinem erhöhten Stuhl, nickte ein paar Mal in Gedanken versunken mit dem Kopf und fragte: »Wie lange?«

»Die letzten paar Jahre.«

Er nickte wieder und legte seine Pistole zurück in die Schublade. »Scheiße«, sagte er. Ich musste ihm Recht geben. Wenn Harry die Rübe nicht der Mörder war und mich nicht entführt und eingesperrt hatte, konnte ich wieder von vorn anfangen. »Die Polizei sucht dich, behauptet aber, du wärst unauffindbar.«

»Das hier ist eine neue Adresse, das ist alles«, sagte Harry. »Ich brauche mich nicht vor der Polizei zu verstecken. Ich habe meine volle Strafe abgesessen, ich brauche mich noch nicht mal bei einem Bewährungshelfer zu melden.«

»Eines Tages kommen sie dich doch holen, setzen dich in ein Vernehmungszimmer und gehen dir auf die Nerven. Das kannst du verhindern, indem du mit Leuten von der Amsterdamer Kripo Kontakt aufnimmst. Einer von ihnen ist Bart Simons, mein ehemaliger Partner, der am Rande mit der Sache zu tun hat, der andere ist Guus Palmer. Palmer hat Jenny betreut, er kann dir hundertprozentig bestätigen, dass Jennifer auf keinen Fall aufgeflogen ist und dass der Mörder deshalb aus einer anderen Ecke kommen muss.«

Harry dachte eine Weile nach und nickte nicht besonders begeistert. »Ich gebe dir eine Nummer, unter der mich der Bulle erreichen kann.«

»Und Schauker?«, fragte ich.

Harry gab ein verbittertes Geräusch von sich und schüttelte den Kopf. »Schauker kannst du vergessen.«

»Er wäre nicht der Erste, der seine Geschäfte ganz gut von der Zelle aus zu regeln versteht.«

»Autos nach Russland verschieben, glauben, er hätte das Schießpulver erfunden und es gäbe keine besseren Verdienstmöglichkeiten. Der wird sich noch umgucken, wenn er nächstes Jahr rauskommt.«

Mit abwesendem Blick schien Harry sich innerlich auf kommende Verteilungskämpfe vorzubereiten. »Was das betrifft, hat Jenny mir einen Gefallen getan. Drei Jahre Luxusurlaub und dabei alle Zeit der Welt für eine Reorganisation.«

»Und das lässt Schauker sich bieten?«, fragte ich.

»Schauker war ein Blödmann«, sagte Harry, offensichtlich schon an den Gebrauch der Vergangenheitsform gewöhnt.

»Du hast gesagt, ich dürfe dir Fragen stellen.«

»Nicht, solange du nicht für mich arbeitest. Du hast nur deshalb starke Kopfschmerzen, weil du Jennys Nachbar warst. Wie ging es ihr?«

Er hatte nach wie vor eine Schwäche für sie, Verräterin hin oder her. »Jennifer war ein Schatz von einer Nachbarin. Ihr Sohn ist jetzt ungefähr drei und wirklich süß.«

»Aber nicht von mir.« Seine Stimme klang ein wenig bedauernd. »Wer ist der Vater?«

»Das weiß ich nicht.«

»Für wen arbeitest du denn, wenn nicht für ihn?«

Ich antwortete ausweichend: »Ich führe ein paar Recherchen im Zusammenhang mit der Adoption von Jennys Sohn durch. Es hat nichts damit zu tun.«

Er glaubte mir keine Sekunde, aber er war mit den Gedanken schon wieder bei Jennifer. »Ich hätte das Kind schon akzeptiert«, sagte er großmütig.

»Der Junge wird es gut haben.«

Er zuckte leicht mit den Schultern. Man brauchte ihn nicht wegen eines Kindes zu beruhigen, das nicht von ihm war und ihn daher auch nicht interessierte. »Weißt du, woran ich denken muss?«, fragte er dann.

Ich blickte ihn fragend an.

»Ich stand mal bei einer polizeilichen Gegenüberstellung in einer Reihe mit ein paar Pennern und Zivilbullen, von denen keiner mir auch nur im Entferntesten ähnlich sah. Ich weiß nicht warum, aber plötzlich hatte ich das merkwürdige Gefühl, dass Jenny hinter dem Spiegel stand und mich anschaute.«

»Wir machen einfach alles falsch«, sagte ich, nachdem ich Bart Simons angerufen und die Harryfrage geregelt hatte.

»Wir?«, fragte CyberNel. »Ich bin doch nur die helfende Hand.«

»Von A bis Z, die ganz normale Ermittlungsroutine, das ist es, was hier fehlt«, sagte ich entschlossen. »Wir haben noch nicht mal eine Liste von Verdächtigen. Wir lassen uns von der Polizei verdächtigen und reagieren nur, anstatt endlich selbst aktiv zu werden. Es wird höchste Zeit, dass wir unsere normale Arbeit machen, eine Liste aufstellen und sie Punkt für Punkt durchgehen.«

Nel applaudierte. »Bravo. Es fällt allmählich auf, dass du anfängst, im Pluralis majestatis zu reden, wenn dir nichts Sinnvolles mehr einfällt.«

Ich schaute sie an. »Du siehst aber schick aus«, sagte ich. »Ist das ein neues Kostüm? Komm mal her, hast du dir wirklich die Haare gebürstet oder kommt der Glanz daher, dass du verliebt bist?«

Sie kam zu mir hin, stellte einen Fuß auf meine Zehen und lehnte sich mit ihrem vollen Gewicht darauf. »Ich habe meine Haare gebürstet, und das hier ist mein bestes Kostüm. Ich muss mit Eddie zusammen zu einem Gespräch mit ein paar Typen von der ABN-Bank, um Geld für eine neue Erfindung locker zu machen.«

»Eure neue Methode, illegale Kartenkopiergeräte unschädlich zu machen? Damit hattet ihr doch ein paar kleine Probleme?«

CyberNel arbeitete zusammen mit ihrem Technikfreund an einem Heilmittel gegen die Plage der tragbaren Kartendupliziergeräte, kleinen Apparaten, mit denen kriminelle Kellner und anderes Gesindel die Kreditkarten nichts ahnender Kunden kopierten, um anschließend deren Konten zu plündern. Nels Idee war es, die Kreditkarten mit einem Kopierschutz auszurüsten, der außerdem die Geräte selbst unbrauchbar machte. Letzteres erwies sich als Problem, denn bisher zerstörte jede von Nel veränderte Karte nicht nur die illegalen Kartenkopierer, sondern auch jeden grundehrlichen Geldautomaten und Kartenleser, in die sie hineingesteckt wurde.

»Es funktioniert noch nicht absolut perfekt«, gab Nel zu. »Deshalb haben wir ja den Termin bei der Bank.«

»Klingt logisch. Meinst du, du hast trotzdem noch Zeit, diese Firma *Calluna* zu überprüfen?«

»Steht ganz oben auf meiner Liste.«

Ich küsste sie, und sie nahm ihren Fuß von meinen Zehen. »Fährst du zurück in dein Dorf am Fluss?«

Ich nickte. »Komm, sobald du kannst, ich brauche dich da sehr.«

Als sie weg war, saß ich eine Weile lang bei einer Tasse Kaffee in ihrem Wohnzimmer und dachte über meine Liste der Tatverdächtigen nach. Draußen schien die Sonne.

Thomas Niessen war wahrscheinlich kein Hauptverdächtiger, doch wenn ich wirklich vorhatte, ernsthaft alles von A bis Z zu überprüfen, musste ich mit seinem Alibi anfangen.

Leider bestand die einzige Methode darin, Louise Vredeling auszuhorchen, Niessens Verlobte.

Ihre Nummer stand im Telefonbuch, und auch die Adresse ihrer Wohnung. Ihre Stimme erinnerte mich an klassische Musik und kultivierte Teesalons. Sie passte gut zur Atmosphäre in der Kanzlei ihres Vaters. Louis Vredeling hätte sicher lieber einen Sohn nach sich benannt, doch in Ermangelung eines besseren hatte er vermutlich seine väterlichen Gefühle auf Louise konzentriert. Er gab ihr seinen Namen und hatte sie so lange und so gut wie möglich vor Drogen und Diskos, dem Studentenleben und den Gefahren von Amsterdam beschützt. So sah sie wenigstens aus, und laut Niessen war Louis Vredeling derart altmodisch und konservativ, dass er seine Tochter vermutlich auf Schweizer Internate geschickt hatte.

Nichtsdestotrotz konnte sie, im einundzwanzigsten Jahrhundert, unmöglich völlig weltfremd sein.

Ich hörte Louise zu, die den Anrufer aufforderte, eine Nachricht zu hinterlassen. Ich legte noch vor dem Piepton auf. Vielleicht lag es an der kühlen, makellosen Unschuld ihrer Stimme, dieser fast adeligen Perfektion. Ich brachte es einfach nicht übers Herz, sie mit meinen niedrigen Verdächtigungen oder mit den Schatten aus der Vergangenheit ihres Verlobten zu belästigen.

Natürlich war das eine Form von Feigheit. Bei der Kripo hätten Bart und ich uns über all diese Empfindlichkeiten hinweggesetzt. Doch jetzt war ich der Chef und durfte zögern.

Dann eben erst der Rest der Liste. Und wenn ich dann nichts an der Angel hatte, konnte ich ja immer noch vorsichtig einen Köder für die schöne Louise auswerfen. Ich hinterließ Nel eine Nachricht und verließ die Stadt.

Sie hatte einen langen, runzeligen, pockennarbigen Hals, graues Haar bis ans Kinn, ein vorspringendes Vogelgesicht und trug ein schwarzes Schürzenkleid. Sie war hier geboren, und alles war genau so wie früher bei ihrer Mutter. Sie hatten zwar Fernsehen, Fax und Internetanschluss, doch für die Frau des Hauses änderte sich nichts. Das hier war das alte Dorf, der Kern, zu hart für den Holzwurm, der an den äußeren Schichten nagte.

Ich war hintenherum gegangen und stand vor der Küchentür. »Guten Tag, Mevrouw«, sagte ich. »Ist Ihr Mann zu Hause?«

»Er ist im Kühlhaus. Was wollen Sie von ihm?«

»Es geht um Ihre ehemalige Mieterin.«

»Sind Sie von der Versicherung?«

Mir wurde klar, dass sie mich noch nie gesehen hatte. »Nein, Mevrouw, ich bin Detektiv.« Ich zog meinen Meulendijkausweis hervor, aber sie würdigte ihn keines Blickes. Ich begriff, dass man in ihrer Welt davon ausging, dass Menschen die waren, für die sie sich ausgaben, und sie deshalb weder Nachweis noch Legitimation zu liefern brauchten.

»Die Polizei ist aber schon dagewesen.«

Für sie gab es wahrscheinlich auch keinen Unterschied zwischen Polizisten und Detektiven. »Ich hätte da noch ein paar Fragen«, sagte ich unbestimmt. »Darf ich reinkommen?«

Der Polizei verweigerte man nichts. Mein Gegenüber im Ungewissen zu lassen, brachte mich manchmal an die Grenzen meiner Berufsethik.

Das Haus war vielleicht fünfzig Jahre alt, erbaut aus Backstein und modernen Materialien, doch der gefliese Flur hatte den Geruch alter Bauernhöfe angenommen. Nicht nach Mist, denn das hier war ein Obstanbaubetrieb. Es waren die Gerüche von zu lange gekochtem Rotkohl und zu Mus geschmorten Rindsrouladen, den Sorten Bohnerwachs, die nirgendwo sonst mehr verwendet werden. Und auch das fade, süßliche Aroma von Äpfeln, die man über Winter gelagert hatte und die jetzt, im Juni, die äußerste Grenze ihrer Haltbarkeit erreichten.

Sie führte mich ins Wohnzimmer, als sei ich Sonntagsbesuch, und bot mir Tee an.

Ich saß zwischen den schweren Möbeln und dem glänzenden Büfett. Auch hier hing dieser Geruch, noch verstärkt durch die Ausdünstungen von kleinen Perserteppichen und der Dorfkirche am Sonntag. Der Tee wurde in dünnem Blümchenporzellan serviert, mit Plätzchen auf einer Silberschale.

Sie folgte meinem Blick zu einem eingerahmten Foto. »Das ist mein ältester Sohn. Er hat letztes Jahr geheiratet, eine Belgierin.«

»Und der jüngere arbeitet im Betrieb?«

»Ja, Harm.« Ihre dünnen Lippen blieben einen Augenblick lang still. »Er heißt wie mein Mann«, fügte sie hinzu.

Ich versuchte, mir Harm Bokhof mit seiner Gattin zusammen vorzustellen, und dachte an den Kontrast zwischen dieser weiß gekachelten Langeweile und der lockeren Grasraucheratmosphäre auf der anderen Seite. Hier war alles verboten, und vielleicht hatte er gedacht, dort sei alles erlaubt, bei den neuen Leuten, den Importierten, der zügellosen Großstadt. »Ich habe Ihren Mann auf einem Fest bei meinen Nachbarn ein paar Häuser weiter kennen gelernt«, sagte ich. »Aber ich glaube, Sie habe ich dort nicht gesehen, stimmt das?«

»Ja, das stimmt.«

»Gehen Sie nicht so gern auf Partys?«

»Mein Mann geht hin, ich bleibe lieber zu Hause.«

»Aber Sie haben Kontakt zu den Nachbarn, die das Fest gegeben haben?«

Sie wandte verdrießlich den Blick ab. »Sie haben sich vorgestellt, als sie hierher gezogen sind. Ich habe sie begrüßt, aber sie sind anders als wir. Sie wollten Eier von frei laufenden Hühnern. Wir haben normale Eier. Ich bedaure es nicht, dass sie wegziehen.«

Ich sah, wie sie hinüber zu einem eingerahmten Stickbild schaute, mit Blumen und Vögelchen und der Inschrift »Der Herr ist mein Hirte« in kindlichen Buchstaben. »Wegziehen?«, fragte ich.

»Ich habe so was gehört.«

Vielleicht war ihr etwas über Jennifers Umzugspläne zu Ohren gekommen. »Haben Sie den Heuschober vorher schon einmal vermietet?«

»Nein.« Sie schaute das Foto an. »Es war die Idee meines älteren Sohnes, ihn umzubauen und an Touristen zu vermieten. Möchten Sie noch Tee?«

Ich schüttelte den Kopf, und sie schwieg hartnäckig. Ich musste sie zum Reden ermuntern. »Haben Sie sich das mit den Touristen dann doch anders überlegt?«

»Ja. Mein Sohn ist nach Antwerpen gezogen, und als der Heuschober fertig war, fand mein Mann es besser, ihn langfristig zu vermieten.«

»Hat er die Mieterin ausgesucht?«

»Ja, und wir hatten eine Auseinandersetzung deswegen.«

»Warum?«

»Er erzählte, Mevrouw van Maurik sei Witwe, ihr Mann sei bei einem Unfall ums Leben gekommen und es sei unsere Christenpflicht, ihr und ihrem Kindchen zu helfen. Ich bin zu ihr hingegangen und habe ihr Babysachen und Obst mitgebracht. Ich fragte sie nach dem Unfall, aber sie sagte nur: ›Was für ein Unfall?‹« Sie stellte ihre Teetasse hin, und ihre Hand zitterte ein wenig. »Sie war gar keine Witwe, das Kind war unehelich. Ich habe zu meinem Mann gesagt, er müsse ihr kündigen. Aber er behauptete, das ginge nicht, das sei gegen das Mieterschutzgesetz. Er sagte, sie habe auch ihn angelogen, um den Heuschober zu bekommen.«

»Glauben Sie, dass das so war? Dass sie ihn angelogen hat?«

»Am Ende kriegt jeder, was er verdient.«

Ich unterdrückte meine spontane Reaktion. Dieses Weib konnte nichts dafür, und ich brauchte sie. »Kennen Sie Sjef Dirksen?«, fragte ich.

»Ja, er wohnt in Acquoy«, antwortete sie mit mürrischem Blick.

»Und mit ihm war Ihr Mann an dem bewussten Dienstagabend Billard spielen?«

Sie sagte nichts, sondern schaute mich nur ausdruckslos an. Ich wusste nicht, was ich damit anfangen sollte, und fragte: »War er um zwölf Uhr nachts zu Hause?«

»Das müssen Sie ihn schon selber fragen, ich höre ihn gerade kommen.«

Sie hatte bessere Ohren als ich oder eheliche Antennen, die auf andere Frequenzen eingestellt waren. Ich nahm meine leere Teetasse hoch, lehnte mich in dem Plüschpolstersessel zurück und dachte: *What the hell*.

Bokhof kam herein, blieb stehen und lief sofort rot an. »Was macht dieser Mann hier?«

»Das Gespräch fing gerade an, interessant zu werden«, sagte ich.

Seine Frau erwiderte seinen Blick, mit einer Art schüchterner Warnung in den Augen. »Der Meneer ist von der Polizei.«

»Moment mal«, setzte ich zu einem Protest an und lehnte mich nach vorn, um die Teetasse abzustellen und aufzustehen.

Doch schon sagte Bokhof höhnisch: »Das glaubst aber auch nur du.«

»Ich glaube, hier liegt ein Missverständnis vor …«, murmelte ich.

Bokhof hielt die Tür auf. »Du hast deinen Tee ausgetrunken, das trifft sich gut, dann bist du rechtzeitig zum Mittagessen zu Hause, Wiedersehen.«

Sie trug kein hübscheres Kleid und brachte auch kein Gebäck mit. Stattdessen schaute Bea Rekké mich mit dem Blick einer Katze an, die endlich den Kanarienvogel in eine Ecke getrieben hat, aus der er nicht mehr entkommen kann.

»Vorspiegelung falscher Tatsachen, das sind wir hier nicht gewöhnt. Haben Sie solche Methoden auch in Amsterdam angewandt und mussten deshalb hierher ziehen? Das kostet Sie Ihre Lizenz!«

Hatte die eine Ahnung. »Hat Bokhof sich beschwert?«, fragte ich.

Unverwandt schaute sie mich an – wer sonst?

»Er war nicht dabei, als ich mich seiner Frau vorgestellt habe«, sagte ich. »Haben Sie eigentlich auch mit ihr gesprochen?«

»Warum sollten wir?«

»Alte Polizeigewohnheit«, antwortete ich. »Man vernimmt alle Beteiligten, so lange, bis man genau Bescheid weiß. Sie sind nicht zufällig auch an meiner Version der Geschichte interessiert?«

»Nur, wenn Sie eine besonders originelle Ausrede parat haben.«

Ich betrachtete den leichten Flaum auf Beas Oberlippe. Sie erinnerte mich an jemanden, aber ich wusste nicht, an wen, vielleicht irgendeine Schauspielerin oder jemanden von der höheren Schule. »Das wird nie was mit uns«, sagte ich renitent. »Ich bräuchte dich gar nicht erst reinzulassen. Was hatte ich gesagt? Ein hübscheres Kleid und eine Flasche Champagner.«

Sie reagierte völlig frustriert und duzte mich vor Wut ebenfalls. »Ich kann dich wegen Obstruktion und Beleidigung einer Beamtin im Dienst einsperren.«

Ich fuhr mit der Hand in meine Innentasche, und sie trat tatsächlich einen Schritt zurück, als habe sie Angst, ich würde eine Pistole ziehen und sie direkt vor meiner Hintertür über den Haufen schießen. Sie errötete ein wenig vor Verlegenheit, als ich ihr mit meinem unschuldigsten Lächeln bloß meinen Meulendijkausweis hinhielt. »Ich habe Mevrouw Bokhof gesagt, dass ich Detektiv bin, und ihr angeboten, sich diesen Ausweis anzuschauen. Sie wollte ihn aber gar nicht sehen und lud mich zu einer Tasse Tee im Wohnzimmer ein. Jetzt du wieder.«

Unser gegenseitiges Duzen beruhte nicht auf Freundlichkeit oder dem Bedürfnis nach Annäherung. Bea nahm meinen Ausweis und hielt ihn sich etwas zu nahe vor die Augen; vielleicht war sie eitler, als gut für sie war. »Meulendijk sagt, du würdest nicht mehr für ihn arbeiten.«

»Ich bin immer noch als Mitarbeiter bei ihm registriert. Ich bin Freiberufler.«

»Ich muss davon ausgehen, dass dieser Ausweis missbraucht wurde, und ich möchte ihn beschlagnahmen.«

Das klang ernst gemeint, und ich spürte, wie ich frostig wurde. »Das würde ich dir nicht raten.«

Sie schaute mich an, und ich erwiderte starr ihren Blick. Sie hatte braune Augen mit goldenen Flecken darin, die ich jetzt erst entdeckte. Sie roch ein wenig nach Schweiß, noch nicht einmal unangenehm.

»Bist du den ganzen Weg aus Tiel mit dem Fahrrad gekommen?«, fragte ich ein wenig spöttisch.

Ich glaube, sie begriff, was ich meinte. »Du kannst mich mal«, sagte sie.

Ich grinste und nahm ihr meinen Ausweis aus der Hand.

Sie ging noch einen Schritt zurück. Ihr Ton wurde wieder förmlich. »Ich warne dich. Halte dich bloß aus den polizeilichen Ermittlungen heraus. Sonst werden wir ungemütlich.«

»Hast du Bokhofs Alibi mal ein bisschen näher unter die Lupe genommen?«

In der Drehung zu meiner Verandatreppe hin hielt sie noch einmal inne. »Natürlich.«

»Und?«

»Spar dir die Mühe. Er war zu Hause bei seiner Frau.«

»Ach, wirklich? Hat er das gesagt? Oder sie? Oder alle beide? Und wer sonst noch?«

Es tat ihr sichtlich Leid, dass sie schon draußen war und nicht mit einer Tür knallen konnte.

11

Die arme Frau, dachte ich. Sie musste auch noch für ihn lügen. Und alles in sich hineinfressen, denn im Reich der streng protestantischen Pfarrer gab es keine Kaplane, denen man seine Sünden beichten konnte, um anschließend gegen zwei Vaterunser und einen Rosenkranz davon erlöst zu werden.

Außerdem konnte sie gar nicht lügen.

Dass er um halb zwölf zu Hause gewesen war, war Quatsch. Das mit dem Billardspielen vielleicht auch. Würde Bokhof Bücher lesen oder sich Krimis im Fernsehen anschauen, hätte er wissen müssen, dass eine Beschwerde bei der Polizei meist nach hinten losgeht. Vielleicht konnte er nicht lesen. Ich hatte in seinem Wohnzimmer weder Bücher noch Zeitschriften gesehen, und der Fernseher schlummerte wahrscheinlich in einem polierten Fernsehschrank.

Ich bog von der Landstraße ab und fuhr den Deich von Acquoy hinauf. Dort, wo die Linge eine Schleife machte, standen winzige Deichhäuser, denen kleine Gemüsegärten gegenüberlagen; im Wasser dümpelten Ruderboote. Ich verließ den Deich wieder, und zwei Teenager erklärten mir den Weg.

Eine dicke Frau mit schulterlangem grauem Haar öffnete mir die Tür. Sie hatte freundliche Augen. Ja, ihr Mann sei zu Hause. Sie fragte nicht, warum ich ihn sprechen wollte, und führte mich in ein kleines Nebenzimmer, das als Büro eingerichtet war.

Dirksen war Obstbauer, genau wie Bokhof. Ein Computer auf einem Holzschreibtisch, ein Fax, Ordner, die Buchhaltung, ein Poster mit makellosen Äpfeln und ein Kalender von den Obstversteigerungshallen in Geldermalsen. Dirksen war groß und schwer und ungefähr im selben Alter wie Bokhof, doch er wirkte jovialer und weniger frustriert. »Na so was«, sagte er nach einem Blick auf meinen Ausweis. »Von einer Detektei? Da ist einem sicher nichts Menschliches mehr fremd.«

»Sind Sie ein guter Freund von Harm Bokhof?«

Er lehnte sich zurück, und das Lächeln verschwand für einen Augenblick von seinem Gesicht. »Was soll ich machen?«, fragte er, mehr sich selbst. »Harm anrufen und fragen, was ich tun soll?«

»Damit helfen Sie ihm nicht.«

»Harm kann manchmal ein Ekel sein, aber er ist mein Freund. Schon seit der Grundschule.«

»Und Sie gehen auch schon mal zusammen weg.«

»Das auch. Kommen Sie wegen seiner ermordeten Mieterin? Wurde der Täter immer noch nicht gefasst?«

»Ich versuche, herauszufinden, wo Harm an jenem Abend war.«

Sjef Dirksen las Bücher. »Willst du damit sagen, dass er verdächtigt wird und ein Alibi braucht?«

»Jeder in der Umgebung gilt zunächst mal als verdächtig. Ist die Polizei schon bei Ihnen gewesen?«

»Nein, ist das nicht komisch? Du ja, aber die Polizei noch nicht? Vielleicht sollte man die Polizei auch privatisieren.«

Ich lächelte pflichtschuldig. »Seine Frau hat ausgesagt, er sei an jenem Abend zu Hause gewesen. Vielleicht glaubt die Polizei das. Aber Harm hat mir erzählt, dass er an diesem Abend mit Ihnen Billard spielen war.«

»Und das glaubst du nicht.«

»Er kann nicht gleichzeitig zu Hause gewesen sein und mit seinem Freund Billard spielen, es sei denn, der Billardtisch steht bei ihm zu Hause im Keller. Ich habe seine Frau kennen gelernt, und ich halte das nicht für wahrscheinlich.«

Das brachte ihn zum Lachen. »Wo liegt das Problem?«

Ich drückte mich vorsichtig aus: »Er hat seine Mieterin belästigt.«

Dirksen nahm es gleichmütig auf. »Sie war ein appetitliches Ding, ich hab sie ein paar Mal gesehen. Aber hinter ihr her zu sein ist etwas anderes, als sie zu ermorden.«

Ich nickte. »Womöglich kam er vom Billard spielen nach Hause, ging bei ihr vorbei, um es noch einmal zu versuchen, und die Sache lief aus dem Ruder.«

Dirksen legte den Kopf schief. »So, so. Und um welche Uhrzeit soll das ungefähr gewesen sein?«

»Gegen Mitternacht.«

Sein Gesichtsausdruck hellte sich auf. »Na, dann muss es jemand anderer gewesen sein, denn Harm war bis drei Uhr nachts mit mir zusammen.«

»Beim Billard spielen?«

Er nickte.

Ich nahm mein Notizbuch zur Hand. »Wo war das, und wer war sonst noch dabei?«

»Glaubst du mir nicht?«

»Bis um drei Uhr morgens Billard spielen hört sich für mich ein bisschen seltsam an.«

»Wir waren in einer Kneipe in Leerdam, in der Nähe des Hafens.«

»Bis drei Uhr morgens in der Kneipe?«

»Ja, unter anderem dort.«

Ich nahm meinen Stift. »Was heißt ›unter anderem‹?«

Er schaute zur geschlossenen Tür seines kleinen Büros. »Sag Sjef zu mir, okay?«

Sehr merkwürdig. »Okay, Sjef.«

»Und wie heißt du mit Vornamen?«

»Max«, antwortete ich gehorsam.

»Okay, Max.« Er nickte zufrieden, als sei damit schon mal ein Problem gelöst. »Gibt es bei euch auch so was wie einen Amtseid oder so?«, fragte er dann. »Ich meine,

201

wenn ich dir etwas im Vertrauen erzähle, bleibt das dann unter uns oder lese ich es morgen in der Zeitung?«

»Es bleibt unter uns«, sagte ich.

»Schön.« Beruhigt stand er von seinem Stuhl auf.

»Es sei denn, es geht um ein Kapitalverbrechen wie Mord.«

Er sank wieder zurück und fummelte an seiner Nase herum. »Harm war bis drei Uhr nachts mit mir zusammen.«

»Dann haben wir ein kleines Problem«, sagte ich nach einer ungeduldigen Stille.

»Warum?«

Ich seufzte. »Du wärst nicht der erste, der einem Freund mit einer Geschichte zu helfen versucht, die niemand überprüfen kann.«

Sjef Dirksen zögerte nicht lange. Er schaute auf seine Armbanduhr. »Hast du noch ein bisschen Zeit?«

»Mein Klient bezahlt«, antwortete ich.

Im Flur nahm er ein Sakko von der Garderobe und öffnete die Tür zur Küche. »Ich muss mal kurz mit dem Kontrolleur zur Versteigerung«, rief er seiner Frau zu.

Wir stiegen in seinen Mercedes und fuhren in die falsche Richtung, wenn wir tatsächlich zu den Versteigerungshallen in Geldermalsen wollten. Sjef schaltete Musik ein und zupfte ein wenig an seiner Kleidung herum, während er schweigend über Asperen und einen höheren Deich zur Autobahn fuhr. Er nahm die Auffahrt in Richtung Rotterdam und fuhr eine Viertelstunde später wieder ab. Ein paar Deiche und Kurven weiter hielt er schließlich vor einer großen Villa mit einem großen Parkplatz, geschlossenen Fensterläden und einem Schild, auf dem in zierlichen Lettern *The Pink Moon* stand. Auf dem Parkplatz wartete ein Lkw. Sjef hielt direkt vor dem Schild und sagte: »Hier waren wir.«

Ich schaute mich um. »Im Puff.«

»Das machen wir praktisch jeden Dienstag. Erst ein bisschen nach Leerdam zum Billard spielen und dann in den Puff.« Er atmete hörbar auf. Geständnisse rufen bisweilen Erleichterung hervor.

»Jeden Dienstag?«

Er nickte. »Man kennt uns hier als Sjef den Schweinezüchter und Harm den Imker. Ich dachte, ich sage lieber nichts, sondern bring dich gleich hierhin. Da du die ganze Zeit bei mir gewesen bist, kann ich also auch nicht angerufen und etwas mit den Damen abgesprochen haben. Geh sie ruhig fragen. Oder glaubst du mir auch so?«

The Pink Moon. »Ach, wo wir einmal hier sind«, sagte ich.

Eine hübsche Surinamerin ließ uns ein. »Hallo, Sjef. Wo ist Harm? Ist das auch ein Freund von euch? Suzie kommt leider erst heute Abend.« Sie lächelte verheißungsvoll, schaute mir tief in die Augen und gab mir die Hand. »Ich bin Tilly. Soll ich dir die Hausordnung erklären?«

»Tilly ist die Managerin«, sagte Sjef. »Sie geht nicht mit nach oben. Ich glaube, heute trinken wir nur etwas, es sei denn, Max überlegt es sich doch noch anders. Das ist Max.«

»Willkommen, Maximiliaan«, sagte Tilly.

Sjef fummelte unbewusst an seiner Hose herum, während wir Tilly an der Treppe vorbei bis zum Ende des Flurs folgten, wo sie eine Gardine für uns beiseite hielt.

Eine mollige Blondine und eine Schwarze saßen auf der anderen Seite der hufeisenförmigen Theke. Weiter hinten flüsterte ein Pärchen miteinander, dicht aneinandergedrängt, der Mann mit der Hand zwischen den Schenkeln der Frau. Über einen Fernsehschirm flimmerte eine Persiflage auf eine polizeiliche Gegenüberstellung: Zwei aristokratisch aussehende Herren standen vor einem einseitig durchsichtigen Spiegel, hinter dem eine Reihe ängstlich dreinschauender, nackter Damen eine nach der anderen vortreten mussten, um zu zeigen, dass sie alle Brüste und Hintern hatten, das ganze überwacht von einer strengen Polizistin mit Stiefeln und Gerte. Es war Mittagszeit, draußen schien die Sonne, doch hier herrschte das gedämpfte, rötliche Dämmerlicht des Nachtlebens.

Ein junger Mann fragte, was wir trinken wollten. Die beiden Damen von gegenüber kamen um die Bar herum zu uns hinüber. Sjef legte seine Schweinezüchterhand auf die Hüfte der Blondine. Er kannte jeden hier, er war Stammgast. »Das ist Roos«, sagte er. »Das ist mein Freund Max, er würde sich gern mal kurz mit dir unterhalten.«

Roos lächelte einladend, setzte sich auf den Barhocker neben mir, stellte ihre Tasse auf die Theke und rieb ihr Knie an mir. Sie sah ein wenig aufgedunsen aus und nicht übermäßig intelligent. Sie ließ sich von mir zu einem Getränk einladen und bestellte einen Pikkolo, dieses gepanschte süße Zeug zum Preis von Champagner, weil sie am Verkauf prozentual beteiligt war.

Sjef drängte das schwarze Mädchen, seine kräftige Hand auf ihren Po gelegt, zum Barhocker auf seiner anderen Seite und forderte sie auf, auch etwas bestellen. Währenddessen beugte er sich an mir vorbei zu Roos hinüber, um ihr die Sache zu erklären. »Es geht um Harm«, sagte er. »Du kannst Max ruhig alles erzählen, was du weißt.«

Sie erschrak ein wenig. »Ist was mit Harm?«

»Nein, mit Harm ist alles in Ordnung«, sagte Sjef. »Es geht um, äh, nun ja. Max soll dir das selber erklären.« Er drehte mir den Rücken zu und fing an, mit dem anderen Mädchen zu reden.

Ich hatte keine Ahnung, wie ich es anfangen sollte. »Du kennst Harm?«

»Ja, natürlich.«

»Ist er ein Stammkunde von dir?«

Nun schaute sie besorgt drein. »Er hat sich doch nichts eingefangen? Das kann wirklich nicht sein. Wir werden regelmäßig untersucht und ...«

»Und ihr benutzt Kondome?«, flüsterte ich.

Sie nickte, runzelte aber dennoch die Stirn, während sie unsicher an mir vorbei zu Sjef hinüberschaute.

Sjef hörte mit und flüsterte mir ins Ohr: »Für Stammkunden machen sie auch schon mal eine Ausnahme. Wenn das die Chefin hört, fliegen sie raus, aber sie weiß, dass Harm keine andere Frau anfasst.«

»Woher will sie das wissen?«, flüsterte ich empört zurück. »Nur, weil Harm das behauptet?«

Ich spürte, wie Roos unruhig wurde. »Es ist nichts Schlimmes«, sagte ich lächelnd. »Ich muss nur ein paar Dinge klären, das ist alles.«

»Kriege ich dadurch Probleme?«

»Natürlich nicht. Ich schwöre es.« Wenn sie Harm nur wegen seiner schönen Augen vertraute, würde sie mir auch glauben müssen. »Es dreht sich nur um eine Kleinigkeit. Du kannst ihm alles erzählen, wenn du ihn das nächste Mal siehst. Ist er dein fester Kunde?«

»Ja.«

»Wann siehst du ihn wieder?«

»Nun, am Dienstag, hoffe ich. Er ist ein lieber Mann.«

»Kommt er oft?«

»Ja, jeden Dienstag. Er muss dienstags auf den Markt nach Breda, und abends kommen die beiden dann hier vorbei.«

»Auf den Markt in Breda?«

»Ja, mit seinem Honig.«

Harm, der Imker. »Aber er wird doch wohl mal ab und zu einen Dienstag überspringen?«

Sie schüttelte den Kopf. Ihr blondes Haar war ziemlich dünn, bei hellerem Licht würde ihre Kopfhaut durchschimmern, doch *The Pink Moon* kaschierte und vertuschte vieles, auch, dass die Haut ihrer Brüste, grob hochgepresst in ihrem tief ausgeschnittenen Oberteil, abgelebt, schlaff, rot und pickelig war. »Du meinst, da muss schon Weihnachten auf einen Dienstag fallen?« Roos kicherte, schlürfte an ihrem rosa Pikkolo, machte ein verführerisches Gesicht und zog den Strohhalm langsam aus dem gespitzten Mund.

»Sollen wir nicht nach oben gehen?«, fragte sie. »Mittags ist es billiger.«

Ich schob ihr einen Hunderter rüber. »Ein andermal. Wir müssen gleich wieder gehen.«

»Du bist ein richtiger Gentleman.« Roos zauberte den Geldschein in ihre Handtasche.

Umsonst geht nur die Sonne auf, dachte ich. »Dienstag der dreizehnte. Kannst du dich an den Tag noch erinnern?«

»Dienstag vor zwei Wochen?«

»War Harm da auch hier?«

»Natürlich. Und Sjef auch.«

»Wann sind sie gekommen?«

»Ich glaube, so gegen halb zwölf. Harm hatte ein Geschenk für mich gekauft.«

»Er muss ja ganz verrückt nach dir sein. Wann sind die beiden wieder nach Hause gegangen?«

»Wir haben eine Party gefeiert. Nicht vor halb vier.«

»Und du bist dir sicher, dass es der 13. Juni war und nicht irgendein anderer Dienstag?«

Ihr Lächeln breitete sich träge über ihre Wangen aus und ebbte irgendwo hinter ihren Kieferknochen wieder ab. »Natürlich bin ich mir sicher, es wurde so spät, weil wir meinen Geburtstag gefeiert haben. Na ja, eigentlich hatte ich einen Tag vorher Geburtstag«, sagte sie dann. »Ich bin Zwilling, am 12. Juni geboren.« Sie hielt ihr Handgelenk hoch und zeigte mir ein silbernes Armband. Ein kleiner Anhänger baumelte daran, mit dem astrologischen Zwillingssymbol. »Das hat Harm mir mitgebracht.«

Eine regelrechte Romanze für das Volkstheater.

Ich dachte an Bokhofs knochige Frau in ihrem staubfreien Sonntagswohnzimmer. Sie hatte noch nicht einmal behauptet, er habe zu einer Versammlung der Obstbauern gemusst oder sich irgendeine andere Ausrede ausgedacht. Nur: Mein Mann war die ganze Nacht zu Hause. Vielleicht wusste sie über *The Pink Moon* Bescheid und fürchtete den Skandal, der ausgelöst würde, wenn sie alles der Polizei erzählte. Gewiss fand sich für ihre Lüge und die Beweggründe dafür irgendwo eine Rechtfertigung in der Bibel, vermutlich im Alten Testament. Ich schaute in Roos' treuherzige Augen in ihrem dicken, gutgläubigen Gesicht und fand, dass dieser Idiot auch noch Glück hatte. Er ist ein lieber Mann. Man hätte glatt vor Rührung heulen können, wenn er nur genauso lieb und nett zu der ermordeten Jennifer gewesen wäre.

»Wir leiten die Sachen, die nichts mit unseren Fällen zu tun haben, doch immer an die Polizei weiter«, sagte CyberNel. »Stimmt's oder hab ich Recht?«

»Stimmt, du hast Recht. Es stört mich eben nur, dass ich da fast zwei Tage lang festgesessen habe. Das muss doch irgendeinen Grund gehabt haben. Außerdem ist der Mord an Jennifer unser einziger Fall.«

»Wo du eingesperrt warst, ist doch an und für sich egal. Es geht doch um die Leute, die dich haben entführen lassen …« Nel schüttelte den Kopf. »Ich habe nichts Besonderes über diesen Kurierdienst herausgefunden. Es ist eine GmbH, die Tochterfirma einer Muttergesellschaft mit noch weiteren GmbHs. Was hat Bart Simons gesagt?«

»Er hat Harry die Rübe vernommen, sie wollen das alles nochmal überprüfen, aber sie sehen keinen Zusammenhang zwischen Harry und Calypso.«

»Du meinst *Calluna*. In diesem Industriegebiet gäbe es

übrigens an die zwanzig Möglichkeiten, wo man dich hätte gefangen halten können. Wenn du mit deinem benebelten Kopf einen Meter tief gefallen bist, muss das noch lange nicht von der Laderampe der Firma *Calluna* gewesen sein.«

Nel stocherte in der glühenden Holzkohle herum. Ich hatte drei wackelige Beine unter den gusseisernen Grill geschraubt, den sie mir zum Einzug geschenkt hatte. Dazu hatte sie auch einen Sack Holzkohle und ein Paket Grillanzünder mitgebracht, die, anstatt die Kohle rasch zum Glühen zu bringen, hauptsächlich einen beißenden Gestank verbreiteten. Im Dorf hatte sie Lammrippchen und Spießchen mit Fleischwürfeln und Paprikascheibchen gekauft, dazu zwei Flaschen Wein. Ich fing schon mal mit dem Wein an. Der Lavendel blühte noch immer. Es war ein zu schöner Abend, um Fragen zu stellen.

»*Calluna* klingt schön sizilianisch oder korsisch.«

»Höchstens nach korsischen Heidesträuchern, denn genau das ist *Calluna*. *Calluna vulgaris*, die gewöhnliche Heide, aus der Ericaceae-Familie .«

»Sollten wir das Fleisch nicht lieber mit einem Stück guter Butter in der Pfanne auf dem Gasherd braten?«

Nel warf mir einen vernichtenden Blick zu. Die sinkende Sonne teilte die riesigen Pappeln hinter dem Haus in helle und dunkle Hälften. Ich saß mit dem Wein und einer Gauloise im großen weißen Sonnenstuhl und beobachtete das ländliche Drama, bei dem die obere Hälfte, die des goldenen Lichts, langsam von der hochkriechenden Düsternis verschlungen wurde. Ich wartete auf die kühle Brise, die die Sonne stets hinter sich herzog, wenn sie hinter dem Horizont verschwand.

Nel hockte vor ihrem Grill und pustete. Sie hatte einen hübschen Po in der schwarzen Hose. Mir fiel ein, dass ich ihr zu Nikolaus einen dieser kunstvollen Blasebälge aus Frankreich schenken könnte, für den nächsten Sommer.

Sie schwitzte ein wenig, und ein paar vorwitzige Härchen klebten ihr auf der Stirn. Mit ihren halb zugekniffenen Augen ähnelte sie wieder einmal einer Katze. Dafür, dass sie angeblich nur Zahnbürste und Nachthemd dabeihatte, hatte sie einen ziemlich großen Koffer mitgebracht.

»Vielleicht ist die Strauchheide in Menschenschmuggel verwickelt?«, spekulierte ich.

Nel legte eine Tischdecke auf und arrangierte Teller, Servietten und ein Glas darauf. Das zweite hatte ich schon in der Hand. Ich freute mich darauf, wieder einmal vernünftig zu essen, mit einer Vorspeise und Fleisch, das in Öl und Kräutern der Provence mariniert und außerdem von jemand anderem als mir zubereitet worden war.

»Dann muss es aber eine Art Luxusschmuggel sein, bei dem man vor den Gästen katzbuckelt. Hat man das nicht früher so gesagt?«

Ich ignorierte ihren Versuch, mich als alten Knacker hinzustellen und damit zu ärgern. »Ein Durchgangsquartier, daran hat auch Bart gedacht.«

»Derjenige, der dich dort hat einsperren lassen, hat nichts gegen dich«, sagte Nel. »Du durftest nur für eine Weile nicht stören, und er machte es dir so angenehm wie möglich, damit du hinterher nicht allzu böse auf ihn sein würdest.«

Sie hätten mich in dieser Nacht sofort töten können, wenn sie das gewollt hätten. Dann hätten die Männer auch keine Masken zu tragen brauchen. Dass ich Cassie gesehen hatte, spielte offenbar keine Rolle.

»Sie haben damit gerechnet, dass ich brav einschlafen würde. Der Mann, der da saß, war kein Wächter, sondern eher eine Art Hausmeister. Der Baseballschläger und sein Kumpel waren wahrscheinlich schon weg. Ihre Aufgabe war erledigt, als sie mich abgeliefert hatten.«

»Eine Herberge für Spione, Profikiller oder Mafiabosse auf der Durchreise?«

»Nur weiter so.«

Sie hatte die Holzkohle gleichmäßig zum Glühen gebracht und fing an, Lammrippchen auf den Grillrost zu legen. Ich schenkte ihr Wein ein und naschte von den Oliven und Salamischeibchen. Nel tupfte sich die Stirn mit ihrer Serviette ab und setzte sich mir gegenüber. Ich hörte plötzlich ein Auto bremsen und kurz darauf kam Peter ums Haus gerannt.

»Max ... hallo ...« Er blieb stehen und machte ein verdutztes Gesicht, vielleicht, weil er sich einer unbekannten Dame gegenübersah. »Entschuldigung ... Ich habe Rauch gesehen und dachte, bei dir würde vielleicht etwas brennen.«

»Das ist nur der Grill. Oder das Fleisch auf dem Grill. Hallo Peter. Das hier ist CyberNel.«

CyberNel schaute ihn an wie eine lächelnde Sphinx.

»Peter ist unser ehemaliger Kunde, der, der Tommy adoptieren will«, erklärte ich. »Möchtest du ein Glas Wein, Peter?«

»Nein, danke, ich muss nach Hause. Ist das deine Frau?«

»Nein.«

»Noch nicht«, sagte CyberNel.

Es blieb einen Moment lang still und ich schaute sie stirnrunzelnd an. Ich fragte Peter, wie es Tommy ginge.

»Phantastisch, Ingrid ist so glücklich mit ihm, ich kriege sie kaum noch aus dem Haus ...«

»Ja, aber wie geht es Tommy?«

Peter klang noch aufgeweckter. »Ich habe eben mit der Dame vom Jugendamt telefoniert, sie darf natürlich offiziell nichts versprechen, aber sie hat durchblicken lassen, dass, was ihn betrifft, alles in Ordnung ginge und ihr Bericht mit entsprechender positiver Empfehlung schon auf dem Weg zum Richter sei. Jetzt kann alles sehr schnell gehen.«

»Glückwunsch. Und wie findet Tommy das?«

»Tommy?« Er schaute von mir zu CyberNel. »Der Junge weiß gar nicht, wie ihm geschieht. Ingrid war mit ihm einkaufen, und sie sind mit einer ganzen Lkw-Ladung Spielsachen nach Hause gekommen.«

»Aber es muss doch ein ziemlicher Schlag für ihn gewesen sein«, sagte CyberNel. »Ein zweijähriger Junge, dessen Mutter vor seiner Nase ermordet wird …«

»Aber davon hat er gar nichts mitgekriegt, er war in seinem Bettchen und die Zimmertür war abgeschlossen.«

Ich sah, dass Nel wütend wurde, und fragte: »Wie reagiert Tommy, wenn er hier vorbeikommt?«

»Ich meine damit, dass Ihre Frau nicht seine Mutter ist und Ihr Haus nicht sein Zuhause«, fügte CyberNel trotzdem noch hinzu.

Peter wandte sich erleichtert mir zu. »Wir versuchen, ihn vom Heuschober fern zu halten, aber das wird auf die Dauer natürlich schwierig. Wir denken sogar daran, unser Haus zu verkaufen und woandershin zu ziehen.«

»Das ist bestimmt keine schlechte Idee«, musste ich zugeben. »Aber ihr habt doch so ein schönes Haus, es ist die Frage, ob ihr nochmal etwas Entsprechendes findet.«

»Na ja …« Peter schwieg und lächelte wieder so zögerlich und schief, dass er dadurch noch ältlicher wirkte. Er sah müde und apathisch aus, wie ein Hund, der kurz davor ist, aufzugeben und sich auf den Rücken zu legen, weil er zu lange gejagt wurde. »Es geht um Ingrid, verstehst du«, sagte er. »Wenn Tommy sie glücklich macht …«

Er winkte und machte sich auf den Weg. Ich hörte die Autotür zuschlagen und den Motor anspringen, wobei er mehr Gas gab als nötig.

CyberNel schaute mich forschend an. »Ingrid, Ingrid. Was ist nur so Besonderes an diesem Weib?«

Ich gab mir größte Mühe, nicht zu erröten. Irgendetwas in meinem Gehirn fing an zu nörgeln, ich kam nur nicht darauf, was es war.

Nel wollte nicht im Gästezimmer unten am Deich übernachten, es war ihr zu laut. Sie dachte sich öfter solche komischen Ausreden aus, etwa, dass wir gemeinsam in einem Hotelzimmer übernachten müssten, weil die Heizung nicht funktionierte und sie sonst frieren würde. Sie wollte einfach gerne bei mir schlafen, und ich freute mich darüber, aber sie kam eben aus einem sittsamen Groninger Dorf, wo ihr Vater eine Fahrradwerkstatt betrieb und ihre Mutter im Kirchenchor sang. Ich hatte mir überlegt, dass sie vielleicht deswegen diese Vorwände brauchte, um manchen Dingen im Leben einen Schein von Unvermeidbarkeit zu verleihen, Dingen, die sie eigentlich unpassend fand, etwa eine Scheidung oder mit einem Mann zu schlafen, mit dem sie nicht verheiratet war, und sie damit zu rechtfertigen. So dachte sie natürlich nicht bewusst; sie reagierte einfach unbewusst auf die tief verborgenen Reste des calvinistischen Erbes in ihr.

Nel war mehr, als ich verdiente.

Manchmal dachte ich, dass ich es offiziell machen sollte. Bei ihrem Vater um ihre Hand anhalten, wie sie manchmal spöttisch forderte. Das ging schon seit ein paar Monaten so, im Grunde, seit sie nach einem Aufenthalt bei ihren Eltern in Feerweerd zurückgekommen war, wo sie versucht hatte, sich von dem Schlag mit ihrem verwüsteten Dachatelier zu erholen.

Mir war aufgefallen, dass sie nicht mehr so gut alleine sein konnte. Früher hatte sie damit nie Probleme gehabt. Vielleicht reichte es ihr schon zu wissen, dass jemand da war. Das mit dem älteren Flügelheini in Amsterdam war natürlich Unsinn, das brauchte sie mir nicht zu erklären. Es ging um Ernsthafteres, und ich dachte mit Gewissensbissen daran, dass Nel mehr und Besseres verdient hatte als nur die Zuneigung eines Freundes, der es gut mit ihr meinte und gerne mit ihr schlief. Sie verdiente es, umsorgt und geliebt zu werden.

Langsam fielen die ersten Sonnenstrahlen durch die niedrigen Fenster des Schlafzimmers über der Küche. Nel hatte, was den Lärm anging, Recht gehabt: Im Gästezimmer kam es einem vor, als würden die Autos direkt neben dem Bett vorbeifahren, während es auf dieser Seite herrlich ruhig war. Man hörte durch das offene Fenster die Vögel zwitschern und in der Ferne das Brummen des Verkehrs auf der Landstraße, nicht lauter als das einer Fliege, die versucht, herauszukommen, und die Sache mit dem Glas nicht begreift.

Sie lag auf dem Bauch, das Gesicht von mir abgewandt. Sie hatte einen schönen Körper, weiße Schultern, den zierlichen Rücken einer Ballerina. Ich hob die Bettdecke hoch, um ihren Po zu betrachten. Sie schlief tief und fest, völlig entspannt, hier fühlte sie sich sicher. Möglicherweise schlief sie in Amsterdam schlecht, unruhig, gequält von der Erinnerung an einen Mann, der sie bewusstlos schlug, ihre Rippen als Trittleiter missbrauchte und ihre Dachwohnung mit einer Brandbombe verwüstete.

Ich ließ die Bettdecke los, schob meinen Arm unter ihren Kopf und rollte sie mit dem Rücken an mich. Meinen anderen Arm schlang ich um sie und legte die Hand auf ihre linke Brust. Sie ließ mich gewähren, bewegte sich kaum. So schliefen wir noch ein Weilchen.

12

Manchmal kommt es vor, dass man sich tage- und wochenlang mit Routineermittlungen herumschlägt und sich das Gehirn zermartert, ohne die geringsten Fortschritte zu machen, und dann kommt plötzlich ein Tag, an dem man im Grunde nichts tut und trotzdem allerlei Puzzlesteinchen wie von höherer Hand an den richtigen Platz gerückt werden. Sie fallen einem regelrecht in den Schoß.

Wir hatten schon beim Frühstück beschlossen, einen Urlaubstag einzulegen, an dessen Ende wir mit meinem wackligen Ruderboot zu dem Restaurant am Wasser fahren wollten.

Wir spazierten ins Dorf, erledigten ein paar Einkäufe und tranken Kaffee auf einer Terrasse des Lokals in der Voorstraat. Nel blieb dort mit der Zeitung sitzen, während ich zur Bank nebenan ging, um meine neue EC-Karte abzuholen.

Anita stand in einem der kleinen runden Bollwerke, die wohl die praktische Umsetzung neuester Erkenntnisse zum Thema diskrete und kundenfreundliche Bankeninterieurs darstellten.

Ich unterzeichnete die Empfangsquittung für die neue Karte und fragte, wie es mit dem Baby aussehe. Sie erzählte errötend, sie sei im vierten Monat schwanger und sie und ihr Freund würden demnächst heiraten.

»Glückwunsch!«

Sie schnitt meine alte Karte sorgfältig entzwei. »Hat die Polizei Sie sehr belästigt?«

»Die Polizei?«

Sie machte ein verlegenes Gesicht. »Im Dorf hat man sich erzählt, dass Sie die Mutter des kleinen Jungen gefunden hätten und man anfangs auch Sie verdächtigte.«

»Die Polizei verdächtigt jeden, das ist reine Routine.«

»Mir hat es so Leid getan«, sagte sie dann. »An dem Abend auf der Party habe ich ihr noch Cola-Rum serviert und so bei mir gedacht, dass sie ein bisschen über den Durst trank.« Anita beugte sich zu mir hinüber: »Über Bokhof wird ziemlich viel geklatscht, wissen Sie. Er war doch auch auf der Party. Und dass er sie öfter belästigt hat ...«

»Die Leute sollten sich ihren Klatsch sparen, bis der wahre Täter gefunden ist.«

Anita nickte zustimmend. »Wollen die Bracks den Jungen adoptieren?«

»Soweit ich weiß, haben sie das vor. Lassen Sie nur, die Hülle brauche ich nicht, ich stecke sie so in die Brieftasche.«

Ich schob die neue Karte an ihren Platz und steckte meine Brieftasche ein. Anita sagte: »Ich glaube, sie kann keine eigenen Kinder bekommen.«

»Dann wird sie sich ja über Tommy freuen.«

Ich wandte mich schon zum Gehen, aber dann sagte sie: »Das erinnert mich an eine Geschichte in so einem Groschenroman ...«

»Die Wirklichkeit ist manchmal bizarrer als der verrückteste Groschenroman.«

Sie schüttelte ein wenig verlegen den Kopf. »Nein, ich meine einen echten Roman. Mein Freund hat ihn mir geschenkt, weil er *Anitas Prinz* heißt. Er hat ihn im Supermarkt gekauft. Nur, dass der Prinz in dem Buch kein richtiger Prinz, sondern ein Baby ist. Diese Anita konnte keine Kinder bekommen und sie konnten auch keines adoptieren. Ihr Mann liebte sie so sehr, dass er nach Schottland fuhr, irgendwo auf dem Land eine allein stehende Mutter ermordete und ihr Baby entführte.« Anita lächelte bitter. »Eine ziemlich abartige Liebe, finden Sie nicht?«

Nel stand auf der anderen Straßenseite vor dem Schaufenster eines Immobilienmaklers. Ich ging zu ihr hinüber. »Nel?«

Sie wies mit einem Nicken auf das Fenster. »Ist das nicht das Haus von Peter Brack?«

Ich runzelte die Stirn. Das Haus am Polderdeich war vom Wasser aus fotografiert worden. Man sah einen blühenden Apfelbaum, die verglaste Rückseite und die Terrasse, auf der ich mit Ingrid getanzt hatte und wo Bokhof seine Pfoten nicht bei sich hatte behalten können.

»Das ging ja fix«, sagte CyberNel. »Referenznummer drei zwölf.«

Wir traten ein.

Ein selbstbewusster junger Mann setzte sein Verkäuferlächeln auf. Das junge Paar plante, sich in dieser Gegend niederzulassen Das Objekt mit der Referenznummer drei zwölf vielleicht? Er schlug den Ordner auf.

»Es handelt sich um ein recht teures Objekt«, bemerkte der junge Mann nach einem besorgten Blick auf das junge Paar.

»Gibt es da Ihrerseits Bedenken?«, fragte Nel eisig.

»Nein, nein, ich meine …« Der junge Mann wurde nervös und errötete.

»Wahrscheinlich hängt es erst sei ganz kurzer Zeit im Schaufenster«, sagte ich. »Sonst gäbe es doch bestimmt schon Interessenten?«

»Ja, da haben Sie Recht«, antwortete der junge Mann eifrig.

»Nehmen Sie die Fotos selbst auf?«

»Ja, natürlich, entweder ich oder mein Kollege.« Der junge Mann war sichtlich froh, dass er Nel los war und sich mit einem normalen Menschen unterhalten konnte. »Wir verfügen über hochwertige Kameras und wissen meist besser als der Eigentümer, wie man ein solches Objekt so günstig wie möglich in Szene setzt.«

»Aber diese Aufnahme muss schon vor letzter Woche entstanden sein.«

Er runzelte kurz die Stirn und schaute sich die Fotos im Ordner an. »Sie sind ein guter Beobachter.«

»Ich halte mich viel in der freien Natur auf.« Ich schenkte CyberNel, die mich verblüfft anschaute, ein reizendes Lächeln. »Die Apfelbäume blühen doch ungefähr Ende April.«

»Sie haben vollkommen Recht«, sagte der junge Mann. »Der Verkauf war schon seit ein paar Monaten in Vorbereitung, das Objekt war geschätzt worden, die Fotos entwickelt und der Vertrag fertig. Ich brauchte nur noch auf das Startzeichen zu warten.«

»Und wann kam das?«, erkundigte ich mich.

»Mitte letzter Woche. Wenn Sie Interesse haben, sollten Sie in der Tat nicht zu lange warten, denn das Objekt ist sehr begehrt.«

»Allerdings ein bisschen teuer«, fand Nel. »Außerdem stinkt das allmählich nach Vorsatz.«

»Das Haus?«, fragte der Makler verwirrt.

Wir machten noch einen Umweg zum Supermarkt und gingen dann nach Hause.

Für mich war die Hoffnung auf einen Urlaubstag schon entschwunden, aber zumindest konnte Nel es sich in einem Liegestuhl bequem machen und umwölkt von Lavendeldüften einen Roman lesen.

»Warum denn partout das da?«, fragte Nel unwillig, als ich ihr *Anitas Prinz* in die Hand drückte.

»Laut einer netten und klugen Anita von der Rabobank hat Germaine Hastings sich eine sehr interessante Methode ausgedacht, um ihrer Protagonistin zu einem Kind zu verhelfen.«

Nel legte den Kopf schief, wie sie es meistens tat, wenn sie etwas nicht auf Anhieb verstand und den virtuellen

Kosmos befragte, falls es so etwas gab. »Wer ist Germaine Hastings?«

»Peter Brack. Unter diesem Pseudonym schreibt er seine Kitschromane, wie er sie bezeichnet.«

Nel schlug das Buch auf. »Verlag *Maßliebchen?*«

»Seine Firma gibt ihren verschiedenen GmbHs Blumennamen. Brack selbst ist Direktor der *Augentrost* GmbH, zusammen mit einem Russen ...« Ich schwieg, weil auf einmal in meinem Gehirn etwas Klick machte. »Die *Calluna* GmbH!«

»Aus der Ericaceae-Familie.« Nel starrte mich ebenfalls an. »Mit einem Russen zusammen?«

Ich ging ums Haus herum und blieb stehen, als ich Ingrid rufen hörte. »Tommy? Komm mal schnell! Ich hab was für dich!«

Sie stand mit dem Rücken zu mir. Das Flussufer war mit einer niedrigen, frisch gestrichenen Barrikade aus Pfählen und Brettern abgeschirmt. Tommy saß in einem neuen Tretauto auf der sicheren Seite unter dem Apfelbaum. Er kletterte gehorsam heraus und wackelte in einem neuen, himmelblauen Spielhöschen über den glattgeschorenen Rasen auf sie zu. Ingrid ging in die Hocke und hielt einen Eislolly hoch.

»Kriegt Mama erst ein Küsschen?«, fragte sie schmeichelnd.

Der kleine Junge blieb vor ihr stehen, griff nach dem Lolly und sah mich über ihre Schulter hinweg an.

Ingrid schaute sich um und erschrak, als fühle sie sich ertappt. »Max!« Sie sprang auf.

Ich spazierte auf sie zu. »Tag, Ingrid. Hallo, Tommy! Du hast aber ein schönes Auto.«

Der Junge lächelte mich an.

»Es schmilzt.« Ich wies mit dem Kinn auf das tropfende Eis in Ingrids Hand.

»Oh je«, murmelte Ingrid. Tommy bekam das Eis ohne den Kuss-Zoll. »Hier. Warte, deine Hose …« Sie hatte eine Papierserviette in der anderen Hand, hielt sie unter den Lolly und drückte sie Tommy verwirrt in die freie Hand. »Halt sie schön drunter. Geh wieder mit deinem Auto spielen, ich komme gleich.«

Sie manövrierte mich von Tommy weg. Der kleine Junge trippelte zurück zu seinem Auto und blieb dabei alle zwei Schritte stehen, um an seinem Eis zu lecken. Die Serviette flatterte aufs Gras. Ingrid achtete nicht darauf. Meine Anwesenheit war offenbar ein größeres Problem als ein klebriges Spielhöschen.

»Ich habe von Peter gehört, dass du wieder zu Hause bist.« Sie legte mir die Hand auf den Arm.

»Ja, er war ziemlich überrascht«, sagte ich. »Wo ist Peter?«

»Warum?«

»Ich muss ein paar Dinge mit ihm besprechen.«

Ingrid blieb vor der Terrasse stehen und drehte sich zu mir. Die Sonne schien ihr ins Gesicht und brachte ihr blondes Haar zum Glänzen. Ihre braunen Arme und ihr Hals hoben sich verführerisch sommerlich von einem weißen Baumwollsommerkleid ab. Der Schrecken war aus ihrem Blick gewichen, und etwas Kaltes hatte sich stattdessen eingeschlichen. »Was denn?«

Ich schaute zu Tommy hinüber, der über der leeren Motorhaube seines Autos hing und lustlos an seinem Eis leckte. »Mama?«

Ingrid bekam rote Wangen und warf Tommy einen schuldbewussten Blick zu. »Ach, das? Ich versuche ihn doch nur …,« sie presste verärgert die Lippen aufeinander. »Du meinst wegen Jennifer.«

»Jennifer, genau. Peter weiß, dass ein Klient mich damit beauftragt hat, herauszufinden, wer sie ermordet hat.«

»Ja, aber …«

»Ja, aber was?«

Sie trat näher an mich heran. »Glaubst du, dass es Bokhof war?«

»Bokhof war im Puff.«

Sie riss die Augen auf. »Nun, ich glaube …«

Ich schüttelte den Kopf. »Ich habe mich mit den Damen unterhalten, er war bis drei Uhr morgens dort.« Ich war allmählich in der Stimmung, ein bisschen ordinär zu werden: »Ich kann mir nebenbei bemerkt nicht vorstellen, dass ein Mann wie Bokhof unmittelbar nach diesen Damen das Bedürfnis hatte, eine andere Frau zu bespringen. Er ist kein junger Hengst von zwanzig Jahren mehr. Außerdem war er zum Zeitpunkt des Mordes ganz woanders.«

»Nutten sind käuflich.«

»Nicht nur Nutten. Ist Peter zu Hause?«

»Peter kann dir nicht weiterhelfen, er war in Amsterdam, das weißt du genauso gut wie ich.«

»Ich würde ihm trotzdem gern ein paar Fragen stellen.«

»Max …« Sie kam auf mich zu und legte mir die Hände auf die Brust. »Bitte, ich habe solche Angst!«

»Angst? Wovor?«

Ihre Finger krabbelten zwischen den Knöpfen meines Hemdes herum, und sie flüsterte eindringlich: »Dass manches aufgewärmt wird, gerade jetzt in dieser entscheidenden Phase …«

»Ich weiß nicht, wovon du redest.«

»Nur noch ein paar Tage, dann bekommen wir offiziell die Vormundschaft für Tommy, dann kann ihn uns niemand mehr wegnehmen.«

Ich schaute an ihr vorbei und bemerkte mit einem kleinen Schrecken, dass Peter am Wohnzimmerfenster stand. Ich ging einen Schritt zurück und sah, dass sie wirklich Angst hatte. »Aber warum machst du dir solche Sorgen?«

»Du weißt doch, wie die Behörden sind, beziehungsweise der Richter, die schieben die Entscheidung vielleicht auf, wenn die glauben, dass ...«

»Dass was?«

»Dass die Polizei hier in der Gegend den Mörder sucht anstatt in Amsterdam.«

»Ich habe keinen Einfluss darauf, was die Polizei tut.«

»Aber du brauchst sie auch nicht auf eine Spur zu bringen.«

Ich schaute in die tiefe Kälte ihrer Augen. Sie hatte Angst, und sie war wütend. Ich nickte ihr zu und ging zu Peter, der mir die Terrassentür öffnete. »Was ist denn los?«

»Ich hätte da ein paar Fragen.«

Er ließ mich herein. Ich sah, wie Ingrid zu Tommy ging. Ich schloss die Terrassentür und folgte Peter in seine Schriftstellerecke.

Alles war aufgeräumt, der Computer ausgeschaltet. Es sah aus, als habe er ein Manuskript vollendet und abgeschickt und anschließend seinen Schreibtisch leer geräumt, um mit einem neuen beginnen zu können. »Wie geht's mit dem Witte van Hunsate voran?«

»Ich bin heute nicht so kreativ.«

»Ich dachte, Journalisten wäre das generell egal.«

»Ein Buch ist etwas anderes als ein Artikel über einen Brand.« Er nahm seine Pfeife und klopfte damit auf den Kristallaschenbecher.

»Oder ein kleines Machwerk für die *Maßliebchen*-Reihe?«

Er verzog sein Gesicht zu seinem schiefen Lächeln, das ein bisschen traurig wirkte. Wieder sah er müde aus und eine Spur grauer, ein Leichengrau, das noch durch den diffusen Lichteinfall durch die geschlossenen Jalousien verstärkt wurde.

»Ich habe euer Haus im Schaufenster des Maklers hängen sehen«, sagte ich.

»Ja ...« Wieder dieses Lächeln.

»Gestern hast du gesagt, ihr würdet gerade erst überlegen, ob ihr es verkauft?«

Er nickte, als höre er nicht, was ich sagte. »Es ist besser so, vor allem für den Jungen. Hier ist alles voller Erinnerungen. Wenn ich einen guten Preis dafür bekomme, ziehen wir vielleicht sogar nach Frankreich. Schreiben kann ich überall.«

»Du drückst dich um eine Antwort auf meine Frage herum.«

Er wurde abweisender. »Wir haben uns eben schnell entschieden.«

»Ich bin mal kurz zu dem Makler reingegangen, ein netter junger Mann, denn ich dachte: In der Regel machen die die Fotos doch selbst.«

»Ich weiß nicht, worauf du hinauswillst«, sagte Peter.

»Wenn ich richtig verstanden habe, wurde der Verkauf bereits im Mai beschlossen. Das war noch lange bevor es notwendig wurde, Tommy vor bösen Erinnerungen zu schützen.«

Er verzog kurz den Mund. »Na und? Ich habe schon seit einer Weile vor, umzuziehen.« Er hatte seine Pfeife gestopft und steckte sie ein wenig herausfordernd in den Mund.

»Ebenso wie du schon vor langer Zeit einen Roman über einen Mann geschrieben hast, der eine junge Mutter ermordet, um seiner Frau ein Kind zu beschaffen?«

Er nahm die Pfeife aus dem Mund und legte sie auf den Schreibtisch. »Ich weiß nicht, was du meinst«, sagte er heiser.

»Manche stecken den Kopf in den Sand«, sagte ich, »und tun so, als wüssten sie gar nicht, worum es geht. Andere kommen mit wilden Ausflüchten. Wieder andere versuchen, einen auf eine falsche Fährte zu locken oder schreien nach ihrem Anwalt. *Anitas Prinz.* Da denkt man doch: Wer liest das schon? Und außerdem: Welcher Depp wäre so dumm, sein Verbrechen vorher in Buchform anzukündigen?«

»Na also.«

»Nichts na also! Du hast es schon geschrieben, bevor sich die Gelegenheit ergab, oder bevor dir eingefallen ist, dass das im Grunde gar keine so schlechte Idee war, so ist das, *quod scripsi, scripsi*. Und in der Tat: Wer liest schon so was? Die Frau des Polizeipräsidenten? Aber im Nachhinein hättest du die Veröffentlichung des Buches doch sicher gerne ungeschehen gemacht oder es aus dem Handel genommen?«

Peter ballte die Hände auf dem Schreibtisch zu Fäusten und sagte wütend: »Hältst du mich für blöd oder was?«

»Nein«, antwortete ich. »Im Gegenteil, ich halte dich für ziemlich intelligent. Deshalb kann ich es ja nicht verstehen.«

Er schnaubte vor Wut. Die Tränensäcke unter seinen Augen wirkten noch dicker, sein Gesicht noch grauer, und das hatte nichts mehr mit dem gedämpften Licht zu tun. Er hing ein bisschen schief auf dem Stuhl, als versuche er, sich hinter seinem Computer zu verstecken.

Ich war an der richtigen Adresse, daran zweifelte ich kaum noch. Ich verschränkte die Arme und lehnte mich weit im Stuhl zurück. »Ingrid hat mich gebeten, noch ein paar Tage den Mund zu halten.«

Mit einem Ruck setzte Peter sich wieder aufrecht hin. »Was?«

»Keinen Staub aufzuwirbeln, bevor euch der Richter nicht die offizielle Vormundschaft übertragen hat, also während der nächsten paar Tage.«

»Ingrid ist …« Seine Stimme zitterte. Er wandte den Blick ab.

»Du wusstest, dass ich nahe dran war. Du brauchtest nur noch ein paar Tage, um die Vormundschaft zu kriegen.

Deshalb hast du deinen Chef um Hilfe gebeten, wie heißt er noch gleich, Meiling? Um mich für eine Weile aus dem Verkehr zu ziehen. Du wusstest doch verdammt genau, dass einige dieser GmbHs nur Deckmäntelchen für krumme Geschäfte mit den Russen sind! Verdienst du auch am Schmuggeln von Illegalen?«

»Illegale? Ich weiß wirklich nicht, wovon du redest!« Peter wirkte aufrichtig empört, aber er war inzwischen dermaßen nervös, dass es schwierig war, echte von gespielten Reaktionen zu unterscheiden.

»Zu deinem Pech ist die Firma *Calluna* nicht darauf eingerichtet, Menschen gefangen zu halten«, sagte ich. »Das kommt natürlich daher, dass die Gäste sich dort normalerweise freiwillig aufhalten.«

Er starrte mich an, nicht im Stande, etwas zu erwidern, aber ich erkannte, dass ich in puncto *Calluna* den Nagel auf den Kopf getroffen hatte. »Du konntest nicht ahnen, dass ich den Namen lesen würde, aber war das nicht ein bisschen sehr kurzsichtig von dir, Peter?«

Ich sah, wie er in sich zusammensank und sich dann wieder aufrichtete, wie ein Boxer, der sich immer mühsamer aufrappelt, bis er sich in der letzten Runde k.o. schlagen lässt. Stockend fragte er: »Hast du mit Meiling geredet?«

»Das übernimmt schon die Polizei.« Plötzlich kam mir eine Idee. »Hattest du vor, sobald die Adoptionspapiere ausgestellt waren, mit Ingrid und dem Kind zu flüchten?« Ich wies mit einer Kopfbewegung hinauf zur Zimmerdecke. »Sind die Koffer schon gepackt?«

»Blödsinn«, sagte er.

»War darum schon alles geregelt, auch mit dem Makler? Wohin sollte denn die Reise gehen? Irgendwo ins Ausland?«

Er wandte das Gesicht ab, biss sich auf die Lippen und trommelte mit den Fingern auf den Schreibtisch.

»Wenn du dich nicht gemuckst hättest, wäre nichts passiert. Aber jetzt kriegst du's mit mir zu tun. Du warst zwar in Amsterdam, das stimmt, aber in einer Nacht hin- und herzufahren ist gar kein Problem.« Ich legte meine Hände auf seinen Schreibtisch und beugte mich zu ihm hinüber. »Heute Morgen wurde mir auf einmal klar, warum nur du es sein konntest.«

»Du hast keinerlei Beweise«, erwiderte er matt.

Es war ein müder, verzweifelter Versuch.

»Du hast mir gegenüber praktisch selbst zugegeben, dass du Jennifer ermordet hast«, sagte ich.

Damit war es heraus.

Er ließ das Wort eine Weile auf sich einwirken, sank in seinem Stuhl ein wenig seitlich zusammen und rief wütend: »Weil ich eine Bemerkung darüber gemacht habe, was du mit Ingrid angestellt hast?«

Seine Augen funkelten vor Befriedigung, als er merkte, dass er mich damit einen Moment aus der Fassung brachte, nicht zuletzt durch seine Wortwahl, die mich an meine Kinderjahre und Lehrerstandpauken erinnerte. Ich holte tief Luft, schüttelte den Kopf und sagte: »Nein, Peter. Das war ein Fehler, den ich mehr bereue, als dir jemals klar sein wird. Dass du mich damit auch noch zu erpressen versuchtest, war höchstens ärgerlich und absolut überflüssig. Und verdächtig. Versuch jetzt nicht, mich schon wieder abzulenken. Nein, es geht um etwas, das du gestern gesagt hast.«

Er erstarrte. »Was denn?«

»Dass Tommy nichts von dem Mord mitbekommen hat, weil die Tür seines Zimmers abgeschlossen war. Woher wusstest du das?«

Er versuchte, möglichst rasch seinen Schrecken zu überspielen: »Das hat mir wohl irgendjemand erzählt, du selbst vielleicht, Ingrid, oder die Polizei.«

»Niemand hat dir das erzählt, denn es gibt nur zwei

Menschen, die es wissen können. Der eine bin ich. Der andere ist der Mörder.«

Peter starrte eine Minute lang schweigend auf die Platte seines Schreibtischs. Dann schlug er die Hände vor das Gesicht, sodass ich sein Flüstern kaum verstehen konnte: »Ich dachte, wenn sie ein Kind hätte ... Sie war so verrückt nach Tommy.«

»Wusste Ingrid davon? Hat sie dir geholfen?«

Er schaute mich an. »Du bist wohl nicht ganz bei Trost.«

Ich griff nach dem Telefon. Alles verlief genau nach Plan. Ich hätte den Mistkerl am liebsten zusammengeschlagen, aber Jennifer war tot, und Peter fing an zu heulen.

Als wäre es eine reguläre Verhaftung durch Zivilbeamte, klappte der Rest völlig reibungslos. Peter war zahm wie ein Lamm. Ich blieb dicht neben ihm, als wir aus dem Haus gingen, aber ich brauchte mir keine Sorgen zu machen, er wagte keinen Fluchtversuch. Ingrid kam zu uns gerannt.

»Es ist vorbei, ich gehe zur Polizei«, sagte Peter.

Ingrid wurde leichenblass, ich hatte Angst, sie würde ohnmächtig werden, und streckte schon die Hand nach ihr aus, doch sie blieb schwankend stehen. Sie schaute mit offenem Mund zu Peter und setzte zu einem Protest an.

Doch Peter fiel ihr sofort ins Wort. Er klang nüchtern und sachlich, als regele er ein paar Dinge für eine bevorstehende Reise. »Du sagst gar nichts, lass mich nur machen. Es spielt keine Rolle. Ich habe mich erkundigt, du behältst Tommy, das ist kein Problem. Wenn einer der beiden Adoptiveltern dazu in der Lage ist, das Kind zu ernähren und zu versorgen, braucht die Adoption nicht rückgängig gemacht zu werden. Du musst höchstens beim Bezirksrichter eine Bereitschaftserklärung unterzeichnen.«

Ich dachte bei mir, dass es vielleicht durchaus einen Unterschied machte, wenn einer der Adoptiveltern den Mord an der Mutter als Mittel gewählt hatte, um das Kind adoptieren zu können, aber ich sagte nichts.

Ingrid blieb auf der Terrasse stehen, die Arme schlaff am Körper herunterhängend, als Peter und ich den Deich erklommen und ohne Eile zu meinem Auto gingen. Tommy war nirgends zu sehen.

Ich sagte zu Peter, dass er vom Präsidium aus einen Anwalt benachrichtigen könne, doch er schüttelte den Kopf. »Das kann ich auch später noch.«

Kriminalbrigadier Marcus Kemming reagierte ziemlich zurückhaltend, aber nicht sonderlich überrascht, als ich ihm den Täter auf einem Silbertablett präsentierte. Er ließ Peter von einem Kollegen in ein Vernehmungszimmer bringen und blieb mit mir auf dem Flur stehen. »Ein Geständnis will noch nicht viel heißen.«

»Brack wird dir verraten, wo ihr die Mordwaffe finden könnt. Wenn seine Fingerabdrücke darauf sind, bist du doch schon ein gutes Stück weiter.«

Das musste er zugeben. »Wie hast du ihn soweit gekriegt?«

»Er hat ein paar grobe Fehler gemacht.«

»Ja, die unterlaufen Straftätern, Gott sei Dank«, sagte er.

Ich nickte. »Er stellt sich, in der Hoffnung, dass ihm das positiv angerechnet wird, na ja.«

Er schaute mich unter seinen grauen Borstenbrauen aufmerksam an. »Du hast dich ja intensiv mit der Sache beschäftigt.«

»Im Auftrag eines Klienten.«

»Der Vater, ich weiß.«

Verwundert schaute ich ihn an.

»Wir wissen schon seit langem, dass dieser Rechtsanwalt der leibliche Vater ist. Wir verfügten über gewisse Bankauskünfte. Er hat zugegeben, dass er erpresst wurde. Damit hatte er auch ein Motiv für den Mord.«

»Deswegen hat er mich engagiert«, sagte ich.

Er nickte. »Ich war in Amsterdam dabei. Dort läuft zwar einiges anders als hier, aber es ist uns gelungen, durch unsere Ermittlungen viele Verdachtsmomente wegzurecherchieren, auch diese Verbindungen zu ihrer Vergangenheit als Autodiebin und Informantin. Alles ohne Ergebnis, wir mussten wieder bei Null anfangen.«

»Sagt man das inzwischen so? Wegrecherchieren?«

Kemming lachte leise und wies mit einem Kopfnicken zum Vernehmungszimmer. »Wir sind dicht an ihn herangekommen.«

»Wodurch?«

»Es musste ein Bekannter gewesen sein, da das Opfer ihn hereingelassen hatte und Kaffee aufsetzen wollte. Außerdem war die Scheibe von innen zerschlagen worden.« Er sah meinen Gesichtsausdruck. »Ich glaube, dass dem Täter im letzten Moment einfiel, das Ganze wie einen Einbruch aussehen zu lassen, doch er war ein bisschen nervös. Er öffnete die Tür, begriff, dass das Glas außen lag, und fegte es hinein. Dabei hat er ein paar Splitter übersehen. Das war nicht besonders schlau.«

Ich nickte. »Aber wie seid ihr auf Brack gekommen?«

»Wir fingen an, die Alibis zu überprüfen. Brack war in Amsterdam. Ein Ermittler hat im Hotel nachgefragt. Brack war zwar morgens beim Frühstück, aber nachts war er für etwa drei Stunden weg, lange genug, um einmal hin und zurück zu fahren.«

»Woher wissen die das? Es ist doch ein großes Hotel.«

»Stimmt.« Kemming erlaubte sich ein sparsames Lächeln. »Sie wissen, dass Brack beim Frühstück war, weil er dabei einen kleinen Streit anfing. Er beschimpfte eine der Kellnerinnen wegen eines angeblich stinkenden Eis so sehr, dass sie eine Schüssel fallen ließ und weinend wegrannte. Deswegen haben sie sich daran erinnert.«

»Das klingt ganz nach einem absichtlich inszenierten Alibi.«

Kemming nickte. »Womit er aber nicht gerechnet hat, denn das weiß praktisch niemand, war, dass in manchen modernen Hotels der Computer das Kommen und Gehen der Gäste registriert, nämlich über die Kartenschlösser.«

Ich lachte. »Ihr wart mir also dicht auf den Fersen.«

Kemming teilte meine Fröhlichkeit nicht. Polizisten kommen nicht gerne nach Privatdetektiven über die Ziellinie. »Wie bist du denn auf Brack gekommen?«

»Er hat sich mit einer Sache verplappert, die nur der Mörder wissen konnte.«

Der Brigadier nahm eine abweisende Haltung an. »Und, was war das?«

»Dass dem Jungen der Anblick seiner ermordeten Mutter erspart blieb, weil sein Zimmer abgeschlossen war. Das wusste niemand, ich musste die Tür aufschließen, um den Kleinen herausholen zu können. Dabei war ich ganz alleine, und ich habe es niemandem erzählt.«

Er wurde ärgerlich. »Noch nicht einmal uns, wie es scheint.«

»Nimm mir das nicht übel«, sagte ich. »Ich wäre vielleicht entgegenkommender gewesen, wenn ich nicht so stur als Verdächtiger behandelt worden wäre, vor allem von diesem Mannweib aus Tiel.«

»Die Dame ist eine gute Kriminalbeamtin.« Kemming taute ein wenig auf. »Besser als ich.«

»Ist das nicht falsche Bescheidenheit?«

»Was verstehst du denn davon?«

Kemming schaute mich einen Augenblick lang frustriert an und seufzte: »Ich bin nur ein in die Jahre gekommener Provinzler. Schon als wir in Amsterdam diesen Rechtsanwalt aufs Korn nahmen, konnte ich mir nicht vorstellen, dass eine normale, zivilisierte Person mit einem gesunden Verstand in der Lage sein könnte, die Mutter seines eigenen Kindes zu ermorden.« Wieder nickte er in Richtung Vernehmungszimmer. »Und da haben wir jetzt so einen, der ebenfalls ganz normal aussieht, aus ordentlichen Verhältnissen, ein Schriftsteller noch dazu, der nichtsdestotrotz einer allein erziehenden Mutter den Schädel einschlägt, um seiner Frau ein Kind zu verschaffen. Vielleicht sollte ich mich frühzeitig pensionieren lassen.«

Ich rief zuerst Bart Simons an. Er wusste, dass die Soko hinter Peter Brack her gewesen war und reagierte daher nicht allzu überrascht.

»Die Spezialisten kümmern sich um die Blumenfirmen«, sagte er. »Ben Meiling ist so gut wie sicher mehr als der Herausgeber von Peter Bracks Groschenromanen. Doch all diese GmbHs haben Kodirektoren, manche von ihnen Ausländer, und dadurch ergibt sich eine ganze Reihe verschiedener Möglichkeiten. Steuerhinterziehung und Geldwäsche sind nur zwei davon, aber womöglich gehört auch der Handel mit Raubkopien in Osteuropa und China dazu.«

»Und was ist mit der Firma *Calluna*?«

»Der Kurierdienst ist echt, Fahrzeuge und Personal sind vorhanden. Wir wissen noch nichts über das Versteck, in dem du gefangen gehalten wurdest, oder ob das mit einer zusätzlichen Einnahmequelle zu tun hat. Es könnte eine Unterschlupfadresse sein, für Leute auf der Durchreise, Mafiatypen, die sich nicht blicken lassen können. Wir werden die Firma rund um die Uhr observieren und schauen, was sich ergibt. Wir schlagen erst zu, wenn auch wirklich etwas dabei herumkommt, sonst schließen die den Laden, und wir stehen mit leeren Händen da. Im Augenblick können wir ihnen wenig anhaben, selbst wenn Peter Brack gesteht, dass er dich dort hat festsetzen lassen.« Er lachte. »Wenn ich dich richtig verstehe, hat es dir dort ja an nichts gefehlt.«

»Vielleicht gehört der Kerl mit dem Baseballschläger zum Personal.«

»Ja, aber wir wollen uns die Chancen, einen dickeren Fisch zu fangen, nicht deshalb vermasseln, weil du noch ein bisschen Kopfschmerzen hast.«

Mein Klient war als zweiter an der Reihe.

Thomas Niessen war erleichtert, dass es definitiv keine weiteren Ermittlungen gegen ihn geben würde, konnte sich aber genauso wenig wie alle anderen vorstellen, dass ein Ehemann einen Mord begehen würde, nur um seine Frau rundum zufrieden zu stellen. »Und was passiert jetzt mit Tommy?«

»Ingrid will versuchen, ihn zu behalten. Peter wandert in den Knast, aber sie bleibt die Adoptivmutter.«

»Ist das denn schon geregelt?«

»So gut wie. Das Jugendamt hat eine positive Empfehlung ausgesprochen ...«

Niessen unterbrach mich. »Aber da wusste man doch noch nicht, dass der zukünftige Adoptivvater dafür einen Mord begangen hatte.«

»Soweit ich verstanden habe, muss das nicht zwangsläufig heißen, dass die Adoption deswegen rückgängig gemacht wird. Wenn das jedoch geschieht, wird man eine andere Pflegefamilie für den Jungen suchen, oder er kommt in ein Heim.«

»Und wie siehst du die ganze Sache?«

Ich dachte einen Augenblick nach. Es gefiel mir, dass er seinen Sohn jetzt »Tommy« nannte anstatt »das Kind« und sich offenbar um ihn Gedanken machte. »Meiner Meinung nach würde ein Psychiater jede andere Pflegefamilie für Tommy als geeigneter betrachten.«

Niessen schwieg einen Moment lang. »Könntest du mich bitte auf dem Laufenden halten?«, bat er schließlich.

»Natürlich.«

»Und schick mir schon mal deine Rechnung.«

»Mache ich.«

CyberNel packte ihren Koffer aus, bevor sie nach Amsterdam fuhr. Ich lag auf dem Bett, die Hände hinter dem Kopf verschränkt, und schaute ihr dabei zu. »Mein Deichoutfit« nannte sie das Sommerkleid und die Hosen und Oberteile, die ihren Platz in einem meiner Schlafzimmerschränke fanden.

»Wenn wir so weiter machen, haben wir bald eine richtige Beziehung, nur mit getrennten Wohnungen.«

Nel drehte sich zum Bett um. »Wir werden überhaupt keine Beziehung haben.«

Ich nickte in Richtung Schrank. »Und was ist das dann?«

Nach kurzem Zögern kam sie zu mir hin. »Max, du bist der Einzige, mit dem ich hin und wieder schlafe, weil wir es beide schön finden, und im Übrigen auch, weil ich dich liebe.« Letzteres fügte sie wie eine Art Nachtisch hinzu, mit abgewandtem Gesicht und einer bockigen Kopfbewegung in Richtung Fußboden.

»Das klingt aber doch sehr nach einer Beziehung«, sagte ich leichthin.

»Nein! Verdammt nochmal!« Sie trat gegen den Hocker, auf dem ihr Koffer lag, sodass der mit lautem Gepolter auf den Boden fiel. Ich schnellte hoch und nahm sie in den Arm. Ich weiß manchmal nicht, wo der Spaß aufhört.

»Nel, was ist denn los?«

»Du machst dich auch über alles lustig!«

»Stimmt, es tut mir Leid. Jetzt komm mal her.« Sie schaute mich an, und ich küsste sie auf den Mund. »Ich liebe dich auch. Wir brauchen keine Beziehung mit einem Etikett zu haben. Und wenn du eines möchtest, dann muss ich eben mal mit deinem Vater reden.«

»Hör auf!«

»Nel, also wirklich!« Ich drückte sie fest an mich, und sie verbarg den Kopf an meiner Schulter. Mir wurde schwindelig, als würde mich etwas überwältigen. Ich schob meine Hand auf ihre Brust, sie war so wunderbar und so echt, und ich sagte: »Aber ich meine es ernst«, bevor ich wusste, wie mir geschah.

Sie nickte an meiner Schulter und hob dann ihr Gesicht. »Das ist doch jetzt nur so eine Anwandlung«, flüsterte sie. »Du bist ein Romantiker. Nachher verliebst du dich wieder in jemanden, und was dann? Ich will, dass du mein Freund bleibst.«

»Aber das bleibe ich doch auch«, sagte ich.

13

Es blieb ein hektischer Tag für jemanden, der sich vorgenommen hatte, sich an das langweilige Landleben zu gewöhnen. Es gelang mir, eines der Steaks, die Nel und ich beim Metzger gekauft hatten, auf meinem Ceranfeld schön braun zu braten und ich trug es auf die Terrasse, begleitet von der üblichen geschnittenen Tomate, ein paar Salatblättern und einem knusprigen Brötchen. Ich wollte gerade einen Bordeaux dazu öffnen, als jemand sagte: »Warte noch einen Moment, bevor du die Flasche aufmachst.«

Ich drehte mich um. Bea Rekké trug wahrhaftig ein hübsches Kleid und hatte ein fröhliches Grinsen auf dem Gesicht. Außerdem hielt sie eine Flasche Champagner hoch.

»Sieh mal an.« Ich versuchte, meine Ironie zu zügeln.

»Mein Dienst ist zu Ende und ich dachte mir: Die hier bin ich dir noch schuldig.«

Sogar der stahlharte Lippenstift war verschwunden; ihr Mund hatte die Farbe provençalischer Dachziegel. Man sah es ihrem Gesicht an, dass sie endlich freundlichere Gedanken und bessere Absichten hegte, aber ihre einigermaßen forsche und brüske Art blieb ihr natürlich eigen. »Das ging aber schnell.«

Sie hatte sich ihre Erklärung schon zurechtgelegt. »Ich komme gerade von einer Abschlussbesprechung der Soko hier in Geldermalsen. Jetzt bin auf dem Weg zurück nach Tiel, und da ich vorläufig nicht mehr in die Gegend komme, dachte ich mir, ich erledige das jetzt sofort. Ein Geschäft hatte noch auf.«

Forsch eben. »Ich bin froh, dass ich nicht mehr zu den Verdächtigen gehöre«, sagte ich.

»Hast du nie wirklich.«

»Na, dann solltest du vielleicht zum Film gehen.«

Ihr Lächeln wirkte ein klein wenig unaufrichtig. »Ich würde gern ein Gläschen mit dir trinken, wenn es dir recht ist«, sagte sie.

Ich holte Gläser und öffnete den Champagner. Mein Steak wurde unterdessen kalt. »Auf das gute Ende«, sagte sie. »Es gibt nichts besseres als einen abgeschlossenen Fall.«

Ich hätte ihr zwar ein paar Dinge nennen können, die noch besser waren, freute mich aber immerhin darüber, dass sie, was mich betraf, zur Besinnung gekommen war und hob mein Glas: »Auf eine schöne Zukunft.«

Wir tranken und schauten uns über die Gläser hinweg in die Augen. »Ich könnte dir ein Steak dazu braten«, schlug ich vor.

Sie verzog das Gesicht, ob in einem Ausdruck des Bedauerns, konnte ich nicht feststellen. »In Tiel gibt es ein sehr gutes chinesisches Restaurant, da gehe ich heute Abend mit meinem Mann Pekingente essen. Er hat in letzter Zeit wenig von mir gehabt und hat deshalb sicher nichts dagegen, wenn ich mir vorher schon mal ein Gläschen Champagner genehmigt habe.«

Ich fragte mich, weshalb sie gekommen war. Um ihre Aufstiegschancen zu verbessern? Zum Minenräumen? Um keine unnötigen Feinde zu hinterlassen? Um für die Zukunft vorzusorgen, nach dem Motto: Man weiß ja nie? Vielleicht war ich zu misstrauisch, und Bea Rekké kam völlig spontan und ohne Berechnung, um ihre Schulden zu bezahlen.

»Vielleicht sehen wir uns ja nochmal irgendwo«, meinte ich. »Vielen Dank für den Champagner.« Ich lächelte und fügte in einem Anflug von Versöhnlichkeit hinzu: »Du hast mich angenehm überrascht.«

Sie stellte ihr Glas hin und reichte mir die Hand. »Es tut mir Leid, dass dein Steak kalt geworden ist. Hundertprozentig klappt es wohl einfach nie. Dazu gehört auch, dass der Fall zwar gelöst ist, mir es aber lieber gewesen wäre, ich hätte den Täter überführt.«

Sie grinste mit offenbar ziemlich gemischten Gefühlen und verließ die Terrasse.

Ein lautes hohles Klopfen schallte durch das Haus.

Ich stand gerade hinter meinem grauen Sofa, zappte durch die Nachrichtensender im Fernsehen und ließ vor Schreck die Fernbedienung auf die Polster fallen, weil mir nicht sofort klar war, wo der Lärm herkam und was er bedeutete. Nach einer Weile begriff ich, dass zum ersten Mal, seit ich hier wohnte, jemand den Klopfer an meiner Eingangstür auf der Deichseite betätigte.

Ich hob die Fernbedienung wieder auf, schaltete den Fernseher aus und ging die Stufen zur vorderen Eingangstür hinauf.

In der Tür befand sich weder ein Spion noch eine Scheibe. Die Riegel saßen bombenfest. Die Möbelpacker hatten sie mit dem Hammer auf- und wieder zuschlagen müssen. Den Hammer hatten sie mitgenommen. Ich schaute mich nach einem Schuh oder irgendeinem anderen Werkzeug um.

Wieder ging das Klopfen los, ziemlich fordernd. Ich schlug mit einer Faust auf den Riegel und rief: »Wer ist da? Können Sie nicht hintenrum gehen?«

Ich ging ins Gästezimmer, dessen Fenster zur Deichseite hin lagen. Ein dunkelgrüner, nagelneuer Lancia stand am Straßenrand gegenüber meiner Eingangstür. Ich schob das Fenster ein Stück weit nach oben und streckte den Kopf hinaus. Eine Frau drehte auf das Geräusch hin den Kopf zur Seite, die Hand am Türklopfer.

»Meneer Winter. Geht Ihre Tür nicht auf?«

Ich erkannte die Korkenzieherlocken und die klassischen Gesichtszüge wieder. »Sie sind nur nicht mit den

Sitten auf dem Land vertraut«, antwortete ich, den Kopf schief unter die Scheibe geklemmt. »Gehen Sie einfach hinten herum, und Ihr Auto sollten Sie besser unten auf der Einfahrt parken.« Ich zog den Kopf zurück und schloss das Fenster.

Ich wartete auf der Terrasse, als sie den Lancia rückwärts die Einfahrt hinunterrangierte und vor meinem Carport abstellte. Lange Beine in Nylons, mittelhohe Absätze, ein cremefarbenes Kostüm aus hochwertigem Leinen mit wadenlangem Rock. Sie stand aufrecht da, schloss die Autotür ab, kam auf mich zu und streckte mir die Hand entgegen. »Ich bin Louise Vredeling, wir sind uns ganz kurz im Büro meines Verlobten begegnet.«

»Ich erinnere mich.«

»Ich hoffe, dass Sie mir vielleicht dabei helfen können, die Adresse der Dame herauszubekommen, bei der sich Tommy aufhält.«

»Tommy?«, fragte ich ziemlich dämlich.

»Der Sohn meines Verlobten«, antwortete sie geduldig. »Thomas wollte mir die Adresse nicht geben.«

»Warum nicht.«

»Das geht nur uns beide etwas an. Sie wohnt doch hier in der Nähe?«

»Noch ist Ihr Verlobter mein Klient«, erwiderte ich zurückhaltend.

Louise nickte zum Zeichen, dass sie verstand. Sie wirkte kühl, beherrscht. Sie stand zur Abendsonne gewandt, und das späte Licht wärmte sich an dem cremefarbenen Leinen. Durch den zarten Anflug von Sommersprossen unter ihren blauen Augen und auf ihrem Nasenrücken erhielt ihr perfektes Gesicht einen Hauch von Verletzlichkeit und menschlicher Unvollkommenheit.

»Thomas hat mir alles erzählt«, sagte sie.

»Vielleicht sollte ich ihn kurz anrufen?«

»Lieber nicht. Er weiß nicht, dass ich hier bin.« Sie legte eine Pause ein und sagte dann: »Es ist meine eigene Entscheidung.«

»Was?«

»Wie meinen Sie?«

»Was ist Ihre eigene Entscheidung?«

Sie wandte sich um eine Vierteldrehung von mir ab, als fiele es ihr leichter, die richtigen Worte zu finden, wenn sie die Pappeln anschaute anstatt mich. »Das, was mit Tommy geschehen soll.« Sie wies mit einem Kopfnicken auf die Hecke. Das Dach des Heuschobers ragte ein kleines Stück darüber hinaus. »Hat sie dort gewohnt? Jennifer Kramer?«

»Ja.«

Sie wandte sich wieder mir zu. »Wie war sie?«

»Sie war ein guter Mensch, warmherzig, eine tapfere Frau. Die allerbeste Mutter für Tommy.«

Louise hob eine zierlich geschwungene Augenbraue.

Noch immer stieg Wut in mir auf, wenn ich an Jenny dachte und an die unnötige und sinnlose Vergeudung ihres Lebens. »Ich meine es so, wie ich sage. Jennifer und Tommy hatten Besseres verdient als einen Angsthasen, der sich ausschließlich Sorgen um seinen guten Ruf und seine Karriere macht.«

Sie lachte leise. »Thomas erweckt manchmal den Eindruck, ein egoistischer, kleingeistiger Mann zu sein«, gab sie zu. »Aber ich liebe ihn und ich werde ihn heiraten, weil er auch noch andere Seiten hat und noch viel dazulernen kann. Ich habe Jennifer nie kennen gelernt, und für sie können wir nichts mehr tun. Doch ich glaube, sie wäre damit einverstanden, dass wir für ihren Sohn sorgen.«

»Wir?«

»Ja, Thomas und ich. Er ist ganz und gar damit einverstanden.«

Ich lächelte. Zweifellos hatte sie die Hosen an. »Und was meinen Sie damit, dass Sie für Tommy sorgen wollen?«

»Wenn Sie Thomas duzen, können Sie zu mir auch ruhig du sagen. Schließlich heiraten wir demnächst.«

»Und dann?«

Sie schaute mir geradewegs in die Augen. Ihre Entschlossenheit und ihre Willensstärke waren förmlich greifbar. »Du glaubst doch nicht etwa, dass ich es zulasse, dass der Sohn meines Mannes von einer Wahnsinnigen großgezogen wird?«

»Ingrid?«

»Eine Frau, die es zulässt, dass ihr Mann eine Frau ermordet, nur damit sie ein Kind bekommt, ist wahnsinnig.«

»Vielleicht wusste sie nichts davon.«

»Ach nein?« Ihre kühlen blauen Augen blickten mich herausfordernd an, als sei sie durchaus zu einer Diskussion bereit. »Aber selbst wenn sie eine Heilige wäre«, fuhr sie fort. »Tommy hat einen Vater, und ich bin seine Stiefmutter, er hat also Eltern, und da gehört er hin. Ich will ihn so schnell wie möglich haben, bevor noch ein weiteres Unglück geschieht. Sie wohnt doch hier in der Nähe?« Sie schlug die Augen nieder. »Ich möchte nur mit ihr reden, du kannst gerne mitkommen, wenn du Bedenken hast.«

Diese Idee erschien mir nicht schlecht.

»Tommy liegt vielleicht schon im Bett«, spekulierte ich, als wir den Deich entlang zum Haus der Bracks gingen.

»Kann sein.«

Ich blickte zur Seite und sah, dass sie nervös wurde. Sie hatte Lampenfieber, was in einem merkwürdigen Kontrast zu ihrer selbstsicheren Haltung von vorhin stand. Ich dachte bei mir, dass sie noch jung war, genau wie Thomas, und wahrscheinlich jeder nervös werden würde, wenn plötzlich ein unbekanntes Kind in sein Leben träte. »Wie hast du dir das Ganze vorgestellt?«

»Die Frau steht ja jetzt ganz allein da, vielleicht ist sie froh, dass Tommy zu uns kann.«

Letzteres bezweifelte ich. Möglicherweise sprach Louise sich auch nur selbst Mut zu. »Was meint eigentlich dein Vater dazu?«, fragte ich. »Ich denke, er ist so ein Moralapostel?«

Sie lachte angespannt. »Ich bin erwachsen. Thomas hat ein Kind. Was das Übrige betrifft, steckt Louis Vredeling wahrscheinlich einfach den Kopf in den Sand. Das können eingefleischte alte Calvinisten ziemlich gut. Aber in einem Monat nimmt er ihn dann auf den Schoss und will unbedingt allen seinen Enkel zeigen.«

Ingrid machte auf. »Max, was machst du denn hier?« Sie sah geistesabwesend aus und zudem zwar nicht gerade verwahrlost oder heruntergekommen, aber schlampig. Sie trug kein Make-up und wirkte sehr müde. Ich konnte mir vorstellen, dass sie über mein Kommen nicht gerade erbaut war.

»Guten Tag, Mevrouw«, sagte Louise. »Ich bin Louise Vredeling.« Sie reichte Ingrid nicht die Hand.

Ingrids weiblicher Blick wanderte automatisch über das teure Kostüm.

»Ja?«

»Ich würde mich gern einen Augenblick mit Ihnen unterhalten«, sagte Louise höflich. »Darf ich hereinkommen?«

Ingrid schaute mich vorwurfsvoll an. »Ich habe schon den halben Tag lang die Polizei im Haus gehabt. Sogar die Garage haben sie durchsucht.« Sie wandte sich an Louise. »Worum geht es?«

»Ich möchte das lieber nicht zwischen Tür und Angel besprechen.« Louise trat einen Schritt nach vorn. Das Lampenfieber schien verflogen, jetzt, wo sie aktiv handelte. Ingrid wich unwillkürlich zurück, und schon standen wir im Flur. Ich schloss die Tür.

»Ich würde Tommy gerne mal kurz sehen«, sagte Louise.

»Er liegt schon im Bett, ich wollte ihm gerade seine Geschichte vorlesen.« Sie runzelte die Stirn. »Sind Sie vom Gericht?«

»Ja«, log Louise.

Ingrid schaute mich an. »Es bleibt aber dabei. Ich übernehme die Vormundschaft.« Sie klang angespannt. »Das weiß auch der Richter, ich habe schon angerufen.«

»Und was hat der Richter gesagt?«

»Ich habe mit dem Leiter der Gerichtsverwaltung gesprochen.« Ingrid schaute Louise an, drehte sich schweigend um und ging uns voraus die Treppe hinauf. Ich folgte Louise und sah, wie sich ihre Fäuste öffneten und schlossen, als mache sie Übungen mit einer Handfeder.

Ingrid öffnete eine Tür und trat beiseite. Das Zimmer war vollgestopft mit bunten Spielsachen. Vor dem Fenster hingen fröhliche Kindergardinen, an den Wänden Märchenszenen. Tommy stand in einem Himmelbettchen, die Händchen um das Gitter geklammert. Ein Vorlesebuch lag auf einem Stuhl daneben.

Louise durchquerte das Zimmer und beugte sich über das Bett. Einen Moment lang blieb es still, und dann sagte sie: »Oh mein Gott. Er hat Thoms Augen.«

Sie streckte die Arme aus, um den Jungen aus dem Bett zu heben, doch da begriff Ingrid die Bedeutung ihrer Worte, stieß einen Fluch aus und schoss wie eine Furie durch den Raum.

»Fassen Sie ihn nicht an!« Sie packte Louise am Arm. »Sie sind gar nicht vom Gericht! Was wollen Sie hier?«

Louise ließ Tommy los. Der Junge fing an zu weinen. Ingrid beugte sich über ihn. Ich tätschelte ihre Schulter, machte beruhigende Geräusche und winkte Louise mit einer Geste zur Tür. »Nicht hier …«

»Ganz ruhig«, sagte Ingrid tröstend. »Mami kommt gleich wieder und liest dir deine Geschichte vor.«

Louise drehte sich an der Tür um und wiederholte: »Mami?«

Ich lotste sie in den Flur. Ingrid folgte drei Sekunden später, zog die Tür hinter sich zu und schaute Louise wütend an. »Wer sind Sie?«

»Ich bin die zukünftige Frau von Tommys Vater«, antwortete Louise ruhig. »Das heißt, dass ich Tommys Stiefmutter werde.«

Ich war schon an der Treppe und schaute mich um. Ingrid war völlig perplex stehen geblieben. »Davon kann keine Rede sein«, sagte sie. »Tommy hat nur eine Mutter, und das bin ich. Das hat der Richter so verfügt.«

»Ich bezweifle, dass das bereits beschlossene Sache ist. Und wenn, sorgen wir dafür, dass die Entscheidung rückgängig gemacht wird«, sagte Louise. »Ich kann Tommy nicht hier lassen, unter diesen Umständen und nach alldem, was passiert ist. Das können Sie doch sicherlich verstehen.« Sie nickte Ingrid zu und ging zur Treppe.

»Das wird Ihnen nicht gelingen.« Ingrid war heiser vor Wut. »Tommy gehört mir. Ich bin sein rechtmäßiger Vormund.«

Louise blieb neben mir stehen. »Tommy braucht keinen anderen Vormund außer seinem Vater. Vielleicht sollten Sie in erster Linie einmal daran denken, was das Beste für Tommy ist.«

»Dann soll Ihr Verlobter doch erst mal beweisen, dass er überhaupt der Vater ist! Aber selbst wenn – der Richter hat bereits anders entschieden.«

Louise schaute Ingrid irgendwie mitleidig an und schüttelte den Kopf. »Ich weiß ganz sicher, dass der Richter noch gar nichts entschieden hat«, sagte sie. »Und mein Verlobter kann seine Vaterschaft nötigenfalls beweisen, das wird nicht weiter schwer sein. Meine Entscheidung lautet jedenfalls, dass dies hier ein ungesundes Umfeld für Tommy ist, und die Anwaltskanzlei Louis

Vredeling wird sich mit ihrer gesamten Belegschaft bis zum Äußersten dafür einsetzen, dass wir die Vormundschaft erhalten.«

Sie nickte Ingrid nochmals zu und ging beherrscht die Treppe hinunter.

Ich sah, dass Ingrid sich nur mit Mühe zurückhielt. Es war, als würden ihre Augen Blitze schleudern, um Louises Korkenzieherlocken in Brand zu setzen. Als sie außer Sicht war, wandte sie sich wütend mir zu: »Wie kannst du es zulassen, dass dieses Weib in mein Haus eindringt, obwohl du weißt, dass sie mir Tommy wegnehmen will? Hast du nicht schon genug angerichtet?«

»Hör mal zu, Ingrid«, sagte ich beschwichtigend. »Louise wäre sowieso gekommen, mit mir oder ohne mich. Und du wirst garantiert ausreichend Gelegenheit dazu erhalten, deinen Standpunkt zu vertreten.«

»Recht herzlichen Dank«, sagte Ingrid.

Und dann schaute sie mich plötzlich verloren und hilflos an, und ich spürte einen Stich der Reue und des Bedauerns. Sie tat mir Leid. Ich suchte nach den richtigen Worten, um sie zu trösten und aufzumuntern, doch bevor ich etwas sagen konnte, drehte sie sich um und verschwand in Tommys Zimmer.

Louise stand bereits draußen und betrachtete die Umgebung. Es wurde allmählich dunkel. Wir spazierten über den Deich zurück. Ich lud sie zu einer Tasse Kaffee ein, doch sie wollte sofort zurück nach Amsterdam.

Sie erschauerte, als wir neben ihrem Auto standen. »Ich hätte Tommy einfach mitnehmen sollen«, sagte sie.

»Damit hättest du dir eine Anzeige wegen Kindesentführung eingehandelt.«

»Vielleicht wäre es für den Jungen besser gewesen.«

Ich schüttelte den Kopf. »Das ist garantiert der falsche Auftakt für Vormundschaftsverfahren.«

Sie nickte abwesend, als sei sie mit den Gedanken bereits woanders. »Behalte sie bitte ein bisschen im Auge.«

»Du brauchst dir um Tommy keine Sorgen zu machen, Ingrid ist verrückt nach ihm, sie würde ihn höchstens zu sehr verwöhnen.«

Louise wirkte keineswegs überzeugt und stieg in ihren Lancia. Ich ging zurück, um sie auf den Deich zu lotsen, und kurz darauf sah ich ihre Rücklichter um die Kurve verschwinden.

14

Ich träumte, dass sich CyberNel ein Kind wünschte. »Ich bin achtundvierzig«, sagte sie. »Da heißt es jetzt oder nie.«

Sogar in meinem Traum war mir klar, dass sie ihrem wahren Alter mindestens ein Dutzend Jahre hinzugedichtet hatte, während die meisten anderen Frauen es wohl vorzogen, eher in die entgegengesetzte Richtung zu schwindeln. Nel war Mitte dreißig, aber auch in ihr tickte unerbittlich die biologische Uhr, wie bei allen anderen auch. Als ich wach wurde, fragte ich mich, ob das wirklich ein Traum gewesen war oder vielleicht eine telepathische Nachricht von Nel. Cybertelepathie.

Morgen würde sie mir wahrscheinlich einen Traum schicken, in dem ich ins Groningische Feerweerd reiste, um bei ihrem Vater, dem genialen Fahrradkonstrukteur, um ihre Hand anzuhalten, während ihre Mutter und der übrige Kirchenchor mit Engelsgesang die passende Hintergrundmusik dazu anstimmten.

Um halb zehn hörte ich unten das Telefon läuten. Ich musste aufstehen, um dranzugehen, denn ich hasse Telefone in meinem Schlafzimmer. Barfuß im Pyjama nahm ich den Hörer ab: »Max Winter.«

»Hier spricht Simon Welschap von der Anwaltskanzlei Louis Vredeling. Louise Vredeling hat mir Ihre Nummer gegeben, für den Fall, dass wir Informationen bräuchten.«

Wer für meinen Verlobten arbeitet, arbeitet auch für mich, hatte Louise offenbar gedacht. »Ja?«

»Wir versuchen, Mevrouw Brack zu erreichen, weil wir einige Angaben im Zusammenhang mit dem Vormundschaftsverfahren benötigen.«

»Was möchten Sie wissen?«

»Welches Jugendamt den Fall bearbeitet hat und welches Gericht zuständig ist.«

Ich antwortete: »Unsere Gegend fällt in den Zuständigkeitsbereich des Jugendamtes Arnheim, und ich nehme an, dass es dort auch ein Amtsgericht gibt.«

»Wissen Sie zufällig, welcher Sachbearbeiter beim Jugendamt zuständig ist und welcher Richter den Fall bearbeitet?«

»Ich habe mit Mevrouw Anniek van Wessel vom Jugendamt gesprochen, den zuständigen Richter kenne ich nicht.«

»Ich hoffe, dass ich Mevrouw Brack bald erreichen kann, ich brauche noch weitere Informationen, und die Sache eilt. Louise dachte, Sie könnten vielleicht mal kurz ...«

Mich überkam das Gefühl, das Ganze schon einmal erlebt zu haben. »Vielleicht schläft sie noch, aber ich schaue gleich mal kurz vorbei«, versprach ich.

Ich rief die Polizei in Geldermalsen an. Der Spa war schon da. »Wir werden ihn so schnell wie möglich dem Haftrichter vorführen«, sagte er, als ich ihn fragte, wie es mit seinem Häftling stehe. »Ich gehe davon aus, dass er danach in Untersuchungshaft kommt.«

»Habt Ihr die Mordwaffe schon entdeckt?«

»Ja, die haben wir gestern auf seine Anweisungen hin im Kofferraum seines Autos in der Garage gefunden. Eine ganz normale Brechstange, darauf hat ja das Ergebnis der Autopsie schon hingedeutet. Fingerabdrücke von Brack am Griff, den Rest untersucht das Labor.«

»Haben die Medien schon Wind davon bekommen?«

»Nicht durch uns. Wir warten noch mit Presseberichten und einer eventuellen Pressekonferenz bis nach der Vorführung beim Richter.«

»Halte mich da raus«, sagte ich. »Wenn das geht. Ihr wart dem Täter schon dicht auf den Fersen, und letztendlich hat er sich selbst gestellt.«

»Brauchst du keine Werbung?«, fragte er spöttisch.

»Ich habe Arbeit genug.«

Nach dem Frühstück kam ich zu dem Schluss, dass ein Morgenspaziergang sowohl meiner Kondition als auch meiner Gemütsruhe gut tun würde.

Der Deich war ruhig, keine Pontiacs weit und breit. Im Haus der Bracks war alles still, auch als ich schellte rührte sich nichts.

Ich lief den Backsteinweg zwischen den Sträuchern und der seitlichen Hausmauer hinunter. Währenddessen überlegte ich, dass dies wohl das einzige Haus auf dem Deich war, bei dem Besucher nicht automatisch hintenrum gingen. Anders als bei mir, Bokhof oder Jennifer.

Da machte etwas in mir Klick. Ich stand vor der geschlossenen Terrassentüre, als mich der Gedanke plötzlich wie eine Windböe erfasste.

Warum war Ingrid nicht hintenrum gegangen?

Ich drückte mein Gesicht an die Scheibe und schaute ins Wohnzimmer der Bracks hinein. Alles sah normal aus. Vielleicht war Ingrid mit Tommy spazieren, Kahn fahren, einkaufen gegangen.

Ich setzte mich in einen der weißen Gartenstühle und blickte auf den Fluss. Äpfel reiften an dem Baum am Ufer. Eine Amsel flüchtete lärmend aus dem Unterholz. Enten hoben die Köpfe. Eine von ihnen verschwand mit einer dramatischen Rolle vorwärts unter Wasser. Das Ruderboot am Anlegesteg rief Erinnerungen an spielerische Ertrinkensgefahr und spontanen Sex in mir wach. Also waren sie nicht Kahn fahren.

Ingrid musste hundert Mal bei Jennifer vorbeigeschaut haben, mit einem Malbuch oder einem Brummkreisel für Tommy, um Tommy abzuholen oder zurückzubringen, um mit Jenny eine Tasse Tee zu trinken. Ingrid ging dort ein und aus, und all die Male war sie garantiert hintenrum gegangen.

247

Wenn sie an jenem Morgen ganz normal ums Haus gegangen wäre, hätte sie eine zerbrochene Scheibe vorgefunden, eine offene Tür und drinnen, in der Küche, die ermordete Jennifer. Stattdessen kam sie in heller Aufregung zu mir hinübergerannt und klopfte an meine Hintertür. Weil sie von der Scheibe und der toten Jennifer wusste, und weil sie damit einen Zeugen für ihren gespielten Schrecken und ihre Unwissenheit charterte?

Hier war doch etwas faul.

Ich wurde allmählich nervös, ging zurück auf den Deich und probierte die Rolltore der Doppelgarage aus. Die eine war abgeschlossen, die andere ließ sich ohne weiteres öffnen. Der rote Honda von Ingrid war weg. *Einkaufen gegangen?*

Ich blickte mich um, ging gebückt durch das Tor und zog es fast ganz hinunter. Durch ein Metallfenster fiel Licht hinein. Peters grauer Volvo stand auf seiner Hälfte. Die Polizei hatte den Kofferraum wieder ordentlich verschlossen und nicht übermäßig viele Puderspuren hinterlassen. Hinten in der Seitenwand befand sich eine Innentür, wahrscheinlich eine der Türen, die in den Flur mündeten.

Das letzte Mal, als ich hier war, am Abend vor dem Mord, war Ingrid mir aus dem Haus heraus gefolgt und hatte das Tor von außen geöffnet. Anschließend war sie mit ihrem Honda zu ihrer Schwester nach Tiel gefahren und hatte mich das Garagentor zuziehen lassen. Sie hätte mich auch erst verabschieden und anschließend durch die Innentür in die Garage gehen können. Es war sogar einfacher, die Rolltore von innen aufzuziehen.

Wollte sie, dass ich sie wegfahren sah? Fing ich an, Gespenster zu sehen?

Die Innentür war abgeschlossen. Das Schloss war ein gewöhnliches Küchentürexemplar, und ich hätte es innerhalb von fünf Minuten mit dem altbewährten Stück

Draht öffnen können, das hier doch irgendwo zwischen dem Werkzeug und dem anderen Krempel zu finden sein musste. Innen im Haus würde es bestimmt einen zusätzlichen Riegel geben, um nächtliche Eindringlinge, die sich mit Eisendraht auskannten, draußen zu halten. Dieser Riegel musste jetzt offen sein, wenn Ingrid das Haus durch die Garage verlassen hatte.

Ich überlegte auch, dass niemand einen solchen Schlüssel mitnahm. Er musste hier sein, in der Garage, zwischen dem Werkzeug und dem anderen Kram, versteckt an einer festen Stelle. Wir waren hier auf dem Land.

Ich fand den Schlüssel auf dem Fußboden hinter einem der hinteren Tischbeine von Peters Werkbank. Vielleicht war das die Stelle, an der er immer lag, denn es war ein guter Platz. Niemand rechnet damit, dass ein Schlüssel auf dem Fußboden liegt.

Ich stand im Flur. Das Haus war still. Ich ging ohne Umschweife die Treppe hinauf und in Tommys Zimmer. Es schien nichts verändert seit dem letzten Abend, nur Tommy fehlte. Es gab so viel Spielzeug, dass kein Mensch mit Sicherheit hätte sagen können, ob gestern ein paar Autos, Bären oder Brummkreisel mehr dagewesen waren.

Ich öffnete die Schubladen einer Art Kommode. Sie waren voll beziehungsweise halb voll mit Kinderkleidung, und ich schob sie wieder zu.

Ich betrat mit Widerwillen das eheliche Schlafzimmer und betrachtete ein paar Sekunden lang das von außen mit weißem Kunstleder bezogene Lotterbett und die Knicke, Eindrücke und Falten im fuchsiafarbenen Überwurf. Etwas Hartes hatte einen rechteckigen Abdruck hinterlassen.

Ich öffnete Türen und Klappen des riesigen Eichenholz-Kleiderschranks. Inmitten der lackierten Vorderfront befand sich ein Spiegel. Alles links vom Spiegel gehörte Peter, rechts befanden sich die Hängeschränke und Fächer von Ingrid, mit Schubladen darunter. Ingrids Schrankhälfte war durcheinander, als habe sie schnell eine Auswahl getroffen, Kleider hastig herausgenommen und wieder hineingehängt oder einfach unten reingeworfen. Dasselbe galt für die Schubladen mit Unterwäsche und Oberteilen. Ein Doppelschrank über dem Spiegel war leer, bis auf einen alten Stoffkoffer. Daneben hätten weitere Koffer Platz gehabt.

Vielleicht auch nur ein Koffer, denn sie wollte sicher nur wenig Gepäck mitnehmen, da sie auch Tommy an der Hand halten und manchmal auf dem Arm tragen musste. Der Abdruck eines Koffers auf dem Bett war unverkennbar. Sie hatte ihn rasch gepackt, durch die Flurtür in die Garage geschleppt und unauffällig im Honda verstaut, zusammen mit den Sachen für Tommy. Rolltor auf, kurz umgeblickt: Sie wollte nicht gesehen werden. Honda auf den Deich gefahren, schnell ausgestiegen, um das Rolltor zu schließen und alles normal aussehen zu lassen. Und weg.

Wann? Wohin?

Ich suchte weiter, auch unten in Peters Arbeitsecke, ohne irgendwelche Hinweise zu finden. Ich notierte mir ein paar Adressen und ging mein Auto holen.

***

Sigrid Wieriks wohnte in einem windumwehten Haus auf dem Flussdeich außerhalb von Tiel. Die Geranien auf dem schmalen Beet vor der Hausfront waren vom Straßenstaub und dem Asphaltsplitt stark mitgenommen. Ich hörte Hämmern. Der dunkelhaarige Mann in den Vierzigern, der mir aufmachte, hatte Nägel zwischen den Lippen unter einem Walrossschnauzer, einen Tischlerhammer in der Hand und eine Kneifzange im Hosenbund.

Ich nahm an, dass er ein Handwerker war. »Guten Morgen. Ist Mevrouw Wieriks zu Hause?«

Er schob den Hammer zur Kneifzange in seinem Hosenbund und nahm die Nägel zwischen Daumen und Zeigefinger. »Sigrid ist in ihrem Geschäft, ihr gehört die Boutique *Nada* in Tiel.«

Entweder ein recht dreister oder doch kein Handwerker. »Eigentlich bin ich auf der Suche nach ihrer Schwester.«

»Ingrid? War nicht hier. Worum geht es?«

Die Tür ging ein Stück weiter auf, und ich erkannte Paneele und Latten und eine Wandverkleidung im Bau. Das Ganze machte einen eher heimwerkermäßigen Eindruck. »Ich bin Max Winter, ein Nachbar von Ingrid. Sind Sie Meneer Wieriks?«

»Zurzeit noch.« Es klang finster, aber sein Gesichtsausdruck wurde freundlicher. »Ach so, Sie hielten mich für den Handwerker. Aber das hier ist mein eigenes Haus mit Aussicht auf den Fluss. Na ja, nicht mehr lange, wir werden durch diesen verdammten neuen Deich ja in die zweite Reihe abgedrängt. Diesen hier kann man wegen der vielen Häuser nicht mehr verstärken oder erhöhen, also kriegen wir bald einen Wall vor die Nase gesetzt.«

Ich nickte mitfühlend. »Ich habe neulich in einem Dokumentarbericht gesehen, dass der Meeresspiegel möglicherweise um sechs Meter ansteigt, und welche Konsequenzen das für die Niederlande und für Bangladesch hätte.«

Er lachte abfällig. »Na ja, kann nur ein kurzer Bericht gewesen sein. Wir bauen kostspielige Deiche und Bangladesch säuft ab.«

»Das war so ungefähr die Quintessenz«, sagte ich.

»Das Meer kann uns egal sein, aber was man vergessen hat, ist, dass immer mehr Regen fällt und die Gletscher auch abschmelzen. Man hat das in den letzten Jahren ja an den Flüssen gesehen: Man kann auch ganz gut in Wasser absaufen, das aus einer anderen Richtung kommt.«

»Tja, es ist schon eine riskante Sache.«

Er klopfte sich Sägespäne von einem seiner aufgerollten Hemdsärmel und wies mit dem Kinn in den Flur hinein. »Wasser, Wasser. Da denkt man, man sitzt hoch auf einem Deich im Trockenen, aber auch hier steigt es überall aus dem Boden in die Wände hinein. Das gibt Schimmel und Stockflecken, man kann sie jedes Jahr überpinseln, aber sie kommen immer wieder durch. Salpeter oder was weiß ich. Schauen Sie, bis in eine Höhe von etwa einem Meter. Deshalb verkleide ich die Wand mit Holz, lasse aber ein bisschen Luft dazwischen.«

»Wir haben dieselben Probleme. Ich wohne an der Linge, ganz in der Nähe Ihrer Schwägerin.«

Er nickte verständnisvoll. »Früher dachte ich, diese schönen Eichenvertäfelungen in den alten Häusern seien nur zur Verzierung da. Inzwischen weiß ich es besser. Sie dienen dazu, den Dreck zu verbergen, genau wie hier. Die Franzosen nennen sie darum *cache-misère*, sie überdecken das ganze Elend einfach.«

Ich begriff allmählich, dass er mir wohl keinen Vortrag über Schimmel und Wandverkleidungen halten würde, wenn er wüsste, dass sein Schwager verhaftet worden war. Die Sache war nicht in die Nachrichten gelangt. Also hatte er auch Ingrid nicht gesehen, denn die hätte es ihm sicherlich erzählt. »Bestimmt haben Sie Recht«, sagte ich. »Man macht sich gar keine Gedanken darüber.«

»Sehen Sie, da lernt man noch was dazu auf dem Deich. Sie sagten, Sie seien auf der Suche nach Ingrid?«

»Sie war nicht zu Hause, und da dachte ich, sie wäre vielleicht bei ihrer Schwester, und da ich gerade in der Nähe war ... Ich habe Ihre Frau auf Ingrids Geburtstag kennen gelernt, aber Sie waren, glaube ich, nicht da?«

»Nein, ich hatte keine Zeit.« Er wandte kurz den Blick ab. »Ach, solche Partys sind auch nichts für mich. Aber Ingrid ist nicht hier. Ist es dringend?«

»Ich bin Ermittler«, sagte ich vorsichtig. »Ich habe für Ingrid und ihren Mann einige Nachforschungen im Zusammenhang mit der Adoption angestellt. Sie wollten so bald wie möglich wissen, ob der Junge noch Verwandte hat, und ob von der Seite aus Einwände gegen die Adoption bestehen.«

»Und, haben die Einwände?«

»Nein, im Gegenteil.«

»Na, dann hat Ingrid es ja geschafft.«

Ich hatte das unbestimmte Gefühl, dass mehr hinter dieser Bemerkung steckte und fragte: »Geschafft?«

Wieriks nickte ein wenig spöttisch. »Sie hat immer gesagt, dass der Junge eines Tages ihr Sohn sein würde. Wir sollten ihn schon mal ins Familienalbum einkleben.«

»Sie meinen sein Foto?«

Er grinste. »Wollen Sie's mal sehen?«

Vielleicht war er ganz froh über eine Unterbrechung, denn er ging mir, ohne eine Antwort abzuwarten, durch das Heimwerkerchaos im Flur voraus ins Wohnzimmer, wo Sägemehlreste auf dem roten Teppich lagen und das Fenster Aussicht auf Weiden und Obstgärten bot. Unter den Zeitschriften auf einem Glasrauchtisch zog er ein Album hervor. Wieriks schlug es auf und blätterte darin. »Bitteschön.«

Eine sommerliche Aufnahme hinter Ingrids Haus. Ingrid trug ein weites Seidenkleid und hielt einen viel jüngeren Tommy fest im Arm, seinen Kopf an ihrer Brust, in der Achselbeuge. Tommys ET-Augen schauten nur ein kleines Stück hervor.

»Das muss doch vor ungefähr einem Jahr gewesen sein?«, vermutete ich.

»Stimmt, und ich weiß noch genau, was sie zu Sigrid sagte: Der hier wird mein Sohn, ist er nicht wunderbar? Klebt ihn schon mal ins Familienalbum ein.«

»Was dachten Sie, als sie das sagte?«

»Ich wusste, dass die Mutter des Jungen allein stehend war, und dachte, Ingrid hätte vielleicht eine Abmachung mit ihr getroffen, dass sie ihn adoptieren könnte oder so.«

»Und das hat sie jetzt geschafft?«

Wieriks war nicht auf den Kopf gefallen. »Ja, nur dass es ein bisschen anders abgelaufen ist. Wie sagt man dazu, höhere Gewalt? Oder einfach Mord?«

Ich beobachtete ihn genau. »Aber damit hat Ingrid doch nichts zu tun? Die war doch an dem Abend hier, oder?« Er nickte, und ich bohrte noch ein bisschen weiter: »Sie hat doch auch hier übernachtet?«

Er zwirbelte seinen Schnurrbart. »Stimmt irgendwas nicht?«

»Was sollte denn nicht stimmen?«

Einen Moment lang trat eine merkwürdige Stille ein. Dann fragte er: »Hat Peter Sie geschickt?«

»Nein, ich bin auf der Suche nach Ingrid, das ist alles. Warum?«

Wieriks zögerte einen Augenblick und gab dann zu: »Ich dachte, Peter hätte Sie vielleicht engagiert, um sie zu beobachten.«

»Hatte er einen Grund dazu?«, fragte ich.

»Na ja.« Er zuckte mit den Schultern. »Sigrid erwähnte so was. Sie nimmt ihrer Schwester ihr Verhalten ziemlich übel, aber das geht mich nichts an. Ich glaube, sie langweilt sich bei diesem Mann zu Tode. Ansonsten kann ich dir auch nicht weiterhelfen.«

Ich fand die Boutique *Nada* zwischen einem Buchladen und einem italienischen Eiscafé in einer belebten Einkaufsstraße im alten Zentrum. Ein paar Teenager stöberten zwischen den Regalen mit Hemden, Röcken und Jeans herum. Ich erkannte den blonden Hinterkopf von Sigrid, die für eine mollige Tieler Dame diverse Pullover hochhielt. Eine andere Verkäuferin kam auf mich zu und half mir dabei, für CyberNel einen Pullover aus der soeben eingetroffenen Winterkollektion auszuwählen. Wir einigten uns auf ein weites, herbstrotes Exemplar mit breitem Kragen und großen Knöpfen.

Der Pullover war eingepackt und bezahlt und ich trug ihn unter dem Arm, als Sigrid unverrichteter Dinge von ihrer Kundin zurückkehrte. Sie runzelte die Stirn, warf einen Blick auf das Paket unter meinem Arm und schien mich schließlich wiederzuerkennen: »Ach, du bist doch dieser Mann von Ingrid ...«

Ich schaute mich kurz um und antwortete in gedämpftem Tonfall: »Nein. Der Mann von Ingrid sitzt in Untersuchungshaft.«

Verständnislos runzelte Sigrid noch stärker die Stirn. »Was?«

»Weißt du, wo Ingrid ist?«

Sie wurde nervös. »In Untersuchungshaft?«

»Ja, Peter. Können wir uns irgendwo anders unterhalten?«

Sie nickte stumm und winkte mich hinter sich her. Sie sagte etwas zu der anderen Verkäuferin und führte mich zu einer Tür hinten im Geschäft. Dahinter befand sich ein kleines Büro mit einem geriffelten Mattglasfenster. Die übrigen Wände waren mit Regalen voller Kartons, Kurzwaren und Kleiderstapeln vollgestellt. Außerdem standen ein kleiner Tisch mit einer Nähmaschine und ein Schreibtisch mit Computer darin.

Sigrid nahm einen Stapel Modezeitschriften von einem Stuhl und bot ihn mir an.

»Was hat er denn getan?«

»Man verdächtigt ihn des Mordes an Jennifer, der Mutter von Tommy.«

»Ach was, Peter?«

»Er hat ein Geständnis abgelegt.«

Sigrid wandte den Blick ab, legte konzentriert die Stirn

in Falten und stieß nach einer Weile einen Seufzer in Richtung Fenster aus: »Dieser Blödmann.«

»Tja.«

»Warum hat sie mich nicht angerufen?«

Die Frage galt nicht mir. Ich studierte ihr norwegisches Profil und ihr fast weißes Haar, das im hässlichen Mattglaslicht seinen Glanz verlor.

»Muss sie jetzt auch das Kind abgeben?«, fragte sie dann.

»Hast du irgendeine Ahnung, wo sich Ingrid aufhalten könnte?«, fragte ich zurück. »Sie ist zusammen mit Tommy verschwunden, und ihr Auto ist weg.« Ich dachte an unsere ziemlich feindselige erste Begegnung auf Ingrids Geburtstagsfest und beschloss, ihr zu verschweigen, dass ich bei ihrer Schwester eingebrochen hatte und wusste, dass Koffer fehlten.

Sigrid näherte ihr Gesicht dem meinen. »Was hast du mit der Sache zu tun?«

»Ich habe Ermittlungen im Zusammenhang mit der Adoption für sie durchgeführt, hat sie dir das nicht erzählt?«

»Na und?«

»Hast du nicht besonders viel Kontakt mit ihr?«

»Sie hat mir nur noch nichts von Peter erzählt, das ist alles.«

»Habt ihr so wenig Kontakt zueinander, weil du es ihr verübelst, dass sie Liebhaber hat?«

Sie erwiderte kühl meinen Blick. »Ich dachte, du wärst einer von denen.«

Ich hielt ihrem Blick stand und zuckte mit den Achseln. »Ich habe sie an ihrem Geburtstag zum ersten Mal gesehen.« Bevor sie erkannte, dass ich ihrer Frage auswich, fügte ich rasch noch hinzu: »Ingrid ist an dem Abend, an dem Jennifer ermordet wurde, doch zu dir gefahren? Das war am Dienstag, dem 13. Juni.«

»Ja, sie hat mich am nächsten Tag angerufen und mir erzählt, dass Jennifer umgebracht worden sei und sie Tommy zu sich genommen habe.«

»Was habt ihr an jenem Abend unternommen?«

»Wir sind in einer Kneipe hier in der Nähe gewesen. Wieso?«

»Bis um welche Uhrzeit?«

»So etwa bis elf.«

»Und hat sie danach bei euch übernachtet?«

»Warum spielt das eine Rolle?«

»Man wird dich unter Umständen als Zeugin vernehmen.«

»Warum? Peter hat doch zugegeben, dass er es getan hat?«

Ich nickte. »Aber man wird auch versuchen, herauszubekommen, ob Ingrid in die Sache verwickelt war oder nicht.«

Ein Gedanke schoss ihr durch den Kopf, und sie schüttelte den Kopf. »Peter hat die junge Frau nicht ermordet.«

»Nicht?«

»Nein, das kann nicht sein, denn er war in jener Nacht in Amsterdam, das hat Ingrid jedenfalls behauptet. Deshalb ist sie zu mir gekommen.«

»Hat sie bei euch übernachtet?«

Sigrid erstarrte, und vielleicht wurde ihr klar, dass sie, indem sie Peter ausschloss, den Verdacht auf ihre Schwester lenkte. Das machte sie nervös. »Ich rede hier einfach so über meine Schwester.« Sie schüttelte den Kopf, als habe sie eine Entscheidung getroffen. »Ich finde das irgendwie nicht richtig. Ich weiß nicht, wo sie ist. Schluss, aus.«

»Hat sie einen Freund hier in der Nähe, ist sie später am Abend vielleicht zu ihm gegangen?«

Sie reagierte abweisend. »Das geht mich nichts an, das kannst du sie selber fragen.«

»Könnte ich, wenn sie hier wäre.«

»Sie taucht schon wieder auf.« Sigrid stand auf. »Ich muss an die Arbeit.«

»Jetzt warte doch mal, Sigrid«, sagte ich. »Ich glaube, dass sie durchgebrannt ist.«

»Wie, durchgebrannt?«

Ich erklärte ihr, dass Tommys Vater und dessen Verlobte Ansprüche auf das Kind erhoben. Das machte sie traurig. »Ach Gott, die Arme«, sagte sie. »Sie hatte so fest darauf gebaut.« Sie schaute mich an. »Es würde ihr gut tun, weißt du. Ein Kind. Hat dieser Mann Chancen?«

Ich überlegte mir, dass ich die Sache vielleicht ein wenig beschönigen sollte, wenn ich auf Sigrids Mithilfe beim Aufspüren ihrer Schwester setzen wollte. »Nicht, wenn Ingrid keinen Blödsinn macht«, antwortete ich. »Laut Gesetz kann jeder, der nicht entmündigt ist oder an einer Geisteskrankheit leidet, Vormund sein. Dass der Adoptivvater im Gefängnis sitzt, macht an sich nichts aus. Sie hat das Jugendamt auf ihrer Seite, alles spricht für sie, aber die endgültige Entscheidung ist noch nicht getroffen. Sie muss also sehr vorsichtig sein.«

»Ich verstehe das alles nicht so richtig.«

»Nein? Ich glaube nicht, dass der Richter jemanden positiv einschätzen wird, der Hals über Kopf und in heller Aufregung mit einem Kind flüchtet, noch bevor er eine Entscheidung über die Vormundschaft fällen konnte.« Ich schaute ihr wie ein aufrichtig besorgter Nachbar in die blauen Augen. »Oder was meinst du?«

Sigrid schwieg bestürzt.

»Deshalb suche ich Ingrid. Wenn sie den Jungen adoptieren will, sollte sie besser wieder zurück sein, bevor dem Richter das zu Ohren kommt.«

Sigrid sank zurück auf ihren Stuhl. »O mein Gott«, sagte sie mit einem Seufzer. »Ich habe keine Ahnung, wo sie sein könnte.«

»Dann solltest du vielleicht anfangen, dir darüber Gedanken zu machen.«

»Kannst du sie aufspüren?«, fragte Thomas Niessen. »Sollen wir die Polizei einschalten?«

»Du lieber Himmel.« Louise seufzte und sank bleich in einen der Lehnstühle in Niessens Büro. »Ich komme gerade von meinem Vater.«

»Gibt es ein Problem?«, fragte Niessen.

»Na ja, die Geschichte wird ihn nicht gerade fröhlicher stimmen.« Sie schaute mich entschuldigend an. »Er wird sich schon noch daran gewöhnen, aber im Moment bereitet ihm die Vorstellung, dass Thomas ein Kind hat, das nicht von mir ist, aber trotzdem sein Enkel werden soll, noch einige Schwierigkeiten. Dass seine Kanzlei viel Zeit für die Formalitäten aufwendet, ist eine Sache, aber wenn er erfährt, dass sich die Sache zu einem ordinären Zank um die Vormundschaft ausweitet und die Adoptivmutter auch noch das Kind entführt hat ...«

»Möchtest du es lieber rückgängig machen?«, fragte Niessen unsicher.

Louises Augen funkelten. »Natürlich nicht, wie kommst du darauf? Das Einzige, was ich will, ist, dass Tommy so schnell wie möglich aus den Fängen dieser Frau befreit wird.«

»Ingrid sorgt aber wirklich gut für ihn«, sagte ich noch einmal.

»Gut, kann ja sein.« Sie schnaufte viel sagend. »Aber lass uns doch lieber direkt die Polizei einschalten.«

»Die Polizei wird sich nicht die Finger daran verbrennen wollen.«

Alle beide schauten mich verständnislos an. Niessen runzelte die Stirn. »Wieso?«

Ich erwiderte verwundert ihren Blick. »Was soll das heißen, wieso? Ihr seid doch hier die Juristen. Ingrid ist mit ihrem Pflegekind unterwegs. Von Entführung kann keine Rede sein. Sie selbst steht nicht unter Vormundschaft, sie braucht niemandem zu erzählen, wohin sie geht.«

Niessen schüttelte den Kopf. »Noch hat sie nicht die Vormundschaft für Tommy, du hast selbst gesagt, dass die endgültige Entscheidung noch nicht gefallen ist.«

»Schon, aber das Jugendamt hat einer VPS zugestimmt.«

»Das verstehe ich nicht«, sagte Louise.

»Einer vorläufigen Pflegschaft.« Ich betonte die Anfangsbuchstaben. »Ingrid ist mit Zustimmung des Jugendamtes zu Tommys vorläufiger Pflegemutter ernannt worden, als sie ihn bei sich aufgenommen hat. Während der Dauer der vorläufigen Pflegschaft stellt das Jugendamt Untersuchungen über das Umfeld an et cetera. Wenn sie zu einem positiven Urteil kommen, ordnet das Vormundschaftsgericht offiziell die Vormundschaft an beziehungsweise erteilt die Erlaubnis zur elterlichen Sorge.«

Ich sah, dass Thomas allmählich verstand. »Die vorläufige Pflegschaft gilt, solange das Vormundschaftsgericht noch kein endgültiges Urteil gefällt hat«, sagte er.

»Genau. Man kann kein Kind entführen, für das man vorläufig zur Pflegemutter ernannt wurde.«

Für einen Augenblick schwiegen wir alle und dachten nach.

Louise kam zu der einfachen Lösung: »Dann muss der Richter eben unverzüglich ein Urteil fällen.«

»Schon gut, Schatz«, sagte Thomas.

»Was soll das heißen, schon gut Schatz?« Sie schaute mich forschend an.

»Richter lassen sich nicht gern von Rechtsanwälten vorschreiben, was sie zu tun haben«, sagte ich.

Louise gab sich nicht so leicht geschlagen. »Welche Rechte hast du genau?«, fragte sie ihren Verlobten.

Niessen zuckte mit den Schultern und schaute mich Hilfe suchend an. Ich erkannte, dass er sich nicht besonders wohl in seiner Haut fühlte. Vermutlich hatte er bereits zu spüren bekommen, dass er in der Achtung von Louis Vredeling erheblich gesunken war. Und Louis Vredeling war seine Zukunft. Das bereitete ihm Kopfschmerzen. Wahrscheinlich hätte er am liebsten alles vergessen, was mit der Affäre mit seiner ehemaligen Mandantin zusammenhing.

Ich rang mit einer neutralen Formulierung. »Woran ich mich erinnere, ist, dass nach dem Tod der leiblichen Mutter normalerweise automatisch der leibliche Vater Vormund des Kindes wird.« Wenn dieser Tropf sich sofort gemeldet hätte, hätte ich am liebsten hinzugefügt, hielt aber den Mund.

»Muss er beweisen, dass er der Vater ist?«, fragte Louise.

»Ich kann jederzeit einen DNA-Test durchführen lassen«, sagte Thomas steif.

»Also, ich glaube nicht, dass der Richter mit einem entsprechenden Urteil Probleme hat«, urteilte Louise, als könnten wir schon mal den Champagner aufmachen. Sie sah in unsere Gesichter. »Oder?«

Wieder schwieg Thomas dazu. Ich beschloss, dem leiblichen Vater in Kürze eine gesalzene Rechnung zu schicken. »Selbst wenn er rasch ein Urteil fällt, muss dieses Ingrid bekannt gegeben werden, und dazu muss sie erreichbar sein. Ingrid ist nicht illegal abwesend, sie ist einfach abwesend. Die Polizei gibt keinen Fahndungsbefehl heraus, solange nichts auf eine böse oder kriminelle Absicht hinweist. Man wird Verständnis dafür haben, dass Ingrid sich nach all der Aufregung und der Verhaftung ihres Ehemannes für eine Weile mit ihrem Pflegekind zurückziehen will, um zur Ruhe zu kommen. Wenn sie klug ist, schickt sie dem Jugendamt sogar eine kurze Nachricht, in der sie es ihnen erklärt, und dann kann sie wochenlang wegbleiben, ohne dass ihr jemand etwas anhaben kann.«

»Und verschleppt in der Zeit Tommy auf die andere Seite der Erde!«, rief Louise.

Ich folgte Niessens Blick auf seine Verlobte und fragte mich, ob ihm das etwas ausmachen würde. Er schien meine negativen Gedanken zu erraten, nickte Louise beschwichtigend zu und wurde sachlich. »Wir nehmen noch heute Kontakt mit dem Gericht in Arnheim und mit dem Jugendamt auf. Die Polizei kann vielleicht keinen Fahndungsbefehl rausschicken, aber wir können ihnen auf jeden Fall schon einmal mitteilen, wie wir die Sache sehen. Einstweilen hoffe ich, dass sich Max bereit erklärt, Ingrid zu suchen.«

Beide schauten mich hoffnungsvoll an.

Ich hatte sowieso schon lange vor, Ingrid nachzujagen, aber dafür bezahlt zu werden, war natürlich noch besser.

15

CyberNel stand mit ihrer Technotasche schon unten an der Straße, sodass ich nicht stundenlang auf dem Nieuwezijds Voorburgwal nach einem Parkplatz zu suchen brauchte.

Heute hatte sie nichts Ungeschicktes oder Unsicheres an sich. Sie warf ihre Tasche auf die Rückbank und stieg neben mir ein. Sie gab mir keinen Kuss, sondern tätschelte mir nur freundlich die Hand. »Das Aufspüren verschwundener Frauen passt zu älteren Detektiven«, sagte sie.

»Im Ernst?«

»Bist du sicher, dass du mich dafür brauchst?«

»Fühlst du dich zu jung dazu oder hast du keine Zeit?«

Nel lächelte. Ihre Sommersprossen tanzten mit. »Das Bankgremium berät sich noch. Eddie kümmert sich darum. Wo liegt das Problem?«

Ich fuhr in Richtung stadtauswärts. »Möglicherweise haben wir die falsche Person hinter Gitter gebracht.«

»Aber Peter hat doch gestanden?«

Ich dachte an die erste Reaktion des Spa: Ein Geständnis will noch nicht viel heißen. »Stimmt. Und man hat auch die Mordwaffe gefunden. Alles passt zusammen.« Während ich ihr von meinen Vermutungen und meinen wenigen konkreten Hinweisen berichtete, erinnerte ich mich plötzlich an die sklavische Anbetung, mit der Peter auf Ingrids Geburtstag seine Frau angeschaut hatte.

Nel sagte: »Das Hotel, in dem er gewohnt hat, ist doch dieser Riesenkasten an der Amstel, an dem wir vorbeikommen?«

»Stimmt.«

»Ich würde mir gern mal anschauen, wie das Kommen und Gehen der Gäste registriert wird.«

263

»Ich dachte, du müsstest das doch am besten wissen.«

»Und ich dachte, dass du den Dingen gerne auf den Grund gehst.«

»Ich will mich nicht mit dir streiten.«

Sie nickte zustimmend. »Wir sollten lieber was unternehmen.«

Wir erreichten die Utrechtsebrug, und ich bog ab, um drunter durch zu fahren. Nel fragte: »Du hast deinen Meulendijkausweis doch noch?«

»Ja, aber ich bezweifle, dass er ihn nächstes Jahr verlängert.«

Sie stimmte in mein Lachen ein und sagte: »Das Prinzip ist mir natürlich klar. Wenn du eincheckst, wird eine Blankoschlüsselkarte in einen Scanner gesteckt. Deine Daten werden in den Computer eingegeben, und der stanzt oder druckt einen Schlosscode in die Karte. Dieser Code gilt nur für eine gewisse Zeit, nämlich, solange du im Hotel wohnst. Du brauchst die Karte bei deiner Abreise noch nicht einmal an der Rezeption abzugeben und es ist auch nicht schlimm, wenn du sie verlierst. Der nächste Gast bekommt eine neue Karte und einen neuen Code.«

»Diesen Part verstehe ich. Mehr oder weniger.«

Sie schaute mich mitleidig von der Seite an. »Der Rest ist auch einfach. Du glaubst doch nicht, dass das Personal an der Rezeption jedes Mal in den Aufzug hechtet und durch die Gänge flitzt, um den neuen Code im Türschloss einzugeben?«

»In Frankreich würde das Hotelpersonal deswegen sofort in Streik treten«, gab ich zu. Ich fand einen Parkplatz an der Straße vor dem Hotel und schaltete den Motor aus.

»Deshalb sind alle Türschlösser direkt mit dem Computer verbunden. Wenn der Code für die Schlüsselkarte eingeben wird, ändert sich im selben Moment der Code im Schloss an der Zimmertür. Das bedeutet, dass der Computer auch ganz einfach registrieren kann, wann eine Karte ins Schloss gesteckt wird, um die Tür zu öffnen. Und es kommt noch besser: Der gesamte Schließmechanismus ist computergesteuert. Der Computer weiß also auch, wann du weggehst und die Tür ohne Karte öffnest.«

»Ein Wunder der Technik«, sagte ich. »Woher weißt du das?«

CyberNel öffnete die Autotür, nahm ihre Schultertasche und setzte einen Fuß auf den Asphalt. »Ich weiß gar nichts«, erwiderte sie. »Aber so würde ich es machen, wenn man mich bitten würde, solch ein Schließsystem zu entwerfen.«

Es war kurz vor fünf und ziemlich voll an der Rezeption. Ich meldete mich am Informationsschalter, ließ die Dame einen flüchtigen Blick auf meinen Meulendijkausweis werfen und erklärte mit diskret gedämpfter Stimme, dass die Polizei zwar schon vor ein paar Tagen dagewesen wäre, wir aber noch ein paar Informationen benötigten. Mit wem die Kripo bei ihnen gesprochen habe?

Ich klang wohl ausreichend überzeugend und offiziell, um den älteren Bürovorsteher, der kurz darauf aus dem Büro hinter dem Schalter herauskam, glauben zu machen, dass auch wir von der Polizei seien. Er stellte sich als Lammers vor und fragte nicht nach meiner Marke. Er war schon froh, dass wir nicht in Uniform erschienen waren. Ein wenig sorgenvoll schaute er hinüber zur Hektik an der angrenzenden Rezeption. »Vielleicht könnten wir dort hinten …«

Wir durchquerten die Eingangshalle und gingen in die Lounge bei der Bar. Nel und ich setzten uns kollegial auf ein weiches Ledersofa, er auf den Rand eines Sessels, der im rechten Winkel dazu stand.

»Wir wollten uns nur noch einmal erkundigen, wie das mit den Kartenschlössern genau funktioniert«, begann ich.

»Wie das funktioniert, dürfen Sie mich nicht fragen«, antwortete Lammers »Das läuft alles über den Computer.«

Nel zwinkerte mir zu und fragte: »Wird auch registriert, wenn jemand sein Zimmer verlässt und die Tür zuzieht, ohne die Karte zu benutzen?«

»Alles wird registriert, auf die Minute genau. Computer haben doch eine integrierte Uhr?«

»Aber natürlich«, sagte Nel und trat mir zufrieden an den Knöchel.

»Warum?«, fragte ich.

Lammers schaute mich an, als verstehe er mich nicht. »Die Uhr?«

»Nein, ich meine, ob diese Registrierung kein Problem in puncto Datenschutz darstellt?«

»Ich weiß nur, dass dies ein Teil unseres Sicherheitssystems ist«, sagte Lammers. »Wir verwenden es zu keinem anderen Zweck. Vor allem für den Nachtportier ist es praktisch. Wenn er sieht, dass nachts jemand den Aufzug in die achte Etage benutzt, und er erkennt auf einen Blick, dass im achten Stock schon alle Gäste auf ihren Zimmern sind, behält er die Sache eben ein bisschen im Auge, denn man weiß ja nie.« Er machte eine kurze Pause. »Tja, manchmal ist es nur eine Escortdame. Oder ein Herr, das gibt es heutzutage auch.« Er lachte ein wenig anzüglich und schaute Nel an.

»Tja, schon merkwürdig, die Männer heutzutage«, sagte Nel.

»Es gibt auch Gäste, die nachts nach Hause kommen und kurz darauf ein Stündchen an die frische Luft gehen, um an der Amstelbocht ihren Alkoholnebel zu vertreiben.«

Nel lächelte verständnisvoll. »Ist das Logbuch der entsprechenden Nacht ausgedruckt worden?«

»Sie meinen für die Polizei?«

»Ja?«

Lammers zuckte mit den Schultern. »Ich habe mich

nicht mit dem anderen Kripobeamten unterhalten, das hat meine Assistentin übernommen. Sie meinte, er hätte es ziemlich eilig gehabt, aber er sei sehr zufrieden gewesen, als er hörte, dass der Meneer in der Nacht für circa drei Stunden abwesend war. Sie sagte, die Polizei wolle vielleicht noch einmal darauf zurückkommen, aber ich glaube nicht, dass ein Ausdruck erstellt wurde.«

»Werden die Logbücher gelöscht?«, fragte Nel. »Oder ist das von der Nacht des 13. auf den 14. Juni noch vorhanden?«

»Ich nehme an, dass es noch da ist, es ist ja noch nicht lange her. Ich kann gerne einmal nachschauen, wenn Sie möchten.«

»Gern.«

Lammers stand auf. »Brack war der Name, nicht wahr? Mit ›ck‹? Wollen Sie auch Laura sprechen?«

»Laura?«

»Ja, die Kellnerin, die am nächsten Morgen beim Frühstück bediente.«

»Das ist sicher nicht nötig, wenn der andere Kripobeamte ihre Aussage schon zu Protokoll genommen hat«, sagte ich.

Lammers nickte und ging rasch hinüber an die Rezeption. Kurz darauf kam er mit einem Ausdruck zurück. »Wir haben nur die Daten von Zimmer Nummer 413 ausgewählt und ausgedruckt«, sagte er. »Wegen des Datenschutzes ...«

Ich warf einen Blick auf das Blatt Papier, faltete es in der Mitte und dankte ihm. »Ich glaube, das genügt uns für den Augenblick«, sagte ich. »Wahrscheinlich brauchen wir Sie nicht noch einmal zu belästigen.«

Wir gaben Lammers die Hand, und er verschwand rasch in seinen Büroräumen. Ich ging mit Nel zum Restaurant auf der anderen Seite der Eingangshalle. »Es ist noch zu früh zum essen«, wandte sie ein.

»Wir trinken einen Aperitif und warten, bis die Hauptverkehrszeit vorbei ist.«

Wir bestellten zwei Campari-Soda. Draußen herrschte sommerliche Hitze. Die Linden neben dem Hotel ließen die Blätter hängen. In der Ferne strömte der Verkehr hinter den schalldichten Fenstern aus der Stadt hinaus, wie in einem Stummfilm.

Das Hotelrestaurant hatte eine Klimaanlage. Die Zeit verstrich.

»Erzählst du's mir jetzt endlich?«, fragte Nel.

»Hast du ein Telefon dabei?«

Nel grub in ihrer Tasche und gab mir einen winzigen Apparat. Ich schaute auf die Uhr, dachte an dorfpolizeiliche Dienstpläne und wählte Kemmings Privatnummer. Der Spa war nicht bereit, sich am Busen seiner Familie über Autopsieberichte zu äußern, und ließ mich warten, während er an einen anderen Apparat ging, um die Seelen der zartbesaiteten Brigadierskinder zu schonen.

»Ich brauche nur den genauen Todeszeitpunkt zu wissen«, sagte ich entschuldigend, als er sich wieder meldete.

»Ach so. Der liegt zwischen halb zwölf und Viertel vor zwölf.«

Ich schwieg für einen Moment. »Sitzt Brack noch bei euch ein?«, fragte ich dann.

»Er wird morgen dem Richter vorgeführt. Er berät sich mit seinem Rechtsanwalt.«

»Hat seine Frau Kontakt zu ihm aufgenommen?«

»Nicht, dass ich wüsste. Wieso?«

»Könntest du die Vorführung verschieben?«

Kemming reagierte ziemlich untypisch: »Hast du nicht mehr alle Tassen im Schrank?«

»Möglicherweise haben wir den Falschen erwischt.«

»Wer, wir? Ich würde das Weitere wirklich der Polizei überlassen.«

»Das ist kein Witz. Bist du morgen in der Dienststelle?«

Kemming knurrte bestätigend und unterbrach die Verbindung.

Ich schaute Nel an. »Der Spa ist sauer. Jennifer wurde spätestens um Viertel vor zwölf ermordet.« Ich gab ihr das Blatt.

Nel genügte ein kurzer Blick darauf. »Wie kann die Polizei das übersehen haben?«

»Der genaue Todeszeitpunkt war noch nicht bekannt, als das Hotel überprüft würde. Danach hat Peter Brack ein Geständnis abgelegt, und niemand brauchte mehr genau hinzuschauen. Irgendjemand hätte es bei der Zusammenstellung der Akte schon festgestellt, aber im Moment gibt es ein Kommunikationsproblem zwischen Stadt und Land.«

»Aber wer hat Jennifer dann ermordet?«

Ich wartete einen Augenblick. »Ingrid.«

Nel schaute mich stirnrunzelnd an und nickte langsam. Noch sparte sie sich einen Kommentar.

Ich trank einen Schluck Campari, und Nel strich den Ausdruck auf dem Tisch glatt. »Was hat Brack in Amsterdam gemacht?«

»Er hatte Termine mit seinem Herausgeber, Ben Meiling. Sie sind in der Stadt essen gegangen, und Peter hat mich angerufen und gebeten, seiner Frau zu sagen, dass es spät werden könne und er im Hotel übernachten würde.«

»Ziemlich merkwürdig.«

»Das fand ich damals auch. Aber der Stecker ihres Telefons war herausgezogen, ich habe ihn selbst wieder eingesteckt.«

CyberNel schaute mich mit einem eigenartigen Gesichtsausdruck an. »Wollen wir Meiling noch auf den Zahn fühlen?«, fragte sie neutral.

»Nur, wenn wir es auf einen Riesenkrach mit der Leitstelle und den Jungs vom organisierten Verbrechen ankommen lassen wollen. Meiling steckt hinter *Calluna,* und sogar der Nachrichtendienst ist daran interessiert, eine eventuelle Deckadresse für ausländische Mafiamitglieder zu überwachen, und kann es nicht gebrauchen, dass wir schlafende Hunde wecken.«

Nel schüttete noch ein wenig Sodawasser in ihr Glas und beobachtete die aufsteigenden Bläschen. »Peter bleibt in Amsterdam. Er reserviert telefonisch und trifft um 23.12 Uhr in Zimmer 413 ein. Um 23.47 Uhr verlässt er es wieder und kommt drei Stunden später, um 02.53 Uhr, wieder zurück. Am nächsten Morgen um 08.46 Uhr geht er aus dem Zimmer hinaus, ohne sich nach dem ereignisreichen Alibifrühstück die Zähne zu putzen, zahlt unverzüglich und ist weg, Türschloss auf Null um 09.30 Uhr. Was passiert am Dienstagabend in der halben Stunde, in der Peter sich in seinem Zimmer aufhält? Gab es Telefongespräche, eingehende oder ausgehende?«

Ich dachte nach. »Laut Ingrid haben die beiden nur ein Handy, und das hatte Peter bei sich. Peter kennt sich vielleicht nicht mit Türschlössern aus, aber sicher weiß er, dass Gespräche über das Hoteltelefon automatisch auf seine Rechnung gesetzt und daher registriert werden. Wenn Ingrid ihn angerufen hat, dann garantiert auf dem Handy, das geht schneller als erst die Nummer des Hotels herauszusuchen und so weiter. Das Telefonregister nützt uns nichts.«

Nel trank einen Schluck. »Dann erzähl mir mal, wie es deiner Meinung nach abgelaufen ist.«

Ich zögerte. »Die Frage ist, ob Peter überhaupt etwas mit der Tat zu tun hatte.«

Nel schüttelte den Kopf. »Ich weiß nicht viel über diesen Mann, aber ich glaube, dass er es in diesem Fall tatsächlich selbst getan hätte. Was sollte er sich sonst bei der ganzen Sache gedacht haben? Wollte er, dass niemand Ingrid verdächtigt und glaubte, er müsse nur für ein gutes Alibi sorgen, dann könnten sie auf diese Weise gemeinsam den perfekten Mord begehen? Das kann ich mir einfach nicht vorstellen. Ich glaube, dass Ingrid die Gelegenheit nutzte, um zu tun, was sie schon lange vorhatte, und dass sie Peter anrief und ihn so unerwartet mit hineinzog. Er musste rasch hin- und herfahren, dachte erst hinterher daran, dass er ein Alibi brauchte, und verursachte deshalb den Aufstand beim Frühstück. Diesen Ablauf könnte ich mir eher vorstellen.«

Ich liebte Nel wahrhaftig nicht nur, weil sie so hübsch war. »Dienstagmorgen. Peter muss nach Amsterdam. Ingrid: Komm nicht zu spät nach Hause, Schatz, ich koche uns was Leckeres zum Abendessen. Falls du doch in einem Hotel übernachtest, ruf mich bitte an.«

Nel blickte hinüber zu einem Tisch, wo einer Familie von Frühessern diverse Gerichte serviert wurden. »Und falls du mich nicht erreichen kannst, weil ich in der Badewanne sitze, ruf doch einfach unseren netten Nachbarn Max Winter an. Der kann mich dann auch gleich abtrocknen.«

Ich schaute sie an. Ihr Spott war bitter, mit einigen Prisen Eifersucht und Bosheit gewürzt. Ich sagte: »Jetzt werde bitte nicht ordinär.«

»Okay, aber was sollte denn diese Geschichte mit dem Telefon?«

»Ich glaube, du hast Recht. Ich wurde vom ersten Augenblick an benutzt. Ingrid hatte schon lange vor, Jennifer zu ermorden, um Tommy adoptieren zu können. Sie wartete nur auf eine günstige Gelegenheit. Sie hatte alles genau studiert, sie wusste, dass sie Zeugen brauchte, für die Polizei, für das Jugendamt. Ein allein stehender Mann, und das mit meinem Hintergrund – für sie war es ein Geschenk des Himmels, als ich neben Jennifer einzog.«

»Und dazu noch einer, der bereitwillig mitmachte?«, konnte sich Nel nicht verkneifen anzumerken.

Ich ignorierte es einfach. »Ingrid hat den Stecker rausgezogen und nicht Peter, wie sie behauptete. Ich weiß noch, dass ich dachte: Warum ruft er nicht bei Jennifer an? Aber Jennifer hatte ein kleines Kind, das gerade zu Bett gebracht wurde oder schon schlief, und Ingrid rechnete damit, dass Peter daran denken und daher mich anrufen würde. Genau das wollte Ingrid, denn sie brauchte mich als Zeugen. Ich musste erfahren, dass sie morgens Tommy abholen sollte, weil Jennifer eine Verabredung in Amsterdam hatte …«

»Weißt du das nur von Ingrid?«

»Ja, das fällt mir jetzt erst auf. Ich habe alles Mögliche probiert, um herauszufinden, mit wem Jenny diesen Termin hatte.«

»Dann gab es vielleicht gar keine Verabredung.« Nel saß eine Weile lang da und dachte nach, die Lippen fest aufeinander gepresst. »Alles haut hin, wenn die ganze Geschichte von vornherein geplant war«, sagte sie. »Ingrid mag eine Psychopathin sein, aber Tommy ist ihre Obsession. Sie weiß, dass das Kind irgendwann wach wird. Sie will nicht, dass er in Panik gerät, hysterisch wird und ein Trauma davonträgt, denn damit hat sie dann später zu kämpfen. Also denkt sie sich das mit der Verabredung aus und dass sie Tommy abholen muss. Damit wollte sie vermeiden, dass der eingeschlossene Junge morgens wach wird und stundenlang vergeblich nach seiner Mutter schreit.«

Ich schaute Nel an und dachte an meinen Traum. »Das Mutterherz«, sagte ich. »Du hast vollkommen Recht.«

Nel zuckte mit den Schultern. »Mach du weiter.«

»Ingrid fährt sofort zu ihrer Schwester in Tiel.«

»Und die hat dichtgemacht, als du sie befragen wolltest?«

»Ja, sobald sie spitzkriegte, dass ich ihre Schwester verdächtige. Aber Ingrid hat garantiert nicht bei ihr übernachtet. Sigrid sagte nicht Nein, als ich fragte, ob Ingrid irgendwo bei ihr in der Nähe einen Liebhaber hätte, aber

272

vielleicht ließ sie mich auch absichtlich im Ungewissen, um ihre Schwester zu schützen. Auf jeden Fall wäre bei diesem Szenario Ingrid abends nach Hause gekommen, hätte ein Brecheisen aus der Garage geholt und wäre hinüber zu Jennifer gegangen. Jennifer will Kaffee aufsetzen …«

»Hat sie sich nicht über das Brecheisen gewundert? Das ist doch nicht etwas, was man im BH verstecken kann, obwohl mir inzwischen klar ist, dass die BHs von Ingrid …«

»Das reicht!«, sagte ich streng. »Es ist viel einfacher. Ingrid brauchte nur zu behaupten, dass sie sich nachts ohne Brecheisen nicht mehr über den Deich traut seit diesem Ärger mit Bokhof. Okay. Tommy liegt oben im Bett und schläft. Jenny setzt Kaffee auf. Ingrid schlägt sie nieder. Durch das viele Blut gerät sie in Panik. Sie denkt an Tommy, rennt nach oben, kann den Kleinen nicht mitnehmen und schließt deshalb seine Tür ab, damit er nicht zufällig über seine tote Mutter stolpert. Wieder unten erinnert sie sich vielleicht daran, dass sie es nach einem Einbruch aussehen lassen wollte. Sie schlägt eine Scheibe in der Hintertür ein, ist aber nicht geistesgegenwärtig genug, um zu begreifen, dass sie es von außen hätte tun müssen, oder sie traut sich nicht raus, weil sie Angst hat, Krach zu machen. Danach flüchtet sie nach Hause. Sie ist verwirrt und überlegt, ob sie nicht alles Mögliche falsch gemacht hat.«

Nel nickte. »Solch eine Panik haben wir ja oft genug erlebt. Einen kaltblütigen Mord zu planen, ist gar nicht so schwer. Aber jemandem den Schädel einzuschlagen und ihn vor seinen eigenen Augen sterben zu sehen, ist etwas anderes.«

Ich dachte an Jennifer und sagte: »Ingrid ist völlig verrückt. Bei solchen Menschen erkennt man vielleicht vorher schon verschiedene Merkwürdigkeiten und ein sonderbares Benehmen, aber dadurch können sie sogar sympathisch wirken. Betrachtet man es aber im Nachhinein und im Zusammenhang mit einem Mord, erkennt man plötzlich, dass all diese Anzeichen in ein seelisches Krankheitsbild passen und die Person längst in psychiatrische Behandlung gehört hätte.«

»Du hast dich ganz schön an der Nase herumführen lassen.« Nel biss die Zähne zusammen, ihr Ärger hatte etwas Besitzergreifendes. Aber sie ging darüber hinweg und beendete das Drehbuch: »Das Weib kommt nach Hause und ruft Peter an. Sie beichtet, was sie getan hat, und er sagt: Fass bloß nichts an, ich komme sofort. Um dreizehn Minuten vor Mitternacht registriert der Computer das Verlassen seines Zimmers. Der Rest ist Kleinkram. Oder?«

»Na ja, ziemlich viel Kleinkram. Peter erkennt ihren Fehler mit dem Glas, fegt die Scherben nach innen. Ingrid erzählt ihm, dass sie Tommys Tür abgeschlossen hat. Mir macht allerdings die Mordwaffe noch zu schaffen. Er konstruiert ein Alibi in Amsterdam, um zu beweisen, dass er es nicht getan hat, legt aber das Brecheisen an eine auffällige Stelle in sein eigenes Auto, um beweisen zu können, dass er es doch getan hat? An dieser Stelle komme ich nicht weiter.«

Nel verzog das Gesicht und schüttelte den Kopf. »Außer, Peter hatte von vornherein vor, die Schuld auf sich zu nehmen, falls seine Frau auffliegen würde. Ich glaube, die sind alle beide verrückt.«

Gestern morgen hatte ich den Schlüssel zur Innentür wieder an seinen Platz gelegt und das Garagentor zugezogen, deshalb konnten wir ohne Weiteres wieder hinein, Nel mit ihrer Tasche und ich mit meiner Pistole. Trotzdem warteten wir, bis es dunkel war.

Die Atmosphäre im Haus fühlte sich verdorben an,

voller böser Gedanken, übler Ideen, übler Pläne. Von den Wänden hatten Heuchelei, Mordlust und Verzweiflung widergehallt, und von all diesen Dingen war eine giftige Aura zurückgeblieben. Man konnte es fühlen und riechen. Ich sah, dass auch Nel es fühlte und roch. Sie sagte nichts, stellte ihre Tasche auf den Wohnzimmertisch und ging sofort an die Arbeit.

Ich wanderte umher, auf der Suche nach irgendetwas, einer Adresse, einer Karte, einem Hinweis, der mich auf die Spur von Ingrids Aufenthaltsort bringen konnte. Ich brauchte mich in nichts mehr einzumischen; mein einziger Auftrag lautete, Tommy zu finden und zurückzubringen.

Ich schaltete das Licht im Wohnzimmer ein. Die Fensterläden und Gardinen waren offen, aber alle Fenster lagen zur Flussseite hin, und die Nachbarn tendieren meist weniger dazu, die Polizei zu rufen, wenn ein Haus normal erleuchtet ist, als wenn der Strahl einer Taschenlampe durch die Räume geistert.

Ich zog Peters Schreibtischschubladen auf. Umschläge, eine Zigarrenkiste mit Briefmarken, Kugelschreibern, Büroklammern, Heftzwecken, sogar leere Schachteln von Farbbändern für die Schreibmaschine. Außerdem eine Schublade voller Krimskrams: Isolierband, ein Taschenmesser, ein Hefter, Gummibänder, eine kleine Lupe und eine Mappe der staatlichen Lottogesellschaft, an deren Ziehungen er jeden Monat automatisch teilnahm. Dann ein Stapel mit Papieren und Prospekten, ein Heft mit Überweisungsträgern, sein Pass, Mäppchen mit Passfotos. Ein alter, abgegriffener, kleiner brauner Bankumschlag mit einem abgelaufenen Kraftfahrzeugbrief, Zettel mit Zahlen, ein kleiner, eingeschweißter Presseausweis und einige Fotos von Frauen. Eines davon war ein Passfoto von einer Blondine; ein etwas größeres Bild zeigte eine recht exotisch aussehende junge Frau mit langen dunklen

Haaren und einem schmalen, hochmütigen Gesicht, die nackt auf der obersten Koje in einer Schiffskabine zu liegen schien. *1992* war mit Kugelschreiber hintendrauf geschrieben. Von derselben Frau gab es auch ein Passfoto, auf dem schon etwas mehr stand: *Alles Liebe, Amrita.*

Der Umschlag sah aus und fühlte sich an, als habe Peter ihn zwischen all die anderen Dinge geschoben, um ihn zu verstecken.

Ein anderer, neuerer Umschlag in diesem Stapel enthielt zwanzig Hundert-Dollarnoten.

Im Heft der Überweisungsformulare blätterte ich in den Abschnitten mit den Anmerkungen für den Kontoinhaber herum. Peter besaß ebenso wie ich die Gewohnheit, diese gar nicht oder nur notdürftig auszufüllen. Ben B, 1.200.–; nur gelegentlich ein Name, ein Betrag: *Kolf*, und Rechn. 20/2/00, oder *Gerrit, geliehener Betrag retour.* In der Mitte des Blocks fand ich den Beleg einer Überweisung an Amrita in Höhe von 2.000 Euro. Ein Datum stand nicht dabei, genauso wenig wie auf den anderen Abschnitten, nur die Bemerkung *Ext.*

Extern? Kleines Extra? Ex tempore? Exterminator?

Sein Adressbuch, ein alphabetisches Register mit knallblauem Umschlag, war voll bis obenhin und wimmelte vor Durchstreichungen und Adressänderungen. Ich suchte unter A wie Amrita, fand aber nur Adressen und Telefonnummern des Senders AVRO, von ARC Visuals, die Nummer der Auslandsauskunft, einen J. Achterberg und einen Zahnarzt Ampel inklusive Sprechstundenzeiten.

Vergebliche Liebesmüh.

In einer weiteren Schublade befand sich ein Schuhkarton mit Zubehör für Peters Pfeife, eine Schachtel mit Kugelschreibern und anderen Stiften, eine Rolle Bindfaden und ganz hinten, in einen Baumwolllappen gewickelt, eine kleine, ziemlich rostige Beretta, an der der Hahn und der Schlagbolzen fehlten.

Nutzlose Dinge.

Ich schaltete seinen Computer ein. Seine Manuskripte und diverse andere Ordner hatte er unter dem Ordner ›Wichtige Arbeiten‹ zusammengefasst, und ich hätte mich stundenlang damit beschäftigen können, ohne einen Schritt weiterzukommen. Andere Adressen, geheime Konten, Urlaubsziele – vielleicht gab es sie, aber ich fand sie nicht. Ich ließ ein Suchprogramm nach Amrita fahnden, fand aber nichts Informatives. Eine Enzyklopädie meldete: *Amrita oder Amreeta, im Hinduismus Elixier der Unsterblichkeit.*

Ich weiß nicht, warum ich mich so auf Amrita fixierte, womöglich wegen des hübschen Nacktfotos oder weil Peter ihr Geld überwiesen hatte. Auf dem Bild sah sie nicht aus wie eine Hindufrau, sondern eher wie eine Spanierin. Vielleicht war sie Peters geheimes Elixier.

»Soll ich mich noch irgendwie um den Computer kümmern?« Nel war mit ihrer Bastelei im Wohnzimmer fertig und stellte sich hinter mich. »Amrita? Ist das was?«

»Ein Trank, der unsterblich macht.« Ich zeigte ihr die beiden Fotos. »Peter hat ihr vor kurzem 2.000 Euro überwiesen.«

»Wenn sie eine geheime Exgeliebte von Peter ist, wird sie vermutlich die Letzte sein, bei der Ingrid Unterschlupf sucht.«

Das klang überaus logisch. Ich schob die Schubladen zu und schaltete den Computer aus. »Wir halten uns hier schon viel zu lange auf. Es bringt nichts, wir suchen nach der Stecknadel im Heuhaufen.«

»Stimmt. Klaust du die Fotos zu deinem eigenen Vergnügen?«

Ich steckte die Bilder tiefer in meine Hemdentasche, auch das dritte, das Passfoto der Blondine, die entfernt Ingrid ähnelte, aber jemand anderer war. »Das weiß ich noch nicht«, antwortete ich.

Ich musste eine halbe Stunde lang argumentieren, bevor mich Kemming wieder einigermaßen normal anschaute. Er ließ mich eine Viertelstunde lang allein, um irgendwo anzurufen. Als er wiederkam, seufzte er ein paar Mal, um sich von seinen Frustrationen zu befreien, und sagte: »Was macht man normalerweise, wenn ein Mann einen Mord bis in die kleinsten Details gesteht und außerdem die Mordwaffe liefert?«

»Er hat aber nicht mit der Türschlossregistrierung gerechnet«, wandte ich ein.

Er schaute mich an, mit tief liegenden Augen: »Oder gerade doch?«

Das musste ich erst mal verarbeiten. »Das sieht ja allmählich nach einem Dreistufenkomplott aus.«

»Du bist doch der schlaue Privatdetektiv«, sagte er mürrisch. »Mit der jahrelangen Großstadterfahrung.«

»Können wir jetzt vielleicht wieder normal miteinander umgehen?«, fragte ich pikiert. »Sogar Bea Rekké verhält sich inzwischen normal, sie hat sogar eine Flasche Champagner vorbeigebracht. Ich habe einfach Glück gehabt, mehr nicht. Du hattest doch auch schon mal Glück, oder?«

Kemming stand auf und trat ans Fenster seines Büros. Er schaute hinaus und sagte: »Okay.«

Ich fragte: »Du meinst also, dass er sein Geständnis irgendwann widerruft?«

»Warum nicht? Würdest du für den Rest deines Lebens hinter Gitter wandern wollen, nur weil du deine Frau so sehr liebst? Liebe ist was Schönes, aber das geht mir doch ein bisschen zu weit. Was ist, wenn er doch von der Türschlossregistrierung wusste? Dann weiß er auch, dass wir irgendwann dahinter kommen, ansonsten würde er uns schon auf die Sprünge helfen. Doch bis wir ihn wieder auf freien Fuß setzen müssen, hat er seiner Frau genügend Zeit verschafft, um zu flüchten. Wir können ihr nichts anhaben. Sie kann überall sein. Wenn alles andere vorbereitet wurde, dann auch ihre Flucht: Papiere, Geld, das Haus stand schon zum Verkauf. Brack braucht seiner Frau nur hinterherzureisen.«

Allmählich klang das Ganze logisch. Es passte in die gesamte Planung, selbst wenn ein paar Haken und Ösen übrig blieben. »Brack weiß garantiert, wo sie ist. Könnt ihr keinen Fahndungsbefehl nach ihr rausschicken? Das Kennzeichen ihres Autos ist ja bekannt …«

»Die ist schon längst außer Landes.«

»Was ist mit Interpol?«

Er warf mir einen besorgten Blick zu. »Ich hoffe, dir ist klar, dass nichts gegen diese Frau vorliegt. Ich möchte dir gern glauben, aber das Einzige, was sie verdächtig macht, ist, dass du sie seltsam findest und sie nicht ums Haus herumgegangen ist. Ich höre ihren Rechtsanwalt jetzt schon lachen.«

»Wir vergeuden aber wichtige Zeit«, sagte ich.

»Die Staatsanwaltschaft wird auch zögern, auf dieser Grundlage einen Haftbefehl auszustellen. Die Tatsache, dass Brack den Mord nicht begangen hat, muss nicht zwangsläufig heißen, dass seine Frau es war. Welche konkreten Beweise hast du?«

»Frag doch mal nach, wann sie die Untersuchung für ihr Gesundheitszeugnis hat durchführen lassen, beziehungsweise wann sie den Termin vereinbart hat«, sagte ich aus einem Impuls heraus.

»Was für eine Untersuchung?«

»Ingrid war über alles schon im Vorfeld informiert. Sie hatte bereits Bücher darüber studiert, wie ein Kind auf den Tod seiner Mutter reagiert. Sie hatte alle Regeln und Gesetze bezüglich Vormundschaft und Adoption auswendig gelernt. Sie wusste genau Bescheid über vorläufige Pflegschaft und elterliche Sorge und dass einer der beiden Adoptiveltern die Vormundschaft behalten kann, selbst wenn der andere Elternteil ins Gefängnis wandert. Die

Dame vom Jugendamt erzählte, dass sie alles schon parat hatte, sogar das erforderliche Gesundheitszeugnis. Aber dafür muss eine medizinische Untersuchung durchgeführt werden, und das kann nicht der Hausarzt erledigen. Darf ich mal kurz anrufen?«

Er ging zurück an seinen Schreibtisch und schob mir das Telefon zu. Ich holte die Visitenkarte hervor, die Anniek van Wessel mir gegeben hatte.

»Hallo, Anniek«, sagte ich, als sie sich meldete. »Hier ist Max Winter, wir haben miteinander über die Adoption dieses kleinen Jungen gesprochen ...«

»Ja, und inzwischen haben sich da plötzlich einige Probleme ergeben. Wie ich gehört habe, hat der leibliche Vater beim hiesigen Vormundschaftsgericht einen Antrag gestellt, nun doch die Vormundschaft zugesprochen zu bekommen.«

Die Rechtsanwaltskanzlei Louis Vredeling verlor wirklich keine Zeit. »Das weiß ich«, sagte ich. »Ich handele in seinem Auftrag. Es geht um das Gesundheitszeugnis der Bracks ...«

»Darüber darf das Jugendamt keine Informationen herausgeben«, reagierte sie prompt.

»Natürlich nicht.« Ein kleines Lachen, um sie zu beruhigen. »Ich hätte nur gern das Ausstellungsdatum gewusst und den Namen des Arztes, der die Untersuchung durchgeführt hat.«

»Ach so.« Sie schwieg, als frage sie sich, was wohl zulässig war und was nicht. Vielleicht suchte sie aber auch nur in der Akte. »Nun«, sagte sie schließlich. »Ich glaube, das kann ich dir ruhig sagen. Das Zeugnis wurde am 16. Juni ausgestellt, von Doktor Zeebrink, hier in Arnheim.«

»Steht eine Telefonnummer dabei?«

»Natürlich.« Sie gab sie mir ohne zu zögern. Sie erinnerte sich ebenso wie ich daran, dass zwischen uns eine Atmosphäre des gegenseitigen Vertrauens entstanden war.

Ich dankte ihr, legte auf und schaute den Brigadier an: »Dienstag der Mord, freitags das Gesundheitszeugnis?«

Kemming zog das Telefon zu sich hin. »Lass mich mal, bevor du hier noch vor meinen Augen eine falsche Identität annimmst«, sagte er, ohne dabei zu lächeln. Er wählte die Nummer, meldete sich als Polizeibeamter, erklärte, der andere Teilnehmer könne gern zurückrufen, um sich zu vergewissern, und sprach freundlich in den Hörer.

»Sie kannten Mevrouw Brack also schon vorher?«

»Können Sie sich noch erinnern, wann sie anrief, um den Termin zu vereinbaren?«

Et cetera.

»Das weitet sich ja allmählich zu einer ganz unwahrscheinlichen Geschichte aus«, sagte er, als er den Hörer wieder aufgelegt hatte.

Ich schüttelte den Kopf. »Ich wundere mich über gar nichts mehr. Mir ist in meinem berühmten Amsterdam schon klar geworden, dass manche Dinge im Nachhinein ziemlich dumm oder unwahrscheinlich aussehen, wenn man einen Fall gelöst hat. Doch solange kein Verdacht besteht, ist nichts dumm. Dieses Zeugnis traf genau rechtzeitig ein. Beim Jugendamt ist nur aufgefallen, dass die Dame ordentlich Druck machte. Wer sollte sich für das Datum interessieren, an dem jemand mit dem Arzt telefonisch einen Termin für die Untersuchung vereinbart?« Ich legte den Kopf schief. »Wann war es?«

»Am Freitag, den 9. Juni, es ist eine Gemeinschaftspraxis, in der alle Telefongespräche notiert werden.«

Ich warf einen dicken Brocken Theorie über Bord, nämlich den, dass Ingrid auf eine geeignete Gelegenheit gewartet hatte, Jennifer zu ermorden, und diese Gelegenheit sich zufällig am 13. Juni ergeben hatte. Das stimmte also nicht. Der Zeitpunkt stand bereits vorher fest. Vielleicht seit dem Tag, an dem Ingrid begann, mich vor ihren Karren zu spannen, indem sie mir die Chance bot, sie aus dem Fluss zu retten und die anschließende Belohnung in Empfang zu nehmen. Vielleicht stand auch Peters Termin in Amsterdam schon lange fest und sie wusste, dass es spät werden und er im Hotel übernachten würde.

Kemming machte sich Notizen.

»Kann ich mit ihm reden?«, fragte ich.

»Nein.«

»Ich könnte ihn ins Stolpern bringen. Ihr seid verpflichtet, ihm mitzuteilen, dass du ihn laufen lassen musst, und spätestens ab dann wird er gar nichts mehr sagen.«

»Ich halte mich an die Regeln«, erwiderte Kemming. »Das hier ist ein Polizeipräsidium.« Er stand auf, und es sah aus, als wollten mich seine nach vorn gekrümmten Schultern in einer Zangenbewegung einschließen. »Brack sitzt in Handschellen im Vernehmungszimmer zwei, und sein Rechtsanwalt ist bei ihm«, sagte er etwas milder gestimmt.

»Und?«

Ich schüttelte den Kopf, noch bevor er etwas erwidern konnte. Ich brauchte keine Antwort. Ich begriff, dass ich überhaupt nicht wissen oder verstehen musste, warum Peter Brack die Schuld auf sich genommen hatte. Er hatte sich ein paar Tage lang in einer Zelle ins Fäustchen gelacht. Es gab nichts zu verstehen, es war ein gewöhnliches und verdammt schlaues Komplott. Man konnte sich höchstens noch fragen, wie ein Mann es zulassen konnte, dass seine Frau einen Mord beging, um an ein Kind zu kommen, und warum er selbst dabei auch noch mitgemacht hat. Aber dies war eine Frage, die Peter Brack nicht in einem Polizeipräsidium beantworten würde.

Ich stand ebenfalls auf. »Wie spät, meinst du, lasst ihr ihn raus?«

»Hast du vor, ihn abzufangen?«

»Ich werde dafür bezahlt, den kleinen Jungen zu finden.«

Er blickte mich schweigend an. Er verstand nur allzu gut, was ich vorhatte und würde mir keine Steine in den Weg legen. Er gab mir die Hand und sagte: »Vielen Dank. Vielleicht habe ich mich nicht gleich richtig ausgedrückt, aber ich meine es ehrlich. Ich hoffe, dass der Rest auch noch in Ordnung kommt.«

Dann legte er mir die Hand auf die Schulter und dirigierte mich aus seinem Büro.

16

Es dauerte noch fast eine Stunde, bis Peter aus dem Präsidium hinauskam, begleitet von einem Mann in sportlichen Jeans und einem geblümten, kurzärmeligen Hemd. Ich nahm an, dass es sein Rechtsanwalt war. Außerdem vermutete ich, dass Kemming alles versucht hatte, um Ingrids Aufenthaltsort aus Peter herauszubekommen, und der Rechtsanwalt ihn seinerseits daran erinnert hatte, dass dies in den Bereich der Privatsphäre fiele, und ihm gesagt hatte, er könne sich zum Teufel scheren, solange er keine triftigen Gründe für einen Fahndungsbefehl hatte.

Die beiden Herren spazierten zu einem Saab. Der Rechtsanwalt schloss auf und setzte sich ans Steuer.

Ich folgte ihnen in meinem BMW über die Landstraße und rief CyberNel an, als sie die Autobahn überquerten.

»Er ist auf freiem Fuß, und sein Rechtsanwalt bringt ihn nach Hause«, sagte ich. »Sag mir Bescheid, wenn er drin ist. Ich bleibe die ganze Zeit erreichbar.«

Ich hielt an der Tankstelle kurz vor der Abzweigung in Richtung Beesd und ließ vorsorglich den BMW auftanken. Ich konnte dem Saab nicht über den Polderdeich folgen, ohne dass es aufgefallen wäre; das war einer der Nachteile auf dem Land. Aber Nel saß mit Kopfhörern in der dichten Hecke versteckt.

Ich hörte mein Handy auf dem Vordersitz klingeln, als ich aus dem verglasten Kassenhäuschen kam. »Er ist zu Hause«, meldete Nel. »Ich gehe jetzt rein.«

»Okay.«

Ich sah den Saab in der Ferne über den Polderdeich zurückkommen. Er fuhr an mir vorbei, als ich zur Linge abbog. Kurz darauf rangierte ich meinen Wagen rückwärts in den Carport. Nel hielt sich bei ihren Apparaten in meinem Wohnzimmer auf.

»Er hat ein paar Worte mit diesem Typen gewechselt. War das sein Rechtsanwalt? Sie sind im Auto sitzen geblieben, ich konnte nichts verstehen. Peter ist jetzt drinnen. Ich höre nichts, ich glaube, dass er raufgegangen ist.«

»Er nimmt bestimmt eine kühle Dusche, um den Gefängnismief loszuwerden.«

»Ich habe Kaffee gekocht.«

Wir tranken Kaffee und warteten. Wir konnten ihn nicht verlieren, es sei denn, er machte sich zu Fuß aus dem Staub oder in dem berühmten Ruderboot. Sein Auto war mit Sendern versehen, meines mit Empfängern und Reisetaschen.

Wir schraken auf, als Peter plötzlich zu reden anfing. Nel spurtete zu den Knöpfen.

»Ich bin's. Alles in Ordnung? Ja, das hat geklappt.«

»Verdammt«, sagte Nel. In ihrem groningischen Dorf wurde nicht geflucht, und selbst zehn Jahre Amsterdam, die Ehe und ihr Verkehr in Polizeikreisen hatten daran nichts geändert. Mehr als ein herzhaftes »Verdammt« oder »Mist« kam nicht über ihre Lippen. »Er benutzt sein Handy.«

»Hältst du das für vernünftig? Na gut, ich rufe dort an, wenn du willst. Kannst du für mich bei Umafisa reservieren? Von dir aus ist das einfacher. Nein, das habe ich nicht im Kopf, aber ich sorge dafür, dass ich in jedem Fall morgen vor neun Uhr da bin, und wenn es erst um elf Uhr losgeht, dann warte ich einfach, das macht mir nichts aus. Ja, morgen Abend, heute Abend schaffe ich es nicht mehr.«

»Ich nehme an, dass er im Schlafzimmer ist«, sagte Nel. »Unten würde er das normale Telefon benutzen. Vielleicht packt er seine Koffer. Bin ich froh, dass ich da ein Mikrofon angebracht habe.«

285

»Was ist *Umafisa?*«

»Warte.«

»*Peter Brack am Apparat. Könnte ich bitte Meneer Sondering sprechen? Oh, könnten Sie mich dann mit dem Vorsteher der Gerichtsverwaltung verbinden?*«

»Sondering ist der Richter«, sagte ich.

»*Guten Tag, Meneer Kwist. Ich bin Peter Brack. Es geht um diesen Adoptionsantrag, das Aktenzeichen weiß ich nicht auswendig … Ja, genau. Die Entscheidung müsste inzwischen gefallen sein, und soweit wir verstanden haben, muss einer von uns noch zum Amtsgericht, um eine Bereitschaftserklärung …*«

Peter schwieg eine Weile lang und hörte seinem Gesprächspartner zu.

»*Von welcher Rechtsanwaltskanzlei? Vredeling? Nein, davon weiß ich nichts, es überrascht mich einigermaßen … Ja, vor allem weil ich selbst einen Privatdetektiv engagiert habe, um ihn ausfindig zu machen. Nein, wir wissen noch nicht einmal, ob dieser Mann tatsächlich der Vater ist. Im Übrigen hatte er auf jeglichen Anspruch verzichtet. Natürlich werden wir uns entsprechend zur Wehr setzen. Nein, das war nur ein Irrtum, rufen Sie ruhig die örtliche Polizeidienststelle an, die werden es Ihnen bestätigen.*«

Er unterbrach die Verbindung, man konnte seine Wut förmlich spüren. Nel lächelte mich an.

Ich schaltete den Computer ein und gab in verschiedene Suchmaschinen den Begriff *Umafisa* ein. Jede Schreibvariante ergab *0 Einträge gefunden*, und der Thesaurus meldete nur den nächstliegenden Begriff im Alphabet: *Umbanda, Sammelbez. für eine Anzahl neuer Religionen Brasiliens*.

Wir hörten das Bett in Peters Schlafzimmer knarzen und kurz darauf wieder seine Stimme. »*Hallo Bob, hier ist Peter Brack. Hast du schon einen Käufer an der Hand? Na gut, du hast fünfzigtausend Euro Spielraum. Du wirst die*

Vollmacht verwenden müssen, die wir beim Notar unterzeichnet haben, denn wir sind für eine Weile weg. Nein, ich kann dir noch keine Adresse nennen. Ich bleibe in Kontakt und gebe dir noch diese Woche telefonisch Anweisungen, wohin das Geld überwiesen werden soll. Ich möchte, dass du den Verkauf so schnell wie möglich über die Bühne bringst, ich brauche das Geld, und solche Objekte sind auf dem Markt gerade äußerst gefragt. Viel Erfolg und bis bald.«

Das »bis bald« klang wie ein leeres Versprechen.

Wir hörten Geräusche in Peters Schlafzimmer. Knarren, Schranktüren.

»Das erinnert mich an Pink Floyd«, sagte ich.

»Die Platte hieß *Ummagumma*. Lass uns mal überlegen, es ist weit von hier, er kann heute Abend um neun Uhr nicht da sein, sondern erst morgen. Mit dem Auto, dem Zug oder dem Flugzeug? Was immer es auch ist, es geht morgen um neun oder um elf Uhr.«

»Einmal *Umafisa*, ohne Rückfahrschein.«

Nel sagte: »Es ist bei ihr in der Nähe, denn die Reservierung ist von dort aus einfacher. Es ist kein Ort, vielleicht ein Reisebüro oder eine kleine, unbekannte Fluggesellschaft in der Türkei.«

»Nicht in der Türkei«, sagte ich.

»Warum nicht?«

»Wegen der Pässe. Vielleicht wird die Türkei irgendwann mal neues Mitglied der EU, aber vorläufig wagt sich Ingrid als allein reisende Frau mit einem kleinen Jungen, der noch nicht einmal in ihrem Pass eingetragen ist, nicht dorthin.«

Wieder lächelte Nel mich an. »Afrika fällt also auch weg, genau wie die halbe restliche Welt.«

»Ist das zynisch gemeint?«

»Nein. Aber wenn Peter Brack genügend Verbindungen zur russischen Mafia hat, um dich niederschlagen und in einen geheimen Unterschlupf für Profikiller bringen zu lassen, kann ein falscher Pass kein unüberwindliches Problem für ihn darstellen.«

Sie hatte natürlich Recht. Wir wussten gar nichts. Nel drängte mich vom Computer weg und ging ins Internet. Im Internet gibt es alles und noch viel mehr, manchmal zu viel, und meiner Meinung nach hätte sogar CyberNel wochenlang ergebnislos in den Millionen von Daten herumsuchen können. Ich nahm den Telefonhörer ab und rief bei einem Reisebüro in Culemborg an.

»Guten Tag, Max Frisch am Apparat. Ich nehme an einem Radioquiz über Tourismusfragen teil und kann eine tolle Reise nach Hamburg gewinnen, wenn ich innerhalb von fünf Minuten herausfinde, was *Umafisa* ist.«

»Nach Hamburg?«, fragte das Mädchen.

»Ja, wissen Sie, es ist ja nur ein Radioquiz. Tahiti gibt's nur im Fernsehen.«

»Noch nie davon gehört. Uma-was?«

»*Umafisa.* Vielleicht könnte mir eine Ihrer Kolleginnen weiterhelfen? Könnte es ein Reisebüro sein oder eine Reiseorganisation?«

»Einen Augenblick bitte. Wie war nochmal Ihr Name?«

Ich glaubte, eine Spur Argwohn herauszuhören. Manchmal treibe ich es bunter als unbedingt nötig. »Manni Fisch«, sagte ich. »Ich habe nur noch vier Minuten, und ich wäre Ihnen so dankbar, dass ich Sie sogar mitnehmen würde nach Hamburg.«

Sie kicherte, und ich hörte, wie sie »Umafisa« durch den Raum rief. »Ein Reisebüro?«, fügte sie etwas leiser hinzu.

Jemand anders rief etwas zurück, noch jemand kam hinzu, und es schien einige Aufregung zu entstehen. »Eine Frachtschifffahrtsgesellschaft?«

Ein Mann nahm ihr offenbar den Hörer aus der Hand und sagte laut und deutlich in mein Ohr: »Das ist keine einfache Frage, wenn man noch nicht selbst da unten gewesen ist. Meneer Fisch?«

»Ja?«

»Es ist kein Reisebüro, es ist eine Schifffahrtsgesell-
schaft, die Fähren zwischen Barcelona und den Balearen
betreibt. Man schreibt den Namen, wie man ihn spricht:
UMAFISA. Die transportieren in erster Linie Frachtgü-
ter, haben aber vor einiger Zeit ihre Schiffe umgebaut,
sodass sie auch ein paar hundert Passagiere mit an Bord
nehmen können. Vielen Dank, Tilly. Ich sehe hier gerade,
dass die Schiffe in Barcelona vom Kai Estación Maritima
B aus ablegen.« Er sprach es in recht passablem Touris-
tenspanisch aus.

Ich dankte ihm überschwänglich.

»Denken Sie an uns auf Ihrer Reise!«, sagte er.

»Mist«, sagte Nel und fuhr den Computer herunter.

»Balearen, das heißt Mallorca, Menorca und so weiter.
Wir fahren ganz gemütlich nach Barcelona. Unterwegs
können wir uns abwechseln, wir fahren die Nacht durch
und sind morgen gegen Mittag da.«

»Also folgen wir Brack nicht direkt?«

»Wir wissen ja, wohin er will und sorgen dafür, dass wir
vor ihm da sind.«

»Wir könnten auch fliegen.«

»Ich glaube, auf der Rückreise ist es mit dem Auto be-
quemer.«

Sie kniff die Augen zusammen. »Du denkst daran, den
Jungen zu entführen?«

»Ich denke überhaupt nichts. Das Wetter ist schön,
und du möchtest doch bestimmt mit? In einer Woche
macht sich der Rest der Niederlande auch auf den Weg
nach Mallorca. Die können sich doch nicht alle irren? Ich
kaufe dir auch einen hübschen Bikini.«

Die Ferien hatten noch nicht begonnen, aber der Treck
nach Süden mit vollgeladenen Autos und Wohnwagen
oder Faltcaravans im Schlepptau war bereits in vollem
Gange. Man braucht nur im Sommer durch Europa zu

fahren, um festzustellen, dass es in den Niederlanden mehr Wohnwagen gibt als in irgendeinem anderen Land der Welt. Laut meiner nach Irland ausgewanderten, astrologisch angehauchten Freundin Marga liegt das daran, dass die Niederländer ein Krebsvolk sind. Krebse fühlen sich in ihrem eigenen Haus am wohlsten und nehmen es daher einfach mit in Urlaub.

Nachts wurde es ruhiger auf den Straßen. Nel fuhr, ich schlief ein wenig.

»Wo würdest du dich verstecken, mit einem Kind?«, fragte Nel.

»Egal, irgendwo.«

»Und wenn die Polizei nach dir suchte?«

»Hängt davon ab, wie intensiv sie suchen würden.«

»Schlaf ruhig weiter«, sagte Nel.

Ich dachte eine Weile lang nach. Scheinwerfer reihten sich zu leuchtenden Schnüren aneinander, die auf der anderen Seite der Mautautobahn auf und nieder wogten, ebenso einschläfernd wie die französischen Schmachtfetzen in *Radio Nostalgie*, dem Sender, für den Nel sich nach vielen Programmwechseln und Herumdreherei an den Knöpfen entschieden hatte.

»Die einfachste Lösung ist immer die beste«, sagte ich. »Nicht nach Timbuktu oder Alaska, denn da fällt man viel mehr auf als hier in Europa. Es gibt keine Grenzen mehr, man braucht nirgendwo mehr Papiere vorzuzeigen. Europa ist sicher. Man mietet ein Haus auf Mallorca, da fällt man inmitten der internationalen Gemeinschaft in all den anderen kleinen Villen gar nicht auf. Ich glaube, man kann sich sogar im Rathaus als neuer Einwohner melden und eine Aufenthaltserlaubnis beantragen, wie immer das auf Spanisch heißen mag.«

»Aber dafür braucht man doch eine Abmeldebescheinigung vom früheren Wohnort?«

»Ach ja? Aber so ein Dokument kann doch kein großes

Problem sein, eine Umzugsbestätigung oder irgendeine andere Urkunde mit unlesbarem Stempel und der Unterschrift eines Beamten der fiktiven groningischen Gemeinde Tjoerdammerzwaag? Meinst du wirklich, die arme Sekretärin im Rathaus von Tardos Campanilos hätte Lust, das Vorleben eines anständigen Ehepaares mit Kind zu kontrollieren, das obendrein dem Staat nicht zur Last fällt?«

»Eine Frau wurde ermordet«, sagte Nel.

»Wer sieht denn einen Zusammenhang zwischen dem anständigen Ehepaar und einem Mord? Sogar ich könnte einen Mord begehen, und der Polizeipräsident könnte mit seiner Wochenendjacht vorbeikommen, während ich mit einem Drink auf meinem Bootssteg säße, und er würde mich nicht erkennen, selbst wenn mein Foto Tag und Nacht vor seiner Nase in seinem Büro hinge.«

»Blödsinn.«

»Okay, dann würde ich mir eben einen Bart wachsen lassen.«

Sie fuhr ein Weilchen durch die Nacht und sagte dann: »Sie werden für den Rest ihres Lebens auf der Hut sein müssen.«

»Blödsinn. Wenn sie auf der Hut sind, dann nur, weil sie ein schlechtes Gewissen haben, nicht, weil es notwendig ist. Du liest die falschen Bücher.«

»Welche falschen Bücher?«

»Die, mit denen die Leser betrogen werden. Mit unnützer Geheimniskrämerei, falscher Spannung, der Andeutung von nicht existenten Komplotten. Damit kann man ein ganzes Buch füllen, mit geflüsterten Dialogen, seltsamen Codes, dem Überprüfen von Telefonen. Dann tun die Figuren so, als würden sie vom Nachrichtendienst abgehört, als könnten sie jeden Moment von Gangstern aus dem Weg geräumt werden und befänden sich Tag und Nacht in Lebensgefahr. Aber im Nachhinein stellt sich heraus, dass das alles Quatsch war, es gab gar keine Gefahr, und der ganze Mist ist umsonst gewesen, weil im letzten Kapitel herauskommt, dass sie nur ein vernachlässigter Verwandter mit geheimnisvollen Anrufen zu beunruhigen versuchte. Da lese ich ja noch lieber *Anitas Prinz*.«

Nel gähnte. »Was war das nochmal?«

»Dieser Groschenroman von Peter. Über den Mann, der seiner Frau, koste was es wolle, ein Kind verschaffen wollte.«

»Ach, der.«

»Ja, er reist ins Ausland, sucht in einer abgelegenen Gegend nach einer allein stehenden Mutter, ermordet die Frau und nimmt das Kind mit nach Hause.«

»Ich hab's gelesen.«

»Ich wollte dich ja nur abhören. Du weißt also auch, wie sie es hinterher mit den Papieren geregelt haben, und dass sie behaupteten, die Mutter habe in Belgien entbunden et cetera. Im Gegensatz zu den Romanen, die ich gerade meinte, war es eine gute Handlung, weil sie einfach und tatsächlich durchführbar war.«

»Wie man sieht«, sagte Nel. »Man hätte die Geschichte nur nicht in Buchform publizieren sollen.«

Ich schüttelte den Kopf. »Mit größter Wahrscheinlichkeit hat Peter sich die Handlung schon vor Jahren in aller Unschuld für einen seiner Groschenromane ausgedacht.«

»Denk an Freud.«

Ich betrachtete den Widerschein des gelblichen Lichts auf ihrem Gesicht, das sie der Nacht zugekehrt hatte. »Ich denke an Freud. Seine Frau wünscht sich schon seit Jahren ein Kind, es ist ein Thema, das sich ihm aufdrängt und sein Unterbewusstsein zum Spekulieren über mögliche Methoden anregt. Doch bei ihm war es nur Theorie, reine Fantasie. Ingrid fasste es erst als konkrete Lösung ins Auge, als sie den Roman später einmal las. Sie fing an, an der Handlung zu feilen und sie den örtlichen Gegebenheiten anzupassen. Es gelang ihr nicht, weil sie eine Amateurin ist. Das Fensterglas und ähnliche Dinge, aber vor allem die abgeschlossene Tür. Die weicht von dem ab, was normal wäre und weckt deshalb Misstrauen. Normalerweise schließt man ein Kind nicht in seinem Zimmer ein. Ein Profi hätte niemals die Tür abgeschlossen, denn dem wäre der Junge völlig egal gewesen. Ingrid dagegen sorgte sich um den möglichen Schaden an der Kinderseele. Sie ist eine Mutter, sie denkt nur an Tommy. Dadurch verrät sie sich.«

Nel sah erleuchtete Schilder näherkommen. »Kaffee und ein kleines Steak«, sagte sie. »Danach darfst du wieder fahren.«

Wir hatten Zeit genug. Als wir unser Steak aßen, sah ich, dass sie sehr erschöpft war. Ich fühlte mich ebenfalls todmüde. Auf dem Rasthof gab es eines von diesen kleinen Motels, bei denen man nur seine Kreditkarte in einen Automaten zu stecken braucht, um einen Zimmerschlüssel zu bekommen. Das Zimmer hatte eine Dusche, ein Bett und saubere Bettwäsche. Ich stellte meinen Reisewecker.

Als ich die Augen öffnete, lag ich hinter CyberNel, den Arm um sie geschlungen. Manchmal frage ich mich, warum Frauen gerade in den fünf oder zehn Minuten zwischen Schlaf und Erwachen so unwiderstehlich sind. Ihr Körper schlief, alles an ihr war warm und weich, kein Muskel hatte sich bisher bewegt, ihr Körper ruhte in völliger Hingabe auf der Matratze. Manchmal glaube ich, es liegt vor allem daran, dass noch kein Gedanke durch ihren Kopf gegangen ist, ihr Gehirn ist außer Betrieb, es sind noch keine Spannungen aufgekommen, man musste noch keine Entscheidungen treffen, keine Probleme lösen. Sie brauchte noch nicht über die Einkaufsliste nachzudenken oder darüber, welche Leute in Frage kämen, falls der Staat plötzlich beschließen sollte, ein Drittel ihrer Landsleute an den Nordpol zu verbannen, um das Problem der Überbevölkerung im eigenen Land zu lösen.

Der Wecker hatte noch nicht geläutet. Es herrschte dieses frühe Sommermorgenlicht, in dem die Welt für die nächsten paar Stunden noch kühl, frisch und unschuldig aussieht. Ich streichelte ihren Bauch, nahm sie fester in den Arm und murmelte: »Ich liebe dich.«

»Ach, das sagst du nur so«, murmelte sie zurück.

»Nein.« Ich spürte, wie sie sich bewegte; dies war die Stunde der Morgenlust und nicht der Worte, und mir fiel nichts anderes ein als noch einmal »nein« zu sagen.

Nel radebrechte: »Benvinguts al nostre país per la xarxa viària …«

»Das kann doch nicht so schwer sein, wenn es direkt darunter auch noch in Spanisch und Französisch steht.«

Ich hätte zehn entführte Kinder im Auto haben können. Die Grenze war ein Ort, an dem hübsche Mädchen am Straßenrand die Reisenden in ihrem schönen Katalonien willkommen hießen und ihnen mehrsprachige Prospekte mit Tipps für unterwegs überreichten. Ich erkannte nichts wieder; neue Straßen, ein neues Europa. Früher hatten hier die riesigen Reklamestiere und die dunklen Caballeros von *Osborne Sherry* das Grün überragt.

»Ist es schlimm, wenn das Katalanische verschwindet?«, fragte Nel.

»Jedes Jahr sterben an die hundert Sprachen aus. Vielleicht sogar hundert pro Tag, ich weiß es nicht genau.«

Nel lachte. »Baskisch und Korsisch versteht auch kein Mensch mehr. Alle anderen Sprachen können ruhig verschwinden, denn wenn wir alle Englisch sprechen, verstehen wir uns im Internet und brauchen uns nicht mehr gegenseitig Bomben auf unsere Städte zu schmeißen.«

»Utopia, gleich um die Ecke«, sagte ich. »Im Übrigen wird wohl eher das Chinesische dominieren.«

»Auch gut. Das ganze Geschrei über die eigene Kultur und den genetisch veränderten Mais löst ja sowieso nur extremistische Reaktionen aus.« Nel war leicht zu provozieren. »Fast Food ist schlecht und nieder mit Amerika, aber im *Buffalo Grill* wird man durchaus schneller und freundlicher bedient und kriegt sogar noch leckereres Essen als in den meisten dieser authentischen französischen Restaurants, wo man sich das Entrecôte gleich unter die Schuhe nageln kann.«

»Wow. Erlebnisreisen mit CyberNel.«

»Na klar doch. Auf die *autopistas.*«

»Du bist doch schon mal hier gewesen«, sagte CyberNel.

Ich konnte noch nicht mal mehr irgendwo mein Auto parken. Blanes war nicht wiederzuerkennen; ein Gewirr von Straßen und Boulevards, Apartmenthäusern und Hotels. Den kleinen Felsen gab es noch, fünfzig Meter vor der Küste gelegen, aber jetzt führte eine alberne Fußgängerbrücke hinüber und er war von einer Spirale aus weißem Geländer umgeben, die verhindern sollte, dass die Touristen nass wurden oder runterfielen.

Ich schleppte Nel an den Strand und versuchte, mich zurechtzufinden. »Der Felsen war früher auch schon da, man musste hinüberschwimmen. An dieser Stelle haben spanische Fischer ihre Boote geteert und mit ihren Netzen hantiert. Es gab nur niedrige weiße Häuser, und man konnte einfach irgendwo klingeln und mit Händen und Füßen den Preis eines Apartments aushandeln. Terrakottafliesen auf dem Boden und alte spanische Möbel. Man konnte auf dem Balkon ein Buch lesen und dabei seiner Frau zusehen, wie sie im Sand lag und braun wurde.«

»Die andere Ingrid?«

Ich nickte. »Den Boulevard mit den vielen Hotels gab es noch nicht. Man ging am Strand entlang, vorbei an Dünen und unwegsamem Gebiet. Irgendwo mündete ein

Fluss ins Meer. Ein Stück weiter lag Calella, auf der anderen Seite Lloret de Mar, da sind die Niederländer damals schon mit Bussen hingefahren und man konnte sich denken, wo das mal enden würde. Na ja, die Spanier verdienten Geld damit, kommt also nur drauf an, von welcher Warte aus man es betrachtet.«

Sie drückte meine Hand. »Ich kann ja verstehen, dass du wehmütig wirst, aber du solltest nicht jammern.«

Ich legte ihr den Arm um die Schultern und ging mit ihr zurück. Gegenüber von unserem Parkplatz gab es eine Boutique, in der wir ein olivfarbenes Baumwollkleid, einen breitkrempigen Hut und einen Bikini für Nel kauften, und dazu Sonnenbrillen sowie ein Hemd mit spanischen Stieren drauf, eine Kappe und eine lächerliche Badehose für mich, für die Balearen. Die Küstenstraße nach Barcelona war ein einziger, aneinander gereihter Alptraum von Industrie, Hässlichkeit und zu viel Verkehr.

**

Ein Polizist erklärte uns den Weg zur *Estación Maritima B*.

Ein langer Kai, an Reihen von Lkws vorbei, die hauptsächlich Softdrinks und Bier geladen hatten. Das erste Schiff, das ich sah, war die *Maasdam*.

Ich hielt an und starrte verdutzt den alten Seeriesen an, dessen stählerne Schiffswand, Relings, Decks und Schornsteine einige hundert Meter Kai überschatteten.

»Was ist denn?«, fragte Nel. »Noch mehr nostalgische Erinnerungen?«

»Die *Maasdam*«, sagte ich. »Ein Stück vaterländische Geschichte, umgebaut zum Kreuzfahrtschiff. Soweit ich weiß, wurden damit noch ehemalige Kolonialisten aus Indonesien geholt, die schließlich doch da weg wollten, und das Bataillon der niederländischen Freiwilligen wurde damit nach Korea gebracht.«

Nel stieg aus und winkte niederländischen Touristen zu, die sich auf verschiedenen Etagen aus den Fenstern lehnten. Einige Herren winkten zurück. Die Maschinen liefen; wahrscheinlich würde das Schiff noch vor dem Abendessen ablegen, wenn alle Gäste von ihrem Tagesausflug zu den Kunstwerken von Gaudí zurückgekehrt waren.

»Ich habe noch nie eine Kreuzfahrt gemacht.«

»Das kommt noch«, versprach ich.

Nel zupfte mich am Ärmel. »Aber erst geht's nach Ibiza«, sagte sie.

»Ibiza?«

Sie wies mit einem Nicken hinüber zu einer Autofähre, die halb verborgen hinter einem niedrigen Gebäude lag. *Isla de Botafoc, Umafisa Lines, Naviera de Ibiza,* stand in großen Lettern auf der Bordwand. »Nix Mallorca.«

Nel ließ die Autotür auf und setzte sich auf den Beifahrersitz. Sie drehte an den Knöpfen ihres Empfängers herum, den sie im Handschuhfach untergebracht und mit einem Draht am Zigarettenanzünder angeschlossen hatte. »Brack ist noch nicht in der Nähe.«

»Außer, er ist geflogen.«

»Ich glaube, wir sollten uns verkleiden, und ich gehe mich mal umschauen. Dich kennt er besser.«

Wir waren eben an einem anderen Hafengebäude vorbeigefahren, in dem es eine Taxizentrale, einen Busbahnhof und eine *cantina* gab. Wir nahmen unsere Reisetaschen mit und gingen hinein. Kurz darauf hatte ich ein *San Miguel* vor mir stehen, und die Sonnenbrille steckte in der Brusttasche meines Stierhemdes. Fenster an der Uferseite boten Aussicht auf Touristen, die aus Bussen ausstiegen und mit Taschen und Kameras bepackt zu den Gangways der *Maasdam* schlenderten. Lkw-Fahrer an den Tischen um mich herum pfiffen, als Nel aus der Toilette kam, das Gesicht verborgen unter dem breiten Rand ihres

Strohhuts, elegant und sexy in ihrem Sommerkleid. Der olivfarbene Stoff schwang um ihre gesunden Waden, als sie sich mit einer zierlichen Pirouette für die Ovation bedankte.

Danach schwitzte ich eine halbe Stunde lang mein Bier im glühend heißen Auto aus, das auf einem Parkplatz ohne Schatten mit Blick auf das Einschiffungsgebäude der *Umafisa* stand. Das Telefon lag neben mir, und der Empfänger war eingeschaltet. Nel hatte das andere Telefon in ihrer neuen Basttasche. Sie ließ nichts von sich hören. Der Empfänger, der piepsen und blinken sollte, sobald sich Bracks Volvo in einem Radius von zehn Kilometern befand, blieb stumm. Langsam hatte ich das Gefühl, dass das Ganze ein übler Scherz war. Wenn Peter die Wanzen in seinem Haus gefunden hatte, war seine *Umafisa*-Geschichte eine Finte, und wir fuhren nach Ibiza, während er sich in aller Ruhe in Dänemark seiner Frau anschloss. Wenn Peter schlau genug für ein verschachteltes Komplott war, dann konnte er auch mit Leichtigkeit eine falsche Spur legen.

Ich hörte Nels Stimme im Telefon und hielt es ans Ohr.

»Du kannst das Auto auf dem Parkplatz stehen lassen«, meldete sie. »Ich habe ein Auto gemietet, die Papiere abgeholt und alles so geregelt, dass der Wagen gegen einen Aufschlag auf dem Kai in Ibiza für uns bereitsteht, sobald das Schiff ankommt.«

»Das ist der Moment, in dem wir ihn am leichtesten verlieren können.«

»Ja, aber die Gefahr ist noch größer, wenn dein Auto im Laderaum steht und wir eine Stunde warten müssen, bevor wir das Schiff verlassen können. Ich fand diese Lösung ziemlich gut. Hast du schon etwas gehört?«

»Nein, vielleicht geht er ja zu Fuß.«

»Na ja, dann wird er vielleicht abgeholt, aber ich sorge dafür, dass ich als Erste von Bord gehe und renne dann gleich zum Mietauto. Unsere Chancen stehen gut. Vergiss meine Tasche nicht. Ich warte hier.«

Immer mehr Autos trafen ein. Die ersten Lkws erwachten brüllend zum Leben und kurvten um das Gebäude herum zur Rückseite der Fähre. Hinter dem Maschendraht erschienen Männer mit Walkie-Talkies auf dem Kai. Passagiere zu Fuß schlenderten umher, und ein Hippiepaar zankte sich in der Nähe der fahrbaren Treppe, die noch an das Schiff heranmanövriert werden musste. Ibiza war die Insel der Hippies, der Exzentriker und des internationalen Jetset. Ich konnte die Ladekante des Schiffes nicht erkennen, hörte aber den Lärm der Lkws auf der Laderampe. Es war Viertel nach sieben. Die *Maasdam* ließ ein paar Signale aus ihrer Dampfpfeife ertönen.

Um fünf vor halb acht hielt ein Taxi vor dem Haupteingang des Umafisagebäudes. Peter Brack stieg aus, in einer leichten Sommerjacke. Der spanische Fahrer hob einen schweren Koffer und eine Reisetasche aus dem Kofferraum. Ich hatte den BMW an das andere Ende des Parkplatzes zwischen einen alten, bemalten VW-Bus und ein Wohnmobil gestellt. Peter konnte mich unmöglich sehen, doch trotzdem duckte ich mich in einem automatischen Reflex, als er in meine Richtung schaute. Er hielt eine Hand über die Augen, und mir wurde klar, dass er nur nach der *Maasdam* schaute, die hinter mir gerade mit viel Lärm und lautem Stampfen ihrer alten Dieselmaschinen ablegte.

Wir hatten die Telefone ständig eingeschaltet, und ich tippte auf die Sprechmuschel und rief Nels Namen, aber sie ließ nichts von sich hören. Ich schaltete den Empfänger aus und zog den Stecker aus meinem Zigarettenanzünder. Peter hatte sein Auto irgendwo stehen lassen, und damit hatte er natürlich das Richtige getan. Vielleicht war er damit nach Paris gefahren und von dort aus nach Barcelona geflogen. Sein Volvo war sowieso eine alte

Schaukel. Wenn er schlau war, hatte er die Nummern-schilder abgeschraubt und ihn auf einem der unendlich großen Parkplätze am Charles-de-Gaulle-Flughafen ab-gestellt. Der Flughafen würde sich seiner schon bei der jährlichen Auktion der Fundsachen und vergessenen Au-tos entledigen.

Peter nahm seinen Koffer und verschwand durch die Glastüren in der Einschiffungshalle.

Ich wartete, bis das Taxi wegfuhr, bevor ich unsere Rei-setaschen herausholte und den Wagen abschloss. Ich zog mir die Touristenkappe tief über die Augen und über-querte den Parkplatz.

Leute schlenderten durch die Halle, zogen Snacks und Getränkedosen aus Automaten und saßen mit ihrem Ge-päck in einer Art Flughafenlounge auf aneinander ge-schweißten Stühlen. Nel stand am Fenster neben einer breiten Nische, in dem sich der Schalter von Umafisa befand. Durch die Scheibe beobachtete sie den Traktor, der die blaue Passagiertreppe an die *Isla de Botafoc* heran-schob. Brack hatte sein Gepäck an einer Seitenwand abge-stellt und wartete zwischen anderen Passagieren, bis er an der Reihe war.

Nel setzte sich in Bewegung, als Peter den Schalter er-reichte. Sie ging einfach mit einem entschuldigenden Gesichtsausdruck an den warteten Passagieren vorbei, bis sie schräg hinter Peter stand. Dort schaute sie ihm die ganze Zeit über die Schulter, während die Schalterdame ihm einen Fahrschein ausstellte, den Peter bar bezahlte. Als Peter seine Brieftasche einsteckte, drehte sie sich ganz ruhig um und entfernte sich von ihm.

Die Glastür zum Kai stand bereits offen, und eine An-gestellte kontrollierte die Tickets. Peter marschierte so-fort auf den Ausgang zu. Kurz darauf hatte er die Kon-trolle passiert, und ich sah, wie er den Kai in Richtung der blauen Treppe überquerte.

»Das ist der *horarios salidas*«, sagte Nel mit einem erfrischend neuen Akzent, als sie sich zu mir gesellt hatte und mir ein bedrucktes Blatt Papier unter die Nase hielt. »Wir salidassen um neun Uhr. Die Rückreise habe ich vorläufig für *viernes* gebucht, das heißt für Freitag, elf Uhr morgens.«

»Du bist aber optimistisch.«

»Wir können das problemlos ändern, am Sabado salidast es um zwölf Uhr mittags von Ibiza aus.«

»Lass das Katalanisch ruhig stecken«, meinte ich.

Nel wedelte mit dem Überfahrtticket. »Wir müssen uns beeilen. Er geht zu seiner Kabine und bringt sein Gepäck unter, aber danach kommt er vielleicht wieder raus, stellt sich wie alle anderen an die Reling und guckt zu, wie die restlichen Passagiere an Bord gehen. Er würde uns bestimmt erkennen.«

»Nur, wenn er direkt vor uns stünde. Niemand rechnet damit, zweitausend Kilometer von zu Hause seinen Nachbarn zu treffen.«

Trotzdem vergewisserten wir uns, dass Peter auf dem Schiff und außer Sichtweite war, bevor wir mit einem Dutzend anderer Touristen den Kai überquerten. Wir stiegen die Treppe hinauf, vorbei am Lächeln der Stewardessen, und mischten uns zwischen die Passagiere, die von den Autodecks heraufkamen. Vorsichtig betraten wie die Informationshalle auf dem Mitteldeck. Peter war nirgends zu sehen. Ich blieb in Deckung, während Nel am Schalter einen Kabinenschlüssel in Empfang nahm.

Die Schiffsmotoren dröhnten, und Essensdüfte aus einem Restaurant zogen durch die Flure. Ich bekam allmählich Hunger und begann, Peter dafür hassen, dass wir nicht einfach entspannt in aller Öffentlichkeit zu Abend essen konnten. Ein Schiff, wie groß auch immer, ist einfach zu klein, jedes Gesicht begegnet einem mindestens einmal wieder, und Bekannte können einem kaum entgehen. Jeder Passagier dreht garantiert ein paar Runden durch die Flure und über alle Decks.

Nel reservierte eine Kabine auf dem obersten Deck, und zehn Minuten später schlossen wir die Tür hinter uns. Spätes Sonnenlicht fiel durch das milchige Plexiglas des Bullauges. Kais auf der anderen Seite, Kräne, der Hafen von Barcelona. Die Kabine verfügte über vier schmale Einzelbetten, je zwei auf beiden Seiten. Die oberen konnten hochgeklappt werden. Wir saßen uns auf den beiden unteren gegenüber.

»Ich würde wirklich gerne mal eine richtige Kreuzfahrt machen, mit einem richtigen Bett«, sagte Nel. »Die Schiffe haben Luxuskabinen mit breiten Betten, das habe ich in den Prospekten gesehen.«

»Ich habe es dir ja schon versprochen.«

»Man kann Ausflüge nach Nazareth machen und beim Kapitän am Tisch essen.«

»Abgemacht.« Ich runzelte die Stirn. »Nazareth?«

»Und Fotos auf einem Kamel. Und vom Garten Gethsemane, für meine Mutter. Spielt es eigentlich eine Rolle, ob Peter uns sieht oder nicht?«

»Nein, außer dass wir ihm schlecht Handschellen anlegen können. Er führt uns bestimmt nicht freiwillig zu Ingrid, und Ibiza ist chaotisch.«

»Bist du schon mal da gewesen?«

»Nein, aber du kannst es mir ruhig auch so glauben. Allein in der Altstadt wäre es ganz einfach für ihn, uns loszuwerden, und wir können nicht zu zweit die ganze Insel durchkämmen. Er schüttelt uns ab, verlässt Ibiza und verschwindet irgendwo auf der Insel.«

»Ibiza?«

»Die Stadt heißt auch so.«

»Ich kriege hier Klaustrophobie.«

Wir nahmen eine Decke mit und wagten uns nach draußen. Wir stiegen auf ein höher gelegenes Sonnendeck mit vielen Holzbänken. Es war menschenleer, aber sehr offen und kahl und ziemlich ungemütlich. Rasch überquerten wir das Deck und fanden eine Treppe zu einem kleinen Achterdeck direkt darunter. Auch dort standen ein paar Bänke. Das Hippiepärchen saß auf einer davon, den Streit begraben, die Köpfe aneinander gelehnt.

Ich kontrollierte die Zugänge und beugte mich über die Reling. Einige Leute auf den unteren Decks taten dasselbe. Die *Maasdam* war schon lange verschwunden. Die *Botafoc* pfiff und löste sich mit schwappenden Wellen und aufgewühltem Wasser vom Uferkai. Schwere Taue klatschten ins Wasser und wurden durch Öffnungen in der Schiffswand hineingezogen. Nel drapierte die Decke über eine der Bänke, sodass wir darunter verschwinden konnten, falls wir Unrat in Form von Peter witterten. Ich rauchte solange eine Gauloise, während sie sich auf die Suche nach transportablem Essen machte.

Eine Viertelstunde später kam sie mit einer Plastiktüte wieder, in der sich Pizzen, Brötchen, ein paar Tomaten und eine bereits entkorkte Flasche spanischer Wein befanden.

Wir saßen nebeneinander, die Decke um unsere Schultern, tranken Wein und aßen Pizza. Wir beobachteten die Möwen, das Wasser und die Sonne, die auf der anderen Seite von Spanien unterging.

17

Wir hielten uns auf einem der unteren Decks auf, als die *Botafoc* um halb acht Uhr morgens an einem Kai der Stadt Ibiza anlegte.

Der Kai sah eher aus wie ein Boulevard, bewachsen mit Palmen und anderen Bäumen und gesäumt von Häusern, Restaurants und Geschäften, von denen die meisten noch geschlossen waren. Ibiza und die alte Zitadelle, die die Stadt überragte, strahlten frisch im rosafarbenen Morgenlicht.

Ein Traktor vom selben Typ wie in Barcelona begann, die fahrbare Treppe mit vielen umständlichen Manövern an die Schiffswand zu schieben.

»Siehst du Ingrid irgendwo?«, fragte Nel.

Nicht viele Leute unten am Kai erwarteten ankommende Passagiere. Ein paar Touristen, ein Herr in geschäftsmäßigem Dunkelblau, ein spanischer Polizist, eine junge Frau mit Kinderwagen und eine Frau neben einem Fiat Panda unter den Bäumen auf der gegenüberliegenden Seite. Direkt unter uns lehnte ein junger Mann an einem neu aussehenden Renault Clio, wahrscheinlich unserem Mietwagen. Keine Spur von Ingrid.

Ich zog Nel mit mir, als ich das Rasseln von Ketten und den Lärm heruntergelassener Gangways hinter dem Autodeck hörte. »Unten rum geht's schneller.«

Wir eilten schmale Metalltreppen hinunter in den riesigen Fahrzeugladeraum und zwängten uns durch Dieselqualm an Lkws und Autos voller Touristen vorbei zu dem gähnenden Rechteck, das Licht und frische Luft verhieß. Außer uns waren noch andere Passagiere zu Fuß auf diese Idee gekommen, doch Peter Brack war nicht unter ihnen.

»Hol du ruhig das Auto, ich versuche, unbemerkt auf

die andere Seite zu kommen«, sagte ich zu Nel, als wir auf dem Wendeplatz hinter dem Schiff standen.

Ich überquerte mit unseren Taschen, halb verdeckt von abfahrenden Autos, den Boulevard und postierte mich unter einer Palme neben einem geschlossenen Kiosk, von wo aus ich das Schiff beobachtete.

Nur noch wenige Leute waren draußen auf den Decks. Peter befand sich wahrscheinlich schon im Gedränge auf dem Mitteldeck, wo die Treppe angekoppelt wurde.

Jemand stand winkend im Gangbord des darüber liegenden Decks. Ich erkannte mit einem kleinen Schrecken die weiße Sommerjacke von Peter und trat zurück in den Schatten des Kiosks. Ich folgte seiner Blickrichtung. Die einzige, die in Frage zu kommen schien, war die Frau neben dem Panda, dreißig Meter weiter auf derselben Seite des Boulevards. Sie fing ebenfalls an zu winken. Meinte sie Peter?

Der Renault hielt an der Bordsteinkante, und Nel langte über den Vordersitz und stieß die Beifahrertür auf. Ich bedeutete ihr zu warten und zeigte nach oben.

Peter verschwand außer Sicht, und die Frau drehte sich in meine Richtung. Sie kam mir irgendwie bekannt vor. Sie war etwa vierzig Jahre alt, hatte dunkles, glattes Haar und attraktive, spanische Gesichtszüge. Ich hatte dieses Gesicht schon einmal gesehen, schmal und ziemlich selbstbewusst, auf einem Passfoto, und auch diesen Körper, wie er vor zehn Jahren ausgesehen haben musste, als sie nackt einem Fotografen zulächelte, von der obersten Koje einer Schiffskabine aus. Einer Kabine auf der *Isla de Botafoc*?

Ich rannte mit abgewandtem Gesicht zum Renault, warf die Taschen auf die Rückbank und rutschte auf den Sitz neben Nel. Ich zeigte mit dem Daumen über meine Schulter. »Es ist der Panda. Wende und halte auf der anderen Seite an, dann stehen wir in der richtigen Richtung.«

Nel warf ihren Hut auf den Rücksitz und fuhr los. »Holt diese Frau ihn ab? Also nicht Ingrid.«

»Nein.«

»Eine Bekannte oder die Vermieterin?«

Mein Unbehagen wuchs. Ich drehte mich um und griff nach meiner Reisetasche. Ich hatte die Fotos in ein Seitenfach gesteckt, wo ich auch meine Papiere und Rechnungen aufbewahrte. »Das ist nicht die Vermieterin, sondern Peters Elixier der Unsterblichkeit.«

Nel hatte eine U-Kurve beschrieben und schlüpfte knapp zwischen zwei Lkws durch, die von der Laderampe abfuhren. Kurz hinter dem Schiff hielt sie an und schaltete den Motor aus.

Ich zeigte ihr die Fotos. Die blonde Frau war auch dabei, aber das hier war nicht die Blonde. Das war die Dunkelhaarige. Mit den Fotos zum Vergleich war jeder Irrtum ausgeschlossen. Ich holte mein Fernglas aus der Tasche und gab Nel die Kamera.

»Amrita?«

»Das bedeutet, dass wir uns wahrscheinlich zum Deppen gemacht haben.«

»Er lässt Ingrid im Stich und reist zu einer Geliebten? Er hat also gar nicht Ingrid angerufen?« Nel fing plötzlich an zu kichern. »Ich hoffe, unser Klient hat Sinn für Humor und zahlt trotzdem die Spesen.«

Passagiere schleppten Koffer und Taschen die Treppe hinunter. Die anderen Abholer drängten sich um die Treppe, doch das Elixier blieb geduldig neben ihrem Panda auf der anderen Seite stehen.

»Ingrid könnte also sonstwo auf der Welt sein«, sagte Nel.

»Oder einfach in den Niederlanden, in der Veluwe.«

»Du meinst, sie hat Tommy, jetzt braucht sie keinen Mann mehr?«

Peter kam auf halbem Wege die Treppe hinunter. Er

konnte nicht winken, weil er die Hände mit seinem Koffer und seiner Tasche voll hatte.

»Ingrid muss von irgendetwas leben«, überlegte CyberNel. »Das Haus ist noch nicht verkauft. Ist sie reich?«

»Nicht, dass ich wüsste.«

Ich hob mein Fernglas an die Augen und stellte es auf das Gesicht von Amrita ein, die um den Panda herumgegangen war. Sie lächelte erwartungsvoll, ich sah, wie ihre Augen strahlten. Ich hörte das Klicken von Nels Kamera, als Peter über die Straße rannte. Er ließ seinen Koffer und seine Tasche auf die Motorhaube des Pandas fallen und nahm Amrita in die Arme.

»Das ist kein Kuss unter Bekannten«, sagte Nel, ein Auge an der Kamera.

Nein. Es war ein Kuss unter Liebenden, Mund auf Mund, hungrig. Sie schmolz in seiner Umarmung. Ich ließ das Fernglas sinken. Es war deutlich genug.

Mist. Was jetzt? *Lesen Sie die Fortsetzung in der nächsten Ausgabe von »Herzblatt«.*

Das verliebte Paar rollte gemeinsam das Dach des Pandas auf, bevor sie einstiegen und losfuhren, Peter am Steuer. Er kannte offensichtlich den Weg und fuhr ohne zu zögern aus der Stadt hinaus. Wir folgten ihm durch einen Ort, der Jesú hieß und danach in Richtung Santa Eulalia. Es war noch zu früh für dichten Verkehr, die Touristen schliefen lange, Ibiza lebte nachts. Wir sahen noch mehr Pandas und andere kleine, alte Autos. Große Wagen machten wenig Sinn auf einer Insel, die kaum fünfzig Kilometer lang war, und schon gar nicht in den engen Sträßchen der Stadt und der Zitadelle.

Ehe wir uns versahen, bog Peter in die Richtung eines Dorfes ab, das Cala Llonga hieß. Dort gab es eine Bucht mit Strand, den üblichen Freizeitangeboten sowie Geschäften und geschlossenen Diskotheken darum herum, doch Peter nahm den Weg in die Hügel oberhalb der

Bucht und fuhr durch stille Alleen mit weißen Villen inmitten von Tannen, Gärten, Swimming-Pools, weißen Zäunen und Mauern, bog mal links, mal rechts ab. Hier herrschte überhaupt kein Verkehr mehr und es wurde schwierig, ihnen unauffällig zu folgen.

Schließlich verringerte Peter die Geschwindigkeit und bog rechts ab. Nel hielt sich weit hinter ihm und raste hinterher. Gerade noch rechtzeitig sah sie das Einbahnstraßenschild, fuhr geradeaus weiter und hielt kurz dahinter. Ich stieg aus und eilte zurück.

Es war eine kurze, ruhige Einbahnstraße mit drei oder vier Villen auf beiden Seiten. Der Panda stand am Ende vor der Rückseite einer Villa, von der ich von meiner Position aus nur eine weiße Mauer mit einem Torbogen und einem Garagentor erkennen konnte, umgeben von üppig blühenden, rosafarbenen Geranien, Oleander und Bougainvilleen.

Niemand kam heraus. Offensichtlich wohnte Amrita hier allein, jedenfalls im Augenblick. Ich sah nicht viel mehr als die schneeweiße Mauer, aber es musste eine teure Villa sein, hoch über der Bucht, mit einer herrlichen Aussicht und wahrscheinlich einem Swimming-Pool auf der anderen Seite.

Amrita stieg aus und schloss das Garagentor auf. Peter fuhr den Panda hinein. Man konnte offenbar von der Garage aus ins Haus gelangen, denn Amrita machte das Tor zu, und ich blickte nur noch auf geschlossene Türen und eine undurchdringliche Mauer und sonst nichts.

Ich ging zurück. »Es ist noch zu früh, um uns zu betrinken«, sagte ich. »Und wir können erst morgen früh wieder zurück.«

Wir standen jeder auf einer Seite des Renaults und blickten uns über das Dach hinweg an. »Wolltest du zurückfahren, ohne Peter auf den Zahn zu fühlen?«, fragte Nel.

»Dafür brauchen wir nicht länger als eine halbe Stunde.«

Nel trommelte mit den Fingernägeln auf den Lack. »Warum ist er nicht hierher geflogen?«

»Mit dem Schiff ist es sicherer, man wird nicht registriert. Dein Name wird auf dem Ticket eingetragen und nirgendwo sonst. Um diese Jahreszeit braucht man noch nicht einmal vorher zu buchen. Außerdem hat Amrita wahrscheinlich auf ihren Namen für ihn reserviert. Hast du jemanden die Pässe kontrollieren sehen? Ich an seiner Stelle hätte auch die Fähre genommen.«

»Hier ist doch was durch und durch faul«, sagte Nel.

»Ach was, der Mann hat genug von den Niederlanden und vor allem von seiner mordlüsternen Frau«, antwortete ich, in dem Versuch, eine plausible Erklärung zu finden. »Er verkauft den Laden und gibt wahrscheinlich Ingrid etwas vom Erlös ab. Er hat eine gute Tat für Ingrid getan, und Ingrid hat Tommy. Das ist alles, was sie wollte. Möglicherweise ist es eine unangenehme Vorstellung für Peter, Nacht für Nacht neben einer Mörderin im Bett zu liegen. Er hat den Kontakt zu seiner heimlichen Geliebten in Ibiza aufrechterhalten; vor kurzem hat er ihr noch Geld überwiesen. Jetzt will er hier in aller Ruhe an seinem historischen Roman über Witte van Hunsate arbeiten, in der restlichen Zeit sein Elixier genießen und im Großen und Ganzen versuchen, alt und glücklich zu werden. Was soll daran faul sein?«

»Das weiß ich noch nicht.«

Ich grinste sie an. »Da spricht doch hoffentlich nicht dein weiblicher Instinkt?«

Sie schaute mich pikiert an. »Was ist denn daran so schlimm?«

»Nichts, ich habe nur gedacht, du seist zu groningisch für übersinnische Diffusitäten.«

Nel zuckte mit den Schultern und antwortete nüchtern: »Wir sollten dieses Haus eine Weile lang observieren.«

Wir fanden einen Beobachtungspunkt auf einem höher gelegenen, etwas vorspringenden Hügelabschnitt, auf einem ziemlich verwilderten Grundstück von etwa tausend Quadratmetern, umgeben von rostigem Drahtzaun. Ein Schild verwies auf einen Makler in Santa Eulalia. Tannen und stachelige Brombeeren wuchsen dort, aber am Rand gab es ein Stück flachen Felsenboden, von wo aus wir einen günstigen Blick auf die Südseite von Amritas Villa hatten. Die Distanz war zu groß, um Geräusche wahrnehmen zu können, es sei denn, jemand hätte Trompete gespielt, doch durch das Fernglas konnten wir die breite Terrasse und das Zimmer hinter den beiden oberen Arkaden beobachten, ebenso wie die Küche und einige der anderen Räume, die sich über zwei Wohnebenen verteilten. Es war eine luxuriöse Villa, umgeben von exotischen Blumen und blühenden Hecken, ausgestattet mit einem Swimming-Pool mit dekorativer Kachelumrandung, um den Liegestühle und Sonnenschirme gruppiert waren. In einigen Räumen waren die Gardinen zugezogen, und vor einem großen Fenster neben einer größeren Arkade im Erdgeschoss hatte man auch die Jalousien heruntergelassen. Vielleicht war das das Schlafzimmer, in dem Peter in diesem Augenblick sein Wiedersehen mit Amrita feierte.

Wir saßen eine Stunde lang auf dem harten, heißen Felsen nebeneinander und wären schon beinahe eingeschlafen, als sich unten endlich wieder etwas regte. Peter erschien in einem gestreiften Hemd mit kurzen Ärmeln auf der überdachten oberen Terrasse, legte in einer der Arkaden die Hände auf das Geländer und genoss die Aussicht. Er blickte nach unten, als Amrita kurz darauf mit einem Handtuch und einem Buch am Swimming-Pool erschien. Sie legte die Sachen auf einen Liegestuhl und blieb einige Augenblicke lang am Beckenrand stehen. Sie war eine schöne Frau, wie ich feststellte, als ich sie durch mein

Fernglas von nahem betrachtete. Sie drehte sich um, winkte Peter zu und sprang elegant ins Wasser. Sie schwamm eine Runde und kletterte wieder heraus. Danach trocknete sie sich flüchtig ab, breitete das Handtuch auf den Polstern des Stuhls aus, setzte sich und fing an zu lesen. Ich ließ das Fernglas sinken und rieb mir die schmerzenden Knie.

»Ich werde alt, und von dieser voyeuristischen Gafferei kriege ich einen faden Geschmack im Mund«, sagte ich. »Wir sollten aufbrechen. Lass uns in Cala Llonga ein Hotel suchen und unsere eigenen Badesachen ausprobieren.«

Nel nahm das Fernglas in die Hand und richtete es auf die Villa. »Ich bleibe noch ein bisschen«, sagte sie. »Hol mich so gegen Mittag ab.«

»Warum?«

Hartnäckig observierte sie die Villa. Wir hätten unsere Diskussion von vorhin wiederholen oder eine neue anfangen können, bei der ich ihr hätte klar machen können, dass ich Chef der Firma war. Doch beides wäre sinnlos gewesen.

Ich sah, dass sich kleine Schweißtröpfchen auf ihrer Oberlippe gebildet hatten. Ich fuhr ihr mit der Hand durch ihre kurzen Haare und ließ sie allein.

Ich fand ein Hotel am anderen Ende der Bucht. Vom Balkon vor dem Zimmer aus konnte ich sogar die Villa erkennen, etwa einen Kilometer Luftlinie entfernt zwischen dem Grün und den anderen Häusern auf der anderen Seite, aber leicht erkennbar an den doppelten Arkaden im Obergeschoss und der einen größeren darunter, neben dem Fenster mit den geschlossenen Jalousien. Ohne Fernglas waren jedoch keine Einzelheiten oder Bewegungen erkennbar. Zwischen all dem üppigen Grün war es unmöglich festzustellen, wo Nel saß.

Das Handy in meiner Reisetasche klingelte, als ich gerade dabei war, unsere verknitterte Reisekleidung im Schrank aufzuhängen.

»Wo bist du?«, fragte Thomas Niessen.

»Auf Ibiza.«

Wunder der Technik. Sein Erstaunen war so deutlich, als säße er im Zimmer neben mir.

»Wir sind Peter Brack bis hierher gefolgt, in der Hoffnung, dass er sich Ingrid und Tommy anschließen würde, es ging ziemlich schnell und ich hatte keine Zeit, lange darüber nachzudenken.«

»Kein Problem«, sagte er. »Hast du Tommy gefunden?«

»Noch nicht.«

»Und, ist diese Ingrid da?«

Ich seufzte. »Peter wurde von einer unbekannten Frau von der Fähre abgeholt. Sie sind zusammen zu ihrer Villa gefahren, aber Ingrid haben wir noch nicht gesehen.«

»Was heißt wir, du und CyberNel?«

»Ja. Sie observiert gerade die Villa. Wir lassen sie nicht aus den Augen, bis …« Ja, bis was? Ich fühlte mich wie ein arbeitsscheuer Vertreter, der seinem Chef die miesen Verkaufszahlen erklären soll. Eine Vergnügungsreise nach Ibiza? Für einen betuchten Klienten, der die Bilanz des ganzen Jahres rettet? Glaubst du vielleicht, einen Idioten vor dir zu haben?

»Du bist dir also nicht sicher?«

»Es ist ein Versuch. Aber Versuche schlagen eben auch manchmal fehl.« Am besten, ich bereitete ihn schon mal schonend vor.

»Louise macht sich Sorgen um Tommy. Je eher er von dieser Frau wegkommt, desto besser. Versuche, so schnell wie möglich herauszufinden, ob er dort ist. Ich kann dir in meiner Position natürlich unmöglich zu ungebräuchlichen Methoden raten, aber wenn du irgendwie eine Möglichkeit siehst …«

Niessen konnte mir nicht ausdrücklich den Auftrag erteilen, den Jungen zu entführen, das würde ihn die Vormundschaft kosten und könnte ihn sogar hinter Gitter bringen. Irgendeine Möglichkeit, ja, ja.

»Wie sieht es in der Vormundschaftsfrage aus?«, fragte ich.

»Wir haben mit dem Jugendamt und dem Staatsanwalt gesprochen, und beim Arnheimer Gericht bezweifelt niemand meinen Anspruch als leiblicher Vater. Das Problem besteht in der zeitlich begrenzten Pflegschaft, die den Bracks zugesprochen wurde. Die Vormundschaftsansprüche müssen geändert werden, und sie haben bereits angekündigt, dass sie dagegen Einspruch einlegen werden. Ich versuche, es so schnell wie möglich geregelt zu kriegen. Wir rechnen morgen mit einem endgültigen Termin für die Entscheidung.«

»Werden sie vorgeladen?«

»Ja. Und wenn sie nicht zu Hause sind, geht die Vorladung an die Stadtverwaltung. Dort müssen sie sich melden. Wenn sie nicht erscheinen, wird ein Urteil in ihrer Abwesenheit gesprochen und sie verlieren automatisch.«

»Warum?«

»Wenn ein Vorgeladener nicht bei Gericht erscheint, geht man davon aus, dass er einverstanden ist mit dem, was in der Vorladung steht, sonst hätte er ja Protest eingelegt.«

»Auch, wenn er das Schreiben nicht empfangen hat?«

Niessen erklärte es mir geduldig. »Wenn der Gerichtsvollzieher niemanden zu Hause antrifft, bringt er die Vorladung ins Sekretariat der Stadtverwaltung. Diese schickt dem Vorgeladenen eine Aufforderung, ein gerichtliches Schreiben abzuholen. Ob er reagiert oder nicht: Von Gesetzes wegen gilt er von diesem Moment an als vorschriftsmäßig benachrichtigt.« Er legte eine Pause ein und fuhr dann in dringlicherem Ton fort: »Sie verlieren sowieso. Aber das kostet Zeit, und bis dahin können sie tun, als wüssten sie von nichts. Louise ...« Er unterbrach sich. »Sorge in Gottes Namen dafür, dass du Tommy findest«, sagte er schließlich.

Tja.

Ich rief Brigadier Kemming an. Er war nicht in der Dienststelle, aber man war bereit, mir eine Telefonnummer zu geben, unter der ich ihn erreichen konnte.

»Hast du irgendetwas von Ingrid Brack gehört?«, fragte ich nach ein paar einleitenden Phrasen.

»Ich dachte, du wärst dabei, sie aufzuspüren.«

»Ja, aber ich bin noch nicht weit damit gekommen.«

Kemming murmelte etwas Unverständliches und sagte dann: »Ich bin bei ihnen vorbeigefahren, aber es war niemand zu Hause. Wir können keine Haussuchung durchführen, dafür gibt es keine triftige Begründung. Sie wird nicht offiziell verdächtigt und kann daher höchstens als Zeugin vernommen werden. Ich habe mit ihrer Schwester gesprochen und mit ein paar Nachbarn und Bekannten. Niemand weiß, wo sie ist, das behaupten sie zumindest alle.«

»Ich finde sie auch nicht«, sagte ich. »Jedenfalls nicht ohne Hilfe. Gibt es denn wirklich keine Möglichkeit für einen offiziellen Fahndungsbefehl?«

»Auf welcher Grundlage denn?«

»Sie hat Jennifer ermordet.«

»Das weißt du, und ich glaube das auch, aber wir haben nicht den geringsten Beweis. Die Geschichte mit dem Gesundheitszeugnis ist ja gut und schön, aber sie nützt uns nichts. Vielleicht hatte sie schon lange vor, Tommy zu adoptieren, vielleicht wollte Jennifer ihn ihr überlassen, vielleicht hatten sie schon längst eine Vereinbarung darüber getroffen. Wir wissen, dass das nicht stimmt, aber Ingrid kann sich ausdenken, was immer sie will, Jennifer kann es nicht mehr abstreiten. Die einzigen Fingerabdrücke auf der Mordwaffe stammen von Peter Brack, und der hat es nicht getan.« Für einen Augenblick war es still; er deckte die Sprechmuschel ab. »Ich werde gerufen, ich muss los«, sagte er dann. »Wir bleiben natürlich an der Suche dran. Ruf mich an, wenn du zurück bist.«

Nel saß noch immer auf ihrem Felsen.

»Die Dame hat eine halbe Stunde lang gelesen und ist dann reingegangen. Jetzt sind sie oben auf der Terrasse.«

Ich schaute durch das Fernglas und sah sie dort sitzen, einander schräg gegenüber am Kopfende eines langen Tisches.

»Siehst du das Fenster rechts unten?«, fragte Nel.

»Das mit den zugezogenen Gardinen?«

»Ja. Vor einer Viertelstunde ging die Gardine ein Stückchen beiseite, als wolle jemand hinausschauen. Ich habe kein Gesicht gesehen, es war auf der rechten Seite, man kann nicht richtig hingucken, aber ich habe genau gesehen, dass die Gardine aufgehalten wurde.«

»Und die beiden saßen die ganze Zeit beim Essen?«

»Ja, ganz sicher.«

»Vielleicht die Putzfrau?« Ich spähte durch das Fernglas. Es war keine Putzfrau zu sehen, und außerdem war Mittagessenszeit, keine Uhrzeit für eine Putzfrau. Ingrid, von dem ehebrecherischen Paar in einem Gästezimmer eingesperrt? Man konnte sich alles Mögliche ausdenken und dabei verrückt werden. »Komm, Nel«, sagte ich.

Nel stand auf. »Ich habe inzwischen auch die Nase voll.«

»Wir essen jetzt zu Mittag und dann unternehmen wir was.«

Sie schaute mich an. »Wir sind noch nie zusammen in Urlaub gewesen, weißt du das?«

»Stimmt.«

»Ist es so wie das hier oder romantischer?«

»Was ist denn los, Nel?«

Sie schaute mich an und schüttelte den Kopf, als wüsste sie es selbst nicht. Ich musste wieder an meinen Traum denken, in dem sie behauptet hatte, achtundvierzig Jahre alt zu sein. Das war sie bei weitem nicht, aber sie war dabei, sich zu verändern.

Es konnte auch an mir liegen. Vielleicht projizierte ich meine eigenen Empfindungen auf sie, meine eigene Ruhelosigkeit, die größeren Probleme mit dem Alleinesein, die Tatsache, dass ich mich in Nel verliebt hatte. Möglicherweise erwachten diese Dinge in mir zum Leben, weil ich zum ersten Mal ein eigenes Haus besaß, einen Ort, an dem ich Wurzeln schlagen konnte, ein Symbol der Beständigkeit.

Ich küsste sie auf den Mund. »Alles wird gut«, versprach ich wagemutig.

Sie kicherte. »Und Arbeit adelt.«

Ich küsste sie noch einmal und nahm sie fest in den Arm, hoch über dem Mittelmeer, inmitten der Düfte von Oleander und Wacholder, Tannen und Rosmarin, schwer in der Junihitze.

18

Amrita öffnete die Tür. »¡Hola!«, sagte sie.

»Do you speak English?«

»Yes.« Sie schaute Nel an und runzelte die Stirn. »Sind Sie Niederländer?«

»Ach, Sie sprechen Niederländisch«, sagte Nel. Natürlich sprach sie Niederländisch, dachte ich, sonst hätte Peter am Telefon Englisch oder Spanisch mit ihr geredet.

»Ich war mal mit einem Niederländer verheiratet«, erklärte Amrita.

Sie hatte einen hübschen spanischen Akzent. Sie trug eine weiße Hose, eine lange schwarze Bluse aus transparentem Stoff, die ihre Arme und Schultern freiließ, und dazu silberne Ohrringe. Ihr spanisches Gesicht war in Wirklichkeit noch hübscher als auf dem Foto.

Nel strahlte vergnügt. »Also haben Sie auch in den Niederlanden gewohnt?« Reden und am Reden bleiben, gratis Informationen sammeln, solange noch keine Namen gefallen sind und noch kein Misstrauen aufgekommen ist. Nel dachte da genauso wie ich.

»Ja, ich habe bei der spanischen Botschaft gearbeitet. In Den Haag, eine schöne Stadt.«

»Aber hier ist das Klima angenehmer«, sagte Nel. »Leider sind die Häuser inzwischen unbezahlbar. Wohnen Sie schon lange hier?«

Sie lächelte. »Seid ihr auf der Suche nach einem Haus?«

»Nein«, sagte ich. »Wir sind auf der Suche nach Ingrid Brack.«

Amritas Haltung veränderte sich schlagartig. »Kenne ich nicht. Hier sind Sie an der falschen Adresse.« Sie wollte die Tür schließen, doch ich stellte meinen Fuß dazwischen.

»Sie hat einen kleinen Jungen bei sich«, sagte Cyber-Nel.

Amrita schüttelte den Kopf und drückte gegen die Tür. »Aber ihr Mann ist doch hier«, sagte ich. »Peter Brack?«

»Peter!«

Hinter ihr führte eine Treppe nach unten. Peter musste dort schon gestanden haben, ich nahm sofort eine Bewegung wahr und hörte seine Schritte auf den gefliesten Stufen. Amrita trat beiseite.

»Was soll das? Max! Was machst du denn hier?«

»Ich bin auf der Suche nach Ingrid. Und nach Tommy.«

Er wurde aschfahl. »Wie bist du hinter diese Adresse gekommen?«

»Spielt das eine Rolle?«

»Soll ich die Polizei rufen?«, fragte Amrita.

»Ja, das würde ich an Ihrer Stelle ganz bestimmt tun«, sagte Nel.

Peter schüttelte den Kopf und zeigte die Treppe hinunter. »Nein, nein, geh du nur, ich regele das schon.«

Amrita eilte die Treppe hinunter.

»Dürfen wir kurz reinkommen?«, fragte Nel.

»Ich wüsste nicht, warum. Ich genieße hier meinen Urlaub und habe keine Lust, ihn mir verderben zu lassen.« Sein graues Michael-Douglas-Gesicht sah hässlich aus.

»Und Amrita?«

»Was soll das heißen? Woher weißt du ihren Namen?«

»Sie ist doch deine Freundin? Oder deine Geliebte? Ist das nicht lästig, so mit Ingrid dabei, meine ich?«

»Ingrid ist nicht hier. Guten Tag.«

Ich drückte gegen die Tür. »Ich habe sie selbst gesehen«, sagte Nel.

Er wandte sich mit einem Ruck ihr zu. »Das kannst du deiner Großmutter erzählen.«

»Lass meine Großmutter aus dem Spiel«, erwiderte Nel. »Deine Frau hält sich in einem der Zimmer im Erdgeschoss auf, auf der rechten Seite …« Sie deutete dahin, wo es sich ungefähr befinden musste. »Ich habe sie am Fenster gesehen.«

»Das ist lächerlich«, zischte er. »Haut ab, oder ich rufe die Polizei.«

»Prima«, antwortete ich. »Dann brauchen wir das Haus nicht selbst zu durchsuchen.« Peter ließ die Tür los. »Was willst du von Ingrid?«

»Ich muss sie sprechen.«

»Warum?«

»Ihr seid alle beide vorgeladen. Dir ist es vielleicht egal, aber wenn Ingrid nicht darauf reagiert, ist sie Tommy automatisch los. Und von diesem Zeitpunkt an wird sie wegen Kindesentführung gesucht.« Ich fantasierte eifrig drauflos. »Es wird ein internationaler Haftbefehl erlassen, via Interpol, und von da an hält sie sich hier illegal auf. Ich kann innerhalb einer halben Stunde eine Kopie der Vorladung auftreiben, sodass auch die Polizei in Cala Llonga erfährt, was hier los ist. Amrita bekommt dann womöglich ebenfalls Schwierigkeiten, weil sie einer Kriminellen Unterschlupf bietet, die außerdem des Mordes verdächtigt wird.«

»Des Mordes?«

Ich schaute ihn unverwandt an. »Hältst du mich vielleicht für dämlich?«

Wie Kampfhähne standen wir einander gegenüber. Er wandte als Erster den Blick ab, versuchte es aber zu verbergen, indem er Nel ansprach: »Du kannst sie gar nicht gesehen haben. Du kannst hier überhaupt nicht hineinschauen von dieser Seite aus, wie kommst du nur darauf?«

»Du giltst als ihr Komplize«, fuhr ich fort. »Du hast versucht, Beweise zu vernichten. Du hast ihre Fingerabdrücke von der Mordwaffe gewischt und dafür deine hinterlassen, und du hast die Glasscherben von draußen reingefegt. Außerdem hast du ihr durch dein falsches

Geständnis eine Möglichkeit geboten zu flüchten. Insgesamt heißt das für dich mindestens sechs Monate Haft.«

»Du kannst uns nichts beweisen«, zischte er unvermittelt. »Das Einzige, was du kannst, ist meinetwegen tot umfallen.«

Ich sah, wie Nel lächelte.

»Im Augenblick kannst du dir selbst einen Gefallen tun, indem du dafür sorgst, dass dem Jungen nichts geschieht«, sagte ich. »Du weißt genauso gut wie ich, dass Ingrid durchdreht. Du bist für Tommy verantwortlich.«

Peter schwieg eine Weile lang. »Sie ist nicht hier«, sagte er dann. Seine Stimme klang plötzlich tonlos, und er ließ seine Schultern sinken, als finde er sich mit etwas Unvermeidlichem ab. Oder aber er war ein guter Schauspieler.

»Ich glaube dir nicht«, sagte ich. »Wir werden dieses Haus weiterhin observieren. Sie kann doch nicht ewig in diesem Zimmer da unten sitzen bleiben, wenn draußen die Sonne scheint.«

Nel hielt ihre Kamera hoch und sagte: »Ein Foto würde schon genügen.«

Peter seufzte. Er warf einen flüchtigen Blick über die Schulter und sagte dann: »Also gut, dann schaut nach, wenn ihr mir nicht glaubt.«

Er drehte sich um, und wir folgten ihm die Treppe hinunter.

Wir gelangten auf einen gefliesten Treppenabsatz, von dem aus er uns das Wohnzimmer an der Terrasse mit den Arkaden zeigte. Ein schöner Raum, typisch spanisch eingerichtet mit Gemälden, Kerzenleuchtern, Stoffen in warmen Farben. Amrita hatte Geschmack. Sie hielt sich in der angrenzenden Küche auf, unschuldig mit dem Ausräumen der Spülmaschine beschäftigt. Nel und ich blickten uns aufmerksam um, alle beide auf der Suche nach auffällig vielen Tellern oder verräterischem Kinderbesteck. Wir entdeckten nichts Verdächtiges, doch ein

Kind wie Tommy konnte auch von normalen Tellern und mit einer Kuchengabel essen.

Peter zeigte uns das Schlafzimmer der Dame des Hauses mit seinen gut gefüllten Kleiderschränken, führte uns gefliese Stufen hinunter zur unteren Etage, in Gästezimmer mit leeren Schränken und die dazugehörigen Badezimmer. Das Bad roch benutzt, nach Seife und Shampoo. Das Zimmer, dessen Gardine Nel sich hatte bewegen sehen, wirkte unbewohnt. Farbenfrohe Decken auf einem Doppelbett, bunte Kissen auf den Stühlen und keine Spur von der Unordnung, die ein eingesperrtes, ungeduldiges Kleinkind verursachen würde. Im Flur führte eine kleine Treppe zu einer Tür, oder besser gesagt einer Luke. »Was ist das?«

»Die alte Zisterne«, antwortete Peter. »Amrita bewahrt dort alte Möbel und anderen Krempel auf.« Ergeben kletterte er hinauf und öffnete die Luke. Ein rechteckiger Raum aus Beton, vollgepackt mit Krimskrams. Es roch muffig, ein idealer Ort für Kellerasseln und ein gutes Versteck. Nel trat nach vorn.

»Tommy?«, rief sie.

Wir lauschten. Mir fiel auf, dass Peter nicht etwa ein Gesicht machte, als halte er Nel für verrückt, sondern dass er sogar für einen kurzen Augenblick die Luft anzuhalten schien. Schließlich drehte Nel sich um und schüttelte den Kopf, auf so eine sonderbare Weise, als habe sie nicht nur durch ihr Rufen, sondern auch mit Hilfe ihres siebten Sinns festgestellt, dass sich hier nichts Lebendes verbarg außer den Kellerasseln.

Im Flur vor der Treppe trödelten wir ein wenig herum, als wollten wir dem Gastgeber die Gelegenheit bieten, uns zum Tee einzuladen. Doch stattdessen deutete der Gastgeber gereizt auf die Treppe und sagte energisch: »Mehr gibt es nicht zu sehen. Und jetzt lasst uns in Ruhe.«

Er folgte uns nach oben. An der Tür bemerkte er: »Bestimmt geht heute noch ein Flugzeug. Es gibt sogar Direktflüge in die Niederlande.«

Offenbar ging er davon aus, dass wir hierher geflogen waren. Ein Eindruck, der durch unseren Mietwagen noch verstärkt wurde, den er natürlich schon am Kennzeichen als solchen erkannt hatte. Ich drehte mich um. »Ich glaube, das hat noch Zeit.«

Er musterte mich einen Augenblick unangenehm überrascht und rief dann ungeduldig: »Aber hast doch selbst gesehen, dass Ingrid nicht hier ist!«

Ich lächelte ihm zu. »Wir schauen uns die Sache noch eine Weile an. Wir werden das Haus observieren, und da wir zu zweit sind, halten wir das ziemlich lange durch. Ingrid ist auf Ibiza, da bin ich mir ganz sicher. Wenn nicht hier, dann irgendwo anders, aber ich denke, eher hier. Leute ausfindig zu machen, ist unser Beruf. Irgendwann wird es schon klappen.«

Machtlos blieb er stehen, als wir zum Auto gingen. Auf halbem Wege drehte ich mich noch einmal um und rief, als sei mir in letzter Minute noch etwas eingefallen: »Ach ja, Peter, falls Ingrid uns sprechen will, um uns alles zu erklären – wir wohnen in dem Hotel auf der anderen Seite der Bucht.« Ich zeigte in die entsprechende Richtung. »Du kannst es von der Terrasse aus sehen. Habt ihr auch ein Fernglas? Wir können euch von unserem Balkon aus nämlich gut erkennen.«

Als wir aus der Sackgasse hinausfuhren, warf ich im Rückspiegel noch einen Blick auf ihn; die Arme hingen an seinem Körper herunter, und er ballte immer wieder die Hände zu Fäusten.

Ein bisschen triezen wirkt manchmal Wunder.

»Du hast dich ziemlich überzeugend angehört«, sagte CyberNel.

»Das ging mir auch alles viel zu glatt.« Anstatt hinunter

zur Bucht fuhr ich hügelaufwärts, zurück zu unserem Observationsposten. Ich parkte das Auto am Straßenrand. »Komm, schnell!«

Nel folgte mir durch die Krüppelkiefern und die Brombeeren. »Warum denn schnell?«

»Vielleicht hat sie irgendwo draußen gewartet und kommt jetzt zurück. Rings um das Haus gibt es doch überall Treppen.«

Wir erreichten unseren Felsen, und ich schaute durchs Fernglas.

»Amrita hatte genügend Zeit, sie irgendwo zu verstecken«, sagte Nel. »Aber ich hatte keinen Augenblick lang das Gefühl, dass noch jemand anderes im Haus war. So etwas spürt man doch?«

»Stimmt.« In der Villa rührte sich nichts.

»Sie kann sich genauso gut in Ermelo aufhalten, oder in Bern.«

»Ingrid ist hier.«

Peter erschien im Blickfeld. Er ging am Swimming Pool vorbei und blieb an der Brüstung stehen. Er schaute hinunter und lehnte sich anschließend mit den Ellbogen auf das Betongeländer. Ansonsten regte sich nichts.

»Weshalb bist du dir da so sicher?«, fragte Nel.

»Wegen dieses Telefongesprächs. Plötzlich fiel es mir wie Schuppen von den Augen. Peter hat jemanden angerufen und damit beauftragt, bei Umafisa einen Platz für ihn zu reservieren und so weiter. Theoretisch hätte er mit Amrita sprechen können, wenn die andere Person nicht offensichtlich etwas von ihm verlangt hätte, denn wir hörten Peter fragen, ob das vernünftig sei, und dann sagte er: Na gut, ich rufe dort an, wenn du willst.«

Ich schaute durch das Fernglas zu Peter hinunter, der in der Ferne seine Pfeife aus seiner Brusttasche zog und sie anzündete. Vielleicht durfte er drinnen nicht rauchen.

»Na und?«

»Sofort anschließend erkundigte sich Peter bei Gericht, wie es mit dem Adoptionsantrag aussähe. Meinst du vielleicht, Amrita hätte ihn darum gebeten?«

»Nein. Ich bin froh, dass dein Gedächtnis noch so gut in Schuss ist.«

CyberNel ging lieber an den Strand und las ein Buch, während ich mich hartnäckig um die Villa und die Sackgasse herumtrieb, die den passenden Namen *Calle del Monte Perdido* trug. Verlorene Zeit auf dem verlorenen Berg.

Ich hatte zweimal eine Viertelstunde auf unserem Observationsposten am Rande des verlassenen Baugrundstücks verbracht und die Villa beobachtet, ohne das Geringste herauszufinden. Das erste Mal tranken Amrita und Peter Tee am Swimming-Pool. Die einzige Veränderung bestand darin, dass Wolken am Himmel aufzogen. Beim zweiten Mal las Amrita ein Buch, und Peter war nirgends zu entdecken. Ich sah keine verdächtigen Gardinenbewegungen. Ihnen war natürlich klar geworden, dass wir die Villa von dieser Seite aus beobachten konnten.

Es ging auf acht Uhr zu, und ich bekam Hunger. Das Auto hatte ich ein Stück weit von der Sackgasse entfernt geparkt, versteckt vor dem Tor einer Villa mit geschlossenen Fensterläden. Schon seit einer halben Stunde betrachtete ich die hübschen Geranien vor der weißen Mauer von Amritas Villa und versuchte, mich an einschlägige Methoden zu erinnern, Langeweile und Schläfrigkeit während einer Observierung zu bekämpfen. Ein weißwolliger kleiner Pudel kam fröhlich auf mich zu gerannt, und ich musste so tun, als habe ich irgendwo die Post abgeliefert und mache mich gerade wieder auf den Weg, denn hinter ihm her lief eine gut aussehende Dame und rief ihn zurück. »Buffi! Buffi!«

Ich setzte mich also ins Auto und wartete, bis sie weg war. Dann kehrte ich zurück auf meinen Posten.

Die Dämmerung brach schon herein, als das Garagentor einen Spalt aufging und Peter hinausschlüpfte.

Ich trat rasch hinter eine Gruppe blühender Oleandersträucher und ging in Deckung. Peter blieb stehen und hielt nach allen Seiten Ausschau, als wolle er kontrollieren, ob die Luft rein war. Dann kam er auf mich zu. Er konnte mich eigentlich nicht gesehen haben, und ich löste mich geräuschlos von der Ecke und ging in Richtung der Einfahrt, in der mein Auto stand. Der Wagen stand ziemlich geschützt zwischen den weißen Mauern der Einfahrt, mit der Front zum geschlossenen Tor, aber Peter brauchte nur über die Querstraße zu gehen, um die Rückseite erkennen zu können.

Ich zwängte mich zwischen das Auto und die Wand und schaute über trockenen Rasen und niedrige Begrünung hinunter zum Ende der Sackgasse. Peter erreichte die Ecke, ging in die Querallee hinein, blieb mitten auf der Straße stehen und schaute nach rechts und links.

Dann gab er jemandem einen Wink. Ich konnte die Garage nicht sehen, hörte aber ein Auto, und kurz darauf kam der Panda in Sicht. Amrita saß am Steuer. Das Stoffverdeck war geschlossen. Amrita hielt nicht an, als sie Peter erreichte. Peter hob die Hand, und der Panda fuhr an ihm vorbei und bog in Richtung Cala Llonga ab. In diesem Moment erkannte ich auf dem Rücksitz eine Frau mit blondem Haar.

Ingrid.

Ich spähte mit wachsender Ungeduld zu Peter hinüber, der dem Panda hinterherschaute und anschließend in aller Seelenruhe zur Villa zurückschlenderte. Sobald er außer Sicht war, setzte ich mich ans Steuer des Mietwagens. Ich zwang mich dazu, mich noch einen Moment zu gedulden, bevor ich den Motor anließ. Peter würde das Geräusch hören, und vielleicht hatten die Frauen Handys dabei. Eine gewarnte Amrita wüsste auf ihrer Heimatinsel genügend Möglichkeiten, mich abzuschütteln. Doch wenn ich zu lange wartete, würde ich den Panda in jedem Fall verlieren.

Der Motor sprang sofort an. Ich setzte rückwärts auf die Straße und gab Gas. Ich schaute zur Seite, als ich an der Sackgasse vorbeifuhr, sah aber keine Spur von Peter.

Ich fuhr schneller. Am Fuße der Hügel angekommen, musste ich mich zwischen Cala Llonga und Ibiza entscheiden. Ich sah den Panda nirgendwo, entschied mich aber für Ibiza.

Ich gab Gas. Ich überholte rücksichtslos alte Lkws. Die Autofahrer begannen, in der hereinbrechenden Dunkelheit die Scheinwerfer einzuschalten. Ich folgte dem Weg, an den ich mich vage von heute Morgen erinnerte, fuhr zweimal dicht auf andere kleine Autos auf und sauste dann an ihnen vorbei. Ich erreichte die größere Straße zwischen Ibiza und Santa Eulalia. Nervös hielt ich mich an meine erste Entscheidung: Ibiza.

Hier war viel mehr Verkehr, jede Menge kleiner Autos, das Hauptverkehrsmittel auf Ibiza. Ich hatte fast das Dorf Jesu erreicht, als kurz vor mir ein paar kleine, schwache Rücklichter auftauchten, wie sie zu einem Panda passten.

Ich fuhr näher heran, bis ich mir sicher war, den blonden Hinterkopf auf der Rückbank zu erkennen. Tommy sah ich nicht. Ingrid blickte sich nicht um. Vielleicht waren sie anfangs vorsichtiger gewesen und hatten sich öfter einmal umgeschaut. Da sie keine Verfolger bemerkt hatten, weil ich sie eine Zeit lang verloren hatte, wähnten sie sich jetzt wohl in Sicherheit. Ich prägte mir das Aussehen der Rücklichter ein und ging wieder etwas mehr auf Abstand.

Wir erreichten Ibiza, und ich musste näher auffahren. Die Leute waren auf dem Weg nach Hause oder zu Restaurants, und der Verkehr war viel dichter. Amrita bog in die Avenida de Santa Eulalia ein, folgte den breiten Boulevards an den Jachthäfen vorbei und ließ sich vom Verkehrsstrom in Richtung Ufer unterhalb der Altstadt treiben.

Fahrzeuge bogen in Seitenstraßen ab. Die Pandalichter waren nicht gerade die Stärksten, und mir fiel das Blinken erst auf, als sich Amrita bereits einordnete. Ich konnte ihr gerade noch folgen. Ich dachte, sie wolle in eine Seitenstraße einbiegen, doch sie setzte den linken Blinker und wechselte kurz vor einem Taxi auf die Spur für den langsameren Verkehr.

Ich musste drei Autos abwarten, bevor ich ihr folgen konnte, aber ich behielt sie im Auge. Amrita stoppte in der Mitte des Häuserblocks in einer Ladezone vor einem Hotel. Ich konnte nicht auch dort anhalten, ohne aufzufallen. Ich setzte den Blinker, fuhr quälend langsam an einer geschlossenen Reihe geparkter Autos vorbei und schaute in den Rückspiegel. Ich sah, wie Amrita einen Koffer aus dem Panda holte und ihren Sitz nach vorn zog, um Ingrid aussteigen zu lassen. Ungeduldige Fahrer begannen, mich links zu überholen. Kurz bevor ich die Seitenstraße erreichte und rechts abbiegen musste, sah ich aus dem Augenwinkel heraus, wie Tommy aus dem Panda gehoben wurde.

Ich fand einen Parkplatz vor der überdachten Terrasse eines Restaurants, das voll besetzt mit speisenden Gästen war. Ich rannte zurück zur Straßenecke. Ingrid und Tommy waren nirgends mehr zu sehen, doch der Panda schwamm im Verkehrsstrom mit in meine Richtung. Der Blinker ging, Amrita reihte sich ein.

Ich trat zurück, als sie auf meiner Höhe angekommen war, aber ich brauchte mir keine Sorgen zu machen, denn sie war mit den Augen und den Gedanken ganz beim Verkehr, während sie links abbog und versuchte, auf der Hauptverkehrsstraße eine Lücke zu erwischen. Sie war allein und fuhr zurück auf den Boulevard, nach Hause zu Peter, nahm ich an.

Ich rannte den Bürgersteig entlang zum Hotel *Don Toni.* In der Eingangshalle war es voll. Ingrid wartete zusammen mit anderen Gästen neben einem Hotelboy an der Rezeption, und ich blieb versteckt zwischen den Topfpalmen am Eingang stehen. Tommy war an Ingrids Seite, klammerte sich mit einem Händchen an ihrem Leinenrock fest und sah verschlafen aus. Die junge Frau an der Rezeption reichte Ingrid lächelnd einen Schlüssel. Der Hotelboy trug ihren Koffer. Ingrid nahm Tommy an der Hand und folgte dem Boy zu den Aufzügen. Kurz darauf beobachtete ich die Leuchtanzeige des Lifts, in den nach Ingrid noch weitere Gäste hineingegangen waren. Der Aufzug hielt in der zweiten, der vierten und zum Schluss in der fünften Etage. Ich holte eine Banknote aus meiner Brieftasche und hoffte, mit zwanzig Dollar die verwöhnten Hoteljungen im luxuriösen Ibiza noch beeindrucken zu können.

Zwei Minuten später kam der Boy aus dem anderen Aufzug, ein magerer junger Mann um die Zwanzig mit Pickeln im Gesicht. Seine Uniform hing ihm schlampig um den Körper, und der Rand seiner Piccolomütze war dunkel vor Schweiß oder Haarfett. »*Excuse me?*«

Ich sah, dass die Zwanzig-Dollar-Note ihn interessierte. »Welche Zimmernummer hat die Lady mit dem kleinen Jungen?«, fragte ich auf Englisch.

Er wollte nicht wissen, warum. Wahrscheinlich hatten die Hotelboys bereits sämtliche Ausreden ehebrecherischer Gatten und hartnäckiger Liebhaber gehört und waren nur noch scharf auf das Geld. Er zupfte mir den Geldschein mit Daumen und Zeigefinger aus der Hand, steckte ihn ein und sagte: »Vierhundertsechzehn.«

Er war schon weg, bevor ich *thanks* sagen konnte.

Es gab kein anderes Hotel in der Nähe, und ich hatte

genug von verzwickten Manövern. Ich behauptete, meine Frau leide an Höhenangst und einigte mich mit der Dame am Empfang auf ein Zimmer in der ersten Etage mit Blick auf den Boulevard. Ich bezahlte sofort, inklusive Frühstück, weil wir vielleicht früh aufbrechen wollten, und bekam eine Schlüsselkarte. Die hatten sich inzwischen auch auf Ibiza durchgesetzt.

Ich rief Thomas Niessen an und erklärte ihm das Problem. Er saß mit Louise in einem Restaurant, in dem Handys verpönt waren, sodass er mich kurz warten ließ, um hinauszugehen.

»Und du glaubst, dass sie morgen ein Flugzeug nimmt?«

»Ja, das halte ich für wahrscheinlich. Das Problem besteht darin, dass ich sie nicht aufhalten oder ihr Tommy wegnehmen kann, ohne dass sie Zeter und Mordio schreit, und dann muss ich in Handschellen tatenlos zusehen, wie ihr Flugzeug abhebt. Vielleicht kann ich Tickets für dieselbe Maschine bekommen, dann können wir ihr folgen. Aber sie wird uns bestimmt bemerken, denn hier landen keine Riesenjumbos. Dann veranstaltet sie entweder einen Aufstand oder ignoriert uns und versucht, uns in der Stadt loszuwerden, in der wir landen. Einer unbekannten Person kann man leicht um die halbe Welt folgen, aber nicht jemandem, der weiß, wer man ist und was man bezweckt. Das ist schlichtweg unmöglich.«

»Was schlägst du vor?«

»Dass ihr den Einfluss der Firma Louis Vredeling bei der Staatsanwaltschaft oder in irgendeinem Ministerium geltend macht und zu veranlassen versucht, dass morgen früh irgendein offizieller Funktionär auf dem hiesigen Flughafen wartet, jemand von Interpol oder vom spanischen Zoll.«

»Das ist keine Kleinigkeit. Ich werde mal mit Vredeling darüber reden.«

»Es gibt doch bestimmt einen Iberia-Schalter am Flughafen, dort melde ich mich morgen früh, und dann werde ich ja erfahren, ob es geklappt hat. Wenn ich nichts höre, gebe ich dir ihr Ziel telefonisch durch, wir kriegen es bis dahin schon noch raus. In dem Fall kannst du es vielleicht so einrichten, dass sie am Zielort erwartet wird, das verschafft dir auch mehr Zeit.«

»Ich tue mein Bestes«, versprach Niessen. »Aber versuche ihr auf jeden Fall zu folgen, auch mit dem Flugzeug.«

»In Ordnung.«

Ich verfuhr mich glatt zweimal auf den inzwischen stockdunklen Landstraßen, bis ich endlich vor dem Hotel in Cala Llonga hielt. Nel und ich packten unsere Sachen, unser Klient bezahlte für das unbenutzte Hotelzimmer mit Balkon, und dann fuhren wir erneut quer über die dunkle Insel.

Zu zweit schien alles einfacher.

Wir gingen im Hotel *Don Toni* kaum ein Risiko ein, solange wir ein bisschen aufpassten. Ingrid würde Tommy nicht allein in ihrem Zimmer im vierten Stock lassen. Sie könnte höchstens mal kurz in die Bar unten hineinschauen, aber ich hatte in der Eingangshalle ihr Gesicht gesehen, und das sah nicht danach aus, als wäre ihr nach Drinks und Flirts in einem spanischen Hotel zumute.

Trotzdem hielten wir es für sicherer, außerhalb zu essen. Wir entschieden uns für das Restaurant in der Seitenstraße, in der ich vorhin geparkt hatte. Wir fanden einen freien Tisch auf der überdachten Terrasse, zwischen Touristen und Spaniern.

»Vielleicht sollten wir über irgendetwas anderes reden«, schlug Nel vor, als wir mit dem Hauptgericht anfingen. »Um noch ein bisschen von der Romantik auf Ibiza zu retten.«

»Ich ertrinke in deinen Augen, sie sind schöner und ergreifender als das schönste Gedicht, ich finde keine Worte, weil mein Herz fast aufhört zu schlagen«, sagte ich feierlich.

Sie zog eine Augenbraue hoch. »Wo hast du das denn her?«

»Aus einem Film.«

CyberNel nickte. Auf ihrem Teller lagen sechs große, gegrillte Gambas. Sie brach eine aus der knusprigen Schale und sagte: »Wie dumm von ihr. Ingrid hätte einfach dort bleiben und die Sache aussitzen können, wir tun ihr nichts, und sie hätte es länger ausgehalten als wir. Warum ist sie bloß abgehauen?«

»Ich dachte, du hättest Sehnsucht nach Romantik?«

»Nicht nach so doofer Romantik.«

Ich lachte. Sie ließ mich ein Stück von ihrer Gamba probieren. Ich kaute darauf herum und sagte: »Vielleicht haben sie sich gestritten. Oder ihnen sind die Nerven durchgegangen wegen meiner Drohungen in puncto Komplizenschaft und Interpol. Amrita ist bestimmt nicht erpicht darauf, die Polizei im Haus zu haben.«

Ich schnippelte an einem großen Tintenfisch herum, der mit Krabben und anderen Meeresfrüchten gefüllt war. Wir tranken einen kalten spanischen Rosé dazu. »Ich kann schon verstehen, dass Ingrid weg wollte«, sagte ich. »Sie konnte den Jungen schwerlich tagelang in diesem Haus einsperren. Also machten sie sich aus dem Staub, während Ibiza zu Tisch sitzt, denn sie glaubten, dass auch wir um diese Zeit beim Essen säßen und sie nicht in einem Hotel hier in der Stadt suchen würden.«

»Ingrid muss also eine Alternative haben«, meinte Nel. »Sie kann nicht zurück, denn erstens wird das Haus verkauft und zweitens würde man ihr Tommy sofort wegnehmen, das weiß sie. Wohin will sie sich wenden?«

»Ich gehe davon aus, dass Peter einen Flug für sie gebucht hat. Nach Madrid? Von dort aus könnte sie überallhin. Für uns wird es problematisch, wenn sie dort nur umsteigt und für den Anschlussflug bereits ein Ticket besitzt.«

Nel tunkte ein Stück Gamba in rote Sauce. »Mir ist dieses Beziehungsgewirr ein Rätsel.«

»Beziehungswirrwarr ist typisch für Ibiza.«

Nel schüttelte den Kopf. »Eine Geliebte, die eine Ehefrau und ein Kind akzeptiert?«

»Peter hat sich sicher eine gute Ausrede ausgedacht.«

»Peter saß im Gefängnis, als sich Ingrid aus dem Staub gemacht hat. Sie ist ohne ihn mit Tommy hier angekommen.«

Ich schüttelte den Kopf. »Das Ganze war schon vorbereitet. Peter verschaffte ihr genügend Zeit zur Flucht und hat sicher auch das Versteck organisiert. Ibiza war eine gute Idee. Vielleicht wusste Ingrid von Amrita. Amrita erklärte sich einverstanden, es sollte ja nur für kurze Zeit sein; sobald das Haus verkauft wäre, würde Ingrid anderswohin verschwinden und sie hätte Peter für sich allein. So war es geplant. Doch die Ereignisse überstürzten sich und sie waren gezwungen zu improvisieren. In solchen Situationen machen die Menschen Fehler, und davon profitieren wir.«

»Sie hat noch kein Geld.«

»Das wissen wir nicht. Wir wissen überhaupt nichts über ihre finanzielle Lage. Sie braucht ja nicht gleich nach Argentinien zu emigrieren; auch in einer billigen kleinen Wohnung in Griechenland wäre sie unauffindbar.«

»Trotzdem verstehe ich ihre Beziehungen zueinander nicht, besonders das Verhalten dieses Mannes«, quengelte CyberNel mit ihrem dickköpfigen Groninger Hang zur Einfachheit und dem Bedürfnis nach geradlinigen Charakteren. »Vor kurzem hast du noch selbst gesagt, er würde Ingrid anbeten, auf fast sklavische Weise. Und nun lässt er für Amrita alles im Stich?«

Ich blickte starr auf den Rosé in meinem Glas. Eine

Windbö zupfte an der Bordüre der Marquise über unseren Köpfen, *flapp, flapp*. »Das gehörte zu dem Theaterstück, das sie aufführten«, sagte ich. »Doch sobald das Ziel in greifbare Nähe gerückt war, brauchten sie nicht mehr so tun, als ob.«

»Du meinst, dass sie diese Abmachung von Anfang an hatten? Wenn du mir zu Tommy verhilfst, kannst du zu deiner Geliebten ziehen und wir sind einander los?«

Ich nickte. »So in etwa. Sie spielten diese Komödie so perfekt, dass niemand verstand, wie man es als Mann akzeptieren konnte, dass die eigene Frau wegen eines Kindes eine andere Frau ermordet. Diese Form unmenschlicher Grausamkeit hat uns alle verwirrt.«

Nel legte brüsk ihr Besteck hin. »Sind sie also alle beide verrückt und daher unzurechnungsfähig?«

»Nein. Na ja, in gewisser Weise schon.« Ich schüttelte wieder den Kopf. »Allerdings habe ich durchaus verstanden, dass ein Mann so etwas nur hinnehmen kann, wenn die entsprechende Frau hinterher nicht mehr seine Frau ist.«

Sie verstand mich nicht sofort und runzelte die Stirn.

»Ingrid und Peter hatten nichts mehr miteinander gemein außer dieser Abmachung. Ingrid wollte nur noch ein Kind, und wahrscheinlich am liebsten nicht von Peter.« Ich lachte leise.

»Das ist nicht zum Lachen«, tadelte mich Nel.

»Stimmt«, sagte ich. »Es ist pathetisch und traurig. Überhaupt nicht lustig.«

Regentropfen begannen über unseren Köpfen auf die Marquise zu tröpfeln. »Auch das noch«, sagte Nel.

»Auf Ibiza regnet es nie lange«, behauptete ich.

Es regnete immer noch, sogar stärker, als wir mit meiner Jacke über unseren Köpfen zurück ins Hotel rannten. Die Straßen leerten sich, Autos zischten spritzend vorbei, brennende Laternen warfen schwefelgelbes Licht auf die Wolken, die schwer und tief über dem Wasser hingen.

Nassgeregnete Gäste standen unter dem Vordach des Hotels und blickten unzufrieden in die Nacht. Ein Portier hielt einen Regenschirm hoch. Wir rannten an ihm vorbei. Im Foyer hielten sich nur wenige Leute auf. Nel hatte nasse Füße und verschwand mit der Schlüsselkarte und meiner Jacke in Richtung Aufzug. Ich suchte eine der Toiletten im Erdgeschoss auf und trocknete mein Haar mit Papiertüchern aus einem Automaten. Um einen hastigen und beiläufigen Eindruck zu erwecken, nahm ich ein paar mit und rubbelte mir damit über den Kopf, während ich zur Rezeption hinüberging. Diesmal saß dort eine andere junge Frau, die jedoch ebenso gut Englisch sprach wie ihre Vorgängerin. »Wurde für morgen früh für Zimmer Nummer 416 ein Taxi bestellt?«

Prompt schaute sie für mich nach. »Nein, kein Taxi, nur Frühstück, um halb zehn. Soll ich ein Taxi reservieren?«

»Nein, nein, das ist nicht nötig, die Dame fährt mit uns mit.«

Sie lächelte, und ich flüchtete zum Aufzug.

Nel stand unter der Dusche. Es war eine kleine Dusche, und ich passte gerade so mit hinein.

19

Um acht Uhr saßen wir hinter nassen Fenstern im Frühstückssaal. Um Viertel nach neun ging ich hinaus, um den Renault zu holen. Es hatte aufgehört zu regnen, doch die Stadt und die Zitadelle waren in hartnäckigen, dichten Meeresdunst gehüllt. Ich fuhr eine Runde über den Boulevard und auf dem Fahrstreifen für langsamen Verkehr wieder zurück. Fünfzehn Meter vom Hotel entfernt fand ich eine Parklücke und gab Nel, die mit unseren Taschen vor dem Eingang bereitstand, mit der Lichthupe ein Zeichen, bevor ich einparkte.

»Man ist so komisch machtlos«, sagte Nel, als wir vorne im Renault saßen und durch die beschlagenen Scheiben in den Dunst hinausschauten. Alle Autos hatten die Scheinwerfer eingeschaltet. »Wir könnten uns zur Not aus unserer Deckung herauswagen, aber wir können ihr nichts anhaben.«

»Vielleicht hätten wir besser bei der Polizei bleiben sollen.«

Nel lachte.

»Aber selbst dann hätten wir hier keinerlei Befugnisse«, fügte ich hinzu. »Die spanische Polizei geht äußerst ungnädig mit ausländischen Kollegen um, die ihnen hier die Touristen belästigen.«

Nel wandte mir ihr Gesicht zu. »Gib mir einen Kuss.«
Ich küsste ihre Lippen.

Sie schaute wieder geradeaus vor sich hin. »Was für ein Mistwetter.«

»Stell dir vor, wir wären hier auf Hochzeitsreise«, scherzte ich. »Noch einen Kuss?«

»Der war nur dafür, dass du kein Polizist mehr bist. Deine Freiberuflichkeit hat deinen Horizont erweitert.«

»Dann lass uns ein bisschen Scrabble spielen.«

»Ich kann aber keine dreizehn Buchstaben und das Brett im Kopf behalten.«

»Okay, dann nehmen wir nur fünf Buchstaben. Die ersten fünf ziehst du, danach geben wir sie uns abwechselnd gegenseitig. Du fängst an.«

Nel dachte nach. »Arm«, sagte sie dann.

»Das ist nett.«

»Ich habe auch ein ›sch‹, aber ich will ja schließlich anständig bleiben.«

»Auch nett.« Ich grabbelte über einen imaginären Tisch. »Du bekommst ein O, ein I und ein N.«

Ein Taxi mit Standlicht rollte an uns vorbei, aber wir bemerkten es erst, als es fünfzehn Meter weiter vor dem Hotel anhielt.

»Tango«, sagte ich.

»Deine ganzen fünf Buchstaben?«, fragte sie ungläubig.

»Ich lege es horizontal über dein ARM. Dann kriege ich TA und AR als extra Worte. AR ist ein schweizerisches Flächenmaß. Alles zusammen macht das sechsundzwanzig Punkte.«

Der uniformierte Portier kam heraus, und der Taxifahrer übernahm einen Koffer von ihm. Der Portier öffnete die hintere Autotür und ließ Ingrid und Tommy einsteigen.

»Was ist TA?«, fragte Nel.

Ich ließ den Motor des Renault an. »TA ist die Kurzform des bekannten Dialektwortes für Spazierengehen, Tattagehen.«

»Du bist auch Tatta«, sagte Nel.

Der Taxifahrer stieg ein und fuhr los. Ich ließ zwei Autos vorbei, bevor ich ihm folgte. Das Taxi ordnete sich links ein und schwenkte in Höhe der Seitenstraße auf den Mittelstreifen des Boulevards. Es gelang mir mühelos, ihm zu folgen.

»Zum Flughafen hätte er hier links gemusst«, sagte Nel, die einen Stadtplan gekauft hatte.

»Vielleicht kennt er einen Schleichweg.«

»Dann müsste er die gesamte Uferstraße entlang und um die Zitadelle herumfahren. Wenn ich genauso falsch spiele wie du und dein TA akzeptiere, werde ich meine fünf Buchstaben alle auf einmal mit STALION los.«

»Mist«, entfuhr es mir und ich bremste.

Wir waren am Verwaltungsgebäude auf dem letzten Kai vorbeigefahren, und vor uns nahm die plumpe Masse der *Isla de Botafoc* aus dem Nebel heraus Gestalt an.

Ich hielt gegenüber an der Bordsteinkante, an derselben Stelle, an der der Panda gestanden hatte. Das Taxi drehte auf dem Umschlagplatz und fuhr dann auf dem Kai zurück bis dicht an die blaue Treppe, die bereits an der Fähre befestigt war.

Nel suchte in ihrer Tasche nach dem Fahrplan. *»Jueves«*, sagte sie. »Sie salidast um elf Uhr.«

Wir saßen nebeneinander und starrten in den Nebel. Autos fuhren vorbei, und Lkws nahmen uns hin und wieder die Sicht, wenn sie auf den Platz einbogen und von Stauern über Walkie-Talkies in den Schiffsbauch hineindirigiert wurden. Auf der anderen Straßenseite steckte Ingrid Tommy in eine rote Jacke. Eine Stewardess in blauer Uniform kontrollierte am Fuße der Treppe ihr Überfahrtticket. Ingrid nahm Tommy am Händchen und erklomm mit dem Koffer in der anderen Hand die Metallstufen.

»Was ist ein Stalion?«, fragte ich.

»Das ist Groningisch für Ziegenstall«, antwortete Nel. »Ein kleiner Ziegenstall, für ungefähr zwei Ziegen. Das Staliönchen.«

»Eigentlich gar nicht so dumm, dass sie die Fähre nimmt«, sagte ich. »Denn Peter denkt schließlich, wir seien mit dem Flugzeug gekommen, und er glaubt, wir hielten uns immer noch in seiner Umgebung auf. Er wird heute den ganzen Tag mit Amrita Theater spielen, um uns in Cala Llonga zu beschäftigen.«

»Wenn wir ihm nicht auf die Fähre gefolgt wären, wie glaubt er dann, dass wir auf die Idee mit Ibiza gekommen sind?«

»Er ist der festen Überzeugung, dass wir ihm gar nicht gefolgt sind. Denn wenn er sein Auto irgendwo zurückgelassen hat und geflogen ist, hätte er uns unterwegs zwangsläufig bemerken müssen. Er glaubt, wir hätten einfach gründlich recherchiert, in seiner Vergangenheit gegraben und dabei Amrita entdeckt. Wir könnten sie zum Beispiel unter einem Vorwand angerufen und dadurch herausgefunden haben, dass er zu ihr unterwegs war.«

»Wie dem auch sei, lass uns dem geschenkten Gaul nicht ins Maul schauen«, meinte Nel.

»Okay. Aber Groningisch ist keine richtige Sprache.«

»Noch so eine Bemerkung und ich nehme eine Einzelkabine.«

Ich schaute hinüber zur *Botafoc*. Ingrid war im Schiff verschwunden. »Ich glaube, es nimmt sowieso kaum jemand eine Kabine, denn schließlich fahren wir tagsüber, um acht Uhr kommen wir in Barcelona an. Die meisten mieten sich sicher einen Liegestuhl in der Lounge neben dem Restaurant.«

»Ingrid nimmt bestimmt eine Kabine, wegen Tommy.«

Ich nickte. »Und bei dem Nebel wird sie sie wohl kaum verlassen.«

Ich wendete den Wagen und fuhr zurück zum Verwaltungsgebäude, in dem es eine Niederlassung der Mietwagenfirma gab und wir unsere Rückfahrttickets von *viernes* auf *jueves* umbuchen konnten. Es gab noch reichlich freie Kabinen; wir konnten sogar unsere alte auf dem Oberdeck bekommen. Im Geschäft am Kai kauften wir Brötchen, spanische Snacks und ein paar Äpfel, um nicht auf dem Schiff herumlaufen zu müssen und so Konfrontationen mit Ingrid zu vermeiden.

»Warum eigentlich?«, fragte Nel. »In Barcelona sieht sie uns sowieso, wir werden doch nicht zulassen, dass sie einfach spurlos verschwindet.«

»Nein, aber dort bekommen wir womöglich Hilfe von offizieller Seite. Auf dem Schiff veranstaltet sie außerdem einen Aufstand, sobald sie uns sieht. Ihr als allein stehender Frau mit Kind würde man im Zweifelsfall immer Recht geben und uns in Barcelona festhalten, bis die Polizei an Bord kommt, um die Sache zu klären. Lass uns die Probleme so lange wie möglich vor uns her schieben.«

Um elf Uhr legte die *Botafoc* vom Uferkai ab und stampfte durch den Dunst und die tief hängenden Wolken hinaus aufs Mittelmeer.

Es geschah aus heiterem Himmel.

Ich hatte Niessen angerufen, um ihn auf dem Laufenden zu halten. Er versprach, sein Bestes zu tun, um in Barcelona Unterstützung für uns anzufordern.

Wir waren seit gut einer Stunde unterwegs und gingen davon aus, dass sich die meisten Passagiere im Restaurant oder in der Cafeteria aufhielten. Oder seekrank im Bett beziehungsweise in den Liegestühlen, denn das Meer war unruhig und das Schiff stieg, sank und bockte über langgezogene Wellen hinweg, mit Schaumkronen, die mindestens auf Windstärke sechs hindeuteten. In der Kabine war es kühl und ungemütlich, deshalb gingen wir an Deck, um eine Zigarette zu rauchen, ein Brötchen zu essen und von der Reling aus auf die wogende See unter dem Nebel zu schauen.

Als ich die wasserdichte Tür öffnete und über die Stahlkante nach draußen stieg, prallte ich gegen Ingrid.

Ingrid stieß einen Schrei aus, das Gesicht angstverzerrt. Sie riss Tommy in ihre Arme und rannte weg.

»Ingrid!«, rief ich. »Warte!«

Ingrid erreichte das schmale Ende des Innendecks, von wo aus der einzige Ausweg über die Metalltreppe zum höher gelegenen, offenen Achterdeck führte. Ihr beigefarbener Rock flatterte ihr heftig um die Waden.

Ich rannte ihr hinterher, Nel folgte mir auf dem Fuß.

Das kleine Achterdeck war bis auf Ingrid menschenleer. Nebelfetzen trieben vorüber und vermischten sich mit dem Rauch aus den Schornsteinen, Wasserstrudel schäumten hinter dem Schiffsheck her.

Ingrid stand an der Backbordreling und hielt mit beiden Händen Tommy fest, der in seinem roten Jäckchen auf dem lackierten Geländer saß und ängstlich auf die unruhige See blickte. Sobald Ingrid mich im Treppenaufgang erscheinen sah, fing sie an zu schreien: »Geht weg! Lasst mich in Ruhe!«

»Ingrid, ich will doch nur mit dir reden.« Ich trat auf das Deck hinaus. Nel war direkt hinter mir. Ich ging ein paar Schritte nach vorn.

Ingrid packte Tommy, hielt ihn mit gestreckten Armen über das Wasser und kreischte: »Bleib stehen!«

Ich hielt erschrocken inne. Ich spürte, wie Nel sich hinter mir zu einem Sprint anschickte, versperrte ihr aber mit einer Hand den Weg. Ingrid war stark, doch Tommy wog Einiges, und ihre Arme zitterten vor Anspannung. Ihre Augen lagen tief in den Höhlen, sie war leichenblass, abgemagert, hypernervös. Sie ähnelte in keiner Weise mehr der unwiderstehlichen Blondine, die über dem Lingewasser geschaukelt hatte und kurz darauf sorglos mit mir ins Bett gehüpft war.

Tommy fing an zu weinen. Er rührte sich nicht, als spüre er instinktiv, in welcher Gefahr er schwebte. Er drehte nur den Kopf zur Seite, und ich sah Panik in seinen ET-Augen. »Mami!«

»Ingrid, pass auf, du tust ihm weh!«, rief Nel leise.

Ingrid stützte ihre Ellbogen auf der Reling ab, um das Gewicht besser halten zu können und fing an, eindringlich in Tommys Ohr zu flüstern.

Ihr blondes Haar, das ihr in feuchten, vom Nebel glänzenden Strähnen um das Gesicht flatterte, verlieh ihr etwas Geisterhaftes.

»Keinen Schritt weiter!«, schrie sie. »Ich warne dich!«

»Ingrid«, versuchte ich es in einem sachlichen Ton. »Was willst du denn, dass wir ins Meer springen?«

»Du hättest dich nicht einmischen sollen!«, rief sie, und dann, kläglich und gekränkt: »Ich dachte, wir wären Freunde!«

Tommy hatte aufgehört zu weinen, machte nur noch ein ängstliches Gesicht und hörte zu. Ich konnte jetzt nicht von Mord sprechen oder von seiner Mutter. »Wenn du dieses Brecheisen zu Hause gelassen hättest, dann wäre ich auch dein Freund geblieben«, sagte ich nur.

Hinter mir ließ Nel unsere Tasche mit Essbarem auf das Deck sinken und murmelte: »Der Kater hat sie schon voll erwischt.«

Ich schaute Ingrid an und nickte. Kein normaler Mensch konnte einen grauenvollen Mord begehen und für den Rest seines Lebens so tun, als sei nichts geschehen. Das Blut des Opfers kriecht ihm buchstäblich unter die Haut, ins Gehirn, ins Gedächtnis und in die Sinne. Jedes Mal, wenn sie Tommy anschaute, würde sie es sehen und riechen und daran erinnert werden, so lange, bis es eines Tages zu viel würde.

»Ich gehe«, flüsterte Nel und stellte sich neben mich.

»Alles war gut!«, jammerte Ingrid. »Ich hatte meinen kleinen Sohn wieder!«

»Aber du hast ihn doch noch«, sagte ich besänftigend. »Halte ihn gut fest. Komm, ich helfe dir.«

Ich merkte, dass ihr Griff um Tommy automatisch fester wurde. Sie zog ihn an sich und fast von der Reling herunter. Ich ging einen Schritt nach vorn und sah, wie sie schlagartig ihre Meinung änderte.

»Niemand kriegt ihn!«, schrie sie und setzte plötzlich ihren rechten Fuß auf eine der Querstangen. Sie war stark und beweglich genug, um in einer fließenden Bewegung mitsamt Tommy über die Reling springen zu können.

Ich schrie ihr zu. Nel spurtete los.

Ingrid wandte sich mit einem Ruck zu uns um und warf Tommy kraftvoll gegen die heranstürmende Nel. Tommy stieß einen Schrei aus. Nel fing ihn auf. Sie konnte gerade noch verhindern, dass er auf dem Deck aufschlug und war eine halbe Sekunde lang außer Gefecht. Ingrid saß bereits auf dem Geländer. Ich rannte, griff mit beiden Händen nach ihr und bekam ihre Schulter und einen Ärmel ihrer Leinenjacke zu fassen.

Ingrid drehte sich um, den Oberkörper dem Wasser zugewandt, das Gesicht verzerrt von Hass und Hysterie: »Lass mich los!«

Ihre Füße suchten und fanden den Rand des Decks auf der anderen Seite der Reling, und sie drehte sich mit aller Kraft seitwärts, wand sich und zerrte an ihrem Arm, bis sie wie eine Schlange aus ihrer Jacke schlüpfte.

Ich versuchte, sie festzuhalten, doch sie stieß sich mit den Füßen kräftig vom Deckrand ab und war weg, ehe ich reagieren konnte.

Ingrid war frei. Ich erkannte es, als sie vom Schiff hinunter sprang und dabei die Arme ausbreitete und den Kopf hob, sodass ihr blondes Haar auf dem Wind tanzte, atemberaubend elegant und selbstbewusst, in einer letzten, verwegenen Demonstration ihres freien Willens.

Ich hing über der Reling und sah sie fallen, fünfzig Meter tief, hin zu Erlösung und Freiheit, die Arme noch immer ausgebreitet, schwebend, bis sie so klein wurde wie eine Möwe, auf dem Wasser aufschlug und in der brausenden Heckwelle davontrudelte.

20

Nel hatte Tommy sofort hinuntergetragen, wahrscheinlich, um ihn vor weiteren Traumata zu behüten. Ich wusste wenig über kleine Kinder, aber zwei tote Mütter innerhalb eines Monats konnten einfach nicht sehr gesund sein.

Ich gab mir zwei Sekunden, um eine Entscheidung zu treffen.

Alarm schlagen. Frau über Bord.

Man würde das Schiff stoppen und wenden. Die *Botafoc* würde zwei Stunden lang Kreise und immer weitere Kreise im Nebel ziehen, durch das aufgewühlte Meer. Helikopter würden vom Festland aus angeknattert kommen. Einer davon, mit spanischen Polizisten an Bord, würde auf der *Botafoc* landen. Ich hatte das schon einmal erlebt, auf dem Weg nach Irland. Es war nachts, ein betrunkener Schüler ging über Bord. Er wurde stundenlang gesucht, mit Scheinwerfern und Helikoptern. Die Chancen, in der wogenden See ein menschliches Wesen zu finden, sind verschwindend gering, vor allem, wenn jemand nicht gefunden werden will. Die meisten Menschen schrecken im letzten Moment zurück und fangen an, aus Angst vor dem Tod um Hilfe zu rufen. Nicht Ingrid. Ich hatte ihren Abgang miterlebt.

Sind Sie der Herr, der »Frau über Bord« gerufen hat? Kannten Sie sie? Hatten Sie Streit mit ihr? Was haben Sie allein mit ihr auf dem Achterdeck gemacht? Sind Sie ihr gefolgt? Nun, darum werden sich die Justizbehörden in Barcelona kümmern. Bitte folgen Sie uns.

Ich konnte Tommy unmöglich erwähnen. CyberNel wusste, wie die Mühlen der Justiz mahlten. Sie würde instinktiv versuchen, Tommy vor der Einweisung in ein spanisches Heim und Verhören zu beschützen, die ihm lebenslange Albträume bescheren würden. Ich wusste, dass sie sich nicht einmischen und sich unbemerkt mit Tommy von Bord stehlen würde, um ihn über die Grenze zu seinem Vater zu bringen. Tommy zu melden war gleichbedeutend damit, ihn in Quarantäne zu schicken. Er besaß keine Papiere, gehörte zu niemandem. Vielleicht war er noch nicht einmal auf Ingrids Ticket eingetragen, Kleinkinder reisten gratis.

Sie würden ihn wochenlang festhalten, und uns auch. Vielleicht gelänge es Niessen nach einem Monat, uns an die niederländischen Justizbehörden ausliefern zu lassen, doch was Tommy betraf, war der Schaden bis dahin bereits unwiderruflich angerichtet.

Sie kannten Sie nicht? Aber Sie kommen doch aus demselben Land, sieh mal einer an, laut Ihren Papieren sogar aus demselben Dorf, ist das nicht ein Zufall? Ist das eigentlich ihre Windjacke, die sie da in der Hand halten? Sie waren allein mit ihr auf dem Achterdeck? Was hatten Sie dort zu suchen? Nun, dann kommen Sie mal schön mit uns, freiwillig oder in Handschellen, dann werden wir die Sache in Barcelona in aller Ruhe klären.

Tommy hatte in die Hose gemacht. Da Nel nichts zum Anziehen für ihn hatte, hatte sie ihn ausgezogen und in ein Handtuch gewickelt. Jetzt saß sie auf ihrer Koje, hielt ihn in den Armen und flüsterte in sein blondes Haar: »Wir fahren jetzt nach Hause, wir fahren jetzt nach Hause.« Sie streichelte seine Locken und schaute mich über seinen Kopf hinweg an.

»Sie ist weg«, sagte ich.

»Und?«

»Wir bringen ihn nach Hause.«

Nel nickte. Sie war damit einverstanden. Ich folgte ihrem Blick und erkannte, dass ich Ingrids Windjacke noch immer in der Hand hielt. Ich suchte in den Taschen und fand den Schlüssel zu ihrer Kabine.

»Die Tüte mit den Brötchen liegt noch draußen«, bemerkte Nel pragmatisch.

Ich ging zu ihr hin und fuhr Tommy durch die Locken. Er hob den Blick, blass und verwirrt, und ich war froh über meine Entscheidung.

»Weißt du noch, wer ich bin?«, fragte ich.

Seine eigenartigen Augen leuchteten. »Von nebenan, mit den Kaninchen?«

»Ja, und das ist Nel. Wir bringen dich nach Hause.«

»Ist Mami auch da?«

Ich erkannte, dass er Jennifer meinte, und nicht Ingrid, und erinnerte mich an die Psychologie von Zweijährigen. Sie verstehen, was Tod ist, können aber das Dauerhafte daran nicht erfassen. Gleich geht die Tür auf und Mama kommt rein.

Nel zog ihn an sich. »Alles wird gut«, beruhigte sie ihn. »Jetzt waschen wir erst mal deine Hose. Max holt Plätzchen und Limonade für dich. Weißt du, was ein Donut ist?«

Sie gab mir mit dem Kopf ein Zeichen, und ich schlüpfte zur Kabine hinaus. Unsere Tüte lag oben an der Treppe auf dem Achterdeck. Kein Mensch weit und breit. Das Meer sah aus, als sei nichts geschehen. Eine steife Brise war aufgekommen, und hier und dort löste sich der Nebel auf. Stellenweise wurde hinter den höheren weißen Wolken blauer Himmel sichtbar. Über Spanien schien die Sonne.

Ich eilte wieder hinunter und gab Nel die Tüte, bevor ich mich auf die Suche nach Ingrids Kabine machte.

Sie befand sich auf demselben Deck wie unsere, ein Stück weiter hinten im Gang. Aus diesem Grund hatte sie natürlich auch dasselbe Achterdeck gewählt, um sich mit Tommy das Meer und die Möwen anzuschauen.

Auf der Ablage über dem Waschbecken im engen Bad lagen Toilettenartikel, ansonsten hatte Ingrid nichts ausgepackt. Ihr Koffer lag neben ihrer Handtasche am Fußende einer der Kojen; der Deckel war nur lose aufgelegt. Ingrids Kleider, Unterwäsche, ein Nachthemd, ein Fön. Kleidungsstücke von Tommy.

In der Handtasche fand ich ihren Pass und zwischen den Seiten einen gelben Memozettel mit ein paar hastig hingekritzelten Notizen: *Bcla v. 16.25, Ticket am Schalter; direkt Oslo. Harvuns, Lundvik anrufen, abholen.*

Oslo?

Sigrid hatte eine norwegische Großmutter erwähnt.

Ich blätterte Ingrids Pass durch und fand Tommys Namen auf der Seite für mitreisende Kinder. Thomas Brack, mit der Schreibmaschine getippt, sein Geburtsdatum und -ort, Stadt Geldermalsen und ein Stempel mit einer gekritzelten Unterschrift. Falsch oder echt, ich konnte es nicht feststellen; ich sah, dass der Eintrag nachträglich hineingetippt worden war, doch das war bei Kindern wohl meistens der Fall. Wie auch immer, sie hätte mit Tommy problemlos nach Norwegen fliegen können.

Ich räumte den Waschtisch ab und stopfte alles in den Koffer, auch Ingrids Handtasche. Nel öffnete die Tür und legte den Zeigefinger auf die Lippen. Tommy lag in einer der Kojen und schlief. Ich stellte Ingrids Koffer in die Kabine und bedeutete ihr, mir auf den Flur zu folgen.

»Er hat Donuts gegessen und Cola getrunken«, erzählte Nel mütterlich. »Jetzt muss er ein Weilchen schlafen.«

»Ich gehe Niessen anrufen und einen Whisky trinken, falls die hier welchen haben.«

»Ich kann ihn nicht allein lassen.«

»Kein Problem.«

»Was machen wir mit Ingrid?«

»Wir müssen improvisieren.«

Sie schüttelte den Kopf. Ein Mann ging vorbei und öffnete die Tür einer weiter entfernten Kabine, ungefähr neben der von Ingrid. Nel wartete, bis er hineingegangen war und sagte: »Wie kommen wir an Tommy? Haben wir Ingrid dafür ermordet? Wo ist Ingrid?«

»Wir erzählen, wie es passiert ist. Sie hat Selbstmord begangen.«

»Das weiß ich und das weißt du. Sie ist vor unseren Augen über Bord gesprungen, aber wir haben keinen Alarm geschlagen. Man muss aber Alarm schlagen, das schreibt das Seerecht vor.«

Ich seufzte. »Wenn wir zurück sind, schreibe ich einen Brief an Peter und erzähle Sigrid, was geschehen ist. Ich glaube nicht, dass wir deswegen Probleme bekommen. Und sollte es Schwierigkeiten geben, halsen wir sie einfach Niessen und seiner Anwaltskanzlei auf.«

Nel klopfte mir auf die Brust. »Du bist ein Optimist.«

Ich nickte. »Ich habe mir überlegt, dass Optimismus so ungefähr die wichtigste Voraussetzung für das Überleben ist.«

Sie schaute mir in die Augen und sagte: »Ich liebe dich auch. Ich muss zurück zu meinem Pflegekind.«

Sie drehte sich in der Tür um, plötzlich aufgeregt, mit roten Wangen und sanftem Blick. Noch nie zuvor hatte sie für ein Kind gesorgt. Ich erkannte sofort, dass sie ihr Herz an Tommy hängen und sich nicht mehr von ihm würde trennen wollen, und dass es immer schwerer würde, je länger es sich hinzog. Sie war zwar noch keine achtundvierzig, aber immerhin sechsunddreißig, und ihre Sehnsucht nach dieser Art weiblicher Vollständigkeit drängte allmählich alles andere in den Hintergrund. »Warte«, sagte ich.

Die Tür fiel hinter ihr zu, als ich sie an mich zog. »Niessen kann Tommy abholen kommen, in Avignon oder Marseille zum Beispiel ...«

»Warum?«

Ich schob meine Hände unter ihre Achseln und küsste sie. »Daran kommen wir vorbei, auf dem Weg nach Porquerolles.«

»Das klingt schweinisch.«

»Es liegt gegenüber von Saint Tropez.«

»Das ist schweinisch.«

»Es ist eine kleine Insel, ohne Autos, ohne Jetset, ohne ...«

»Eine Art Vlieland«, meinte sie.

»Ja, aber im Süden, mit netten kleinen Hotels und menschenleeren kleinen Stränden, ideal für eine Hochzeitsreise oder so. Ich möchte dich endlich mal in dem Bikini sehen.«

Sie runzelte die Stirn. »Ist das eine Art Antrag?«

»Dazu muss ich doch erst deinen Papa fragen. Die Insel ist vielleicht eher was für Optimisten, die ihre Zukunft planen.«

»Okay«, sagte Nel.

Warm lag sie in meinen Armen.

Krimis aus den Niederlanden

Henk Apotheker: *Ayse ist weg*
Deutsche Erstausgabe ISBN 3-89425-511-0
»Apothekers Schreibkunst, die auch eine Heilkunst ist, hat einen lebenswarmen Kern: Es ist das Mitgefühl mit ihren Figuren.« (Die Zeit)

Felix Thijssen: *Cleopatra*
Deutsche Erstausgabe ISBN 3-89425-504-8
»Felix Thijssen ist ein guter Erzähler, er nimmt sich Zeit für seine Figuren und für die Motivationen der Bösen wie der Guten; nichts gerät ihm aus den Fugen und nichts gibt er zu früh preis. Dafür hat man ihm völlig zu Recht den holländischen Krimipreis gegeben.« (Heilbronner Stimme)

Felix Thijssen: *Isabelle*
Deutsche Erstausgabe ISBN 3-89425-513-7
»Max Winter und CyberNel sind ein tolles Gespann, und was die beiden im Falle von Isabelle und Ben herausbekommen, ist verdammt spannend ... Ein Roman voller Sympathie für seine Figuren und ein Krimi mit einer packenden Handlung, die bis zum Schluss Überraschungen bereithält.« (WDR)

Felix Thijssen: *Tiffany*
Deutsche Erstausgabe ISBN 3-89425-520-X
»Erfrischend natürliche Dialoge, erfrischend glaubwürdige und witzige Charaktere, eine erfrischend packende Handlung mit erfrischend unerwarteten Wendungen – mehr davon!« (Rhein-Zeitung)

Jac. Toes: *Auf der Strecke geblieben*
Deutsche Erstausgabe ISBN 3-89425-506-4
»Subtil die Morde, subtil aber auch die Personen, die letztlich für Aufklärung sorgen. Toes baut dabei Spannung auf, die den Leser fesselt, ihn nicht mehr loslässt.« (Emsdettener Volkszeitung)

Jac. Toes: *Tief gesunken*
Deutsche Erstausgabe ISBN 3-89425-516-1
»Der Leser – schnell mittendrin im Zentrum der Ereignisse – wird durch eine hervorragend konstruierte und entwickelte Handlung geführt, die fast atemlos geschilderte Einsatzszenen ebenso enthält wie absolut glaubwürdige Psychologisierungen der handelnden Personen.« (Bergsträßer Anzeiger)

Jac. Toes: *Verrat*
Deutsche Erstausgabe ISBN 3-89425-528-5
Arnheim: Die Polizistin Yvon Matiber glaubt, den Mörder der jungen Prostituierten gefunden zu haben, da wird sie vom Dienst suspendiert. Ihr Freund, der Rechtsanwalt Fred Benter, und der Journalist Donald de Wacht ermitteln auf eigene Faust ...

Wilsberg-Krimis von Jürgen Kehrer

Und die Toten läßt man ruhen
Der erste Wilsberg-Krimi – Vom ZDF verfilmt
ISBN 3-89425-006-2
»Dramaturgisch perfekt bis aufs I-Tüpfelchen« (Leo's Magazin)

In alter Freundschaft
Der zweite Wilsberg-Krimi – Vom ZDF verfilmt
ISBN 3-89425-020-8
Eine minderjährige Ausreißer-Punkie und ein bestohlener Disco-Chef

Gottesgemüse
Der dritte Wilsberg-Krimi ISBN 3-89425-026-7
Wilsberg erlebt den Psychoterror einer fanatischen Sekte.

Kein Fall für Wilsberg
Der vierte Wilsberg-Krimi ISBN 3-89425-039-9
Dubiose Waffengeschäfte und ein Firmenchef mit Doppelleben

Wilsberg und die Wiedertäufer
Der fünfte Wilsberg-Krimi ISBN 3-89425-047-X
»Kommando Jan van Leiden« fordert vom Bischof eine halbe Million.

Schuß und Gegenschuß
Der sechste Wilsberg-Krimi ISBN 3-89425-051-8
Wilsberg im Reality-TV. Nach Drehbeginn kommt es zu schweren Unfällen.

Bären und Bullen
Der siebte Wilsberg-Krimi ISBN 3-89425-065-8
Wilsberg soll Entführung aufklären – was verschweigt Willi?

Das Kappenstein-Projekt
Der achte Wilsberg-Krimi – Vom ZDF verfilmt
ISBN 3-89425-073-9
Wilsberg als Leibwächter der grünen Stadtkämmerin

Das Schapdetten-Virus
Der neunte Wilsberg-Krimi ISBN 3-89425-205-7
Wilsberg bewacht 100 Affen für medizinische Experimente.

Irgendwo da draußen
Der zehnte Wilsberg-Krimi ISBN 3-89425-208-1
Trieben Außerirdische die junge Corinna in den Tod?

Der Minister und das Mädchen
Der elfte Wilsberg-Krimi – Vom ZDF verfilmt
ISBN 3-89425-216-2
Ist der Sohn des Ministers in spe ein Vergewaltiger?

Wilsberg und die Schloss-Vandalen
Der zwölfte Wilsberg-Krimi ISBN 3-89425-237-5
Wer bedroht Schloss Isselburg? Wilsberg stößt auf die Leiche im Keller.

Wilsberg isst vietnamesisch
Der dreizehnte Wilsberg-Krimi ISBN 3-89425-262-6
Rätselhafte Mordserie in einem beschaulichen Stadtteil.

Wilsberg und der tote Professor
Der vierzehnte Wilsberg-Krimi ISBN 3-89425-272-3
Wilsberg stößt an der Uni auf ein Geflecht von Intrigen.

Krimis aus Skandinavien

Kirsten Holst: *Du sollst nicht töten!*
Deutsche Erstausgabe ISBN 3-89425-501-3
»Die dänische Queen of Crime: Kirsten Holst sorgt mit ihrem Krimi, in dem es um eine Serie von Morden in Jütland geht, für Hochspannung.«
(Neues Deutschland)

Kirsten Holst: *Wege des Todes*
Deutsche Erstausgabe ISBN 3-89425-510-2
»Die Charaktere sind sorgfältig gezeichnet, ihre Sprache ist authentisch und klar und die Atmosphäre sachlich und lebendig – zugleich ein bisschen wie ein Wallander-Krimi und doch mit ganz eigener Note. Bitte mehr davon!«
(Lit4.de)

Kirsten Holst: *In den Sand gesetzt*
Deutsche Erstausgabe ISBN 3-89425-517-X
»Aus Skandinavien entern stets wieder beste Autoren unsere Büchertische. In Dänemark sind die Romane der Holst Bestseller, Amerika hat ihr den Edgar-Allen-Poe-Preis verehrt. Vergnüglich die Motiv- und Mördersuche, genau die richtige Unterhaltung für längere Abende am Kamin.« (Blitz Leipzig)

Harri Nykänen: *Schwärzer als ein schwarzes Schaf*
Deutsche Erstausgabe ISBN 3-89425-515-3
Ausgezeichnet mit dem finnischen Krimipreis 2001
»Ein rasantes Lesevergnügen von originellem Zuschnitt, prägnanter Personenzeichnung und ungewöhnlichem inhaltlichen Tiefgang.«
(Gießener Anzeiger).

Harri Nykänen: *Raid und der Brandstifter*
Deutsche Erstausgabe ISBN 3-89425-523-4
Helsinki: Im Gefängnis von Katajanokka fürchtet der geistig zurückgebliebene Johansson um sein Leben. In der Nachbarzelle sitzt ausgerechnet Raid, ein angeblich hartgesottener Auftragskiller …

Outi Pakkanen: *Macbeth ist tot*
Deutsche Erstausgabe ISBN 3-89425-509-9
»Outi Pakkanen erzählt äußerst spannend und temporeich. Spannend und stimmig bis zum Schluss.« (marktplatz.dortmund.de)

Outi Pakkanen: *Party-Killer*
Deutsche Erstausgabe ISBN 3-89425-519-6
»Die in Helsinki spielende Geschichte ist sowohl Psychogramm der so genannten besseren Kreise als auch Kriminalroman. Ein sehr solider, lesenswerter Krimi mit überraschendem Plot.« (Buchprofile)